アンダードッグス

長浦 京

角川文庫
23811

目次

〈主な登場人物〉

一九九七年

古葉慶太……………………元農林水産省官僚の証券マン。

マッシモ・ジョルジアンニ……香港在住のイタリア人大富豪。

クラエス・アイマーロ…………マッシモの女性秘書。

ジャービス・マクギリス………元銀行員のイギリス人。

イラリ・ロンカイネン…………元IT技術者のフィンランド人。

林彩華（ラムチョイワ）…………………政府機関に勤める香港人。

ミア・リーダス……………古葉たちのチームの警護役として雇われたオーストラリア人。

雷楚雄（ルイチョホン）…………………皇家香港警察總部（ロイヤルホンコンポリスヘッドクオーター）のエリート督察（ドウチャ）（日本でいう警部）。

オルロフ……………………在香港ロシア総領事館政務部部長。

ケイト・アストレイ…………英国SIS（Secret Intelligence Service）（秘密情報部）職員。

フランク・ベロー……………USTR（合衆国通商代表部）のスタッフを名乗るアメリカ人。

二〇一八年

古葉瑛美（ウォンインキョン）………………古葉慶太の義理の娘。スキゾイドパーソナリティ障害を持つ。

黄燕強（ウォンインキョン）………………香港で瑛美と行動を共にする中国人。

1997年 九龍半島・香港島 略図
九龍
長沙灣
深水埗
太子
旺角
旺角大球場
啟德空港
油蔴地
佐敦
紅磡
尖沙咀
西區海底隧道
海底隧道
ビクトリア湾
上環
デニケン・ウント・ハンツィカー銀行
ビクトリアピーク
中環
金鐘
恒明銀行
香港島
香港仔
N

1

一九九六年十二月二十四日　火曜日

古葉慶太は部長室を出ると、不安げな顔で窓の外の日比谷通りを見下ろした。

この証券会社に勤めて二年、出張なんてはじめてだ。パーティションで仕切られた自分のブースに戻り、ボードに軽井沢と書き込む。

「上得意の頼みだから、無下にはできなくてね」

謝罪を交えた笑顔で部長に懐柔され、拒否できなかった。問題や不手際があった場合を除いて、顧客とは直接顔を合わせないのが、入社するときの第一条件だったのに。

「平原」と書かれた名札を不在の位置にずらし、オフィスを出てゆく。

古葉は会社では母の旧姓を名乗っている。同僚たちの大半は本名を知っているようなので、あまり意味はないが、それでも自分への気休めにはなっている。古葉の顔と名前は三年前、週刊誌やテレビでくり返し報道され、まだ覚えている人間も少なくない。

だから今でも人混みに出るときは、どうしても伏し目がちになってしまう。

地下鉄を乗り継ぎ上野駅へ。構内のコンビニで下着類を買って、カバンに押し込んだ。部長には一度自宅へ戻り、支度を整えてから出るよう勧められたが、これでいい。早く現地に着いたぶん、ミーティングも早く終わり、今日中に東京に戻れるかもしれない。

十六番ホームから特急あさまに乗り込む。

出発して五分もしないうちに携帯電話が震えた。デッキに移り、通話ボタンを押す。これから会いに行く顧客の女性秘書、クラエス・アイマーロからだった。

「もうこちらに向かっていただいているそうで、いつも通りの早い行動に、シニョール・ジョルジアンニもお喜びです」

流暢な日本語で話してゆく。

彼女の雇い主の名はマッシモ・ジョルジアンニ。香港在住のイタリア人で七十二歳。本業は輸入食品卸しで、香港ではワインに関税がかからないのを利用し、フランスを除くヨーロッパ・アフリカ産のワインと、クラテッロなどの高級食肉加工品を買い付け、アジア各国の中・高級レストランに卸していた。同時に投資家としても国際的な投資会社を持ち、香港だけでなくアジア圏全体に複数の企業を所有している。

古葉が今勤めている証券会社のマッシモ担当班に加わり一年半。

日本やオーストラリアの農産物関連株取引で成果を挙げ、彼に名を覚えられた。特に、今年春に起きたイギリスの狂牛病騒動が、世界規模の事件になることを古葉がいち早く察知し、有効な金融的予防策を知らせ、多大な損失を回避させたことを高く評価しているという。ただ、そうはいっても古葉など、彼の投資会社が契約している世界各国の株式トレーダーの中では、実績も知名度も、最下層のひとりでしかない。

「ホテルに着いたら、ラウンジで待たずに部屋へ直接来ていただけますか」

　クラエスが話す部屋番号をメモした。

　古葉はこれまでマッシモと直接会ったことはない。

　商談はすべて英文の電子メールで、残りは秘書のクラエスを介した電話ミーティングが四回。当然、個人的交流など一切ないし、古葉のほうでも望んでいない。

　だから今日突然呼び出されたことにも期待感などなく、むしろ警戒心のほうが強かった。

「念のためお伝えしておきますが、シニョール・ジョルジアンニはあなたの経歴を詳しく調べ、すべてをご存じです。だから何も心配せずにいらしてください」

　電話を切る直前にクラエスがいった。

　逆に不安が膨らんでゆく。以前の自分を知られているというだけで、先手を取られたような、弱みを握られてしまったような気持ちになる。

　デッキから席に戻っても、胸に広がった不安を拭(ぬぐ)い去れない――

　古葉慶太は宮城県仙台(せんだい)市出身、三十二歳。

　実家は社長の父と経理役の母を含む社員六人の板金工場だが、バブル崩壊を受け、経営は厳しかった。

高校卒業まで仙台で過ごし、一橋大学入学を機に上京。志望は東大だったが叶えられず、そこで人生はじめての大きな挫折を味わった。

さらに、大学在学中の司法試験合格と、卒業後の通商産業省入省を目指したものの、どちらも実現できないまま、農林水産省に入省する。

研修を終えて担当部署に配属された初日、部長からこういわれた。

「郵政の次は日農だ」

郵政民営化の論調が強まりつつある中、アメリカからの圧力もあり、「日農」、日本農業生産者組合連合会が次の解体・再構築の標的にされる――そんな危惧を農水省と農水系国会議員の多くが抱いていた。

実際日農は、農薬や農業機器の割当販売や農産物の買い上げを通じ、全国の農家を支配している。そして農水省は日農という組織を通じ、日本全国の農業生産者を間接的に統制している。

その点を強く批判され、日本国内からは政治と農業の癒着の温床、海外からも日本の保護貿易主義の象徴として、くり返し槍玉に挙げられていた。

将来的な日農の解体は不可避という予測のもと、再編後の新組織でも、資金力を背景に影響力を維持するための作業を、古葉が配属された農水省内の部署では日夜続けていた。もちろん表立っていえる作業ではない。はっきりいえば不正だった。

日農資産のロンダリングとプール、いわゆる裏金作りを一任されており、若い古葉も作業に加わることになった。

「これは国益に適う正しき行為だ。いつか我々の積み上げてきたものが日本を救うことになる。臆することなく任務に邁進してくれ」

部長のこの言葉が忘れられない。いや、忘れたいのに、頭にこびりつき、剝がそうとしても剝がれない。

部長自身も部下の自分たちも、そういい続け、聞かされ続けることで、無意識のうちに心に残る罪の意識を塗りつぶそうとしていた。取り返しのつかない方向へ突き進ませ、加速させる呪文でしかなかったのに。怪しげな宗教にのめり込んでゆく信徒のように、それを信じ、自分たちを正当化し、いつしか罪過の念を完全に忘れていた。

慣例である公費での海外留学の二年間を除き、古葉自身も積極的に日本各地を回り、生産者の本音や嘆願、地方日農幹部からの生の声を聞き続けた。その中で、自分なりの正義を感じながら決して公表できない職務を続けていた。

しかし、入省から六年二ヵ月後、農水省の裏金作りが発覚する。

マスコミに大々的に報道され、古葉も責任の一端を負わされた。公文書偽造の疑いで地検特捜部の取り調べも受けたが、それに関しては証拠不十分で不起訴となった。ただ、不正に加担していた事実は変えられず、農水省を去ることを余儀なくされる。

もっとも、はじめに退職の勧告をしてきたのは省内の上司ではなく、地元宮城の母だった。

「辞めてもこっちは心配ないからね。だから変なことだけは考えないで」

母の許には、地元選出の代議士秘書からすでに連絡が入っていた。高齢で介護が必要な母方の祖母と、痴呆症（現在の呼称は認知症）が出はじめた父方の祖父の施設入所の手配、父の工場への地元銀行からの融資、そして古葉自身の再就職の手配のすべてを確約してくれたという。

——家族を人質に取られた。

そう思った。

これは懐柔じゃない。古葉が退官を拒んだり、在任中に知り得た秘密をマスコミに暴露する素振りを見せれば、家族への便宜をすべて取り下げるという、代議士や農水省上層部からの恫喝だった。

古葉は抵抗することなく農水省を去った。

斡旋された再就職先には入らず、それから一年引きこもりの生活が続いた。

マスコミの目を避けるためというのは、ただの言い訳でしかない。

第一志望の大学にも、就職先にも入れず、どうにか入省できた職場で何の警戒心も持たず、指示されるままに動いた結果、何もかも失った。自分が少しばかり勉強ができただけの、ただの無能に思えた。

髭を剃らず髪も切らないような生活を見かねて、能代という農水省時代の同僚が紹介してくれたのが、今勤めている日本初の本格的ネット証券会社だった。

気乗りしないまま電話で説明を聞くと、農畜産物の知識を先物取引や企業分析に活かしてほしいという。

親会社が大手銀行で倒産や解散の心配がないこと。さらに毎日出勤する必要はあるが、上司とさえもほぼ顔を合わせず、メールのやり取りだけで業務を遂行できると聞いて、就職を決めた。古葉自身の中にも、この対人恐怖症と、自分に対する重度の失望をどうにかしなければならないという思いがあった。自殺する度胸も覚悟もなかったし、今死ねば、両親を悲しませることになる。

いや、正直にいえば意地があった。

誰かにいわれるままではなく、自分の意思で生き、そして見返したかった。

だが、見返すべき相手は誰か？　それにはどうすればいいのか？　まったくわからなかった。唯一気づけたのは、このまま部屋に閉じこもっていたら、何も変わらないどころか、ただ朽ちてゆくだけということだった。

未知の業種だった証券業界に再就職し、手探りで少しずつ実績を積み上げ二年。

まだ他人の視線が痛くて怖い。見知らぬ誰かの話し声が、罵りや嘲りに聞こえることもある。それでもどうにか外で働き続けることはできている。自分は馬鹿だが、自分の生活費程度はどうにか稼げる馬鹿だということもわかった。

ただ、俺は敗北者だという思いは、拭い去れずにいる。

負け犬から這い上がりたいという思いだけを抱え、実質は、誰も哀れんでくれない無価値な負け犬のままだった。

古葉の乗った特急電車は走り続ける。

車窓の風景から住宅地が消え、常緑樹の森が広がってゆく。

オフシーズンに加え、年末に近い平日の軽井沢駅前は予想通り閑散としていた。会社が一斉に年末年始の休みに入る二十八日を過ぎれば、また年越しの客で混みはじめるのだろう。

タクシーで十分、明治創業の老舗（しにせ）ホテルのロビーも人は少なく静かだった。

教えられたルームナンバーに直行する。

香港に移る前のマッシモ・ジョルジアンニは、イタリア本国で国内経営規模三位の海運を中心とする保険会社を経営していた。その後、経営を息子に委譲、相談役に退いた。しかし、湾岸戦争時の保険金支払増加により経営が急激に悪化したことが原因で、会社はアメリカに本社を置くユダヤ系資本の保険グループに買収されてしまう。

だが、莫大（ばくだい）な個人資産を所有していたマッシモは、香港を拠点に高級食品流通と投機で復活。今現在も十七億アメリカドルの資産を持ち、中国や日本、シンガポール、マレーシアなどの政財界人とも通じている。

ドアの前に立ち、チャイムを押そうと手を伸ばしたとき、古葉は指先が軽く震えているのに気づいた。ひどく緊張している。マッシモという大物に会うせいなのか、初対面の相手に接することへの動揺なのか、自分でもわからない。

一度息を吐き、首を振って、自分に染みついた負け犬の臭いと考えを振り払う。

チャイムを鳴らすと、秘書のクラエスに招き入れられた。

2ベッドルームのスイートで、広いリビングの奥の暖炉では炎が静かに揺れている。窓が開けられ、シニョール・ジョルジアンニはベランダでホテルを囲む森の緑を眺めていた。

古葉もベランダに出ると、日本流に頭を下げた。

「よく来てくれた」マッシモが右手を差し出す。「君は思っていたより大きいな」

古葉の身長は百七十八センチ、彼はそれより頭一つ分は小さい。グレーのシャツにネイビーのダブルジャケット。イタリア男らしい隙のない装いで、年齢ほどには老けていない。足腰もしっかりし、体調も万全のようだ。

「マッシモと呼んでくれ」と英語でいわれ、笑顔でうなずこうとしたが口元がこわばる。

「寛(くつろ)いでくれよ」彼が古葉の肩を叩(たた)く。

「軽井沢には以前もいらしたことがあるのですか」言葉を絞り出し、訊(き)いた。

「四度目だよ。でも、残念ながらこれで最後だろう。国際イベントというものは、どんな類(たぐい)のものでも国土を荒らし、景観を台無しにしてしまう」

一年後に開かれる長野冬季オリンピックのことをいっている。

「十年経って、また静かな街に戻ったころに来てみたいが、もう私自身が生きていないだろう」

「いえ、きっと十年後もお元気なはずです」

「お世辞でないなら、何を根拠にそういうんだい？」

「見た目の若さに加え、体型や身のこなしからも健康に留意されているのが感じ取れます」

「それだけか？　遠慮しなくていい。もっと感じたままを正直にいってくれよ」

少し迷ったあと、古葉はまた口を開いた。

「あなたの表情は過去や今の権力にしがみついている人間とは違う。未来に向けた野心を秘めている目をしています。ただ長く生きようとしているのではなく、目標を果たすまで死ねないという執念を持っている。私にはそう見えました」

「うん、悪くない」

マッシモは笑った。

「まさにその通りだ、内に持つ欲を隠せないのが私の欠点なんだがね。その観察眼はいつ手に入れたんだい？」

「ごく最近です」

「手痛い失敗から学び、人を正しく見る目を手に入れたわけだ。優秀な人間の証拠だよ。他人への恐怖心を拭い去れないと聞いたが、だいぶよくなったようじゃないか」

この男、本当に詳しく調べたようだ。自分を知られていることへの怯（おび）えからか、鼓動が速くなってゆく。それを悟られないよう、古葉は静かに言葉を続けた。

「必死なんです。遠回しな探り合いを一番嫌われるとお聞きしたので。会社からも、最重要のお客様に失礼のないよう、下手な追従や口先だけの褒め言葉で機嫌を損ねることのないよう強くいわれてきましたから」

「立ち話には寒すぎます」クラエスに呼ばれた。「もう中にお入りになってください」

ベランダから室内に戻り、大きなソファーにマッシモと向かい合わせに座った。

三人だけのリビング。

だが、ベッドルームのひとつに通じるドアが少しだけ開いている。あの向こうには複数の警護役が控えていて、何かあればすぐに飛び出してくるのだろう。その見えない他人の気配が、また古葉を緊張させてゆく。

「ここにいるのは信頼できる人間ばかりだよ」

古葉の表情を見たマッシモが先回りするようにいった。

「そしてこれから私は信用している相手にしか明かせない話をする。そのことを、どうか心に留めておいてほしい。ここで聞いたことは、会社にも報告する必要はない」

普通にしていようとしても、どうしても顔が引きつる。こんな前置きのあとに続く話が、手放しで喜べる内容であるはずがない。

そんな古葉の胸の内を見透かしたように、またもマッシモが先制する。

「確かに楽しい話ではないし、簡単な事柄でもない。だが、決して悪いことばかりでもない。君にとって人生を大きく好転させられる提案になるはずだ」

——信じられない。

莫大な金や権力を持つ連中からの「秘密の提案」が、安全なものであるはずがない。政治家や財界人、諸外国の官僚と少なからず関わってきた農水省時代の経験が、強くそう感じさせる。

なのに席を立てなかった。今すぐ断り、ここから出て行くべきなのに。

老練な商売人が、真っすぐな目でいった「人生を大きく好転させられる」の一言が、片足に絡みつき、引き止めている。

「今日、私は仕事の話のために呼ばれたのですよね」古葉は確かめた。

「そうだよ。ただ、株や先物取引とは、まったく違う種類の仕事だ。ごく簡単にいえば、私はヘッドハンティングをしたいんだよ。この先は、君が今所属している会社は一切介在しないし、その点については了承も得ている。君と私、対等の立場で、私の人生を懸けたものについて話したい。どうする？　聞く気になったかな？」

自分の愚かさのせいで、これ以上失敗を重ねられない。だが、愚かな俺には、そもそもこれ以上失うものなど何もない。正反対の思いがせめぎ合い、ぶつかり合う。

迷う古葉の前にグラスが運ばれてきた。

マッシモ自身が立ち上がり、ピエモンテ産のワインボトルを開封し、コルクを抜いた。

「一杯だけ飲んでいってくれ。機嫌を損ねることのないようにといわれているんだろ？」

濃い赤色がグラスに注がれてゆく。立ち上がり出てゆく機会を完全に奪われてしまった。

　気持ちが定まらないまま、香港からやってきた老いたイタリア人の目を見る。

「アッラ・ミチーツィア（友情に乾杯）（All'amicizia）」マッシモがいった。

　ふたりでグラスを手に取り、傾け、音のない乾杯をした。

　古葉自身もわかっている。自分を留まらせ、乾杯のグラスを掲げさせたのは、冒険心よりも負け犬の遠吠（とおぼ）えに近い感情だということを――

　マッシモが本題に入る。

「来年七月一日の香港返還を控え、次の春節（チュンジー）（二月七日）に、香港南京（ナンキン）銀行グループ傘下の恒明（ハンミン）銀行本店、この表向きは中小法人への貸付と投資を主な業務としている香港の銀行から、大量のフロッピーディスクと書類が運び出される。行き先はバミューダ諸島の法律事務所とマルタ共和国の法人設立コンサルタント会社。フロッピーに何が記録されているかわかるね」

「要人の投資資産台帳ですか」

「その通り。ただ香港在住の要人じゃない。世界の主要十数ヵ国の要人たちの投資記録で、大半は著しく不適切か違法なものだ」

　発表前のインサイダー情報や、親族を経由しての未公開株の違法譲渡、明らかに贈賄に当たる不動産の異常な安値での売買契約など、そしてそれらを誰がどれだけの額、所謂（いわゆる）タックスヘイブン（租税回避地）の銀行に貯蓄しているかの記録なのだろう。

「書類のほうは、その連中のために設立された節税用のトンネル会社の登記台帳だよ。この中には日本の閣僚や財界人も含まれている。君に罪をなすりつけた上、家族を人質に今も縛りつけている自由民進党の議員たちの名もね。そのフロッピーと書類を、君に奪い取ってほしい」

「そっ——」驚きとも呆れともつかない声が漏れた。

マッシモがゆっくりと首を左右に振る。

「冗談ではないよ」

「できるわけがない、そんなこと。私は諜報員でも窃盗団の一員でもありません」

「だからいいんだよ」

マッシモはワインを一口飲んで続けた。

「どこの国の要注意人物のリストにも載っていなければ、犯罪の前科もなく国際手配もされていない。警察や軍関係の前歴もない。まったくのノーマークだ」

この男の提案は常軌を逸している。古葉は唖然としながらも言葉を探した。

「もう一度いう、これは冗談ではないよ」

マッシモはグラスの中のワインを静かに揺らしている。

しばらくして古葉の口から出てきたのは、「無理ですよ」という平凡な一言だった。

「無理だという根拠を論理的に説明してくれ。君の中の臆病心と常識がそういわせているだけだろ？　それにひとりじゃない。リーダーはあくまで君だが、私が練ってきた計画に沿って、ふさわしい四人を他に揃えておく。八十五万アメリカドルの活動資金も用意してある。もちろん必要に応じて追加も供給する」

「準備期間が短すぎます」

「長い方が有利になるとは限らないだろう」

　動揺した頭で考えてみたが、この点は確かにマッシモのほうが正しい。

　何のつながりもない人間たちがチームを組むなら、仕事は素早く終わらせてしまったほうがいい。長く過ごす間に絆(きずな)が生まれたりはしない。単に衝突や軋轢(あつれき)を生む機会が増え、目的遂行の障害も増えるだけだ。決行までの日数が長いほど、秘密も外部に漏れやすくなる。

　でも、どうして俺が？　当然の疑問が湧き上がったものの、訊けなかった。マッシモが質問に答えるほど、自分の逃げ道が塞(ふさ)がれてゆくような気がする。

　古葉は黙った。

「当然の反応だな」

　マッシモが小さく笑う。

「短絡的に『Si(はい)（スィー）』といわれるよりは信用できる。君の返事を聞く前に、まず私の動機を説明するよ。私が以前持っていた会社と、それを継いだ息子のことは知っているだろ？」

「レンツィ・エ・ジョルジアンニ(Renzi e Giorgianni)（ReG）海上保険とご長男のことですか」

　口を開くか迷ったあと、古葉は小さな声で答えた。

「ああ。息子のその後も知っているね？」

「残念ながらお亡くなりになったと」

「気を遣わなくていい。自殺したんだ。だが、実際は陥れられ、破滅させられたんだ。経営権も財産も失い自殺に追い込まれた。嬲(なぶ)り殺されたも同然だよ」

　マッシモが目配せすると、秘書のクラエスがファイルを運んできた。

「アメリカの上院議員数名とＲＩＬＩの間で交わされた密約書のコピーの一部だ。君が協力を約束してくれたら、もちろん全文を見せる」

　ＲＩＬＩとはローゼンバーグ・インターナショナル・ライフ・インシュランス(Rosenberg International Life Insurance)。ユダヤ系資本の総合保険会社で、マッシモの長男が経営責任者をしていたレンツィ・エ・ジョルジアンニ海上保険の経営状態が悪化すると大規模な資金援助をし、のちに合併吸収した。

「私が育て息子が継いだ会社は、意図的に経営破綻(はたん)に追い込まれ、奪われたんだ。アメリカとその同盟国たち、そしてＲＩＬＩの策略によってね」

　古葉は渡されたファイルを開いた。

　読み進めると、そこには確かにマッシモの言葉を裏付ける証拠が書かれていた。現役のアメリカ上院議員二名の署名も入っている。ただ、このファイル自体が精巧な模造品である可能性もある。

古葉の疑う目を気にせず、マッシモが話を進める。

「湾岸戦争時に『砂漠の嵐作戦(Operation Desert Storm)』の裏で行われていた別の作戦のことを知っているかい？」

「うわさ程度ですが」

ジョージ・H・W・ブッシュ政権下では、湾岸戦争開戦に向けた軍事面での作戦を密(ひそ)かに進めるのと同時に、その機に乗じた経済面での秘密作戦も進められていた。日本の証券業界でもちょっとした話題となり、うわさは古葉の耳にも入ってきた。

「君も聞いてはいたが、すぐに根拠のない話として話題に上ることもなくなり、いつの間にか忘れていた。そんなところだろう？　だが、実際に『ジュネーブの薔薇(Rose of Geneva)』という作戦が行われていたんだよ。誰かが金儲(かねもう)けのために作り出したうそやブラフじゃない。ファイルの後半を見てくれ」

いわれるままページをめくった。

「そう、そこ。ＳＩＳＭＩ（Servizio per le Informazioni e la Sicurezza Militare：イタリア情報・軍事保安庁）の書庫から持ち出した文章だ。大金と人命を引き換えにしてね」

作戦の概要が書かれていた。

マッシモがその内容を強調するように言葉にしてゆく。

「反アメリカ的行動が顕著なヨーロッパ、アジアの各企業に対し、アメリカ政府とその友好機関は、中東湾岸での戦争リスクと開戦時期に関して、あえて事実と反した楽観的な情報を流し続けた。ＣＩＡだけでなく各国の情報機関も総動員してね。十分ミスリードしたところで情報に反して突然開戦。同時にアメリカ資本の金融機関を通じて、標的とした企業へのメインバンクからの融資締めつけや打ち切りを要請した。そして企業価値も資金力も底をついたところで、アメリカの企業グループにより一気に買収する。ここまで読み、聞いてみて、君はその資料を偽物で、私の話を捏造だと思うかい？」

「まだわかりません。でも、あなたがここまでして私を騙す理由も見つかりません」

古葉の指先がまた震え出した。膝も震えている。マッシモの視線がその小刻みな揺れに向けられる。だが、震えを止めたくても止まらない。

これはよくある陰謀論的なものとは違う。今、古葉が手にしている資料を読んだだけで嫌でもわかる。ここに書かれた『反アメリカ的』とは共産主義やイスラムではなく、資本主義陣営の中にいながらもアメリカの方針・政策に盾つく企業という意味だ。そして並んでいるサインは、政治経済に詳しい人間なら誰でも知っている、アメリカ連邦議会議員、閣僚、ヨーロッパの金融機関経営幹部のものだ。

うそじゃない。だから怖かった。

「私と息子は、何ひとつ汚いことはしていない。なのに、アメリカ政府は自分たちに従わないというだけで、我々を悪と認定した。そして息子は、ブッシュ政権とイタリア政府内の親米派により仕掛けられた、恥知らずで汚い戦争の犠牲者となった。私は残り短い人生のすべてを使って、その復讐を果たす。何があっても。君がこの部屋に入ってきたとき私から感じたのは、その決意だよ」

「香港の銀行から運び出されるというフロッピーディスクと書類には、あなたのご子息を自殺に追い込んだ人間たちを今の地位から追い落とし、破滅させられるものが記録されている——そういうことでしょうか」

「ああ。アメリカ上下院の現役と元議員、政府の元官僚。イタリア代議院（下院）の現役議員、政府官僚。今は現役をリタイアしている者も含め、やつらの過去現在の違法行為のすべてを世界的に公表し、これまでの栄誉も人生も叩き潰（つぶ）す」

　そんな無謀な提案を、なぜこんな素人にするのだろう？　よほど悪趣味な人間か、頭がおかしくなっているかのどちらかにしか思えなかった。

「心中はお察しします。でも、あまりに壮大で、何をどうやっていいのか見当もつきません」

　早く切り上げたくて、ここから出たくて、言葉を並べた。この老人の話を聞いてしまったことへの後悔だけが頭を巡っている。

「君は私の作ったマニュアルを実行していくだけだ。この計画に高い技術やスタンドプレーは必要ない。成功の鍵（かぎ）は、どう上手（うま）くやるかじゃない、誰がどれだけ忠実に遂行するかなんだ。ただし、私が心血を注いだこの計画を託すのは君ひとり。行動を共にする他のチームメンバーも、詳細な内容については知らない。本当に信用でき、実行力を持つ人間を探し続け、ようやく君を見つけた。もちろん成功報酬もある。六億円相当の現金。フロッピーと書類に記録されている、日本人政治家と財界人の違法な資産運用の証拠も渡そう。それを使って、日本国内での名誉の回復を求めるのも、相応の対価を要求するのも君の自由だ」

「でも、やはり今回の件は――」

古葉の言葉をマッシモが断ち切った。

「駄目だよ。考える時間は与えるが、君の選択肢に『No(拒否)(ノ)』はない。『Si(承諾)』でなければ『Morte(死)(モルテ)』だ。あの少し開いたドアの向こうに誰が控えているか、君も気づいているだろう。連中は私の護衛であると同時に、濡(ぬ)れ仕事(違法行為)も担っている。待機させているのは、私が本気だという証拠だよ」

「卑怯(ひきょう)ですね」

怯えながらも思わずいった。

「どこが対等の立場での話し合いですか。罠(わな)に嵌(は)めたも同然じゃないですか」

「うん、いいね。その強気な言葉」

マッシモがグラスを手にまた笑った。

「そう、嵌めたんだ。どうしても君が必要だったから。罵っても、憎んでもいい。だが、必ず計画には加わってもらう。私の出身はパルマということになっているが、本当はシラクサの生まれだ。シチリア島の男なんだよ。やるといったことは、何があってもやり遂げる。どんな手を使っても」

　古葉は睨（にら）んだ。

「視線で訴えるだけでなく、いいたいことは言葉にしてくれ。罵られたとしても、それで殺しはしない」

　マッシモが煽（あお）る。

「生まれた土地で、人の行動や思考が確定するわけじゃない。あなたの勝手な思い込みに巻き込まれたくありません。それにここは日本だ。簡単に拉致（らち）したり殺したりはできません」

「できるよ。君だってよく知っているだろう。陥れられた本人なんだから。金と権力を持つ人間が、しかるべき相手と話をつければ、大抵のことはできる。君の死を自殺に見せかけることもね」

　痛みにも似た自分への哀れみと、どうしようもない怒りが湧いてきた。

「こんな非力な男にやらせなくてもいいでしょう」

「弱い者だからこそ、死に物狂いで知恵を出し、時には途方もない力を見せる。考えてみてくれ。君はある意味で私と似ている。高い先見性と計画性、決断力を持ち、しかも復讐心に裏打ちされた強い動機も兼ね備えている。ぼんやり今を生きているようで、自分を陥れた政治家や官僚に対する怒りも憤りも完全には消えていない。君は確かに一度失敗した。でも、その失敗は、君をより強く慎重に、そして狡猾（こうかつ）にしているはずだ」

　手にしているグラスを投げつけたかった。しかし、この手を振り上げた瞬間、ベッドルームから飛び出してきた警護担当者たちに床に押し潰されるだろう。

「来年の香港返還がなければ、フロッピーと書類が移送されること自体なかった。しかも、今回の移送が完了してしまえば、もう決して別の場所に動かされることもなくなる。最初で最後なんだ」

「帰ります」古葉は立ち上がった。「考える時間はいただけるんですよね」

「ああ、十分考えてくれ。ただし、今日ここで聞いたことを少しでも漏らせば、どんな理由があろうと君に明日は来ない」

怯えながらももう一度睨んだ。それが今できるせいいっぱいの抵抗だった。

「そう責めるなよ。君を嵌めて脅しているのは確かだが、同時にこれは君を救うことでもある」

「弱者に復讐と再起の機会を与えてやっているといいたいんですか」

「ちょっと違うな。まあいずれわかるよ。それから渡すものがある」

クラエスがリボンのかかった小袋を古葉の前に置いた。

「日本円で現金四百万円が入っている。税引後ですべて君のものだ。こちらでの生活を整理するのに使ってくれ。Buon Natale（ブオン・ナターレ）」

「他人の信仰は尊重しますが、私はキリスト教徒じゃない」

古葉は小袋を受け取らず、マッシモを残したままリビングを出た。彼は追ってこない、グラスを片手にソファーに座り、微笑んでいる。

「香港でお待ちしています」

見送りにきたクラエスが閉まるドアの奥でいった。

帰りの特急の中でも、古葉の膝は震えていた。

それでもまだどこか半信半疑だった。老い先短い金持ちの、悪い冗談に巻き込まれたんじゃないか？　いや、そんな生易しい話で終わるはずがない。

そう、すべては現実だ。

消えない怖さの中で、可能性を考えてみる。

返還が迫る香港では、中国本土からの進出を狙う福建（フッキン）マフィアと、これまで香港裏社会を仕切ってきた三合会（サムハプウィ）構成組織である14K、潮幇（チウボン）との対立が激化。縄張りを巡る衝突が頻発しているという。一方、イギリス香港政庁の権限も、返還に向けて縮小が続き、警察組織や人事も混乱。犯罪や衝突を鎮圧する能力が低下している。

フロッピーと書類を奪うには好機かもしれない。

それでもやりたくなかった。

農水省の裏金作りに加わっていた自分を正当化するつもりはないし、罪に問われなかっただけで、あの作業も間違いなく窃盗だった。だが、ついさっき提示された犯罪は規模が違う。危険度もはるかに高い。

失敗すれば数年の懲役程度では済まないし、そもそもこんな素人にできるわけがない。

万引きどころか、親の財布から金を抜き取ったこともないのに。

しかし、断ればたぶん命はない。マッシモは本気だった。

また手や膝が震え出した。


翌日、いつものように出社すると、部長が驚いた顔で古葉のブースに駆けてきた。

「出張はどうしたの？」

「どの出張の件ですか？」古葉はわかっていながら訊き返した。

「香港だよ。ジョルジアンニさんのところへの出向が決まったって上から聞かされて、もう事務手続きの指示も出しちゃったんだから」

「出発は来週です」

咄嗟（とっさ）のうそでごまかすと、動揺を隠しながら続けた。

「その間に、得意先の引き継ぎをしておきたくて。お客様にはまだ何の連絡もしていませんから」

「いいよ、やらなくて。というか、やんないで。聞いてない？　君の次回出社は、来年七月二日」

香港の中国返還の翌日。

「それまでジョルジアンニさん専任ってことで、うちの業務とは切り離して考えるように社長と常務からいわれてるの。このパーティションの中も、午後には総務が来てかたされちゃうし、明日には後任が来るよ」

「じゃ、総務の担当者が来るまで私物を整理しています。昼には帰りますから」

部長は渋い顔をしながらも、最後には「気をつけて行ってきて」と残し去っていった。

予想通り会社にもマッシモの手が回っていた。

――明日から働く場所がなくなった。

デスクの中の私物はごくわずかで、それをカバンに詰め込んでいると、通りかかった何人かが「行ってらっしゃい」「頑張って」と声をかけてきた。

どう答えていいかわからず、曖昧（あいまい）に笑いながら頭を下げ、「平原」と母の旧姓が書かれた名札をボードから外すと、二年通ったフロアーをあとにした。

だが、ビルを出て歩道を歩き出したところで、「古葉さん」と呼ばれた。

この声のかけ方、記者だ。農水省退官前後にさんざん追い回されたので嫌でもわかる。思った通り、テープレコーダーを手にしたスーツの男が週刊誌名を連呼しながら横に並んだ。うしろにはカメラマンを連れている。

どの件だ？　まさかもうマッシモに関することで？　一瞬混乱したものの、無視して歩き続けた。挑発するようにレコーダーを向け、シャッター音を鳴らしている。それでも古葉は表情を変えず片手を挙げ、タクシーを探した。

しかし、記者の一言に思わず足が止まり、訊き返した。

「佐々井修一（ささいしゅういち）さんがお亡くなりになったことについてですよ」記者がもう一度いった。

「どういうことですか」

「ご存じないんですね。どなたからの連絡もない？　三日前、二十二日日曜の夜です。一家心中で、奥様、中学生と小学生のお子さんたちもお亡くなりになりました」

農水省時代の課長で、直属の上司でもあった。日農裏金事件により古葉と同時期に退職したが、佐々井は逮捕され、執行猶予の判決を受けている。

家族を道連れにしての自殺なんてまったく知らなかった。テレビでも新聞でもそんなニュースは見ていない。

「ええ、出ていないんですよ。おかしいでしょう？　だから古葉さんにお話を伺いに来たんです。うちや他誌が感づいたせいで、今日の夕方には警察発表と新聞報道がされるようですが、それでもこんなに発表を遅らせるなんて、何か裏を感じますよね？」

早口でまくし立てる。

佐々井は再就職に何度も失敗し、生活苦の末、妻とふたりの娘を刺殺し、自身は首を吊ったという。生活苦？　いや、そんなはずはない。あの事件に連座した人間に対する、金銭的なセーフティーネットは今も稼働している。無茶な使い方をしない限り、人並みの生活は続けていけるはずだ。

「本当に何も知らないんです」古葉は声を絞り出した。

「当時の部下として、何も主張できなくなった佐々井さんに代わって、いいたいことはありませんか。同じ農水省を追われた者として、訴えたいことがあるんじゃないですか」

「とても残念です。心からお悔やみ申し上げます」

古葉は記者の言葉を遮るようにくり返し、歩道を駆け、タクシーに飛び乗った。

ヒーターの効いた車内でどっと汗が噴き出した。心音も大きく速いが、暑くはない。むしろ寒い。混乱する頭に、昨日のマッシモの言葉が浮かんできた。

『これは君を救うことでもある』

この事件のことをいっていた？　一家心中の情報を先に摑んだマッシモは、この状況を予見し、古葉を取り込む好機と感じて来日した？　逆に、佐々井の心中自体をマッシモが画策したのでは……いや、さすがにそれはないだろう。古葉は現時点でも、マッシモほどの金持ちがそこまで執心するだけの価値は、自分にはないと思っている。

材料のないまま考え続けていると、ふとため息が漏れ、そのすぐあとに悲しみがこみ上げてきた。佐々井が特別好きだったわけじゃない。だが、嫌いでもなかった。あの洗脳じみた状況の中で、佐々井も古葉も同じように裏金作りに邁進し、切り捨てられた。

役職がついていたか、いなかったか。逮捕された佐々井と、されなかった自分の違いはそれだけだ。立場が逆だったら、古葉のほうに前科がついていた。だが佐々井も、被害者とは到底いえないが、加害者でもない。日本の農業の将来のため、国益のため、国民の食の安全と安定のため。馬鹿で浅薄だが、本当にそれだけを考えていた。

ただ、やり方を間違えていた。

妄想することがある。もし今、外圧により本当に日本農業生産者組合連合会が解散させられていたら？　危機に瀕した生産農家の収入と、農生産物流通を、古葉たちの蓄えた裏金が下支えし、救っていたのではないか――

マンションの少し前でタクシーを降り、歩いていくと、やはり数人が路上で待っていた。

声をかけてきたが、無視して歩き続ける。腕も摑まれたが、どうにか自分を抑えてエントランスを入ると、さすがにオートロックのドアの内側までは入ってこなかった。騒ぎに気づいた年寄りの管理人も様子を見に出てきた。

しかし、七階の自分の部屋に入ると、すぐにインターフォンが鳴った。

マンション一階のオートロックからの呼び出しじゃない。取材陣が古葉の部屋の前まで来ている。

「不法侵入ですよ。警察に通報します」

インターフォンを通して伝える。

「そう思われるなら通報していただいて結構です。まずは出てきていただけませんか」

女の声で返された。

古葉は覗き穴から確認し、ドアを開いた。

中年の女と男が名刺を出した。女がテレビのニュース番組のディレクターで、男は大手出版社の週刊誌記者。少し離れて、このマンションの管理人も立っている。

「ちゃんと許可を取って入れていただきました」女がいった。

古葉が管理人を睨むと、目をそらしながら口を開いた。

「住民の皆さんが迷惑してるんですよ。一度しっかり話してもらえれば、マスコミの方々も帰るっておっしゃるので」

「私も迷惑している住人のひとりですが」強い声でいった。「商品券でも握らされたんですね」

管理人が顔を背けた。

「買収なんかしていませんよ」女がまた話し出す。

それからしばらくディレクターの女と記者の男は、ふたりがかりで佐々井の死に関して思いを話すよう懐柔を続けた。

聞き流していると、女がきつい口調でいった。

「それでいいんですか？　古葉さん。当時あなたと同じように退職させられた他の元同僚たちは、辛い気持ちを抑えながらも、当時の反省と今の思い、そして亡くなられた佐々井さんご家族への哀悼の意を伝えてくださいました。なのに、どうしてあなたは黙っていられるんですか。過去と向き合わず、前に進めると思っているんですか」

虚しさが胸に広がってゆく。

自分はなぜ農水省を追われ、本名を明かせず、伏し目がちに今を生きなければならないのか？　会ったばかりの得体の知れない女に責められ、反省を求められる人生とは何なのか？

だが、記者は容赦なく続ける。

「あの裏金事件はそもそも古葉さんのリークにより露見したものですよね」

「は？」

抑え切れず口から出た。

「あなたが情報を流したことで、不正の事実が発覚したんです。古葉さんは勇気ある告発者でもある。佐々井さんの死に関して、誰よりも発言すべき立場にあるんじゃないですか。佐々井さんの死を無駄にしないためにも」

「違います。私じゃない」

「あなたですよ、間違いなく。その証拠が、明後日（あさって）発売のうちの新年合併号に載ります」

――完全な捏造記事だ。

反論する前に、ドアを閉め鍵も閉めていた。もう何もいいたくなかったし、聞きたくもない。だが、インターフォンの音は鳴り続ける。

頭を掻（か）き、壁を蹴（け）ると、古葉は鍵と財布、携帯を持ち、またドアを開けた。

詰問するディレクターと記者を振り払い、管理人を睨みつけ、階段を駆け下りるとマンションを出た。

自宅とも会社とも無関係な場所にあるファミレスをタクシーを乗り継いであちこち巡りながら、知り合いに連絡をとり続けた。何が起きたのか、どうして佐々井は死んだのか、記者からの伝聞ではなく自分自身で確かめたかった。

農林水産省の関係者で、あの裏金事件で辞めさせられた者、残った者にかかわらず、番号のわかる全員にかけた。ほとんどが出ずに留守電に切り替わったが、必ずメッセージを残した。留守電にならない場合は、深夜になってもしつこくかけ続けた。

農水省に残っている唯一今でも付き合いのある能代にも、もちろん連絡した。

かけ直してきたのは能代を含む四人だけ。それでも言葉少なに話してくれた四人の言葉をつなぎ合わせることで、状況がぼんやりと見えてきた。

佐々井一家の心中は、偽装ではなく事実だった。有罪判決を受けたせいで望む就職先が見つからず、過去を知る人間に「不正役人」と罵られるようなこともあったらしい。精神的にも追い詰められ、病んでいたという。

だが、それが古葉にも飛び火したのには、やはり裏があった。

逮捕者が出た薬害エイズ問題。「ものつくり大学」設立に関する参議院代表質問での疑獄問題。それらで手一杯なところに、佐々井修一の死をきっかけに日本農業生産者組合連合会の裏金問題を、来年一月からの通常国会で蒸し返されるのを嫌った政府与党と所管省庁の上層部が、論点をぼかすために古葉をリークの首謀者にでっち上げたほか、様々な捏造ニュースを仕込んだらしい。

古葉の中に怒りが、そしてすぐあとを追うように憎しみがこみ上げてきた。

生前の佐々井の顔が頭に浮かぶ。

選ばなければあの人にも仕事はあったはずだ。どんなに罵られても、顔を伏せ、聞こえないふりをしていれば生きていけたはずだ。言葉は心に刺さるが、実際に肌を切り裂き、血を流させたりはしないのだから。

生活費や子供達の学費もセーフティーネットから支給されていたはずだ。

しかし、佐々井は自らを殺し、最も大事な家族までも殺した。東大卒、元官僚という肩書きが、どうしても捨て切れなかった過去のプライドが、彼を殺した。

佐々井の人生とは、命とは何だったのだろう？

ファミレスのテーブルに肘をつき、爪先で額を何度も叩く。深く考え込んだときの古葉の癖だった。ひどいと皮膚が擦れ、血が滲むこともある。

——自分はあの人と同じようにはなりたくない。

考えた末にたどり着いたのは、そんな思いだった。

——俺は何の抵抗もせず、哀れな自分を嘆きながら自殺などしたくない。

死ぬならば、農水省を追われた俺さえも、まだスケープゴートに利用しようとしている奴らを必ず道連れにする。

朝方までファミレスで過ごし、午前九時半にマンションに戻った。

まだマスコミ関係者数人がエントランス前の路上にいたが、無視を決め込んだ。前を遮られ、罵声に近い言葉を投げつけられても反論せず、オートロックのドアの内側に入ってゆく。

エレベーターを降り、自宅の玄関ドアを閉めると、すぐにまたインターフォンが鳴った。プライバシーを荒らすなと抗議するつもりで出ると、マスコミ関係者ではなく郵便局員だった。

警戒しながら玄関を開けると、本当に制服の郵便局員で速達の書留を渡された。日本人名の差出人には心当たりがなかったものの、発送元には軽井沢のホテルの住所が書かれている。

開けるとやはりマッシモからだった。フロッピーディスクが一枚。パソコンを立ち上げ、スロットに入れ、データを確認する。

『Enter My last words』のメッセージ。

彼がホテルの部屋で最後にいった『Buon Natale』と入れると、英文のテキストが画面に並んだ。

彼の話していた計画の一部。全体の五分の一だと冒頭に但し書きがあったが、それでもかなりの長文で詳細に書かれている。

半ば投げやりに読みはじめたものの、五分も経たないうちに本気で文字を追っていた。

インターフォンがまだしつこく鳴っているが、気にならない。それほど画面のテキストに集中していた。

あの日聞いたマッシモの言葉をまた思い出す。

『成功の鍵は、どう上手くやるかじゃない、誰がどれだけ忠実に遂行するかなんだ』

自分の流儀を持つ熟練のプロフェッショナルより、可能な限り指示を再現しようとする古葉のような人間のほうが、成功率は高くなるかもしれない。

読み終えすべてを頭に刻み込むと、マッシモの指示通り、フロッピーのプラスチックカバーを叩き割った。中の磁気ディスクをキッチンのシンクで油に浸し、燃やしてゆく。

直後、古葉は机の奥を探った。

あの日聞かされた、マッシモのもうひとつの言葉が、頭の中に響いている。

「フロッピーと書類に記録されている、日本人政治家と財界人の違法な資産運用の証拠も渡そう。それを使って、日本国内での名誉の回復を求めるのも、相応の対価を要求するのも君の自由だ」

——戦ってやる。牙（きば）を剝かずに終わらせるつもりはない。

陥れようとしている奴らの喉（のど）元に食らいつき、逆に息の根を止めてやる。

軽い興奮を感じながら、見つけ出したパスポートを握りしめていた。

＊

一九九六年十二月三十日　月曜日

啟徳(カイタック)空港は相変わらず狭く古く、混み合っている。

古葉が香港に来るのは二度目。バックパッカー気取りで旅行を続けていた大学二年以来になる。ここで新年を迎えようとしている観光客に加え、本国でのクリスマス休暇を終えて戻って来たイギリス人の姿も目立つ。

スーツケースを回収し、広東(カントン)語、英語、日本語、インドネシア語、マレー語が飛び交う入国審査を抜けると、「私たちは還元法に反対しています」という日本語のプラカードが見えた。他にも様々な言語で同じ内容を掲げた香港人の集団が署名を求めている。

還元法とは中国政府が画策している一種の中国本土との同化政策だった。イギリスから任命されたクリストファー・パッテン香港総督が推し進めてきた急激な民主化政策を、一九九七年七月一日の返還を境に凍結するもので、以降はこうしたデモや抗議集会は届出制から認可制になる。中国政府の癇(かん)に障るようなデモ行為は、一切行えなくなるということだ。

だが、署名を呼びかけ続ける若い集団に、中年の男たちが罵声を浴びせ、激しい口論がはじまった。飛行機から降りてきたばかりの観光客たちは、休暇気分を削（そ）がれ、不愉快そうに見ている。

デモの若者たちが「Dogs of CCP（中国共産党の犬）（Chinese Communist Party）」と中年男たちを責め、中年のほうもデモ隊に「Mammon's（拝金主義者ども）」と怒鳴り返す。

ここはまだ中国ではないし、かといってもう英国でもない。住民たちも含め、すべてが定まらず揺れている。

空港内の銀行で当座の現金の両替をすませた。レートは一ホンコンドルが十三・八円。トラベラーズチェックは日本で用意してきた。現金を手にすると、すぐに空港内のショップで、こちらでも出回りはじめたプリペイド式携帯を買った。契約式の携帯電話にも加入するつもりだが、とりあえずはこれで間に合わせる。

少し暑くて背広の上着を脱いだ。到着ロビーにある電光掲示板を見ると、現在気温十九度。湿度も高くない。それでも額に薄く汗が浮かんできて、ネクタイも外した。

やはり緊張している。

自分に言い聞かせた——俺は犯罪のために来たんじゃない。自暴自棄になったのでも、日本を逃げ出してきたのでもない。仕事をしに来ただけだ。大きな利益を生む可能性のある新規事業を。

手に入れたばかりの自分の電話番号をマッシモのオフィスに連絡する。

本人も秘書のクラエスも不在だったが、事前に聞かされていた通りなので問題はない。オフィススタッフに「到着した」とメッセージを残した。

日本の農水省にいる元同僚・能代の留守電、さらに古葉と同じく裏金作りで農水省を追われ、少し前に司法試験に合格した都築（つづき）という元後輩の留守電にも、香港での新たな連絡先を残した。ふたりには宮城で暮らす古葉の両親の安否を含む、日本の状況を逐一報告してもらうことになっている。知り合いだが、もちろん無料じゃない。前金で多額の報酬を支払ってきた。

タクシーに乗り、最初の目的地へ。

街は十二年前と大きく変わっていた。以前は、一部の繁華街を除いて、貧しく慎ましやかといった印象で木造の平屋も目立ったが、今はどこまでも高層マンションとアパートが続いている。発展したというより、より雑然とし、窮屈になったように感じた。

地下鉄が延線・拡張しているのに、九龍（カオルーン）半島内の道路渋滞もひどくなっていた。ガイドブックには十五分で着く場所と書いてあったが、もう三十分以上乗っている。あと少しというところで、またも渋滞に嵌（は）まった。

「歩いたほうが早いよ」と英語でいう運転手に料金を渡し、「釣りはいいよ」と英語で返す。

すると運転手は、「お年玉ありがと」と日本語でいった。

身なりと英語の発音、そして何より金払いのよさから、「どんな間抜けでも日本人ってわかるよ」と香港生まれだという彼は笑顔を見せた。

そんなに簡単に素性を見抜かれるのか――もっと立ち居振る舞いに気をつけないと。

地下鉄旺角(モンコック)駅近くの上海街(シャンハイストリート)沿い。

一階に豆腐店がある雑居ビルの三階。この貸事務所が当面の古葉の拠点になる。豆腐店が大家だが、シャッターが下りている。時計は午後二時十五分。脇の扉を叩くと老人が出てきた。店主のようだ。鍵を受け取りに来たと告げると、渋い表情から急に笑顔に変わり、「ウェルカム」と両手を広げた。契約の際にマッシモ自身が挨拶(あいさつ)に訪れ、相場の三倍の契約金(敷金に当たる)と二年分の家賃を前払いしていったそうだ。

気に入られるわけだ。古葉は広東語がほとんどわからず、英語での会話だったが特に問題はなかった。店主の妻や中年の娘も出てきて、「新しい商売はきっと上手くいく」と話し、別れ際にはペットボトル入りの豆乳二本を渡された。

事務所はがらんと広い一間で、トイレと水道はあるが、シャワーなどはついていない。すぐ使える状態の有線電話機と、隅のほうにマットレスがひとつ。これをベッド代わりにしろということか？　あとは、誰かの使い古したマグカップが四つ残っていた。

マッシモの手配した本物の就労ビザと営業許可証を使い、日本企業向けの広告代理店の営業申請をする。もちろん実体はない。

それでも事務所らしくするために備品くらいは配置しなければ。机や椅子、来客用の茶器も買ってこよう。マットレスの目隠し用にパーティション、パソコン類も必要だ。

考えているうちに、本当に広告代理店を立ち上げるような気分になってきた。いい傾向だ。大きなうそを綻びのないものにするには、他人を騙す策を練るより、自分自身を騙し、それを真実だと心から思い込んでしまったほうが早い。

何者かが押し入ってきたときのため、素人なりに退路の確認もした。壁の二面が金網つきの窓で、古くて錆びた梯子型の非常階段もある。三階なので無理をすれば表の路上に飛び降りることもできなくはない。まあ、最低でも捻挫はするだろうけれど。トイレの小窓からも隣の屋根に飛び移れそうだ。

腹が減ったが、まだやらなければならないことがある。マットレスと壁の間に隠すようにスーツケースを入れた。ブラインドも取りつけよう。このままでは外から丸見えだ。入り口ドアに大家からもらった鍵のほか、日本から持ってきた後付け式のロックを二つつけ、事務所を出た。

道を早足で歩きながら、大家にもらった豆乳を飲む。確かに美味かった。「うちは有名酒家にも卸していて、いつも昼過ぎには売り切れる」と自慢していたが、うそではないようだ。正直、成田からの機内でも緊張のせいで食事にほとんど手をつけていない。

恒明銀行東旺角支店に駆け込んだ。

恒明銀行本店には、奪おうとしているフロッピーと書類が保管されている。その支店のひとつを、古葉のダミー会社はメインバンクにする。

窓口業務終了直前で、ここでもはじめは接客係の女性に嫌な顔をされたが、パスポートとキャッシュカード、マッシモが保証人になっている関連書類を見せると、とたんに表情が柔らかくなった。彼の会社は現地香港でも高い信用を得ていることがわかる。古葉名義の口座に初動資金として百五十万ホンコンドル（約二千百万円）が入金されているのも確認できた。

　中国本土側の九龍半島から、地下鉄で狭いビクトリア湾の地下をくぐり、香港島へ。金鐘(アドミラルティ)駅で降り、タクシーで香港仔(ホンコンチャイ)（アバディーン）という港町に向かう。「百万ドルの夜景」として紹介される側とは、香港島最高峰のビクトリアピーク（太平山(タイピンサン)、五五二メートル）を挟んで反対側に位置し、元は船で暮らす水上生活者が集まる古い漁港だった。しかし観光地化し、大型の海上海鮮レストランが並んでいる。

「ビジネス？」タクシーの運転手が訊いた。

「イエス」古葉はいった。

「会食？　それでも商用でアバディーンまで行くのは珍しいよ。近ごろの観光客は鯉魚門(レイユウムン)か西貢(サイクン)に行くし、企業の接待だって中環(セントラル)の高級海鮮酒家から卡拉ＯＫ(カラオケ)、夜総会(ナイトクラブ)って流れが普通だからさ」

　団体ツアー客か、水上生活者の歴史と文化に興味のある連中、そして変わり者でなければ、最近はわざわざ香港仔まで足を延ばさないらしい。ネオンで派手に彩られた宮殿のような巨大海上レストランは、味はともかく、日本や欧米の観光客の目には古臭く映り、敬遠されているという。

そういう場所だから、マッシモは選んだのだろう。これから彼に会い、奪取計画の全容を聞くことになっている。

タクシーを降り、レストランへの専用送迎ボートに乗った。

夕陽が波を照らし、吹く風が心地いい。湾岸に沿って進むボートから見上げると、港に並ぶ高層マンションの背後、ビクトリアピークへと登ってゆく緑の斜面に、豪奢（ごうしゃ）な家が点在している。

あの中のひとつにマッシモの住む家もある。他にも香港島の中環と九龍半島側の尖沙咀（チムサーチョイ）にマンションをひとつずつ。香港島の西側、大嶼（ランタオ）島の新興高級住宅街ディスカバリー・ベイにも住宅がひとつ。四軒の自宅をその時々によって転々としているのは、趣味や嗜好（しこう）ではなく、安全のためだろう。同じところに暮らしていたら、それだけ強盗や誘拐犯に狙われやすくなる。

ボートの行く先に目的の海上レストラン『漁利泰海鮮舫（ユウレイタイホイシンフォン）』が見えてきた。

「ようこそミスター・スズキ」マッシモの伝えていた偽名でマネージャーに迎えられ、サッカーコートのように広い客席フロアーを進んでゆく。七割ほどの席が埋まり、盛況のようだ。酒とタバコ、料理の匂いが渦巻き、広東語、英語、韓国語の会話が飛び交っている。

昔ながらの裾（すそ）の割れた絹のチャイナドレスを着たウエイトレスのエスコートで、VIP用のエレベーターに乗った。

「お待ちかねですよ」彼女に笑顔でいわれながら五階で降り、ふたりで通路を進んでゆく。部屋は突き当たりで、装飾された黒檀(こくたん)の大きなドアがついている。

だが、ノックのあとにドアを開けても誰の姿も見えなかった。円卓の上に料理だけが並び、少し開いた窓から吹きこむ風でカーテンが静かに揺れている。

状況を把握できずにいると、先に気づいたウエイトレスが絶叫した。声が廊下と部屋に響き、古葉も慌てて身を伏せる。

視線の先、円卓の下には赤黒い液体が広がっていた。

ボトルからこぼれたワインじゃない。その大きな血だまりの中に、待っているはずのマッシモはグラスを手に、目を見開いたまま倒れていた。

これは自殺じゃない。

部屋の隅に倒れているふたりの専属警護員の巨体と、マッシモのジャケットの背に無数に空いた弾痕(だんこん)が、それを物語っている。

はじめて見る殺人現場。そして殺されたばかりの肉体。

血だまりがさらに広がり、床に這いつくばっている古葉の指先に触れた。びくりと腕が震え、声が漏れそうになる。喉が詰まり、息も苦しい。

ウエイトレスはまだ大声で騒ぎ、助けを呼んでいる。

——どうしよう。

左手の爪先で額を叩き、掻(か)きながら、混乱する頭で必死に考えた。

ここが安全とは限らない。犯人が窓の外に隠れている可能性もある。今すぐ逃げたほうがいい？　だが、その背中を撃たれるかもしれない。

古葉は怯えながらもマッシモに這い寄った。

「ミスター。しっかりしてください」

下手な芝居だが、今この場で死んだ彼の体に近づく理由を他に思いつけなかった。無駄とわかっていながら英語でくり返し、動かない体を揺さぶる。小柄な老人なのに、命の抜けた肉の塊はひどく重い。半開きの口の中で、ぷるぷると揺れる舌がたまらなく気持ち悪い。

声をかけながら、死体の衣服を探ってゆく。渡されるはずだった追加資料があるはずだ。ズボンのポケットにはない。上着の内側には、鍵もフロッピーディスクもなく、財布だけ。古葉は緊張で息を荒くしながら自分のハンカチを出し、マッシモの財布をつまんで引き抜いた。老人の首がぐらんと揺れてこちらを向き、完全に生気の消えた目と目が合った。

紛れもない死。これは壮大なうそでも、偽装でもない。

この危険極まりない仕事の依頼主は、誰よりも先に殺されてしまった。古葉がわざわざ香港まで来た、その晩に――息がさらに苦しくなってゆく。

開いた財布には大量の各国通貨と、ブラックやプラチナのクレジットカードが並んでいる。

他には何もない。そう思ったと同時に、近くでがさりと音がした。

古葉は体を震わせ、そちらに顔を向けた。濃紺のスーツを着た警護員の巨体がゆっくりと揺れ、動いた。生きている？　いや、違う。うつ伏せの死体の向こうに、もうひとりいる。長く薄い栗色の髪が揺れ、白く細い腕が伸びた。

「クラエス。シニョーラ」

古葉は呼びかけた。

マッシモの秘書、クラエス・アイマーロは生きていた。横たわったまま動けないのだろう。それでも瞳はしっかりとこちらを見た。撃たれているようで、小さく呻きながら、伸ばした指先を震わせている。古葉は床を這って近づくとその指を摑んだ。

廊下の遠くから多くの足音が駆けてくる。

「フリーズ（Freeze）」

制服の警官が拳銃を構えながら叫んだ。

古葉はその言葉通り、クラエスの指を握りしめたまま体を硬直させた。

2

二〇一八年五月二十四日　木曜日

「古葉さん」

更衣室のドアがノックされ、着替えの途中で店長に呼ばれた。

すぐに出てきてほしいと緊張する声でいわれた瞬間、外に何が待っているのかわかったし、不思議なくらいに怖さもなかった。

なのに、「待ってください」と答え、脱いだばかりの制服をハンガーにかけたあと、私は少しの間、ロッカーの中で揺れるマルーン色のエプロンをぼんやり見つめていた。

自分でも驚いたけれど、名残惜しかった。

大学入学と同時にこのバイトをはじめ、卒業後も勤務を続けて四年二ヵ月。焙煎(ばいせん)したコーヒーや温めたマフィンの香りに、こんなにも愛着を感じていたなんて、ずっと気づかずにいた。

でも、そんな身勝手な感傷はすぐに断ち切られた。

「今すぐ開けていただけませんか」強いノックとともに女の声がいった。「そうしないと鍵を壊すことになりますよ」

引き延ばす理由はない。だからすぐにドアを開いた。

まだボタンを留め終わっていないブラウスの胸元から覗くブラジャーを見て、外で待ち構えていた何人かの背広の男と店長は顔を背けた。

先頭に立つパンツスーツの女ふたりは、臆することなくこちらを見ている。

「古葉瑛美さん。不正アクセス禁止法違反及び電子計算機損壊等業務妨害罪の疑いで逮捕します」

ひとりが逮捕状と警察の身分証を突き出し、もうひとりが私の腕からバッグと上着を奪ってゆく。

「手錠をかけるのは車内に移ってからにしますから。暴れないでくださいね」

私は胸元のボタンを上まで留めながらうなずいた。

警察官に囲まれ、コーヒーショップのバックヤードを進んでゆく。バイト仲間たちが気味悪がっているような、哀れんでいるような顔で見ている。悲しくはない。仕事以外で話したことはないし、友達でもなかったから。

ただ、店長にだけは「ご迷惑かけました」と頭を下げた。接客マニュアルに載っていることしかいえず、四年勤めても下手な作り笑いしか見せられなかった私を、半ば呆れながらも使い続けてくれたのはこの人だった。

裏口の前に停まったバンの後部座席に押し込まれると、すぐに手錠をかけられた。

平日の昼、渋滞する昭和通り(しょうわ)を進んでゆく。

スモークガラスの向こう、ビルの隙間に東京証券取引所が見えたときは、感謝に近い不思議な気持ちが湧いてきた。何をしてもらったわけでもない。でも、あの建物の周りに集まる人々のデータを奪うことで、普通の大学生や会社員と較べて余裕のある暮らしを、私は続けることができた。

「仕事場に押しかけてごめんなさいね」

右隣に座る女性捜査官がいった。

「申し訳ないけど、こっちの都合でそうさせてもらったの」

どうして店だったのだろう？　逮捕なら自宅マンションを出たところで十分だったはずだ。ただ、建物の周りを囲んでいる段階で気づかれる可能性もある。

逮捕が近づいていると私に知られれば、部屋にあるデータをすべて消去される危険があったからだ。わざわざバイト先で逮捕したのは、狭く窓のないドアひとつの更衣室で声をかけ、逃げ場のないことを悟らせるため。携帯からの遠隔操作では、部屋に残してあるデータの痕跡(こんせき)を完全には消せないことも、警察は調べて理解していたのだろう。

――この人謝っているんじゃない。すべて摑(つか)んでいると恫喝(どうかつ)しているんだ。

「あなたは自分で組んだスパイウエアを、バイト中に携帯から客の携帯やパソコンに無作為に飛ばし、持ち帰らせ、オフィスのパソコンに二次感染させた。主な標的は証券会社。あのバイト先の店は流行っていたし。SNSであなたに関する書き込みや隠し撮りの画像も見つけた。あなたのファンみたいな客も多かったんでしょう？　一日百人単位で感染させれば、セキュリティーにルーズな人間も必ず週にひとりふたりは見つかるものね。そして社外秘の短期株価分析や投機計画を、違法に入手した他人名義のメールアドレスに転送させた。スパイウエアは六時間後には自己消滅してしまう。証拠が残りにくくて難しかったけど、半年間追いかけさせてもらったから」

何もいわず前を見ている私に、彼女は言葉を続ける。

「盗んだデータを基に投資してたんでしょ。少額ずつこつこつ続けて、ずいぶん儲けたみたいね。あなたの個人的な問題についても調べさせてもらった。スキゾイドパーソナリティ障害。他人と親密な関係を持ちたいと思わず、一貫して孤立した行動を取る。ただの孤独好きとは全然違って、人づきあい自体が大きな精神的負担になるんでしょ。確かに生き辛いだろうし、いい大学を出ていても、普通に会社勤めをすることは難しかったんでしょう。でも、だからって誰かの知的財産を横取りしていいわけじゃない。あなたのしたことは、れっきとした犯罪行為だから」

兜町の中央警察署に着くと、はじめに両手の掌紋と指紋、顔の立体写真を撮られた。取調室は狭くて細長く、ついさっきまでいた更衣室とあまり変わらない。窓はなく、人権的な配慮なのか、入り口のドアは開いたまま。外のフロアーで働く警察官の話し声や電話の音が聞こえてくる。

バンの中で手錠をかけた女性捜査官が前に座った。彼女が取り調べをするようだ。パイプ椅子に手錠と腰縄でつながれ、はじめに弁護士を手配する権利について説明された。

「呼んでください」と私はいった。

「じゃ、当番弁護士に連絡するから」

「いえ、私の指名する方をお願いします」

「電話番号わかる？　何ていう弁護士さん？」

「財布の中に事務所の名刺が入っています」

「わかったわ。連絡させておく」

「私に電話させてもらえませんか」

「あなたが直接連絡を取ることはできないの。必ず今日中に伝えるから」

義父に教えられた通りだ。弁護士との接見を遅らせ、その間に取り調べを進めようとしている。

「私の目の前で、今すぐ連絡を取っていただけませんか。できますよね」

捜査官は露骨に嫌な顔をしたけれど、五分後には若い男の警察官が私の財布を持って入ってきた。その男が財布からグールド&ペレルマンという法律事務所の連絡先が書かれたカードを出し、電話をかける。

漏れてくるコール音を聞きながら、私は緊張していた。知っているのはグールド&ペレルマンが、ロンドンに本部のある外資の法律事務所ということだけ。問題が起きたら電話するよう亡くなった義父からいわれていたけれど、これまで一度も連絡したことはなかった。

電話に女性が出た。彼女の日本語の指示に従い、男の警察官がカードの裏にあるアルファベットと数字の交じった登録番号を伝えてゆく。

「すぐに来るそうですよ」男がいった。

「顧問弁護士？」女性捜査官が訊いた。

「違います」

「ふうん」といってから、「他に連絡したい人はいない？」と訊かれた。

「いません」

「長い勾留になるから、接見禁止が解けたあと、着替えを差し入れてもらわないと困ることになると思うけど」

数多い犯歴を一件ずつ逮捕立件し、最長二十日間の勾留をくり返しながら取り調べを進めてゆくつもりなのだろう。

「親戚は？　恋人や友だちでもいいんだけど」

私が首を横に振ると、捜査官がもう一度訊いた。

「大学時代の知り合いは？　バイト先のお客さんの中で、頼れそうな人はいない？」

少し可笑しくなって、私は下を向いて口元を緩めた。

「騙して使えそうな男を思い出せっていってるんじゃないのよ」捜査官も笑った。

「あの、私の自宅も捜索されるんですよね？」逆に訊いた。

「ええ。明日には家宅捜索が入る。もちろん管理会社の立会いつきでね。でも、まだ捜査に関する話は待って。先にまずあなたのプロフィールを聞かせてもらう」

捜査官がノートパソコンを開いた。身上書を作成するそうだ。

「調書の前に書くのが決まりなの」

「そうじゃなくて。部屋に入るのなら、証拠品と一緒に着替えも持ってきてもらえないかと思って」

「できるわけないでしょ」また捜査官が笑う。「まず本籍地から教えてくれる？」

「義父の出身地の宮城県仙台市ですけれど、詳しくは覚えていません」

「いいわ。こっちで確認する。あなたの免許証のＩＣチップを調べればわかるから」

だったらはじめから訊かなければいいのに。それから生年月日や学歴・職歴についての質問が続き、ひと通り終わったあとも、さらに細かく出自について確認された。

「生まれたのはベトナムで、そのあとイギリスに移っているよね。ご家族の転勤？」

「詳しく話さないといけませんか」

「黙秘もできるけど、不利になるだけじゃないかな。話したほうがいいと思うけど」

強要するようにこちらを見た。

「イギリスに移ったのは心臓弁膜症の手術のためです」

「あなたが手術を受けたのね。今もその症状があったり、薬を飲んでいたりする？」

「ありません。手術後に住んでいたのはサリー州のウォーキングという街で――」

そこで言葉を止めた。

抵抗したいからじゃない。ただ、自分でもぼんやりとしか覚えていない過去の記憶を無理やり掘り起こし、説明することが急に嫌になった。本当に覚えていないし、写真もわずかしかない。曖昧な昔話を、真剣に話している自分が馬鹿みたいに思えた。

「古葉さんどうしました?」

捜査官が強い声でいった。

「あなたはその後三歳のときにお母さんを事故で亡くし、五歳で日本に戻ってきた。家は横浜で幼稚園から元町にあるインターナショナルスクールに通っていましたよね。自分の口で話してもらわないと身上書にできないの。黙っていても、取り調べの時間が無駄に長くなるだけだけれど」

彼女の言葉は聞こえている。

でも、答えるよりも自分のことを考えている……私は私のことを知らない。本当の両親がどんな人たちで、どうして義父が私を引き取ったのかも。

私はずっとあの義父が血のつながりのある本当の父親だと信じて疑わなかったし、三歳のとき事故で亡くなった義母が、実の母だと思っていた。

けれどハイスクール一年生のとき、十代の子供がよく考えるように、日本もスキゾイドパーソナリティ障害を抱えている自分も窮屈で、何かを変えられるような気がして、半年間のイギリスへの留学をこっそり計画した。

留学が認可されホストファミリーも決まってしまえば、義父ももう止められない、事後承諾するしかないと勝手に思っていた。

でも、その書類を用意している途中、自分が養女だと知った。私は激しく動揺し、そして結局留学はなくなった。担当医からも今の精神状態では難しいと強く止められた。

あのとき私の中にあった家族のかたちが一気に崩れた。

考えてみると、死んだと聞かされた義母の顔や温もりはぼんやりと覚えているけれど、義母の葬儀や棺に横たわっている姿を見た記憶はない。祖父母にも会ったことがない。親戚は仙台市で暮らしている伯父・伯母と名乗る人たちに数回あった程度。

おかしなことばかり。でも——

『二十歳になったら全部教える』

そういった義父の言葉を、十代の私は、焦れながらも、腹を立てながらも、信じ、待っていた。

たぶん、あの人がとても好きだったから。

私は血のつながった家族を知らない、わからない。けれど、誰かを思い、慈しむ気持ちがどんなものかは知っている。あの義父が、恋愛とまったく違ったかたちの愛情を十分に注いでくれたから。

だから私も、どこにでもいる思春期の子供のように、反発しながら、煙たがるふりをしながら、あの人の愛に頼り、甘えていた。

それなのに義父・古葉慶太は、卑怯なことに私が二十歳になる八ヵ月前に、何も話してくれないまま出張先のマニラでホテル火災に遭い死んでしまった——

「いったんやめましょうか」

捜査官がいった。

ドアの外、遠くの壁に掛かった時計を見ると午後五時半になっていた。バイト先で逮捕されてから三時間、この取調室で黙り込んでからも一時間近くが過ぎている。

「一度留置場内に入って、晩御飯を食べて少し休憩してから、またはじめましょう。いつもよりだいぶ早い夕食だろうけど」

取調室で食べるのだと思っていた。

「箸を持つのに手錠を外すから。容疑者が外せるのは、留置場の扉の中だけっていう決まりなの。それに鉄の扉の向こうで食べれば、話す気になるかもしれないしね」

職務とはわかっているけれど、この人が本気で憎くなってきた。警察官はこうやって皆に恨まれていくのだろう。

片側を椅子につないでいた手錠を、また両手にはめ直され、腰にも縄を巻かれた。

前後を警察官に挟まれ、廊下を進んでゆく。

「不正な持ち込み品がないか、下着を取って肛門と股間も検査されるから。一瞬で終わるので取り乱さないでね」

留置場内への鉄扉の前で、捜査官から囁くようにいわれた。

けれど、扉は開かなかった。さっき弁護士事務所に電話を入れた若い男が早足で追ってきて捜査官に耳打ちすると、彼女の表情が一変した。

私を睨む。でもその理由がわからない。戸惑っていると、うしろから呼ばれた。

「遅くなりすみません。グールド&ペレルマン法律事務所から参りました」

中年の男女が名刺を出した。ふたり揃ってスーツの襟に弁護士バッジをつけている。

都築という名の男の弁護士が、押収された私のバッグと上着を差し出した。

「忘れ物や、なくなっているものはないか、確認していただけますか」

受け取ろうと伸ばした私の腕についていた手錠を、捜査官が無言で外してゆく。バッグと財布を開き、中を見た。すべて揃っている。

「では、行きましょう。あとは彼女が処理します」

都築がいうと、女の弁護士が笑顔でうなずいた。

横目で見た捜査官の頰は怒りのせいで赤くなり、他の警察官たちの顔も険しい。

警察署の玄関を出ると、促されるまま、待っていた黒塗りの車の後部座席に乗り込んだ。手錠が外れてから、まだ三分も経っていない。

「まず古葉様の自宅に向かいましょう」

都築がいった。運転手が「出発します」と小声で続け、発進させる。

「パスポートと二、三日分の着替え、その他必要なものをまとめてください。マンションの下で待っていますので、十五分以内に戻ってきていただけますか」

車が何度か曲がり、高速道路に入った。私の住んでいる大田区池上へ向かっている。もちろんこの弁護士に自宅住所を教えたことはない。

「あの、私、保釈ですか？」

自分でも馬鹿な訊き方だと思ったけれど、そんな言葉しか出なかった。

「はい。無実ではなく、あくまで保釈です、罪の事実は消えていませんので」

「保釈金を払ったのですか？」

「違います。あなたは中華人民共和国大使館に二年前から勤めていることになったんです。そこの日本人職員ということです」

事態を摑めず軽く酩酊したようだった意識が、またはっきりしてきた――自分が生易しい状況にいるのでないとわかったからだ。私は中国大使館に勤めたこともないし、どこにあるのかさえ知らない。

「どういうことでしょう？」

「あなたに大使館職員の身分が付与され、保護された理由ですか？　それはわかりません。私は依頼人の指示通り動いているだけですから」

「弁護の依頼をしたのは私ですよね」

「いいえ。本件の正式な依頼人は、華興電機という上海に本社のある中国企業の東京支店法務部です。中国大使館はその協力者という立場ですね」

「私が大使館職員になることが、どうして保釈につながるんですか」

「大まかにいえば外交特権です。殺人などの重大犯罪は別として、今回のような案件は、慣例として『日本人職員であっても公務中の事件・事故ならば、ウィーン条約に基づき裁判権は免除される』と判断されてきましたから」

「でも、私は公務なんてしていません」

「そこは方便です。失礼な言い方をしますが、違法とわかっていながら何年もデータ窃盗を続けていたあなたが、そんなことを気に留める必要はないと思いますよ」

過去の判例を説明された。

二〇〇二年、アジア某国の大使館に勤務する日本人職員が、来日中の官僚を自動車でホテルに送ったあと、重大な人身事故を起こした。車は大使館ナンバーをつけた公用車ではなく個人所有のもの、しかも、送り終えて自宅に帰る途中の事故だった。にもかかわらず、大使館側は『大使館員には刑事裁判権が及ばない』というウィーン条約に基づく外交特権を主張した。

「さすがにこの案件では、日本の裁判所が主張を退け、罰金十五万円を命じました。ただ、それでも通常に較べれば遥（はる）かに軽い判決ですし、この加害者に対しても『ウィーン条約が定める、外交職員以外の使節団の職員である』と身分を容認しました。これが先例となって、古葉様の場合も免責される可能性が非常に高い」

「中国大使館が私を職員だと認めている間は、罪に問われないということですか」

「そうです。私どもや中国大使館の動きを見て、検察はこの数時間で本件の起訴が難しく、割にも合わないと判断したのでしょう。無理に起訴へ持ち込もうとすれば、公務中の情報奪取なのでスパイ行為の有無へと論点が発展してしまう」

「国際問題になるかもしれない？」

「はい。この程度の罪状で、そこまでのリスクを冒したくなかったということです」

「助けてもらった代償に、私は中国大使館に何をすればいいんでしょう？」

「それも私にはわかりません。あなたの自宅に戻ってパスポートと荷物を回収したあとは、虎ノ門の中国査証申請センターに向かい、ビザを発給してもらう。通常はもう業務を終了している時間ですが、特例だそうです。それから羽田空港にお送りします」

「羽田からどこへ？」

「香港です。中国への旅行は、目的が観光で滞在が十五日以内ならビザが免除されますから、それより長期の滞在になるか、観光以外の目的申請が必要なのだと思います。香港の空港では、古葉様の名前のボードを持った迎えの者がいるそうです」

「あの、もしまた何か問題が起きたら、今度は私から都築さんに依頼してもよろしいですか」

「もちろんです。古葉様はお父様の代からの大切なお客様ですから。当然、規定の料金はいただきますけれど」

——義父も顧客だった？

「古葉慶太をご存じなんですか」

「いいえ。資料を通して存じ上げているだけで、私自身が直接お会いしたことはありません」

以前からの顧客。義父は何を依頼したのだろう？

古葉慶太は農水省を二十代の終わりに辞めて、株式トレーダーをしていた。海外出張も多かったし、中国人の友人がいても不思議はないけれど、中国大使館の話なんて聞いたことはない。

そして香港も。

そこまで考えて、ふっと浮かんだ。

――私、香港に行くんだ。

拒否すれば中国大使館職員の身分を取り上げられ、また逮捕されるだろう。それに行くのを嫌がる理由も、今は思いつかなかった。日本に残っていてもすることはない。明日入っていたバイトのシフトも、もう気にする必要は無くなったし。

香港に何があるのか私は知らない。誰が、何の理由で助けてくれたのかもわからない。でも、私、本当に助けられたのかな？　この先、自分の置かれる状況が、留置場の中よりいいなんて保証はどこにもないのだから。

わからないままの私を乗せ、車は走り続けた――

3

一九九六年十二月三十一日　火曜日

「ミスター・コバ、だいじょうぶですか？」

ノックの音とともにドアの向こうから訊かれた。

古葉は返事をしようとしたが、その前にまた吐き気がこみ上げてきた。死んだマッシモの開いた瞳孔と濡れた舌先が頭に浮かび、喉を鳴らしながら目の前の便器に黄色い液体を撒き散らしてゆく。ろくに食べていないせいで、もう胃液とため息以外に出すものがない。

ようやく動揺も収まったと思ったのに、目の前に事件現場のポラロイドと現像されたばかりの被害者たちの写真を並べられたせいだ。

個室を出ると、若い捜査官が口元を緩めながらペーパータオルを差し出した。日本人はだらしがないとせせら笑っているようで癇に障るが、嫌みを返す気力もない。

真新しい三十三階建て高層ビルの六階。

トイレから廊下に出ると、薄暗かった天井のライトが明るく輝いていた。ここに連れてこられたときより職員の数も増え、皆が慌ただしくフロアーを動き回っている。午前零時を過ぎているが、電話の音も鳴り続けていた。すべては香港在住のイタリア人富豪マッシモ・ジョルジアンニが、ふたりのロシア人護衛とともに射殺されたためだった。

今、金鐘（アドミラルティ）にある皇家香港警察總部（Royal Hong Kong Police Headquarters）にいる。

事件の起きた海上レストラン『漁利泰海鮮舫（ユウレイタイホイシンフォン）』に警察が到着すると、古葉はすぐに現場の五階個室から出され、一階の広い客席フロアーのテーブルに座らされた。驚いたことにレストランは営業を続け、何も知らされていないマレーシアや韓国からの団体客たちが笑顔で料理を口にしている中、タバコを吹かす私服警官から聴取を受けた。

だが、それで終わらず、水上バスで陸に戻ると、レストランのある香港仔（ホンコンチャイ）地区を担当する警署（グインチュウ）（警察署）ではなく、香港全域を統括するこの總部に車で運ばれた。

オフィスの奥にあるミーティングテーブルでは、担当捜査官が電話をしながら古葉が戻るのを待っていた。

三十代で細身、香港のエリートらしく短髪の黒髪をきれいに七三に分けている。ワイシャツの胸の身分証には『雷楚雄（ルイチョホン） Bryan Lui』の名。本人から説明はなかったが、『督察（ドウチャ） Inspector』と書かれているので、日本でいう警部なのだろう。

彼のうしろ、半分ブラインドの上がった大きな窓の外には、ビクトリア湾と九龍（カオルーン）半島の街明かりが広がっている。成田を離陸して十四時間、こんなかたちで百万ドルの夜景を見るとは思わなかった。様々な色の光が混ざり合い作り出す煌めきが、古葉の気持ちをよけい惨めにさせてゆく。

「ミス・クラエス・アイマーロは無事だそうです」

雷が携帯電話を切りながらいった。

「容態は？」古葉は訊いた。

「傷の具合という意味ですか？　うしろから左肩に一発、左腕にも一発撃ち込まれていたそうです。重傷ですが、命に別状はないでしょう」

そこまでいうとテーブルに置かれたタバコの箱に手を伸ばし、火をつけた。

「吐き気はおさまりましたね。さあ、続けましょう」

冷淡な言い方をするのは、こちらを感情的にさせたいから。揺さぶりをかけているということだ。事件現場や死体写真をあえて見せたのも、その一環なのだろう。

古葉は農水省時代、組織的な裏金作りに関与して東京地検特捜部の聴取を何度も受けている。国は違っても、捜査関係者のやり口は変わらないと思った。

マッシモとはいつ知り合い、どんな関係だったのか？　今回の香港来訪の目的は？　マッシモがオーナーだという広告代理店の規模と、具体的な業務内容は？

雷が訊き、古葉のほうも青ざめた顔をしながらときおり質問を挟んだ。

「犯人について何かわかったことはありますか。複数？　撃ったのはどこから？」

雷は「まだ何も。すべて捜査中です」とあっさりかわし、またマッシモとの関係を問いかけてくる。くり返し同じことを訊き、微妙に変わってくる相手の答えの中から、うそを暴く糸口を見つけ出そうとしている。

はっきりと言葉にはしないものの、雷は古葉がこの殺人の依頼者である可能性を探っていた。同じように、生き残ったクラエス・アイマーロにも疑惑の目を向けている。

「犯人はミスター・マッシモだけでなく、プロの警護ふたりも同時に殺害している。なのに、武器も持たない女性秘書だけを殺し損ねるでしょうか？」

——どんなに怪しんでも何も出てきはしない。

そう思いながらも、射殺死体を見た狼狽から立ち直るにつれ、別の不安が湧き上がってきた。古葉の知らないところで、すでにマッシモは資料奪取のために拉致や殺人のような重犯罪を行っていたのかもしれない。そして、気づかぬうちに自分もその共犯者にされているのかもしれない。

古葉、雷、ふたりの疑心暗鬼が空回りし、時間だけが過ぎてゆく。

「また近々お会いしましょう」という言葉とともに、雷に無理やり名刺を握らされ、皇家香港警察總部を出たのは十二月三十一日の午前四時だった。

日の出前で空は暗い。真冬の香港の早朝は、日本人でも肌寒さを感じるほどに冷えている。

タクシーに乗ると、信号待ちで運転手が話しかけてきた。

「盗られたのは現金？　カード？　宝飾品？　何にせよ警察總部から出てきたんだから

大きな額なんでしょう。災難でしたね」

ハンドルを握りながら、片手で缶を差し出す。

「どうぞ。甘いものは疲れに効くよ」

イギリス土産の定番、シンプキンの缶入りドロップ。会話する煩わしさより、空腹と喉の渇きでドロップを食べたい気持ちのほうが少しだけ上回った。

礼をいってラズベリー味を口に放り込む。甘さと酸味が喉に沁みてゆく。

「なぜ被害者だと思ったんですか」

ネオンが煌めく人通りのまばらな道を見ながら古葉は訊いた。

「だってお客さんの顔は、盗るより盗られる側だもの」

香港人から見ても被害者面ってことか——共犯者に俺を選んだマッシモの判断は、間違いじゃなかったわけだ。

「日本人でしょ？　いつから香港に？」

「昨日の午後。香港のタクシーもフレンドリーになりましたね」

古葉が大学時代、バックパッカー気取りの旅行中に数回利用したときは、とんでもなく無愛想か、観光客を騙して余計に料金を取ろうとするかのどちらかだった。だが今回は、到着から三回乗ったタクシーで、三回とも運転手が気さくに話しかけてきた。

「そりゃお客さんが人の好さそうな顔の上に、とんでもなく思い詰めた表情をしてるから」

「そんなに酷い顔をしています？」

「ええ。二回離婚して、百五十万ホンコンドル（約二千百万円）の借金を抱えてる俺だって、心配になって話しかけちゃうくらいにね。さっき乗ってきたときなんて、ありゃ、騙されて逃げ場のなくなった人間の顔でしたよ」

運転手が笑った。

空港からずっとそんな表情をしていたのか。自分では気づかなかった。被害者面で、しかも逃げ場のない人間の顔か。

古葉も笑った。

「そう。笑っていれば運も向いてきますよ。ドロップもうひとつどうぞ」

昨日借りたばかりの旺角にある事務所まで二十分足らず。運転手との軽口で少しだけ軽くなった心でタクシーを降りた。

まだ暗い街の中、一階の大家の豆腐店には光が点り、作業の水音とともに煮た大豆の匂いが通りまで流れてくる。店脇の通路を入り、階段を上って三階へ。

とにかく少し寝よう。目が覚めたら次のことを考えよう。

だが、事務所のドアの前で、またも唖然とした。日本から持ってきた後付け式のドアロックふたつが壊され、外されている。

心臓が鳴り出す。どうしよう……ドアを開け、中を確かめるべきか？　待ち伏せされているかもしれない。一瞬躊躇したが、もし誰かが隠れているのなら、壊したドアロックをそのままにしておくはずがない。見ればどんな馬鹿でも気づいてしまう。

それでも怯えながらドアノブを握った。案の定、解錠されている。

ゆっくりと開き、覗き込んだ。

ブラインドのない窓から街灯が射し込み、部屋中を照らしている。

誰もいない。そして昨日の昼にはじめて見たときと変わりない。据え置きの電話が一台と、使い古したマグカップ数個。隅にはマットレス。

ただひとつ、古葉が持ち込んだ大きなスーツケースだけが消えていた。

偶然かもしれない。だが、マッシモの射殺とこの窃盗が無関係だとは、今はどうしても考えられなかった。体の力が抜けそうになるのを奮い立たせる。

——まだ最悪じゃない。そうだろ？

自分に言い聞かせた。農水省の官僚だった三年半前の、あの人生最悪だった日に較べたら、まだだいじょうぶ。登庁しようと駅に向かって寮を出たところで、東京地検特捜部の連中に囲まれたあの朝に較べたら……

情けなくて泣きそうになる顔を叩き、携帯電話を出すと、香港の緊急番号９９９を押した。

＊

女が呼んでいる。

知らない、聞いたことのない声。

誰だ？　そう思ったところで古葉は気づき、マットレスに倒していた体を慌てて起こした。

黒い髪と瞳の女が見下ろしている。

「何を……」

訊こうとしたが声が詰まる。逆に女のほうが古葉に声をかけた。

「ごめんなさいね。ノックをしても返事がないし、呻き声が漏れてきたものだから。心筋梗塞を起こしているんじゃないかと思って」

「君は？」動揺が収まらないまま訊いた。

「ミア・リーダス。栄翠警衛配備中心から来ました」

彼女が右手を差し出したが、古葉は握れなかった。

栄翠警衛配備中心は、マッシモが、古葉をリーダーとするフロッピーディスクと書類奪取チームの警護を依頼したエージェントの名だった。

「銃も握ったことのない君たちに、自分の身を守れるはずがない。プロを雇ったほうがいい」

マッシモが生前提案し、古葉も素直に同意した。

携帯電話の時計を見ると午後四時。窓からは西陽が射し込んでいる。ああ、そうだ。

確かにこの時間に派遣されてくる警護担当者と会う約束をした。

古葉は立ち上がると、頰を叩き目を覚ました。

十一時間半前――

999に連絡し、この部屋に制服の警察官が到着すると、すぐに聴取と現場検証がはじまった。

だが、盗られたのがスーツケースひとつで、中には衣類と日用品しか入っていないとわかると、警察官たちは拍子抜けしたような顔をした。

「戻ってくる可能性はほとんどないでしょう」

他人事のようにいって、駆けつけた四人のうち二人は帰ってしまった。一階の豆腐店の大家も心配してやって来たが、芝居掛かったくらいに同情する様子は、疲れ切っていた体には正直うっとうしかった。ただ、ドアノブの鍵だけじゃ不安だろうと、掛け金と大きな南京錠のセットをふたつ持って来てくれたのは嬉しかった。

「マッシモさんにも申し訳ない」と大家は話し、彼の死をまだ知らずにいた。雷督察が「報道管制を敷いている」といった通り、あの時点でテレビ・新聞はまだ何も伝えていないようだった。

その後、検証を終えた警察官が帰り、少しだけ休むつもりでマットレスに横になったが、疲れて眠り続けてしまったようだ。

「でも、どうやって」

古葉がミアに顔を向けると、彼女は手にしていた細い鍵を見せた。

「商売柄いつも持ってるの。これでドアノブの鍵を開けた。南京錠のほうはもっと簡単」

山形に切ったアルミ片のようなものを見せた。

「これをフックの差し込まれた穴に押し込めば、簡単に開けられる」

眠りから覚めたのに、よけいに頭が重くなった。スーツケースを盗まれるのも当然だ。

とにかくこの部屋にはいたくない。彼女を外に誘った。

すぐ近くの茶餐廳（喫茶食堂）に入り、テーブルを挟んで座る。コーヒーを頼むと、香りのしない、ぬるくて苦いだけの飲み物が運ばれて来た。

ミアが契約書類を出し、プロフィールを話しはじめる。

「オーストラリア国籍、二十九歳。英語とマレー語、広東語も少し話せる。父は台湾から、母はインドネシアからの移民で、私は二世」

十八歳から八年間オーストラリア陸軍に在籍し、除隊後はブルネイ、シンガポールで警護の仕事をし、香港には一年前にやって来たという。

「不満なのはわかってる。でも、それに関しては私が話すより、栄翠警衛配備中心に直接確認してもらったほうがいいと思う」

古葉はすぐに携帯を出した。

電話に出た男に用件を英語で伝えると、『請稍等（少しお待ちください）』と広東語ではなく北京語で言われた。保留音はマライア・キャリーの曲。終わるとスパイス・ガールズが流れはじめた。

マッシモと古葉がリクエストしていた警護役は、アメリカ、ロシア、ドイツのいずれかの軍役を五年以上経験した英語堪能な身長百八十五センチ以上の男性。目の前にいるミアの身長は高くても百七十センチ程度。姿勢がよく肩幅も広くて、ベージュのカーディガンと白いシャツに包まれた体が鍛えられているのはわかる。だが望んでいた、見るだけで威圧される体型とはとても言い難い。

しばらく待たされたあと、担当の中年女性が出て、古葉のクレームを軽くあしらうようにいった。

『私たちが彼女を選んで送り込んだんじゃありませんよ。あなたとマッシモさんがご要望の高技能登録者の中で、彼女しかこの仕事を希望しなかったんです。他は皆辞退しました。理由はおわかりですよね』

マッシモが警護役ふたりとともに射殺されたことが知れ渡ったせいだ。テレビ・新聞が報道しなくても、警察からのリークがあったのだろう。日本同様、香港の警備会社にも警察OBが多数雇われている。

目の前のミアを気にしながらも古葉は食い下がろうとした。が、無駄だった。

『私たちは徴兵局ではないんですよ。嫌がる人間を無理やり任務につけられるわけないでしょう。皆さんの希望を伝え、受け入れた登録者たちを斡旋するだけ。やれることは結婚紹介所と変わらないんです。それに見た目の偏見は捨てるべきですよ。彼女は間違いなく優秀ですから』

電話を切り、彼女を見る。

「どうします？」

ミアが鴛鴦茶（紅茶とコーヒーをブレンドしたもの）を啜りながら訊いた。

「雇います。リーダスさん」古葉はいった。彼女しかいないのだから仕方ない。自分の身は自分で守ると言い切る自信も勇気もなかった。

「ただ、少し質問させてもらえますか」

「どうぞ」

「私たちの出資者がどうなったか、あなたもご存じですよね。それでも希望した理由は？」

「契約条項によれば、あなたたちのスポンサーがどういう状況になろうと、私への報酬は変わらない。それに、あなたが日本人だから」

「金払いがいいという意味ですか」

「ええ。仕事が完了したあとで文句をつけて値切ったりもしないから。ただ、日本人を好意的に見ているという意味じゃない。なるべく早く確実に、まとまったお金を手に入れたいだけ」

「わかりました」

古葉はミアの出した契約書にサインし、栄翠警衛配備中心にも締結の連絡を入れた。

小切手に前金分を書き込み、彼女に渡す。

「ミアと呼んで。ミスター──」

「コバでいい」

「わかった、コバ。最低限の気遣いはしてほしいし、私もするつもりだけど、形式張った敬語や遠回しな言い方はやめましょう。これはフランクな付き合いを望んでるわけじゃなく、警護担当としての提言。意思伝達は可能な限り単純なほうがいいから」

「従うよ」

古葉とミアは握手すると、互いの携帯番号を交換した。

彼女は、古葉が代表取締役を務める広告代理店の社員全員を警護する。古葉を含め五人。もちろん五人の真の仕事についてミアには何も伝えないし、業務内容に深く立ち入ろうとしたら、その時点で解雇となる。

「他の四人の社員は？」ミアがいった。

「これから会いに行く。一緒に来てくれ」

ミアは怪しんでいるが、それを口にはしない。危険とほぼ同義のその怪しさを無言で飲み込むからこそ、一週間ごとに三万ホンコンドル（約四十二万円）もの賃金を得られることを、彼女も当然わかっている。

古葉もマッシモの選んだ他の四人に会うのははじめてだった。

彼が死んだ今となっては、顔を合わせることに意味があるのかどうかわからない。それでも会う義務があった。

計画の続行・中止は、リーダーであっても古葉ひとりでは決められない。事前に五人がマッシモと交わした契約書には、五人の死亡や途中離脱に関する細かな条項は書かれているが、この計画の立案者であるマッシモ自身の死については何の記載もなかった。書かれていない事態への対処は、五人のメンバーの多数決で決めなければならない。

具体的な行動はまだ何もしていなかったとしても、昨日古葉が啓徳（カイタック）空港に到着した時点から、契約は効力を持つ。気取った言い方が許されるなら、ゲームはすでにはじまっている。

古葉ひとりの意思では、もうこのゲームから降りることはできない。ルールを無視して、正当な理由なく逃げ出せば、「厳重なペナルティが科される」ことになっている。

茶餐廳を出てタクシーを拾おうとしたが、表通りも裏道もひどく渋滞していた。車に乗れば約束に間に合わないだろう。混み合っている地下鉄に乗るのも避けようとミアにいわれた。

「あくまで念のため。ミスター・マッシモの事件が、あなたとは無関係なところで起きたものとわかるまでの暫定的な処置」

彼女の言葉に従い、借りた事務所の前の上海（シャンハイストリート）街を歩いてゆく。

マッシモの死からまだ一日経過していない。真実を知らないミアと違い、古葉の中には強い恐怖心がある。突然刺されたり、撃たれたりするかもしれない。ただ、だからといって、窃盗犯に侵入されたあの事務所でじっとしているのも嫌だった。

——あんなところで膝（ひざ）を抱えていても事態は好転しない。同じ失敗をするにしても、俺は悪あがきした末の失敗だったと感じたい。

裏金工作の責任を問われ、農水省を辞職したのち、マスコミに追われる怖さから一年間自宅引きこもりを経験した末に、古葉が学んだことだった。

それが敗者の中に残っている唯一のプライドでもあった。

一九九七年一月一日の新年まであと六時間と少し。

通りの両側の店先には、雑誌が平積みされた書店でも、イギリス式のブックメーカー（賭（か）け屋）でも、どこも同じように新年を祝うための爆竹・花火が用意されている。さらに北へ進んでいくと風俗店が増えてきた。まだ日没前なのに、台湾のビンロウ売りのような露骨な恰好（かっこう）で客引きしている。香港では路上客引きは厳罰だと聞いていたが、事実は違うようだ。

途中の新聞スタンドで、目印にするための経済誌『フォーチュン』を買った。が、同じ店頭に並ぶ、地元香港の英字タブロイド紙のひとつに『Italian millionaire was shot dead』のタイトルを見つけた。中国語夕刊紙にも『意大利富翁（イタリア人富豪）』や『被射死了（射殺された）』の文字が載っている。

もう誰もが知る事実になってしまった。

一・五キロメートルほど歩いた九廣鐵路（カオルーンカントンレイルウェイ）の線路近く。旺角大球場（モンコックスタジアム）という球技場の裏手で、ふたりは待っていた。

『フォーチュン』を脇に抱えた古葉と同じように、向こうもそれぞれに雑誌を手にし、他人のような素振りで距離を取りながら立っている。

『エコノミスト』を丸めて左手に持っているのが、勤めていた名門ベアリングス銀行の破綻により職を失った英国国籍のジャービス・マクギリス。遠くからでもわかるブルネットの髪と白い肌、青い瞳。中肉で古葉より少し低い百七十五センチ前後の身長。歳は古葉よりひとつ上の三十三。こちらに気づき、歩いてくる。

もうひとり、『ニューズウィーク』を持ち、小走りで近づいてくるのが、勤務していたNeXTソフトウエアがアップルコンピュータに買収されたため、職もアメリカ滞在許可も失ったフィンランド国籍の技術者、イラリ・ロンカイネン。三十一歳。ブロンドの髪と髭に、薄い緑の瞳。細身の体が近づいてくるにつれ、その背の高さがわかった。百九十センチ近くある。

古葉が知っているように、ジャービスとイラリにも古葉のプロフィールを知られている。三人とも自業自得であれ不可抗力であれ、大きな失敗をした結果、今ここにいる。

負け犬なのは、皆同じ。自分を大きく見せることも、強がる必要もない。だからジャービスもイラリも隠すことなく、道に迷った子供のような不安な顔をしている。たぶん古葉も同じような顔をしているはずだ。

「どういうことだ？」右横に並ぶと同時にジャービスが囁いた。

「いつ、何で知った？」古葉も返す。

「今日の午後、新聞で。君は昨夜会っているはずだろ？」

「本当なのか、偽装なのか」

イラリも左横に並ぶとすぐに癖のある英語で訊いた。「それにあれは誰なんだい」離れた場所から見ているミアのことをいっている。

古葉は昨夜香港仔で見たことと、その後の取り調べについてごく短く話した。

「ふざけるな」

ジャービスが誰に向けるでもなくいった。

「はじまる前から終わってしまったじゃないか」

「続きは五人揃った時点で話そう。この先どうするかは三人では決められない」

そこまで話すと、古葉はミアを見た。

「彼女はミス・リーダス、警護役だよ」

ふたりが視線を向けると、ミアは小さくうなずいた。

「君の——」イラリがいいかけた。

「いや、俺たちの警護役だ。彼女が守る対象には君も含まれる」

「ボディーガードは男のはずだ」ジャービスがいった。

「キャンセルされたんだ。マッシモが消えてしまったせいで」

古葉がそういっただけで、ふたりは状況を理解した。

「何もかも約束と違う」イラリがいった。

ふたりの表情が不安から失望へと変わってゆく。

唯一の救いは、焦燥や疑心から互いを責め合わなかったことだ。古葉が見せた子供騙しのようなリーダーシップを、ジャービスもイラリもとりあえずは受け入れてくれた。

残りのふたりの男たちが待つ場所へ——

街灯が照らしはじめた道を、三人の男とひとりの女は葬列のように黙ったまま進んでいった。

*

「彼女は？」

四人目の男、林彩華もまずミアに目を向けた。

「俺たちの警護役だよ。彼女にはバーカウンターで飲んで待っていてもらう」

古葉はいった。

「それがいい。すまないが、これから僕たちは出帆前に座礁しかかっている我社について話し合わなきゃいけないんだ」

テーブルに座ったまま林がいった。ジャービスが古葉とイラリにだけ見えるように一瞬口元を曲げた。林の気取った言い回しが好みではなかったようだ。

深水埗の大南街沿いにあるアメリカンスタイルのステーキレストラン。客の七割が欧米系の店の奥にある小さな個室のテーブルに、古葉たち三人は座った。

「何かあったら呼んで」

ミアが背を向けバーに歩いていく。入れ替わるように香港人のウエイトレスがやって来た。誰も食べたくないのに注文し、彼女がドアを閉めて出て行くと同時に、古葉、ジャービス、イラリはひとつだけ空いている席を見た。

それは五番目の男が座るべき場所だった。

「来ていない」林がいった。「二十分前から待っていたけど、君たちの前に誰かが来た様子はなかった。店員にも確認してある」

林は香港で生まれ育った唯一の現地人で、唯一の既婚者。息子がふたり。古葉と同じ三十二歳。黒い髪と瞳。顔立ちは東洋人だが肌は褐色で、南方系の血も少し混ざっているのかもしれない。

今は香港の政府機関で公務員をしている。祖父母の代からの親英国派コネクションで入庁したため、一九九七年七月一日の返還後は、中国政府の派遣した役人に地位を取って代わられるだけでなく、仕事自体を失う可能性も高かった。家族とともにカナダ移住を望んでいるものの、移住には過去に一定規模以上の企業を経営していた実績か、三十万カナダドル以上の投資をカナダの国内企業にするという条件がある。

こうして四人が四人とも背景と事情を知り合っているのは、同情や絆を深めるためじゃない。抜けがけや裏切りを防ぐためだった。

林の目の前のテーブルには、彼の目印『イブニングスタンダード』紙が置かれている。それをずらし、下にある香港のタブロイド紙のヘッドラインを見せた。血痕の残る殺害現場のカラー写真でマッシモ殺害を伝えている。

「さあリーダー、説明してくれ」林が古葉を見た。「最後に会ったのは君だ」

「まだ七分ある。待ってくれ」

誰も反論せず、集合時間のリミットが来るのを待った。ノックが響き、ウエイトレスがビールとワインのボトル、グラスを皆の前に並べ、「エンジョイ」と残し出てゆく。

午後七時半。ひとつだけ空いていた椅子に座るはずだったカルカッタ（現在のコルカタ）出身のインド人は現れなかった。

心変わりか、不測の事態かはわからない。いずれにせよ、これで彼の契約違反、不参加は決まった。多額のアドバンス（前払金）も回収されることになる。

古葉は香港に到着して以降の出来事を、マッシモの殺害現場、皇家香港警察總部での聴取、スーツケースの盗難、そしてミア・リーダスとの契約まで、すべて隠すことなく三人に伝えた。

四人の男がテーブルの上で顔を寄せ合い、討議がはじまる。

「なぜ殺された？」林がいった。

「それを今ここで考えても、結論が出るわけがない」ジャービスがいった。

「結論が出ないから分析しなくていいということにはならないだろう。彼の死は僕らにも関係あるかもしれない。いや、大きく関係あると考えるのが普通だ」

「そんなことはわかってる。だから俺の身に極力危険が降りかからず、無事に生き延びる方法を考えたいんだ。そのために香港を離れたほうがいいなら、これからすぐ空港に向かって深夜便に乗る」

「僕は香港の人間だよ。逃げ場はない」

「あんたなりの方策を練るといい。ここで生きる人間としてのな」

敵意を含んだジャービスと林の視線が交錯する。

「僕も今後の安全をまず考えるってのは賛成だな。というか、それが一番大事なことだしね」

イラリがいった。

「そのためにも、ゲームマスターが不在になっちゃったこの状態で、僕らはゲームを続けられるのかどうかを、まず検討してみようよ」

「続行は無理だ。中盤以降のゲームプランがないんだから」ジャービスが古葉を見る。

「ああ。さっき話した通り、プランを書いたメモのようなものはないか探してみた。もっと詳しくいうなら、死んだ直後のマッシモの体をくまなく探ったけれど、何も見つけられなかった」

「殺した人間が持ち去った可能性は？」林が訊いた。

「あるかもしれない。ただ、申し訳ないがそれも正確なところはわからない」

「誰が殺したのか、君はどう考えている？」

　横からジャービスが訊いた。

「実行犯という意味？」古葉は質問を返す。

「違う。殺ったのはプロだろう。あんたもウエイトレスも部屋に入るまで銃声は聞いていない。音を出さず、正体も知られずにレスラーみたいな警護役もろとも撃ち殺したんだ。恨みに駆られた素人の発作的犯行じゃないのは俺にもわかる」

「命令者というなら、一番可能性が高いと疑っている相手は、たぶん君たちと同じだよ」

　古葉は他の三人を順に見てゆく。

「アメリカだよね」

　イラリがいった。

「まあ、それが今一番相手にしたくない仮想敵でもあるけれど」

「ただ、彼はまだ何も実際の行動を起こしていなかったわけだろ？」

　林がいった。

「計画が漏れ、知られたからといって、警告も与えずそれだけでいきなり殺す理由になるのかい？」

「なると思う」

　古葉はいった。

「マッシモが息子に譲った保険会社を事実上潰したのはアメリカ政財界の意向だ。社長だった息子の自殺は意図しなかった結果だとしても、恨まれているのは連中も十分自覚し、警戒している」

　イラリが言葉を続ける。

「しかも彼は無力な一市民じゃないからね。その気になればテロリストを一ダース雇える金も人脈も持ってる」

「ほら。話し合い、考えれば、有益な答えに近づける」

　林が上目遣いでジャービスを見ながらグラスにビールを注いだ。

「香港人ってのは、こんな状況でも自分を大きく見せたがるのか？」

　ジャービスが口の端で笑った。

「わかりきったことを確認し合っただけで、状況は何も進展してない。それとも、これから全員でアメリカ総領事館に行って、事実を話して許しを乞うか？」

　林は言い返さず、グラスの中の泡を見た。古葉もイラリも同じように空のグラスを見つめていた。

　マッシモが父から受け継ぎ、そして息子に譲った、保険会社として最盛時イタリア第三位の資本力を誇ったレンツィ・エ・ジョルジアンニ（ＲｅＧ）海上保険。アメリカ政財界が一体となり、この会社を経営破綻に追い込んだ直接の理由は、ＲｅＧがイラク企業との取引を断絶せず続けたためだった。

ただしマッシモとイラクとの関係は、一九四〇年代後半まで遡る。

第二次世界大戦の敗戦国であるイタリアのＲｅＧとヨーロッパ諸外国企業との保険取引は、当然のように戦前と較べ激減。新たな取引先となったのが、トルコの食品企業を通じて打診してきた、ヨーロッパ市場へのデーツ（ナツメヤシ）を中心とする加工フルーツ類の大量海上輸送を計画するイラクの農産物会社だった。

サダム・フセインが擡頭するずっと以前、イラク王国がフランス、イギリス、そしてアメリカに服従を強いられていた時代。この保険契約がきっかけとなり、ＲｅＧは一気に業績を盛り返す。

さらに五〇年代に入り、マッシモは、サフランなど農特産物のヨーロッパ海上運送を計画していたイラン企業と長期の保険契約を結ぶ。

こちらもイスラム革命以前、アメリカに後押しされたパフレヴィー国王が君臨し、中産階級の若いイラン人たちがコカ・コーラを飲み、リーバイスを穿いていた時代に成立した取引だった。

時が進み、反米化やイスラム革命などがイラク・イランを変えようとも、両国が戦火を交えたときでさえ、苦しい時代を支えてくれたこのふたつの企業との契約をマッシモは続け、息子にも継続させることを家訓として残した。

しかし、恩を忘れず義理を貫こうとしたことが会社と息子の命を縮めてしまった。

ただし、狙われた理由はそれだけではない。

マッシモに提示された資料に加え、独自に状況を調査した古葉は、アメリカのいつものやり方を感じ取っていた。

ＲｅＧの持っていた地中海から紅海、さらにインド洋にわたる数々の権益に魅力を感じ、なおかつ、平素からその不服従的な態度に強い反感と不安を抱いていたアメリカ資本の企業複合体が、湾岸戦争を口実にＲｅＧを潰しにかかったのだろう。

「僕らが次にやるべきことは――」

林がいいかけたところで、古葉の携帯が鳴った。

知らない番号。もっとも現地香港で古葉が知っている番号といえば、マッシモのオフィス、大家の豆腐店、栄翠警衛配備中心、ミアの携帯電話の四つしかない。

古葉は三人に目配せし、無言の了承を得てから通話ボタンを押した。

「はい」

『ああ、出てくれた。ミスター・コバ、クラエスです』

マッシモの秘書、銃弾を受け入院しているクラエス・アイマーロ。

『今すぐ逃げて』

電話の彼女の声に重なるようにノックもなく個室のドアが開いた。

笑顔でステーキの載ったワゴンを押してきたウエイトレスの前を遮り、ミアが早足で入ってくる。

「みんな来て。彼女は古葉とジャービスの間に顔を突っ込み、囁いた。ここを出るの」

電話からもクラエスの声が漏れてくる。『逃げてください、ミスター』

ミアが驚く四人にくり返す。

「急ぎなさい。出るのよ」

「どうして？」ジャービスが訊いた。

「店の外を囲まれてる」

「誰に？　外国人？　香港人？」横から林が口を挟む。

「広東語を話す東洋人」ミアが林の腕を摑み、椅子から無理やり立たせた。

「急いだほうがいい。こっちにも警告があった」

古葉も右手に握った携帯電話を見せた。『だいじょうぶですか、ミスター』とスピーカーから呼びかける女の声が小さく漏れてくる。

「掛け直します」

古葉は携帯を切り、全員が個室の外へ。香ばしい匂いの漂うステーキハウスの細い通路を奥へと進んでゆく。

「電話の相手は？　ミス・クラエス？」「マッシモの秘書からなんだな？」

半信半疑の林とジャービスが交互に訊いてくる。

「口より足を動かして」

ミアは叱るようにいうと女性用トイレのドアを開いた。

中には現地人らしい若い女がふたり。一瞬驚いたあと、こちらを睨んだ。が、ふたりが声を上げる前に、ミアが五百ホンコンドル紙幣二枚を突き出した。

「経費だから」ミアがいった。

「ああ。あとで精算する」古葉は返した。

女たちは黙って受け取り、笑顔を残して出ていった。トイレの奥には、大きく開いた上げ下げ式の窓がひとつ。外にはすぐ隣のビルの薄汚れた壁が見えている。

「順番に出て」ミアが皆の背を叩く。

「右、左、どっち？」はじめに窓から出たイラリが訊いた。

「上」

彼女の言葉に従い、狭い壁と壁の間に腕と膝をつき、隣のビルの二階ベランダまで這い上がったあと、さらに錆びついた梯子式の非常階段を登ってゆく。

イラリ、ジャービス、古葉、ミアの順で手摺りを越え、洗濯物や一斗缶が並ぶ五階建て雑居ビルの屋上に出た。

下からは何人かの男たちの声が聞こえてくる。広東語だった。

「本当に俺たちを捜しているのか？」ジャービスが訊いた。

が、最後の林が手摺りを越えかけたところで、パンパンと響いた。年越しを祝う爆竹にしては早すぎる。

「えっ」といいながら林が屋上に転がった。ズボンのふくらはぎが裂け、擦れて血が滲む肌が覗いている。

あれは銃声。撃たれた——

「あっあっ」林が怯えて声を漏らしたが、ミアはその襟首を摑んで無理やり立たせた。

「掠(かす)っただけ。歩けるでしょ」

「どこに逃げる？」古葉は訊いた。

「あそこ」ミアが指さす。

ビルの隙間の奥、夜市に並ぶ屋台の光が輝いている。

四人の男は青ざめながら彼女に続いた。隣のビルの屋上から、さらにその隣の屋上、そしてコンクリート製の庇(ひさし)へと順に飛び移ってゆく。

だが、下の道を追ってくる男たちの声が次第に増えていった。距離も近づいている。

「護身用だけど、役に立つかな」イラリが自分の大きなショルダーバッグの中を見せた。ノートや着替えのシャツに交じって、ヘアスプレーのような細長い缶が四本入っている。

「準備がいい」ミアがいった。

「死にたくないから」イラリが返す。

ミアは缶を受け取ると、防護カバーを外し、ピンを抜き、屋上から追う男たちの声が響く細い路地へ投げ落とした。

二本、三本。パシュッと小さく鳴って、暗い路地に煙が立ち込める。直後、男たちの怒号と呻き声が聞こえてきた。

＊

汗を飛ばし三十分走り続けたあと、古葉はようやく立ち止まった。

深水埗の夜市の人混みと光の中、ペットボトルの水を喉を鳴らしながら飲む。ジャービス、イラリ、林、ミアも同じように飲み干した。

旺角にある女人街の夜市とは違い、カメラやガイドブックを手にした観光客の姿はほとんどない。皆、地元の住人なのだろう。子供連れの家族も多い。

屋台のテントの間を穏やかな風が通り過ぎてゆく。

だが、古葉の息はまだ荒い。なかなか乾かない額の汗を手で拭った。

銃声もまだ耳に残っている。

日本では味わったことのない恐怖をまた体験する羽目になった――少しだけ緊張が緩んだ古葉の頭に、昨夜のマッシモ射殺現場の光景が甦ってくる。

マッシモを殺した奴らは、さらに先手を打ってきた。まだ何もしていない俺たちまで殺す気なのか？

ゆっくりと息を吐きながら頭を振る。顔を上げると、ミアが厳しい目で見ていた。

「今はまだ責めない」彼女がいった。「でも、少し落ち着いたら、報酬の再交渉をさせてもらう」

これほど危険な仕事だとは思わなかったのだろう。

「あなたたちが本当は何をしているのかも、詳しく聞かせてもらうから」

古葉は小さくうなずいた。が、胸の中にかすかな苛立ちが広がってゆくのも感じた。巻き込まれたミアは確かに被害者かもしれない。しかし、だからといって俺たちは彼女を嵌めた加害者なのか――

空になったペットボトルを握り潰し、自分の気持ちを落ち着かせる。

「さっきのあれ」ジャービスがミアに訊いた。「何を投げた？」

「手榴弾式の催涙ガス」ミアはイラリを見た。

「ファインプレーだな」ジャービスがイラリの腕を叩く。

「とんだラフプレーだろ」林がいった。

「香港じゃ合法品じゃないのか？」ジャービスが白けた笑みを浮かべた。

「笑えない。まったく笑えない」林が首を振る。「違法に決まってるだろ。相手は黒社会の連中だぞ。本気で怒らせた。殺される」

そして道の段差に座り、銃弾が掠った自分の左足を見た。

「使わなければ、あの場で殺されていたかもしれないけど」ミアがいった。「そのほうがよかった？」

林が嫌な顔でミアを見返したが、反論はしなかった。下らないことで口論をしていられる余裕などないことを、全員が理解している。

連中は必ず追ってくる。なのに五人とも、自分たちが誰に何のために襲われたのかさえ、まだわかっていない。

「明日の朝まで落ち着いて過ごせる場所を、どこか知らないか」古葉はいった。

地元に詳しいミアと林が候補を挙げたが、今度はミアが譲り、林が馴染みだというバーに移動することになった。場所は建設中のKCR（九廣鐵路）紅磡駅近く。

「予約を入れておくよ。林彩華の連れだといえば、個室に通してくれる」

「ただ五人は目立つ。二チームに分けたいんだけれど」ミアがいった。

「俺と林さん。ミアはジャービス、イラリと一緒に」

古葉は面倒な口論が起きる前に皆にいった。四人がうなずく。

「集合時間は？」ジャービスが訊いた。

今は午後九時。

「三時間後。新年に変わる午前零時に」古葉はいった。

「ずいぶん間があるな」

「寄り道する気かい？」イラリが横からいった。

古葉はうなずいた。

「クラエス・アイマーロに会って、囲まれたことをなぜ知っていたのか訊いてくる。あの連中の目的が、俺たちの拉致だったのか、それとも殺すつもりだったのかも」

「クラエスの居場所は？」

「まだ病院のはずだ。住所はわかる」

「僕も連れていく気か」林がいった。

「もちろん」古葉は返した。「面識はあるだろ？」

「あるが、そういう意味で訊いたんじゃない。わかってるだろ」

マッシモが林をスカウトしたとき、クラエスも同行していたはずだ。

「恐いから行きたくないとさ」ジャービスがいった。

「この状況じゃ、どこにいたって危険だと思うけど」イラリもいった。

「そう、危険だから道案内が必要なんだ」

古葉が続ける。

「追ってくる奴らの目を避けながら、半島から向こうへ安全に渡るルートを教えてもらいたい」

九龍半島側から香港島へとビクトリア湾を渡る方法は、二十四時間運航の旅客フェリー、地下鉄、二本の自動車用地下道の四つ。その四つとも見張られている可能性が高い。

「俺ひとりで行かせたら、抜けがけや裏取引の心配もあるだろ。こんな状況で無駄に疑われるのは避けたい」

「僕に監視役は向いてないよ」

「向いてるさ」ジャービスがいった。「一番臆病（おくびょう）で猜疑（さいぎ）心の強い人間がやるべきだ」

林が口を開く前に、ミアがジャービスの腕を摑み、引き離した。

イラリを含めた三人が、そのまま夜市の雑踏の中に溶け込んでゆく。古葉と林も追っ手の目に怯えながら長沙灣道(チョンシャワンロード)まで早足で進み、逃げ込むようにタクシーに乗った。

「わざと事を荒立てるような言い方をして、反応を探るのはやめてくれ」

古葉は窓の外に目を向けながらいった。

「気づいていたか」林がこちらに顔を向ける。「日本の官僚も意外と優秀だな」

「元官僚だよ。役人の習性なんて、どこの国もそう変わらないだろう」

「挑発し、相手の力量を探り、胸襟を開かせ、でも、こちらは決して開かない。その常道に従って皆の能力を確かめただけだよ。命懸けなんだ、当然だろ」

「俺ひとりじゃない、三人とも気づいた上で、君に確かめ、考える猶予を与えてくれた」

「僕が逃げ場のない香港の住人だから？」

「ああ。しかも家族持ちだ。慎重になり過ぎるのも理解できる。でも、もう決めてくれ」

「一緒に行動するよ。僕ひとりじゃ、この状況から到底逃げ切れない。ただ、あのミアって女は何者だ？　鼻が利きすぎないか？」

「栄翠警衛配備中心の紹介だよ。元オーストラリア陸軍所属で、パスポートと就労許可証も確認してある」

「そんなもの、ここじゃ一切信用ならないと知っているだろ。千五百ホンコンドル（約二万一千円）出せば、僕だって精巧な偽造品を手に入れて、アメリカ人にもオーストラリア人にも、メキシコ人にだってなれる。イラリってフィンランド人も、怪しいじゃないか。あんなものを持っているなんて、都合がよすぎる」

　タクシーが信号で止まり、林も早口で続けていた話を止めた。街は騒がしく、夜の道は車で混み合っている。白人の観光客は酔って歌い、若い香港人の男女の集団がはしゃぎながら交差点を渡ってゆく。

　近くでパパパンと響き、古葉は一瞬背筋を震わせた。林も窓の外に慌てて目を向けた。誰かが爆竹に火をつけ、鳴らした（年明け前には少量を短く、年明け後には大量に長く鳴らす）だけだった。

「彼らのいっていた通りだ。恐いんだよ」林がいった。

怯える心が、必要以上に饒舌（じょうぜつ）にさせ、無駄な言葉を吐かせる。古葉もわかっている。だから林を責めようとは思わない。

　タクシーがまた走り出した。

「家族はどうしてる？」古葉は訊いた。

　立ち入ったことだが、場合によっては林の妻と子の安全も守る必要が出てくる。この男の弱点は、今一緒に行動している古葉にとっての弱点でもある。

「彼の近況を知って、すぐに鹿頸（ルクケン）（香港北東、中国国境付近の村）の親戚（しんせき）のところに行かせた」

彼とはもちろんマッシモのことだ。

「とりあえず無事に着いたと携帯に連絡があったけれど、明日はどうなるかわからない」

「香港の公務員には英国永住権が認められるんだろ？　今のうちに家族だけでも行かせたほうがいい」

「向こうの政治家とコネクションのある連中、金持ち、長年自分を殺して英国人に犬のように仕えてきた奴らにだけ与えられるものだよ。僕はそのどれにも当てはまらないし、仮に永住できたところで、仕事も住む場所も当てがない。しかも、香港出身者として東洋人として根深い差別に晒(さら)される」

林は窓の外を流れてゆくネオンの光に目を向けた。

4

一九九六年十二月三十一日　火曜日

午後十時三十分、古葉と林は地下鉄観塘(クントン)駅の近くでタクシーを降りた。

ロータリーにマイクロバスやワゴンが数台停まっている。ビクトリア湾の向こう、香港島に建つ高級ホテル群まで、深夜シフトの従業員たちを運ぶためのシャトル便だという。林(ラム)に従い、運転手に金を握らせ乗り込んだ。

フィリピンやベトナムからの出稼ぎ労働者たちの間に座る。これなら確かに、地下鉄駅、フェリー乗降場、道路のトンネル出口での監視の目に引っかかることもない。

「戻るときも、香港島から出るシャトルに乗ればいい」林がいった。

地下トンネルを走り、維多利亞公園(ビクトリアパーク)を抜け、十五分で香港島の天后(ティンハウ)へ。

運転手に声をかけ、聖彼得(セントピーターズ)国際病院の前でバスを降りた。ここに左肩と二の腕を撃たれたマッシモの秘書、クラエス・アイマーロは入院している。

外来診察の時間はとっくに終わり、正面入り口は閉まっている。緑地に囲まれた八階建ての病院は静かだった。主に金持ちを相手にした私立病院で、救急車もめったにやって来ない。

時間外通用口には警備員だけでなく、制服の警察官も立っていた。マッシモを含む三人が命を奪われた銃撃事件の被害者であり、唯一の生き残りでもあるクラエスが入院しているのだから当然の処置だろう。

彼女は重要証人でもある。マッシモ殺害を企てた連中にとっては目障りな存在でもあるが、逆に何かの企みのために、あえて殺さず生かされた可能性も捨てきれない。

古葉は病院の白い外壁を見上げた。入れそうなのは、やはりあの通用口しかない。上に登れそうな庇もないし、だいいち彼女の病室がどこかもわからない。

「さあ、どうやって入る？」林が訊いた。

「どうしよう」

「は？　具体的なアイデアは？」

「まだない。現場を見てから考えるつもりだった」

「リーダーの資質があるように見えたのに。君はあれか、思いつきで行動するタイプか」

いわれてみて、本当に何の策も持たずに来てしまったことに気づいた。怖れと緊張が高まりすぎて、冷静な判断ができなかったのか？　開き直っていたのか？　自分の大胆さ、いや愚かさに呆れ、思わず口元が緩んでしまう。

ただ、ほんの少し嬉しかった。農水省を退官して以降、ずっと消えていた無謀さや性急さが、危機的な状況に晒されたことで予期せず甦ってきた。

「僕の思い違いだった。日本の元官僚は想像以上に愚かだな」林が罵る。「マッシモはなぜ君を選んだ？」

いったんその場を離れようとしたが、街灯の照らす夜道の先から、ふたりの制服警官が姿を現した。警察は病院通用口の警備だけでなく、周辺の巡回もしていた。

ふたりがこちらに気づき、近づいてくる。

「だめだ。僕は足を撃たれてるんだぞ、走れない」

駆け出そうとした古葉を林が小声で引き留める。

「掠っただけだろ」

「銃弾で怪我をしてるんだよ。香港の警官の脚力を舐めるな。君は逃げられても、僕は追いつかれる」

「じゃあ、おとなしく訊かれた質問に答えよう」

「どう答える？　男ふたり夜の散歩をしていましたとでもいうのか？　香港には『ぶらぶら罪』（明確な理由なく公共の場を歩くことを禁じた法律。逮捕・勾留でき、二〇〇〇年代以前は別件逮捕の口実として頻繁に使われた）があるんだぞ。曖昧な答えじゃ、怪しまれて連行される。何か策は？」

「今考えてる」

「またそれか。もういい」林が通用口へ歩き出した。「ついて来い」

古葉が止めようと伸ばした手をかわし、進んでゆく。

巡回の警察官たちが早足でうしろから追ってくる。ライトの照らす通用口の前で警戒していた警察官も、こちらに気づき、近づいてきた。

「どなた？　何の用？」

「説明するので、バッグに手を入れてもいいですか」林はいった。

警察官がうなずき、林が手帳のようなものを出した。

見た瞬間、周りを囲んでいた制服の男たちが敬礼した。林が手にしているのは警察官の身分証。彼の写真が貼られている。

「同伴者が一名、いいかな？」林が闇の中に輝く通用口へと入ってゆく。

警察官が「イエス・サー」と答える。古葉は驚きながらも林を追った。

タクシーの中であんな話をしたあとだけに、どうしても偽の身分証に思えてしまう。だが、間違いない。本物だ。公務員なのは知っていた。けれど、金融や工商関係の部署に所属する事務方だと完全に思い込んでいた。

「香港政庁で働いているんじゃないのか」

「そんなことはいってない。政府機関勤務といっただけだ」

「警察官じゃないか」

「皇家香港警察總部（ロイヤルホンコンポリスヘッドクオーター）は間違いなく政府機関だよ」

伏せておくよう生前にマッシモが指示していたのかもしれない。いや、たぶんそうだ。

林は身分証をシャツの胸ポケットに挿した。

階級は『督察（ドウチャ）Inspector』。昨夜（ゆうべ）古葉を尋問した雷楚雄（ルイチョホン）捜査官と同じ。教えられた情報通りなら、林は古葉と同じ三十二歳。この年齢でこの地位にいるのなら、彼も間違いなくエリートだ。

「悪いことはいわない。家族を連れて今すぐ空港に行け。ロンドンならどうにか生きていけるくらいの金は稼げるはずだ」

薄暗い通路を進みながら古葉はいった。

「本気で心配してくれていることには感謝する。でも、いずれオーバーステイで家族全員捕まる。本当に向こうには住めないんだよ」

「どうして？　十分資格があるはずだ」

「馬鹿正直に働きすぎたんだ。英国本国とつながっている黒社会（ホッセイウィ）の連中を叩（たた）きすぎて、そこから利益を吸い上げていたイングランド人たちに憎まれた。奴らに全部取り上げられたよ。英国永住権も、就くはずだった仕事も」

「だったら、無謀な誘いに乗らず、ここで静かに暮らしていればよかったのに」

「余計なお世話だが、それも心配してくれての言葉だろうから許そう。死んだ父と、まだ生きている母は、どちらも筋金入りの親英国派で、クロフォード・マレー・マクレホース（第二十五代香港総督）と、デヴィッド・クライブ・ウィルソン（第二十七代香港総督）の後援者だった。反中国共産党、反全人代（全国人民代表大会）を曲げず、そのせいで僕も随分前から中国役人に睨まれている。降格こそされなかったが、二年前に現場から刑事情報科に異動になり、それからはずっと飼い殺しだ。返還後にはどうなるかわかるだろう」

職自体を失い、新政府から反乱分子扱いされ、再就職も難しくなる。

「母もいずれ拘束される。だから子供たちだけでもカナダに送り出したかった。どうしても」

病院内のエレベーターホールには机と椅子が並び、そこにもクラエス警護の警察官たちが待機していた。

伝えたいことがあるとミス・アイマーロに呼ばれた――そんなうそを事実のように淡々とした口調で林は話してゆく。古葉の同伴も「彼女の希望だ」と説明すると、警察官たちはすぐに納得し、二名が病室へ上がっていくと無線機で仲間に伝えた。

エレベーターに乗り込む。彼女の病室は最上階。

古葉は隣に立つ林の胸の身分証を、もう一度横目で見た。

「僕のトランプ(trump)だったのに」林がいった。「こんなところであっさり使わせるなんて」

その通り。この身分証は、紛れもない切り札だ――林を見くびっていたわけじゃない。いや、外見と言動にとらわれて、知らぬ間に見下していたのかもしれない。

「黙っていないで何かいってくれよ」

『ありがとう』と『すまなかった』、どちらをいうべきなのか迷ってた」

「両方いえばいい」

「そうだな」

彼もマッシモが選び出した男だった。只者ではないし、きっとまだ何かを隠し持っている。それを忘れないようにしないと。

八階。エレベーターのドアが開いた。

病室前の警官たちに、古葉だけがボディーチェックを受けたあと、ふたりでドアをノックした。

警備の都合だろう、プライバシー保護の白いカーテンは開かれたままで、横たわるクラエスの姿がすぐに目に入った。

「よかった」

ベッドの上の彼女がこちらに顔を向けた。

広い病室にひとりきり。緑の病衣で、その下に左の肩から二の腕を包むギプスが覗いている。右腕には留置針がつけられ、点滴バッグにつながれたチューブも見える。

「具合は？」古葉はありきたりの挨拶をした。

「あまりよくありませんが、何とか」

「少し話してもいいですか」

「もちろんです」

古葉と林は手で制したが、クラエスは小さく首を横に振り、電動ベッドの背もたれを起こした。

「他の方々は?」クラエスが訊く。

「ジャービス・マクギリスとイラリ・ロンカイネンは無事です。インド国籍のひとりだけ集合場所に来なかった。彼は無事ですか?」

「わかりません」

吐息のように小さな声。薄い栗色の髪はまとめられ整っているが、顔色はひどく悪い。白い肌がくすんだように青ざめ、そのせいで翡翠のような緑の瞳の色がよけい際立って見える。

だが、彼女の体調を気遣っている余裕はなかった。

「どうして囲まれているとわかったんですか。誰かが、あなたに伝えたんでしょうか。それとも事前に知っていた?」

「もう少し待ってください」

「何を待つんでしょう」

「あと少しだけです」クラエスが目を伏せる。

「誰か来るのですか——」

古葉の言葉の途中、病室に置かれた電話が鳴った。

「出ていただけますか」目を伏せたまま彼女がいった。

古葉の体がまた緊張してゆく。彼女への怒りより、怯(おび)える気持ちが先に湧き上がった。

夜の病院らしく、微(かす)かな音でコールが鳴り続ける。古葉は横の林を見たが、「リーダーは君だろ」と返された。

受話器を取る代わりにスピーカーホンのボタンを押した。

『ハロー』三人のいる病室に男の声が響く。『ミスター・コバ、出てくれてありがとう』

「どなたですか」

『ゲンナジー・アンドレーエヴィッチ・オルロフ。ロシア人だ。オルロフと呼んでくれ』

「所属は？」

『在香港ロシア総領事館、政務部部長』

「表向きではなく、本当の身分のほうです」

『それを教えるかどうかは、この先の君の返答による』

どうせロシア対外諜報(ちょうほう)庁（ＳＶＲ）から総領事館に派遣されてきた工作員だろう。何にでも首を突っ込んでくる連中。農水省時代にもこのＳＶＲは注意しろとしつこくいわれていた。

「ご用件は？」古葉は質問を続ける。

『君たちのチームと取引したい。手短にいうと、依頼主としての立場を、亡くなったミスター・マッシモ・ジョルジアンニから引き継ぎたい。春節(チュンジー)（二月七日）に恒明(ハンミン)銀行本店から運び出されるフロッピーディスクと書類を奪取し、我々に渡してほしい』

「失礼ですが、顔も見せようとしない相手とは、取引も商談もしないことにしています」

『礼儀は心得ている。カーテンを開け、見下ろしてくれ』

古葉は黙った。林も黙っている。クラエスも目を伏せたまま。

『うぬぼれないでくれ。この場で狙撃しようと思うほど、君はまだ我々にとって重要な人物にはなっていない』

オルロフと名乗った男がいった。

古葉は手にした電話機のコードを引きずりながら窓の前に立ち、ベージュのカーテンを開いた。

街灯の照らす病院前の路肩に灰色と黒、二台のセダンが停まっている。黒のセダンの後部ドアが開き、携帯電話を片手にスーツ姿の男が降りてきた。

大柄で金髪の四十がらみの白人が、こちらに向かって片手を挙げた。

『多少変則的だが、これで納得してもらえるかな』

「ええ」

路上のオルロフが車内に戻ってゆく。

古葉もカーテンを閉め、話を続けた。

「ミス・アイマーロを通じて私たちに危険を知らせてくれたのは、あなたですね」

『ああ。今後の取引を円滑に進めるためにね。友好のための贈り物だとでも思ってくれ』

「襲ってきた香港人たちの背後にいるのはアメリカですか」

『君たちとの取引が成立したら教えるよ。ただ、我々は指示していない。君たちを取り込むための自作自演じゃないことは断言する』

「ミス・アイマーロはいつからあなた方の仲間なのですか」

『ついさっき、六時間ほど前』

「信じられない。ミスター・ジョルジアンニの警護役はロシア人でした。そのふたりが殺された直後、あなた方が現れたことを、とても偶然とは思えません」

『今の君にはすべてが怪しく感じられるだろうから、疑ってかかるのも仕方がない。だが、彼女は本当に昨夜まではミスター・ジョルジアンニだけに仕える忠実かつ有能な秘書だった。その雇用主が目の前で殺され、身の危険を強く感じていたときに、我々は接触し、取引を持ちかけ、そして受け入れてもらった。ただそれだけだよ』

「彼女にはどんな条件を提示したんですか」

『それは彼女自身に訊くといい。前置きはもういいだろう。君たちとの契約について話したい』

「そちらの条件を教えてください」

『これまでとほぼ変わりない。供給する活動資金も成功報酬も、行動の決定権が君たちにあるのも同じ。逐一、我々に確認を取る必要はない。計画自体もミスター・マッシモの立案したものを、このまま遂行してもらいたい』

「なぜ私たちなのですか。あなた方の母国に揃っているプロフェッショナルを呼び寄せたほうが、遥(はる)かに成功率が高いのに」

『理由は君にもわかっているだろう？』

「あなたの口から教えていただきたいんです」

『返還（一九九七年七月一日）直前の、ただでさえ物騒なこの時期に、本国の連中を呼び寄せれば、アメリカも中国も英国も黙ってはいない。香港の路地裏で大国同士の衝突が人知れず行われることになる。それにフロッピーと書類の警護チームには旧ソビエトやロシアの軍人も多数含まれている。同国人同士の殺し合いが、もし報道されることになったら、それもまた大きな面倒を生む』

「なるべく穏便に済ませたいと」

『ああ。そこもミスター・ジョルジアンニと同じだよ。返還の喧騒(けんそう)の裏で、なるべく静かに、まるで何事もなかったかのように事を運び、終わらせるのが理想だ』

――どちらにしても俺たちは消耗品か。

古葉は思った。

『もちろん必要なバックアップはする。君たちの身の安全も保障する。フロッピーディスクと書類の中にある、君たちに有用な部分のデータを引き渡すのも同じ。違う点といえば、今後の我々との連絡は、ミス・アイマーロを通じて行ってもらうことくらいだ』

「残念ながらお引き受けできません」

『どうして？』

「ミスター・マッシモの計画の全体像がわからないんです。私が知っているのは全体の五分の一弱。残りを昨夜譲り受けるはずだったのに、彼は殺されてしまった」

『作り話はしなくていいんだよ、ミスター・コバ。ミス・アイマーロからすべて聞いているから』

「リーダー、どういうことだ？」

　黙って立っていた林がこちらを見た。

　電話の向こうのオルロフが話を続ける。

『上環（ションワン）にあるデニケン・ウント・ハンツィカー（Däniken und Hunziker）銀行。紹介制で一般顧客との取引は一切ない。ユダヤ系金融と提携もしていない。この信託銀行の貸金庫D—26。扉を開けるためのふたつのキーのひとつを君が、もうひとつをミス・アイマーロが持っている。君のキーは、日本を発（た）つ前に郵送で君の元に届いた。直後にミスター・マッシモから電話で、何に使われるものかの説明も受けている』

　オルロフの話を聞く林の視線が鋭くなってゆく。

『君とミス・アイマーロのどちらかひとりが銀行に行っても、開けるどころか、貸金庫室に入ることさえできない。ふたり揃ってキーを持ち、なおかつ登録してあるふたりの指紋を照合してはじめて、貸金庫室まで下るエレベーターフロアーへの鉄格子が開かれる。D—26の扉の中に何が入っているかも、もちろん知っている。だが、保管物は持ち出し禁止。そこに記録されている内容を知るには、君たちに見てきてもらい、その記憶に頼るしかない』

古葉はクラエスを見た。

彼女が許しを請うように目を閉じる。だが、それも偽りのように思える。

「うそつきめ」林がこちらを睨む。

「マッシモからの命令だよ」

「どんな命令だ？」林がいった。「仲間も騙せ、うそをつき通せとでもいわれたのか。あの男はもう死んだんだぞ、約束を守ることに何の意味がある？」

意味はもちろん——ある。だが今この場では明かせない。

「猶予が欲しい」古葉はオルロフにいった。「ひとりでは決められない。仲間と相談しないと」

『持ち帰って、十分話し合ってくれ。ただし、監視役をつけさせてもらう。君が残りのメンバーに都合のいい作り話やうそを伝えないためにね。話し合いの過程も確認させてもらう』

「無理だ。第三者を連れて帰れば、皆警戒する」

『誰ひとり連れ帰る必要はない。監視役はもうそこにいる』

内通者はクラエス……いや違う。

今度は古葉が林を睨んだ。

——この男はロシアの内通者。

林もこちらを見ている。

――俺がこの病室に林を連れてきたんじゃない。連れてこられたのは、自分のほうだった。

『彼が我々とつながっていることは、他のメンバーには伏せておいてくれ。暴露したら君は死ぬことになる』

「君に殺されるのか」古葉は林に訊いた。

「たぶんね」林がいった。

「うそつき。卑怯者」

「君にいわれたくない」

『口論はそこを出てからにしてくれ。帰りは我々の車で送るよ。明後日にはミス・アイマーロも車椅子で動けるようになるだろう。新年一月二日の午後一時、ふたりでデニケン・ウント・ハンツィカー銀行を訪れ、貸金庫を開けてくれ。開けられなければ、君も今後困ることになるはずだ。これから一月二日までの間、君の行動を制約するつもりはない。ただし、君の近くには常に監視役がいることを忘れないでくれ』

出し抜こうなどとすれば命はない――あらためて警告された。

『質問がある場合は、ミス・アイマーロの携帯電話に。誠意をもって回答させてもらう』

通話が切れた。

「私はまだ死にたくありません」クラエスがいった。「その気持ちを蔑むというのなら、どうぞ好きなように罵ってください」

彼女の縋るような目も、言葉も、もちろん古葉は信じなかった。

古葉と林が病院前の路上に出たときには、オルロフの乗った黒い車はもう消えていた。残った灰色のセダンから降りてきた男が、後部ドアを開く。ほんの少しだけ迷ったあと、古葉は乗り込んだ。林もあとに続く。

運転席と助手席に座るまったく知らない男たちに行き先を告げる。

セダンが走り出すと、すぐにうしろをワゴン車が追ってきた。警護車なのだろう。オルロフは今のところまだ古葉をゲストとして扱ってくれているようだ。

短い沈黙のあと、すぐに不毛な罵り合いがはじまった。

「いつから連中とつながっている？　どんな条件を出された？」古葉はいった。

「教えるわけないだろ」林がいった。「君こそ、何が『計画の全体像がわからない』だ。在処も、見る方法も知っていた。他に何を隠している？」

「俺も教えるわけないだろ」

「は？　やっぱりまだ隠し事があるのか。自分の卑怯さが嫌にならないか？　僕はもうすべて君に伝えた。警官なのも知られた。少なくとも君には、もう何の隠し事もない」

「他のふたり、いや、ミアも含めた三人には、裏切り者の監視役がいるのを伏せたまま、計画を進めさせろっていうのか」

「僕は裏切ってはいない。取引を円滑に進めるためにオルロフたちの意向を少しばかり汲んで行動しただけだ。なあ、決して悪い取引じゃない。契約内容は同じで、スポンサーが交代するだけだ」

「あいつらを信用なんてできるか。フロッピーと書類をどうにか手に入れても、横取りされ、殺されて終わりだ」

「今、誰の車に乗ってると思ってるんだ」

「もちろんわかってる。だからいってるんだ」

運転席と助手席のふたりは前を向いたまま。セダンはビクトリア湾を渡る地下トンネルを進んでゆく。

「いつの時代のロシアの話をしてる？」

林が諭すようにいった。

「大統領選挙じゃエリツィンが再選されて、チェチェン紛争ももう終わった。大統領選に出たゴルバチョフの得票数を知ってるか？　〇・五パーセントだぞ。ソビエト連邦はもう消え去ったんだ」

「すぐまた紛争は起こるし、経済政策の失敗でエリツィンも失脚する」

「だから僕は……そんな政治経済の話をしたいんじゃない」

林が黙った。

古葉も黙った。

生きている心地がしなかった。

「家族を安心して暮らせる場所に行かせたい。そのためなら何でもする。自分が死んでも構わない」

林が小さくいった。

「こんな気持ち、妻も子供もいない君にはわからないだろう」

――ちくしょう。

そう思った。

林はまったく信用ならないが、家族を語る目と表情にだけは一切うそがない――何の根拠もないのに、負け犬同士に通底するものがそう感じさせる。

林を敵だと思えない。そんな自分がたまらなく腹立たしかった。

香港理工大學近くの複雑に交差する道を抜け、紅磡（ホンハム）の路地裏でセダンは停まった。

ふたりを降ろすと、運転手たちは一言も残さず、あっさりと走り去っていった。

林が推薦した店へと歩いてゆく。時間は午後十一時四十分。合流の時間と一九九七年の年明けまで、あと二十分。

新年を祝う爆竹を持った人々が路上のあちこちに立ち、点火の時間を笑顔で待っている。小学生くらいの子供の姿も多い。

目的の店へと雑居ビルの細い階段を上る途中、シューゲイザーのギター・ノイズが漏れてきた。ロック・バーらしい。店のドアを開けるとマイ・ブラッディ・ヴァレンタインの曲が終わったところで、続けて日本の電気グルーヴの『虹』が流れはじめた。

大音量の中、林が店員に目で挨拶する。店員も身振りで返す。ジャービス、イラリ、ミアの三人はもう来ているようだ。

ビールのボトルを受け取り、林のあとについて店内を進む。何百枚ものレコードが入ったラックの並ぶ通路の奥、三つある個室のドアのひとつが開き、中にあるテーブルの端に座るイラリの姿が見えた。しかし、表情が険しい。

そのまま後戻りしたかったが、林が「来い」というように首を振った。

長方形の大きなテーブルの左にジャービスとミア、右にイラリ、そして中央の奥にはジャージを着た褐色の肌の男が座っている。

よけいな人間がひとり交じっていた。

中央の彼の名はニッシム・デーヴィー、インド国籍。

「待っていたよ」そういって白い歯を見せた。

集合時間に現れなかった五人目のメンバー。いや、規約を破りメンバーから外された男。彼の前には目印となるはずだった雑誌『ナショナルジオグラフィック』が置かれ、テーブルの下に隠した右手には何かが握られている。

オートマチックの拳銃のようだ。

「君がリーダーのコバで、そっちが林だね。座れよ」

　古葉も林もニッシムに視線を向けたまま座った。

「早かったね。彼女には会えたのかい？」隣の席のイラリが小声で古葉に訊いた。

「ああ。君たちはいつ来たんだ？」古葉も訊く。

「五分前。そうしたらもう彼がいた」

「安全な場所じゃなかったの？」ミアが林にいった。

「役立たず」ジャービスもいった。

「その通りだ。申し訳ない」林がこわばった顔で返す。本当に何も知らなかったようだ。

「彼を責めないでくれ。それからここの店員も」

　ニッシムが笑顔で話す。

「林の連れだといったら、快くここまで案内してくれたよ。もうひとつ、この先、勝手な発言は控えるように。今この場の議長は俺だ。それを忘れないでくれ」

　古葉は片手を挙げた。

「議長、発言してもいいかな？」

「さっそくルールを飲み込んでくれてありがとう。どうぞコバ」

「ミスター・デーヴィー。まずは無事でよかった。殺されたか拉致されたんじゃないかと心配していたんだ。でも、君は今日の午後七時三十分、集合場所に現れなかった。あの時点で君はマッシモの定めたルールによって、俺たちのチームから除外された。つまりもう仲間でも何でもない。無関係な他人だ。ここから消えてくれないか」

「手厳しいな」

「事実を伝えただけだよ」

「そうかな？　君の顔には敵意が浮かんでいるが」

「初対面で拳銃をちらつかせる人間には、どうしたってフレンドリーに接することはできない」

「確かに無粋だったな。すまない。でも俺は君らの仲間としてここに来たわけじゃない。英国政府の代理人として来たんだ。彼らの意向を伝えるためにね」

　ニッシムはそういうとビールのボトルを掲げた。

「全員飲み物はあるな。まずは乾杯しよう。香港が英国のものである最後の年の終わりと、俺たちの明るい未来のために」

＊

　古葉たち五人は夜道を走っている。

　紅磡の裏路地を出て、クラクションを浴びながら信号を無視し、四車線道路を横切ってゆく。またも細い道に紛れ込み、このまま佐敦（ジョーダン）か油蔴地（ヤウマティ）の夜通しネオンが輝いている繁華街へ向かうつもりだった。

　パンパンパンと破裂音が響いた。年が明けたようだ。

爆竹が絶え間なく鳴り続け、硝煙が通りを白く覆ってゆく。それが祝祭の音と煙だとわかっていても、あんな場面の直後だけに、どうしても膝(ひざ)が震えてしまう。震えながらも走る足は止まらない。いや、止められない。

十五分前――

集合場所に押しかけてきたニッシム・デーヴィーは、拳銃を手に宣言した通り、交渉内容について説明をはじめた。英国SIS(Secret Intelligence Service)(秘密情報部)からの伝言だという。

だが、具体的な条件を提示される前にジャービスが反発した。

「あんたが仲介人にふさわしいとは思えない」

ニッシムの「勝手な発言は控える」という命令を無視し、テーブルの下に隠されたオートマチックの銃口に十分怯えながらも、ジャービスは非難する言葉を並べてゆく。

あの男の尊大さと、気取った態度がどうしても許せなかったのだろう。

大音量で流れていた電気グルーヴの『虹』が終わり、一瞬の無音のあと、ビートルズの『トゥモロー・ネバー・ノウズ』が流れはじめた。

「あんた本気か?」

ニッシムは口元を緩め歯を見せたが、ジャービスの言葉が露骨な敵意を帯びてゆくにつれ、表情が険しくなっていった。

止めなければと古葉は強く感じていた。なのに――

「出て行け、間抜け」

古葉の口から出たのもジャービスと同じように罵倒(ばとう)する言葉だった。緊張と恐怖が重なり過ぎて、感情の昂(たかぶ)りが合理的思考を振り切ってしまったのかもしれない。

「使い走り役を喜んで引き受けるなんて、君は思っていた以上に愚かだな」

イラリも続いた。

イングランド人、日本人、フィンランド人——敵意をむき出しにした三人の痩(や)せた男たちを、大きな目のインド人が睨み返す。

「馬鹿はあなたたち三人のほうでしょ。死にたくなければ口を閉じて」

警護のプロフェッショナルであるミアが収拾に乗り出した。

しかし、遅かった。

ニッシムの「ファッカーズ(クソ野郎ども)」に対し、ジャービスが「フール(fool)」ではなく「パーガル(पागल)」とヒンディー語のスラングで返した瞬間、奴は立ち上がり、テーブル下に隠していたオートマチックの銃口を見せた。

が、それより早く林がバッグの中から出したものを突きつけた。

狭い部屋に発砲音が響く。

右脚に銃弾を受けたニッシムは悲鳴を上げ、ほぼ同時にリボルバーを構える林を除く四人が奴に飛びかかった。反撃にニッシムが撃った銃弾が林の体のすぐ横の壁に突き刺さる。古葉はニッシムの黒髪を、ジャービスは肩と胸、イラリは腹と腕を摑(つか)み、床に倒れ込んだ。

ニッシムは叫び、腕をばたつかせながらオートマチックを撃ち続けた。リンゴ・スターの叩くドラムスが銃声をかき消し、銃弾がヤニと埃の染み付いたバーの天井に次々と穴を開けてゆく。

ミアはニッシムの腕をねじり、手首の関節を外してオートマチックを取り上げると、奴の頭を二度三度と床に叩きつけた。朦朧とさせたあとは古葉とイラリも手伝いナイロンバンドで手足を縛り上げていった。口に詰め物をし、体を探って盗聴用マイクと携帯電話を奪うと、荒い息を吐きながら五人それぞれがワイングラスかビールのボトルから一口だけ飲み、自分を落ち着かせた。

そしてすぐにニッシムを残し、バーから飛び出した――

「ハッピーニューイヤー」

道に立つ人々が笑顔で爆竹の束に火をつけ、次々と放り投げる。夜の街に飛び散った火花が、眩いネオンの光の中に溶けてゆく。

「銃を持ってるなんて」

人混みを早足でかき分けながらイラリがいった。

「グレネード型の催涙ガスを隠し持っていた君にいわれたくない」

林も早足で進みながらいった。

「どこで手に入れたんだい？」

「押収品だよ」

ジャービスとミアも林の横顔に目を向けた。

「証拠登録せず、もしものときのために隠しておいた。まあ、本当に使うことになるなんて思ってもみなかったけど」

三人が啞然としながら林を見つめている。

「僕は皇家香港警察總部に勤務している」林がいった。

「督察（警部）なんだ」古葉も横からいった。

「警官が一般人に発砲したんだぞ。本当にだいじょうぶなのか？」

ジャービスが訊いた。

「ニッシムが何といおうと警察は取り合わない。僕自身のアリバイ作りはしてあるし、あのバーの店員たちも絶対に口を割らないよ。十分恩義を売ってあるから。それにここは香港だよ。どうにかなるし、意地でもどうにかするさ」

ジャービスが何かいいかけて口を閉じ、それから小さく笑った。

「あれでよかっただろ？」林が訊くと、ジャービスはうなずく。

林も笑い出し、それに釣られるように古葉、イラリも笑った。

だが、ミアは表情を変えない。

「どうして？　がまんできなかった？」

教師のような声で男たちに訊いた。

「どんなに贔屓目に見ても自分と同レベルの相手に、あそこまで見下すような態度を取られたら、黙って座ってはいられない」

ジャービスが答える。

「だから林の発砲も仕方のないことだっていうの？」

「ああ。はじめて彼を認める気になれたし、本職を隠していたことも今なら許せる」

ジャービスから視線を送られ、林が小さく会釈した。

「でも、わかっていたでしょう？　あのインド人の尊大な態度は、彼の依頼主のリクエストによるものだって。あなたたちの反応や対応力を見極めるために――」

「わかったから、よけい許せなかったんだよ」

イラリがいった。

「背後にいるSISと手にした拳銃のおかげで、あいつはあんなに支配的な態度を取れた。狐假虎威（虎の威を借る狐）、広東語の発音は合ってるかい？」

林が「なかなかいい」とうなずいた。

「高評価でよかったわね」ミアが睨む。

「皮肉をいわれても仕方ないね。でも、あいつは一番卑怯なことをしたんだ」

イラリが続ける。

「僕らはアンダードッグかもしれないけれど、狡い狐に簡単に食い物にされる気は無いよ」

「みんなもっと賢明な人たちだと思ったのに」

ミアがいった。

「つまり、男たちのなけなしのプライドが戦うことを選ばせたっていうのね？　あなたちがこんな危険な目に遭わなければならない理由が、少しわかった気がする。馬鹿だから騒ぎを大きくしてしまう。私に任せてくれていたら、傷つけずに銃を取り上げ、あいつひとりをバーから追い出すこともできた」

爆竹が派手に響く中、ミアが古葉を見た。

「それは認める。俺たちが手を出さなければ、あんなに銃声が響くことはなかっただろう。四人のプライドと身勝手さが、騒ぎを無駄に大きくし、こじれさせてしまった」

「他人事みたいにいわないで。この五人が銃弾を浴びなかったのは、ただの偶然。またあんな馬鹿をすれば、誰かが必ず死ぬことになる」

携帯が鳴りはじめた。

全員が急いでいた足を緩め、古葉を見る。コールを繰り返しているのはやはり古葉のバッグの中の、ニッシムから奪ってきた一台だった。

予想通りだが、それでも古葉の指先は軽く震えた。他の四人の表情もこわばってゆく。

「君は離れたほうがいい」

古葉はミアにいった。

「電話の内容を知れば、もっと大きな面倒に巻き込まれる」

「今でも十分巻き込まれてるじゃない。『僕は警告した』なんて寒い言い訳も認めない。私には聞く権利も、あなたを責める権利もある。さあ早く出て」

古葉は通話ボタンを押した。

『はじめまして』

女の声。林、ジャービス、イラリ、ミアも顔を寄せ、漏れてくるその声を聞いている。

『あなたの名前は？』

「古葉です。そちらは？」

『ケイトです。はじめにお詫びをさせてください。ニッシム・デーヴィーを交渉役にしたことは間違いでした』

予想と違い下手に出てきた。懐柔のため？　それとも油断を誘っている？

「やり方も人選も間違っていたと認めてくださるんですね」

『言い訳になりますが、テスト段階では優秀だったんです。本番であれほど演技力も問題処理能力もなくすとは想定外でした』

「謝罪はありがたいのですが、私たちは言葉だけでは信用しません」

『だから行動で示します。今夜の出来事を利用して、あなた方を追い詰めるようなことはしません。あのバーで皆さんは誰にも会わなかったし、何事も起きなかった。新聞に発砲の記事が載ることもないし、警察の取り調べを受けることもない。すべて我々の側で処理します。その上で、皆さんがマッシモ・ジョルジアンニから依頼された仕事について、話し合いをさせていただきたいのです』

「その件に関しては、ロシア総領事館の方から、すでに似たようなオファーをいただいています」

『こちらはそれで問題ありません。今ここでは私たちの大まかな希望をお伝えしますので、どちらを選ぶか、皆さんで検討していただけますか』

　ケイトの話した契約の具体的な条件と、少し前にロシア総領事館のオルロフに提示されたものとの間に大きな違いはなかった。

『あなた方の選択過程には介入しないと約束します。どちらを選ぶのも自由。ただし、どちらかを選んだ瞬間、あなた方は選ばれなかった側から敵として扱われる。それをどうかお忘れなく』

　嫌というほどわかっているし、双方から敵扱いされる可能性だってある。選んだほうが味方になるわけではない。場合によっては、敵以上に厄介な存在にもなりうる。

「回答の期限は？」

『明日、一月二日の午後六時』

「デニケン・ウント・ハンツィカー銀行の貸金庫D—26を確認し、再度私たちの中で話し合ったあとということですか」

『はい。場所はあらためてご連絡します。交渉人も、そのときまでにふさわしい者を再選出しておきます』

「今話しているあなた、ミス・ケイトは交渉役ではないのですか」

『私はただの連絡係です』

「英国政府機関に勤務する者が直接会うことも、自らの手を汚すことも、何があっても絶対に避けたいと？」

『端的にいえば、そういうことです』

当日顔を合わせる交渉役は、回答次第で古葉たちの処理役に豹変するかもしれない。

「お願いがあります。ロシアは、私たちを交渉のテーブルにつかせるための贈り物として、襲撃情報を事前に教えてくれました。公平を期するため、ミス・ケイトからも何かいただきたいのですが」

『どんなものがご希望ですか』

「ミスター・マッシモの編成したチームについてです。私たちひとつだけとは考えにくい。以前から感じていたことですが、確認しようにも本人は死んでしまった。あなたたちは摑んでいるはずです。あといくつ、どんな人員構成のチームがあるのか」

『私たちが把握しているのは、あなた方を含め四つ』

——やっぱり。

「ブラッド・スポーツ」

林が小さくいった。

狐狩りや闘犬、闘鶏など、動物に他の動物を狩らせたり、同じ動物同士を競わせる娯楽を、英国では伝統的にそう呼んでいる。

　──俺たちはまさに競わされる犬だ。

　古葉は強く思った。

　電話の向こうでケイトが言葉を続ける。

『他の各チームの目的や人員についてお話しできるのは、私たちと契約を結んでいただいた以降になります。これでよろしいですか』

「はい。ありがとうございます」

　通話終了。冷静に話していたつもりだが、携帯電話を握る手も、両脇も、汗で濡れていた。

「誰と何を話したのか教えて」

　ミアがいった。

「俺も訊きたい。ロシア総領事館や貸金庫とは何なのか」

　ジャービスがいった。

5

二〇一八年五月二十五日　金曜日

「古葉瑛美様」

グラウンドスタッフの女性が、預けていたボストンバッグを笑顔で運んできた。

香港の赤鱲角（ツエックラツプコック）国際空港は建物というより、ひとつの都市のようだ。夜空から見下ろしているときも大きかったけれど、実際降り立ってみると、もっと大きい。どこまでも続いてゆくコンコースを見ているだけで、軽く胸が高鳴ってくる。

そんなよくわからない興奮のせいで、日本を出る前から続いていた不安を少しの間忘れることができた。

現地時間は午前四時二十分。日の出前。暗い空の下、滑走路の先の地平線がほんのり赤く染まりはじめている。

税関を抜け、到着ロビーへ。

日本で弁護士の都築さんから聞かされた通り、私の名前のボードを掲げた人が待っていた。

黒い短髪の男性。東洋人で、たぶん私と同じ二十代半ば。ネイビーのジャケットとパンツ、中には濃紺のニット。私に気づき、微笑みながら小さく頭を下げる。

「駐車場までお連れしますので、ついてきていただけますか」

英語で話し、その男性は歩き出した。他に言葉はなく、握手もない。私の荷物にも触れなかった。早朝から行き交う人の多い通路を、彼の背中を追って歩いてゆく。

SUVの座席に並んで座ったあと、彼は自己紹介をした。

「黄燕強（ウォンインキョン）です。まずホテルにご案内します」

また無言になり、車は駐車場を出た。会話も音楽もないことが、緊張を少しだけほどいてくれる。この人、私がスキゾイドパーソナリティ障害だと知っているんだ。

大きく左に曲がりながら、海沿いの道を進んでゆく。

走るタイヤと風の音だけが響く車内。

「話しかけてもいいですか」と私から訊（き）いた。私が黙ればこの人も黙る、そう思わせてくれたことが、口を開く勇気を与えてくれた。

「もちろん」彼がいった。

「あなたが案内役ですか」

「違います」

「ガイドやコーディネーターさんでは？」

「どちらでもないです。本来は香港の公共機関に勤めています。日本でいうところの役人です。かなり下っぱですけれど」

「じゃあ、ご一緒するのはホテルまで？」

「いいえ、仕事は有休を取ってきました。しばらくふたりで行動させてもらうことになると思います。ただ、それがいつまでになるのかは、僕にもわからないんです」

「私を迎えにくるよう指示したのは、どなたですか？」

「香港特別行政区政府です。連絡してきたのは決策局の職員ですけれど。でも、あなたにお会いすることだけは、十五歳のときから知っていました。『その人が香港に来たら、おまえが迎えにいくんだよ』と、家訓のように母から言い聞かされてきましたから」

「それなら、まずあなたのお母様に会わせていただけないですか」

「残念ながら無理です。去年九月に亡くなりました。詳しいことは何も教えてくれないまま」

「ごめんなさい」

「気にしないでください」

——義父と、古葉慶太と同じだ。

あの人も私の知りたいことは何も話さないまま、死んでしまった。

もっと数多くのことを彼に尋ねたほうがいいのかもしれない。でも、初対面の今はこれくらいしか言葉が出てこなかった。

無理に会話を続けようとすると、胸と心が苦しくなる。

太陽が昇りはじめ、暗かった海面を照らしてゆく。海の上を延びる橋を渡ると、香港市街が見えてきた。

「ホテルに着いたら何か軽く食べて、少しお休みになってください。午後二時にまたお迎えにあがります」

「その先は？」

「ロシア総領事館に一緒に行くよう指示されていますが、そこで何をするのかは、僕にもわかりません」

高層ビルが立ち並ぶ海峡の街の奥深くへと、ふたりを乗せた車は進んでいった。


ホテルのキングサイズのベッドに横になり、二時間。

眠ろうとしたけれど、眠れなかった。

目を閉じたまま、自分の鼓動だけを聞いていた。ルームサービスも頼んだけれど、ほんの数回口に運んだだけで手が止まってしまった。

感情はごまかせる。でも、体にうそはつけない。

昔からそうだ。学校でのいじめや嫌がらせを跳ね返すのに、自分の気持ちにうそをついて、「ちっとも気にしていないからだいじょうぶ」「あんな人たち相手にしてない」と思い込み、しばらくの間は涼しい顔をしていることができた。でも、突然高熱を出したり、疲労で起き上がれなくなったりして、何度も義父を心配させた。

私は怯えている。黄さんが信用できない？　ロシア総領事館に行くことが怖い？　違う、謎を抱えたままこの街にいること自体に怯えていた。

携帯に保存された画像を見る。

二歳の私を抱く義父と義母の写真。丸顔で目を細めて笑っている義父と、優しく口元を緩めている義母。私は大きく目を開いて、驚いたようにレンズを見つめている。ずっと以前、心臓弁膜症の手術を受けた二ヵ月後に撮られたのだと聞かされた。

少しだけ眺めたあと、ベッドから起き上がった。

＊

九龍半島側のホテルを出て、黄さんの運転する車で香港島側へ。

海に近い灣仔という地区の、広い運動公園の隣に建つ高層ビルに入り、二十一階でエレベーターを降りた。

受付の女性が笑顔で、「ダブロー・パジャーラヴァチ」といって、私たちが名前を告げる前にエスコートする。

「ウェルカムだと思いますよ」黄さんが囁いた。

銃を携帯している警備員も笑顔で会釈した。ロシア国旗が飾られていなければ、IT

企業のヘッドオフィスのようだ。

廊下を進み、案内された部屋には誰もいなかった。

「すみませんが、こちらでお待ちいただけますか。空港を出発したそうなので、あと三十分ほどで着くかと」

受付の女性がいった。

黄さんが訊く。

「空港？　外国からいらっしゃるのですか？」

「ええ。サンクトペテルブルクからモスクワ経由で。予定ではもう到着しているはずだったのですが、高齢の方なので、移動にお時間がかかっているのかもしれません」

「それはどなたでしょう？」

「当総領事館の六代前の政務部部長を務められていた方です。この先は、ご本人にお訊きください。私もお会いしたことはございませんので」

彼女が去ってゆく。

黄さんがソファーに座り、私は窓の外を眺めた。ビクトリア湾と、その向こうに九龍半島側の街が見える。眩しい陽射しが穏やかな海と高層ビルを照らしている。

多くの人が思い浮かべる香港の光景。

——私、本当に来たんだ。

十五分もしないうちにまた部屋のドアが開いた。

背が高く、大きくお腹の突き出た金髪の老人が入ってくる。

「オルロフだ」

その老人は一言いうと、ネクタイを緩め、スーツの上着をソファーに放り投げた。

「私は――」

自己紹介しようとした黄さんをオルロフが制する。

「必要ない。インキョン・ウォンとエイミ・コバ、君たちが何者なのかは知っている。エイミの精神的な問題のことも。だから君は無理に話す必要はない」

「あなたが知っていても、私たちはあなたが誰か知りません」

黄さんがいった。

「それで私は一向に構わない。はじめにいっておくが、最低限の質問には答える。ただ、必要以上に詳しくは説明しない。それがコバの意向でもあるからな」

「あなたはコバ――」

「話を最後まで聞け。質問はそれからだ」

オルロフがまた黄さんの言葉を遮る。

「昨日の午後、東京のグールド&ペレルマン法律事務所と中国大使館から、この在香港ロシア総領事館を経由して連絡が入り、そして私はここにやってきた。目的は私自身がやり残した仕事を終え、ケイタ・コバから押し付けられた頼みを果たすためだ」

彼が私と黄さんの顔を順に見てゆく。

「ウォン、君が自分の父親が何者だったのかを知るため、ここに来たこともわかっている。知りたければこの先、エイミと行動を共にしろ」

「訊いてもいいですか？」

黄さんが手を挙げる。独善的な老人の物言いにも表情を変えていない。

オルロフがうなずいた。

「ミス・エイミ・コバと共に行動していれば答えに行き着くということでしょうか？」

「ああ。行き着くだろう。でもそれが君の望む答えかどうかは、わからん」

ノックが響き、私たちを案内してくれた女性がファイルを運んできた。

「早いな。プリントの時間も短くなったものだ」

オルロフがいうと、彼女は首を横に振った。

「MOディスクにデータが入っていたものですから、これでも取り出すのに手間取ったんです。MOディスク、ご存じですか？」

彼女が私たちを見る。

「もういい。行ってくれ」

オルロフが追い払う。

「お飲み物は？」

「いらんよ」

「ではこちらのおふたりにだけお持ちします」

彼女は私たちにだけ見えるよう、声を出さずに「ブーマー《老害》（Boomer）」と口を動かし、部屋から出ていった。

「読みながら話を聞いてくれ」

オルロフにいわれるまま、黄さんと私はページを開いた。

「二十一年前、一九九六年十二月三十日。香港在住のマッシモ・ジョルジアンニというイタリア人実業家が射殺された際、ふたりのロシア人ボディーガードも撃ち殺された。在香港の同国人が巻き込まれた重大犯罪として、私たちも警察とは別に独自調査をはじめた。その際にマッシモの関係者として浮上した人物が日本人ケイタ・コバ、君の父親だ」

ページの下のほうに写真があり、そこには日本人らしい黄色い肌をした細身の男性が写っていた。

私は顔を上げ、思わず口を開いた。

「これは誰ですか？」

漢字表記で古葉慶太と名前も書いてある。けれど知らない。

「会ったことはありません」

義父はもっと丸顔で目も細かった。はっきりいえば、こんな整った顔じゃない。

ただ、私の携帯に保存されている義父の写真は、なぜだかこの場では見せる気になれなかった。それが別人の証明になる確信がなかったし、逆に悪用されそうな気配も感じていた。私はオルロフも、この老人が語る説明も、まだ何ひとつ信用していない。

「まあいい、もう少し資料を読み進めて」

こんな食い違いにも慣れているような口調でオルロフがいった。

――やっぱり何かの間違い。

そう思いながらも、オルロフの視線に促されページをめくってゆく。

日本企業を主な顧客とした香港現地法人？　オーナーのマッシモ・ジョルジアンニ？　広告代理店の社長？　義父には無理だ。日本人アシスタントにだってまともに指示を出せず、だから個人で株式トレーダーをしていたのに。香港で社長が務まったはずがない。しかも、古葉慶太は三人の射殺死体の第一発見者でもあった。そんな場面に居合わせるような危険な仕事なんて、あの義父にできたはずがない。

「信じようが信じまいが、そこに書かれていることは事実だ」

私の胸の内を見透かしたようにオルロフはいった。

「これから私が君に伝える言葉もな」

そして私は、はじめて会ったばかりのロシアの老人から、古葉慶太という日本人が香港にやってきた本当の理由を聞かされた。

「恒明(ハンミン)銀行本店地下から移送されたのは各国要人の違法な投資・蓄財記録。二十一年を経た今でも、国会議員や企業幹部を失脚させられる力のあるものだ。それを奪うのがコバたちの役目だった」

「強奪を、犯罪をするためにここに来たのですか？」

「ああ」

「義父を裏金作りの告発者に仕立て上げようとした、国会議員や官僚に復讐するために？」

「はじめの目的はそうだ」

「人違いです」

「このコバと君の義父が別人だというなら、君自身が見て、聞いて真実を確かめてくればいい」

「どうやって？」横から黄さんがいった。

「私の命令に従って動けば、自然と真実に近づける」

「命令？」私と黄さんの声が重なった。

「君たちが拒否しても抵抗しても、結局は従わせることになるという意味だよ」

「脅しているのですか」黄さんがいった。

「そう。ただしこの命令の半分は私の意思で発しているが、残り半分はコバの意思によるものだ。この中に書かれている相手を訪ねなさい。歓待してくれるはずだし、次に行くべき場所も教えてくれるだろう」

——目的地はひとつじゃない？

オルロフが変色した古い封筒を差し出した。

「中はこの部屋を出てから見てくれ。さあ、早く行って」

「わざわざロシアから来たあなたがすべてを説明せず、遠回りなことをさせる理由は何ですか？」

　私は訊いた。

「君の質問にはもう十分答えた」

「ええ。彼女の質問には答えた。でも、私の質問にはまだひとつしか答えていない」

　黄さんがいった。

「幼稚な理屈だが、即席のチームにしては悪くない連携だ。親同士によく似ている」

　オルロフがはじめて少しだけ口元を緩めた。

「私の父とミス・エイミの義父は知り合いだったのですね」

「ああ」オルロフがうなずく。

「ありがとうございます。もうひとつ、先ほどの彼女の質問にも答えていただけませんか？」

「コバが何を意図していたのかは、君たち自身が見つけ出せばいい。私の望みは、エイミにコバの犯した罪を理解させ、そして奴の残した負の遺産を継がせること。君はその遺産を清算しなければならない。そう、課せられた義務だ」

　オルロフはもう一度私たちを見た。

「飴（あめ）をしゃぶる時間は終わりだ。やるべきことを理解したら、鞭（むち）を振るわれる前に、さっさと行動しろ」

＊

ビルの谷間に広がっていた青空が消え、陽が暮れてゆく。黄さんの運転するＳＵＶはビクトリア湾を渡る地下トンネルに入った。

ロシア総領事館でオルロフから渡された封筒に入っていたのは、太古（タイクー）という街の住所と電話番号が書かれたメモ。２からはじまる番号は固定電話だと黄さんから教えられた。

「中年女性の声で留守電に切り替わりました。こちらのメッセージと連絡先を残しておきましたが、訪ねるのは明日にしましょう。今日はもうホテルで休んでください」

知らない街に来たばかりの私を気遣ってくれている。

ハンドルを握る彼はうしろを気にしていた。助手席の私もサイドミラーを何度も確認した。追ってくる車はない。でも、素人の私が気づかないだけで、間違いなく尾行されている。いや、それは警護なのかもしれない。

トンネル内の三車線は混雑し、あちこちでクラクションが響いている。

縄張りを争う動物の鳴き声のようなその音を聞きながら、帰り際、ロシア総領事館で聞かされた言葉を思い出していた――

「逃げられない。君には必ず義務を果たしてもらう」

オルロフは私たちの背中に向けそういった。

「憎んでもいいが、憎む相手は私じゃない。こんな馬鹿げた香港周遊を仕組み、私にスターター役を命じたのはコバだ」

そして私たちは望まない周遊をはじめることになった。訪れた先に誰が待っているか、遺された負債とは何か教えられてもいないのに。

——本当に馬鹿げたツアー。

そう思いながらも、逆らう勇気はなかった。きっとロシア人は私たちを見張っている。逃げ出しても捕まり、命令に従うよう強いられる。オルロフの言葉は脅しではなく警告だった。しかも私は、香港を出て日本に戻ることもできない。

戻ればまた逮捕される。この強制参加のツアーを放棄しても帰る場所がなかった。

——続けるしかない。

「話してもいいですか?」黄さんが訊いた。

「はい」と私が返す。

こんな言葉の交換が、ふたりが会話をはじめるときのルーティーンになりかけている。

「僕の父についてお伝えするべきなのでしょうが、すみません、正直ほとんど記憶にないんです」

「早くにお亡くなりになったんですか」

「僕が三歳のとき。父は三十四歳だったそうです。名前は広東語読みで雷楚雄(ルイチョホン)、英語ではBryan Lui。父は中国移民の子としてアメリカで生まれ育ち、大学卒業後、こちらの企業で働くため移ってきた。母は香港生まれなので、子供のころの僕は二重国籍で、二十二歳になったとき中国人になることを選びました。履歴書みたいですが、母から聞かされたそんなことくらいしかお話しできません。いずれ詳しく話すといっていたのに、母も約束を破って早くに死んでしまった」

――やっぱり私に似ている。

そう感じながらも、心のもう一方では疑っていた。どこかの誰かが、この人に黄燕強と名乗らせ、私が同調しやすいストーリーを教え込んだのかもしれない。

物静かで、視線を合わせず、香水の香りも体臭もなく、隣にいても気配をほとんど感じさせない。彼の立ち居振る舞いは、スキゾイドパーソナリティ障害の私にとって理想的すぎる。

「私の義父は株式トレーダーで経済アナリストのような仕事もしていました」

私が口を開くと、黄さんが「気を遣っていただかなくて、だいじょうぶです」と前を見ながらいった。

「いえ、私の義父のこともお伝えさせてください」

幼稚園のころの記憶、小学四年生のときの約束、中学時代に見た仕事中の背中、高校時代の衝突――自分とあの人のことを、ひとつひとつ思い出しながら話してゆく。

「でも三年前、フィリピン出張中にマニラでホテル火災に遭い、亡くなりました」

今でも胸が痛む。思い出すと悲しくて苦しくなる。

私がマニラまで行き、歯科診察記録やＤＮＡの照合をして、本人だと確かめ、日本に遺体を連れ帰った。火葬し、骨は生前の言葉通り海に散骨した。

あの人はなぜ私を香港まで連れてきて、こんなツアーに参加させたのだろう？

――私に何を伝えたいの？

考えながらも、まだ強く疑っていた。

古葉慶太が犯罪者？　銀行からの移送品を強奪？　ロシア総領事館で見せられた写真も、私の知る古葉慶太とはまったくの別人だった。

――私は誰の指示で動いているのだろう？

オルロフへの反発心とは別に、知りたいという気持ちが少しずつ湧き上がってくる。

渋滞のトンネルを出た先には、また渋滞が待っていた。

6

一九九七年一月一日　水曜日

午前二時、古葉は太子(プリンスエドワード)駅近くにある雑居ビルのエントランスドアを開けた。

はじめてジャービスとイラリに会った旺角大球場(モンコックスタジアム)は、ここから五分ほどの場所にある。振り出しに戻った気分。今夜だけで、香港市街を何キロメートル走り回ったのだろう。

五人で運転役の婆さんが隅に座る古いエレベーターに乗り込んだ。

「観光(サイトシーイング)？」婆さんが嗄(しわが)れた声で訊(き)いた。

古葉はうなずき、チップ入れの缶に花びらのかたちをした二十セント（三円前後）硬貨を落とした。

「少ないねえ」

露骨に嫌な顔をされたが、林によればこれでいいらしい。余所者(よそもの)が羽振りよくすると、たとえそれが親切心だったとしても、すぐに広まり、少額強盗やひったくりに待ち伏せされる。

七階で降り、招待所(ゲストハウス)に入ってゆく。

元々は中国本土からの旅行者やバックパッカー用の宿泊施設だったが、売春婦のサービス場所やカップルのラブホテルとして使われるようになり、それが香港返還による旅行者の急増で、また本来のゲストハウスとしての用途に戻ったそうだ。

受付の中年女が宿帳を出した。

名前を書くようにいわれたものの、パスポートを見せろとはいわれなかった。ほぼ満室に近い状態だったが、シャワー・トイレ付きの『デラックスルーム』が二つ残っているという。ただし、ダブルベッドをツイン用に入れ替えるので待てといわれた。

ここを推薦したのはミア。

しかし、ミア自身は泊まらず、自宅アパートに一度戻ると言い張った。四人で説得しても、「着替えを取りに帰る」と譲らない。

「様子を見てきたい。私の素性も探られているかもしれないから。あのアパートで暮らせなくなったら、引っ越し費用も経費に加算させてもらう。新居が決まるまでのホテル代もね」

狭いロビーの隅には、ドイツ語を話す金髪の若い男二人が座っていた。ポコポコと小さく泡音を立てながら、水パイプ(ボング)で優雅に大麻を吹かしている。

二人がこちらを見てにこりと笑った。

「君もほしいのかい？」

ぼんやり眺めていた古葉にイラリが訊いた。

首を横に振って彼に答える。吸いたいわけじゃない。

「昔のことを思い出しただけだよ」

大学時代、バックパッカー気取りの旅の途中に香港に寄ったときも、一夜だけこんな招待所で過ごした。料金はふっかけられるし、シャワー中に従業員が合鍵（あいかぎ）で部屋に忍び込み、現金やパスポートを抜き取ろうとするし（直前で気づき、追い出した）、同じビル内で深夜にボヤ騒ぎがあり、消防士に叩（たた）き起こされるし、二度と泊まるかと思ったのに。

今はこの薄汚れた場所に少し安堵（あんど）している。薄い壁を通し聞こえてくる馬鹿笑いも、深夜なのに絶え間なく廊下を行き交う足音も、とりあえずはここがまだ安全だと教えてくれているようだ。逆に、周囲から騒がしい声や人の気配が消えたときが怖い。

客室内は予想通りだった。

壁には世界地図のように染みが広がり、あちこちひび割れたブラインドの隙間からは、窓の外の派手なネオンの光が差し込んでくる。水回りはもちろんカビ臭い。

ミアを含む五人は、揃えたようにため息をつきながらベッドに座った。缶ビールを開け、乾杯もないまま口に運んでゆく。

古葉は説明をはじめた。

まず、ミアに自分たちが香港に集まった本当の目的を話した。次に、クラエス・アイマーロの病室を訪ねたときの出来事、そしてニッシムから奪った携帯を通じてミス・ケイトと話した内容を説明してゆく。ただし、ロシア総領事館のオルロフと林のつながりについては伏せておいた。

逆に、古葉自身が隠していたマッシモ・ジョルジアンニの計画書全文の存在と、その保管場所は皆に明かし、謝罪した。

「でも、俺ひとりでは見ることはできない。貸金庫を開けるには、俺とミス・アイマーロが持っている二つの鍵と、二人の登録指紋が必要になる」

「あんたの鍵はどこにある」ジャービスが訊いた。

古葉は靴と靴下を脱ぎ、右足の裏にテープを巻いて貼り付けた鍵を見せた。

「そんなもの貼ったまま、一晩中走り回っていたのかい」イラリがいった。

「歩きにくかったよ、すごくね。でも代わりに、誰にも奪われず、落としてもいないことを一歩ごとに確信できた」

「喝上げ(jacked)に怯(おび)えるガキか」ジャービスが呆(あき)れている。

「やっぱり君は異常だな」林もいった。

不機嫌な顔をしていたミアも下を向いて笑っている。

足裏の鍵はさんざん馬鹿にされたものの、計画書の存在を隠していたことは誰も責めなかった。

「口が軽いよりはいい。騙(だま)されていたのが自分自身だったとしても」ジャービスがいった。「でも、次は許さない」

言葉が途切れ、全員がまたビールを口にした。隣の部屋からテレビの音が、廊下からは麻雀牌（マージャンパイ）のぶつかり合う音が響いてくる。

「それじゃ、はじめの議題に戻ろうか。あちこち逃げ回っている間に、予期せず考えるための材料が揃ってしまったね」

イラリがいった。

マッシモから依頼された仕事を、このまま続けるかどうか訊いている。だが、今さら放棄もリタイアもできないことを、古葉もジャービスも林も、そしてイラリも、これまでに起きた出来事を通して嫌というほど理解していた。

だから四人ともうなずいた。

仕事を続ける、という意味だ。

敵はマッシモの企てたすべての計画とともに、古葉たちも葬り去ろうとしている。痕跡（こんせき）は一切残さないつもりだ。それにロシアと英国も、ここで放棄したところで素直に逃してはくれないだろう。

退路がどこにも見つからないのなら、前に進むしかない。たとえ進んだ先に、今よりずっと悪い事態が待っているとしても。

「次の議題に移りましょう」

ミアがいった。

「私にチーム参加の際の条件と新たな報酬額を教えて。『ここはボーイズクラブだ』なんて言い訳はやめてよ。新規メンバーとして、あなたたち四人と同額、そして対等な立場を要求します」

「中途からの参加はできるのか」ジャービスが訊いた。

「欠員が出た場合、その時点で残っているメンバー全員が承諾し、マッシモが許可すれば参加できる。彼の判断を仰げない状況なら、その役割をリーダーが代行する」

古葉はいった。

「ミスター・マッシモは亡くなったのに、どうして彼の作ったルールにそこまでこだわるの？　義務感？　それとも彼への尊敬の念？」

ミアが訊いた。

「どちらでもない」林が首を横に振る。

「ルールを守るのは自分たちのためだよ」古葉は答えた。

「偶然生まれたこの結束を維持するのに、僕らにはある種の規約――ルールと呼んでもいいし、制限といってもいいけど――まあ、縛りが必要なんだ」

イラリがいった。

「理屈っぽいし、面倒臭い人たち」

ミアが顔をしかめる。

「でも元軍人の君にはわかってもらえるはずだよ」

「ええ。嫌というほどわかる。人種も背景も違う人間たちが新たにルールを作ろうとすれば、衝突や軋轢は避けられない。しかも今は、そんな話し合いに十分時間を割いている余裕もない」

「その通り。今の僕らに有益なら、他人の作ったものであっても構わないし、むしろ僕ら自身が作るよりいいかもしれない。個人の事情や理屈を反映できないからね。このメンバーをはじめて見たときは、到底合いそうにない顔ぶれだと思った。でも、今夜を生き延びるために何が一番必要かに関しては、自然と考えが一致している」

「ただの弱者の処世術かもしれないけど」

「まあそれもある」ジャービスが口を挟む。「でも、本当に弱いだけの人間は銃を持つ相手に丸腰で飛びかかっていったりしないよ」

「本当に強くて賢い人間は、あんな無謀なことはしない」

「口が悪いな。ただ、そうやって諫めて止める人間が、ひとりぐらいはいたほうがいい」

「受け入れてくれてありがとう」

ミアは小さく笑うと、バッグからタバコを出した。マールボロに使い捨てライターで火をつけ、汚れた壁に煙を吹き出してゆく。

「喫煙者か」林がたゆたう煙を嫌な目で追いながらいった。

「雇い主が誰も吸わないから遠慮してたの。でももう同じ企みのメンバーだもの、気を遣う必要はないでしょ。規約は全部で何項目ある？　あとで詳しく教えて」

「僕が説明しておくよ」イラリがいった。「一本もらえるかな」

彼の咥えたタバコにミアが火をつける。

ジャービスもジャケットの内ポケットからロスマンズを取り出した。ミアの渡したライターで火をつける。三人の吹き出した煙が、狭い部屋を白く染めてゆく。

ふたりは加入に賛成した。残る林に古葉は目配せした。

「反対する理由はないよ」林はいった。「彼女が喫煙者という点以外はね」

「男尊女卑？」イラリが訊く。

「いや、男性陣の吐き出す煙にも十分迷惑している」

「健康信仰に毒された嫌煙主義者か」ジャービスがいった。

「進んで毒物を体に取り入れるような愚行が理解できないだけだ。ニコチンに頼らないと生きていけないほど、精神力の弱い人間でもない」

林が閉じていた部屋の窓を少しだけ開いた。

「入会には他にどんな手続きが必要？」ミアが皆を順に見る。

「動機を教えてほしい」古葉はいった。「君はどうしてこんな無茶に加わってまで、大金を必要としているのか」

「私だけがプライバシーを明かすことになる」

「いや、お互いに教え合い、共有する。まずは俺が惨めな過去を晒すよ」

今ここにいる理由を、四人の男たちは順番に語っていった——

四人目のイラリの話が終わったところで、ミアは新しいタバコに火をつけた。

「二十六歳でオーストラリア陸軍を除隊したのは、お金のため。よくある話で、妹と弟を大学に行かせてやりたかったから。ブルネイの警備会社が、厳格なイスラム教家庭の子女のための女性警護を探していたの。バンダルスリブガワン（ブルネイの首都）で暮らしはじめて、仕事も順調だった。でも、ある中国人の男と知り合った。はじめは留学に来ている大学院生だと思った。本当は身柄の保護を求めて、中国本土から逃げてきていたの。彼は六四天安門（ティエンアンメン）事件のとき、デモに参加していた学生指導者のひとりだった」

一九八九年四月に胡耀邦（フーヤオバン）元中国共産党総書記が亡くなり、北京天安門広場で追悼集会が開かれた。この集会が中国の一党独裁体制を批判し、民主化を求める大きな運動へと発展してゆく。

デモ隊は一時百万人を超え、天安門広場を長期にわたり占拠した。政府は戒厳令を敷いて対抗し、人民解放軍を大規模に投入。武力鎮圧し、多数の死傷者を出した。死者数は中国政府発表では三百十九人。だが欧米日本の主要新聞は三千人規模の学生・一般市民の死者が出たと伝えている。

「彼の就学ビザの延長が認められず、ブルネイを出ることになった。厄介払いされたの。近場で滞在許可が下りたのがインドネシアで、彼と一緒に私も移った。そこで妊娠がわかった。出産のためにオーストラリアに戻って、彼の政治難民申請と婚姻届を提出したけど、どちらも保留状態で、今もまだ受理されてない」

「子供は君のご両親が？」林が訊く。

ミアはうなずいた。

「彼は拉致や暗殺から逃れるために、ひとり隠れて暮らしている。海外から中国国内に党の腐敗や汚職を糾弾するメッセージを送っていたせいで、よけい目をつけられた」

「金を稼ぐのは、家族で安全な場所に移るためか」

「そう。中国から逃れるために、もうすぐ中国になる街に来た。ここがアジアで一番稼げるからよ。北欧のどこかに移りたいの。旅行者が来れば、すぐに住人全部に知れ渡るような小さな街で、セミリタイアした投資家一家のふりをしながら、静かに暮らしたい」

ミアは話し終わると、自分のアパートへと帰っていった。

ジャービスとイラリも自分たちの部屋へと戻った。

それぞれに考え、明日またここに集まり、多数決を採る。

ロシア、英国、どちらにつくかを――

狭い部屋には、左右の壁沿いに二つのベッドが置かれ、真ん中に渡されたロープにかかったカーテン代わりのタオルケットを引けば、わずかばかりのプライバシーを保てるようになっている。

古葉はベッドに横になった。照明を消しても、窓から入ってくるネオンで完全には暗くならない。

「ありがとう」

林がカーテン代わりのタオルケットを引きながらいった。ロシア総領事館と彼が裏で通じていると明かさなかったことへの感謝だろう。

だが、林に対して有利な手札を一枚キープしておくつもりで、今夜はいわなかっただけだ。この先はわからない。自分の立場を悪化させてまで、林の秘密を守り通すつもりはない。

緊張の抜けない体を少しでも休ませるため、何度か深呼吸し、明日どちらを選ぶべきか考える。しかし、考えようとする頭の中に、ミア・リーダスへの罪悪感と猜疑心の両方が湧き上がってきた。

彼女は事故に巻き込まれるようにこの状況に遭遇したのではなく、誰かの指示で、すべてをわかった上で古葉たちに近づいたのかもしれない。

ジャービスとイラリも、もちろん信用はしていない。それでも生き延びるためには、チームと呼ぶにはあまりにも疑念に満ちたこの集団の中で、互いを上手く利用し合っていくしかない。

——俺たちはひとりでは勝つことのできなかった負け犬の寄せ集め、アンダードッグスなのだから。

タオルケットの向こうの林は携帯を見ているらしく、ボタンを押す音が聞こえてくる。

「話してもいいかな」古葉は訊いた。

「少しなら」林が答える。

「明日俺たちがロシアを選ばなかったら、君はどうなる？」

「どうだろうね。わからないけれど、それですぐに殺されはしないと思うよ。僕を温存しておけば、もしこのチームが彼らの欲しいものを手に入れたとき、強奪することができるから」

「正直だな」

「誰でも考えつくことだろ。黙っていたって意味がない」

それだけで会話は途切れた。

――もし金を積まれたら、君は俺たちを殺すかい？

訊きたかったけれど、なぜか口に出せなかった。躊躇（ちゅうちょ）する必要などないのに。

起きているには疲れ、眠ってしまうのは不安で、ぼんやりと天井を眺めた。考えてみたら、昨日午後四時にミアに起こされるまで、十時間以上もあの盗みに入られた事務所で眠り続けていたんだった。精神的に弱っているだけで、体はそれほど休息を必要としていないのかもしれない。

窓からは変わらずネオンの光が入ってくるが、それほど眩しくは感じなかった。

そうか――と、どうでもいいことに気づいた。

香港のネオン広告は大きく派手だけれど、決して点滅しない。すぐ近くに啓徳（カイタック）空港があるからだ。点滅式の離着陸誘導灯と混同しないよう、厳しく法で規制されているのだろう。まあ、確証はないし、間違っているかもしれないけれど。

無数の恐怖や疑いに蓋をするように、そんなことを思い浮かべているうち、少しずつまぶたが重くなってきた。

＊

「ねえ」

また女が呼んでいる。

誰だ？　馴染みはないけれど聞いたことはある。そうかミアか。

「起きて」

昨日と同じ。夢の中でもデジャブを見るのか……そこで古葉は気づき、慌てて目を開けると体を起こした。

ミアの黒い瞳が睨んでいる。

部屋はまだ薄暗く、ネオンの光を浴びる彼女の顔半分だけが闇に浮かんで見えた。

「またか――」

片目をつぶりながらいった言葉を、ミアの怒った声が断ち切る。

「アパートに帰ったら、ドアの前に制服の警官が立っていた。コカインを隠し持ってるって通報があって、大家立会いで家宅捜索されたんだって。二十グラムの包みが見つかって、私は参考人として行方を追われているそうよ」

「大変だったろうけど。あの……それ誰が教えてくれたんだい？」

なだめる言葉を寝起きの頭で必死に探したのに、出てきたのはどうしようもない一言だった。

「隣に住んでるフィリピン人の母娘。言葉や人種は違っても、やっぱり普段から近所づきあいはしておくものよね。それより問題は、香港警察の中にも敵がいるとわかったこと——まあ、敵っていうのも曖昧な言い方だけど——とにかく私は陥れられたのよ」

「確かにそうだ。君は嵌められた」

「他に言うべきことはない？」

——ええと、何ていおう？

助けが欲しくて部屋を仕切っているタオルケットをめくったが、隣のベッドに林の姿はなかった。

「あいつ、鍵は」

独り言をまたミアが断ち切る。

「かかっていた。自分のを持って出たんでしょ。あなたの鍵はそこ」

ちゃんと枕の横にあった。

彼女がどうやって入ったかは聞くまでもない。いつも持ち歩いているピッキング用の道具を使ったのだろう。

「ベッドを空けて」

「他の部屋を借りればいい」

「満室だって」

「林のベッドがある」

「彼が帰ってきたとき、眠るところがなくなるじゃない。昨日の夕方、私を雇うと決めたのはあなた。だから、今夜はまずあなたに責任を取ってもらう」

浮かんでくる文句を押し殺し、廊下に出た。面倒を避けるというより、罪滅ぼしの気持ちに近い。ミアの口調と表情は変わらず強気だったが、両目には強い戸惑いと不安が浮かんでいた。

暗い廊下に出て、とりあえず携帯で日本の自宅に国際電話を入れた。

暗証番号を押し、留守電機能を起動させる。マスコミからの何件もの取材依頼に交じって、元同僚の能代、元後輩の都築からの録音メッセージも入っていた。

『元気にしてるか？　たまには気晴らしに飲もうぜ』

『以前お話しいただいた顧問契約の件でご連絡しました。またこちらからかけさせていただきます。それとお歳暮どうもありがとうございました』

日本のほうに特に大きな動きはないという暗号のようなもので、内容自体に特に意味はない。宮城の家族も無事のようだ。

ただ、都築の「お歳暮」という言葉だけは作業完了を伝える明確なメッセージだった。

指示通り、古葉の日本の銀行口座に定期的に振り込まれている配当の入金を、一時止めるよう手配してくれた。

元農水省の職員たちは「セーフティーネット」とか「基金」「共済」などと呼んでいるが、実態は元農水省の職員及び家族・遺族だけを顧客とする投資信託会社だった。

「朋農信託株式会社」

創立は昭和四十年代。農水省共済組合の職員の中でも特に優秀だった者が、定年退職後、再就職して資産運用に当たっている。

大蔵省の認可を受けた正式な会社だが、一般への告知や宣伝は一切行っていないし、そもそも一般客が顧客になろうとしても、「審査」という言い訳を盾に受けつけない。

省庁のような大きな組織には、時として必要悪とされる業務が不可欠となる。たとえば以前、古葉が従事した裏金づくりのような、違法行為だが組織が生き残っていくにはどうしてもやらねばならないことが数多くある。しかし、違法なだけに万一、公になれば当事者は責任を取らされ退職に追い込まれる。

そんなリスキーな職務を担う者たちへの生活の保障・補塡として、この証券会社が作られた。

農水省のために違法行為を犯し、その責任を追及され、詰め腹を切らされ退職した者たちは、この投資信託会社を通じて優良株を非常に有利な条件で買うことができる。購入資金がなければ会社の仲介により銀行が融資もしてくれる。

会社とは名ばかりの生活支援互助組織だが、ぎりぎり違法ではない。古葉も農水省を追われて再就職するまでの引きこもり期間は、ここから得た収入に支えられていた。元後輩の都築も司法試験合格までの間の生活費を、この投資信託会社からの配当に頼っていた。

古葉は携帯を切り、ポケットに押し込んだ。

ミアのいる部屋には戻れない。

暗い廊下の先の狭いロビーを見ると、二十代半ばぐらいの女がひとり座っていた。イヤホンをつけ、膝に広げた日本のファッション雑誌の中国語版を眺めている。旅行者ではなく現地の人間のようだ。

「眠れないなら、彼女に話し相手になってもらいなよ。ただし、飲み物を奢るのよ」

テレビを見ていた受付の中年女がいった。

「それとも私と話したいかい」

タバコを吹かしながら笑う。

ロビーの彼女がイヤホンを外し、顔を上げた。中年女には似ていない。娘や妹ではないのだろう。

「飲み物よりマッドノが食べたい」

彼女がいった。マクドナルドのことらしい。

商売女のような派手さはなく、かといって美人にも清楚にも見えないその顔に、逆に安心できた。なぜだろう、駆け引きも、裏読みも必要のない、ただの下らない世間話が無性にしたくなった。

「奢るよ」

彼女にいうと、中年女にも声をかけた。

「一緒にどうだい？　ただし、代わりに注文してくれないか」

中年女がヤニで黄ばんだ歯を見せながら、携帯を出した（一部店舗は二十四時間電話注文対応でデリバリーしている）。

一九九七年、年が明けてはじめての食事は、食べ慣れているようで、どこか日本とは違う味のハンバーガー。ドリンクのストローを咥(くわ)え、受付の中年女も交えながら他愛のない話をして、笑い、笑われ、陽が昇りきってから部屋に戻った。

まだ空いたままの林のベッドに横になる。

隣のミアは寝息も聞こえないほど静かに眠っている。外の通りを行き交う声とバイクの音が聞こえてくる。古葉も静かに目を閉じた。


昼過ぎに目覚めたときは、ミアに代わって隣に林が眠っていた。

「僕はまだ寝ているよ」

ドアを開けて出ていこうとする古葉に気づいて、林は一言いうと寝返りを打った。

ロビーにはもう昨夜(ゆうべ)の女の姿はなかった。

「アニタ・チョウ、中国語ではこう書くの」

別れ際、ペーパー・ナプキンに書いた「周艶芳」の文字を見せてきたが、たぶんもう会うこともないのだろう。

運転役の婆さんが乗っているエレベーターは使わず、階段で地上まで下りた。人目につく場所は危険だとわかっているし、十分ビクついてもいる。それでも外の空気を吸いたかった。

雑居ビルのエントランスでは招待所の受付役の中年女が、数人とともに大声でおしゃべりをしながら案内板を交換していた。

「英国は去年で終わりだからね」

古葉に気づいた中年女がいった。

『G（グラウンドフロアー・英国式の建物一階）』を剝がし、アジア各地やアメリカと共通の『1F』に。『1F（英国式の二階）』を『2F』に。

一九九七年になり、この街はもう中国に変わりはじめている。

午後一時。古葉の部屋でまた五人は顔を揃えた。

ロシア、英国どちらにつくか？　どちらにもつかないか？　この先、自分たちはどう動くか？　なけなしの知恵を絞り、生き残るための計画を練る。

二時間ほどで話し終えると、招待所をチェックアウトし、翌日また無事に顔を揃えられることを祈って五人は別れた。

ひとりに戻った古葉は、ミアから教えられた別の招待所にチェックインし、シーツの黄ばんだベッドに腰を下ろした。周りから人が消えると、また心の中に恐怖が広がってゆく。

今日は生き延びられた。でも、明日はわからない。この死と隣り合わせの恐ろしさから逃げられるものなら、今すぐ逃げ出したい。

――いや、どんなに怯えたところで、この状況からは逃げられない。

まだ正体が確定していない敵も、ロシアも、英国も、そして死んだマッシモも、決して逃げることを許さない。

そう、立ち向かうしかない。

無理やり自分に言い聞かせる。日本に逃げ戻ったところで、またマスコミに追われ、裏金事件をリークした張本人に仕立て上げられ、より惨めな思いをするだけだ。

マッシモが殺され、今は状況に翻弄（ほんろう）されているが、それでも香港に残り、事態を切り開く一手を何があっても探り出そう。勝てる確率は低いが、まだゼロじゃない。

臆病（おくびょう）心の奥にある怒りと、強い反逆心が古葉を奮い立たせる。馬鹿にされたままで終わりたくない、もう二度と。絶対に犬死にはしない。

ただ、恒明（ハンミン）銀行本店の地下に隠されているのは、本当に各国要人の違法蓄財の記録なのだろうか？

政治家や官僚の金銭的スキャンダルをもみ消すためとはいえ、ここまでのロシア、英国の動きは、あまりに本気すぎる。何か裏が、マッシモが明かさなかった秘密が隠されている……疑いは消えない。それどころか今自分を取り巻くすべてに疑いしか感じていない。

古葉はシングルルームを出ることなく、ロシア総領事館のオルロフから指示された翌日の集合時間が来るのを待ち続けた。

7

一九九七年一月二日　木曜日　午後一時

古葉は地下鉄の改札を抜け、地上に出た。

上環の皇后大道中を横切り、階段を上って文武廟を通り過ぎる。さらに左へ曲がり、細い路地を進んでゆく。

今日も古葉の単独行動で同伴者はいない。

安心はしていないが、安全は確信していた。今ここで殺されることはない。まだ利用価値のある自分を、ロシア、英国の両方が守ってくれる。

太平山街の曲がり角で、黒いバンの陰から車椅子を押してオルロフが出てきた。

車椅子に座っているのはクラエス・アイマーロ。膝に小さなバッグと日傘を載せている。薄く化粧をしているが、肌色の悪さは隠しきれず、美しい顔も表情が曇っていた。

ただ、その曇りが撃たれた傷の痛みのせいなのか、自分が今立たされている状況を憂えてなのかはわからない。

「我々を新たなスポンサーに迎える覚悟はできたかな？」

オルロフが訊いた。

「もう少し待ってください」

「焦らす理由は？」

「貸金庫の中に私たちが必要としているものが本当に入っているかを、まず確認したい。入っていなければ、次の展開を考えようがありませんから。計画書の存在を確認したのち、五人でもう一度今後について議論する、それが私たちのチームとしての現時点での見解です」

「まあいいだろう。ただし長くは待てない」

「今日の午後六時までには結論を出します」

「承諾した対価に君が押していってくれないか。まだ長く歩けるほど彼女は回復していないんだよ」

オルロフがクラエスの乗る車椅子を指さす。銀行へ続く道は細く、大型バンが入り込んで停車したら、路肩いっぱいまで塞いでしまう。

「昔を思い出してくれ。扱いには慣れているだろう」

おまえの素性は調べてあるという意味だ。

古葉が小学生のころ、まだ生きていた曾祖母の座る車椅子を押して、母とともによく宮城の実家の近所を散歩した。

「銀行内では急がなくていい。計画書の内容をしっかり記憶してくれ。君たちが出てくるまで待っているよ。またここまで彼女を連れて戻ってきてくれるかな」

古葉がうなずくと、オルロフは車内に戻っていった。

英国が接触してきたことは彼に話さなかったが、林から知らされているはずだ。接触自体が気に入らないなら、脅すなり、具体的に妨害するなり、あちらと二度と接触しないようすでに行動に出ているだろう。現時点で何もいわないということは、古葉たちがどちらを選択するか結果を出すまでは静観するという意味だ。

優しさや譲歩ではない。ロシア側もまず本当に強奪計画書が貸金庫内にあるか確認したいのだろう。一方でもしロシアにその計画書を奪われてしまったら、その瞬間に古葉たちのチーム全員が殺される可能性もある。オルロフはきっと強奪計画書ほどの価値を、古葉たち五人には感じていないだろうから。

ロシア・英国双方への回答期限まで五時間。この猶予を最大限に活用しなければ。

車椅子を押して歩き出す。

「すみません」クラエスが悲しい声でいった。

「経営者を失ったミスター・マッシモの会社はどうなっていますか」

古葉は訊いた。

「重役会が経営体制の再編をはじめています」

「亡くなったことで、ミスター・マッシモの資産調査もはじまりますよね。俺たちの動きを含む一連の計画も知られることになるのでは？」

「その心配はありません。会社とは切り離された、完全に個人の資産で行われていることですから」

銀行の入り口までの十数メートル。ロシアに保護されている彼女と二人きりになれたこの隙に、可能な限り聞き出すつもりだった。

「この会話も含め、俺たちのプライバシーは守られていますか」

「ええ」

クラエスはいった。

だが、信用はしていない。車椅子のどこかに無線機か盗聴器が隠されているはずだ。銀行では当然ボディーチェックをされるが、彼女が車椅子を必要としていることを疑いはしないし、パイプやシートを解体してまで細かく調べはしないだろう。

クラエスは今、香港中が同情する存在だった。

マッシモ殺害のニュースは関係者の顔写真とともに大々的に報道され、秘書が銃撃に巻き込まれたことも、その秘書が美しいイタリア人女性であることも、すでにこの街の誰もが知っている。

間口の狭い八階建てビル一棟すべてがデニケン・ウント・ハンツィカー（Däniken und Hunziker）銀行の社屋になっていた。紹介制の信託銀行で、来訪時は事前予約の必要がある。一般客がふらりと入ってくるようなことは一切ない。

細い道を通っていくのも、大型車が横付けできず不便そうだが、逆に反対車線を走ってきた車やバイクに強襲されることもないし、集団に囲まれる危険も少なくなる。むしろ金持ちには好都合なのかもしれない。

銀行の正面まで来たとき、すれ違った三人連れの中年女のひとりがクラエスに気づき、慌てて自分のバッグに手を入れた。クラエスが持っていた日傘を開き、顔を隠す。使い捨てカメラを出した女が近づいてくる。タブロイド紙に写真を売るつもりなのだろう。

が、銀行のドアが開き、警備員がふたりの体を隠しながら中に招き入れてくれた。

「本当に残念なことです。当行を代表してお悔やみを申し上げます」

担当する東洋人の男性行員は頭を下げたあと、クラエスの回復を願う言葉を続けた。

はじめに入念な身体・所持品検査を受け、登録してあるふたりの指紋を照合し、貸金庫の鍵（かぎ）を確認したあと、個室に通された。

ふたりきりでしばらく待つ。

他の顧客とエレベーターや通路で顔を合わせないための処置だ。香港で長年信用を得てきた完全紹介制の銀行らしく、プライバシーの保護は徹底している。

「相談があります」

クラエスが切り出した。

「あなたは先にここに戻っていただけませんか」

「貸金庫をふたりで一緒に開けたあと、俺だけ先に戻れと？」

「はい」

「計画の全容を知る存在は、あなたひとりでいい。それがオルロフの指示ですか」

クラエスはうなずいた。

——やはり排除する気だ。

「これは脅迫ではなく、提案です」

彼女が続ける。

「従っていただけたら、あなた方全員の命も報酬も保証します。でも、拒否するなら……この傘、神経剤が出るんです」

日傘の先端を古葉に向けた。

「こんな狭い部屋で使えば、あなたも危険ですよ」

「苦しむのはあなただけで、私には危険はないそうです」

「オルロフがいったのですか？　彼らの言葉を信じるのですか？」

ロシアの連中にも聞かれているとわかっていて訊いた。

「それに——」

古葉は右手に握っていたものを見せた。リッド（ヘッドカバー）がついた金属製のライター。昨日、イラリに頼んで作ってもらった。

「普通のライターの十数倍の炎が噴き出すよう、改造してあります。あなたを殺すことはできないけれど、上半身を焼き、顔に一生消えない火傷を残すことはできる。俺も手を大火傷しますが」

古葉は言葉にしながら内心ひどく怯えている。だが、もう声や体が震えることはない。香港に来て、たった三日でここまで慣れた自分に驚き、そして理由もわからないまま惨めさも感じていた。

「今争えば金庫の前にもたどり着けず、俺はここで死に、あなたはまた苦しみながら病院に戻ることになる」

「ふたりで行き、ふたりで見るしかないようですね」

クラエスがいった。古葉もうなずく。

「やはりあなたを選んだミスター・マッシモは正しかった。あなたは非力だからこそ、生き残るためには手段を選ばず、残酷にもなれる」

ノックが響く。担当行員が迎えにきた。準備が整ったようだ。

エレベーターに乗り、地下二階へ。

鉄格子の前で再度の身体検査と指紋照合を行い、並ぶ貸金庫の前に立った。

D—26の扉にふたり揃って鍵を差し入れ、回し、開けると、中の金属ケースを引き抜いた。担当行員の案内でケースを持って通路を進み、並んでいる確認用個室のひとつに入る。

「保管品を持ち出すことも、追加することもできません。可能なのは閲覧のみです」

担当行員は笑顔でいうと、ドアを閉めた。

それがこの貸金庫の契約者であるマッシモの決めたルール。

彼が死んでしまった今、契約を引き継ぎ、規約を変更できるのは、マッシモ自身が後継に指名した血縁者か、もしくはその血縁者の法的な後見人のみ。どちらが引き継いだ場合も、貸金庫は二〇一八年五月末を期限として契約満了となる。

蛍光灯が照らす室内には、メモ用紙とペン、ゴミ箱、それに椅子がひとつ。

車椅子のクラエスと並んで座り、金属ケースを開いた。

生前のマッシモが話していた通り、収められていたのは古いバインダーがひとつだけ。

英文でタイプされた文章が百十四ページ分挟まれている。

バインダーから外し、前半五十七、後半五十七と均等に分けた。

「どちらにします？」

訊くと、彼女は前半を取った。古葉は後半を取り、それぞれに読みはじめた。

驚くことも疑うことも忘れ、内容を頭に刻み込んでゆく。

互いに読み終え、前半と後半の紙の束を交換した直後、ビーと大きく音が鳴りはじめた。火災警報とは違う。

「どうかそのまま。鍵をかけて廊下に出ないでください」

ドアの向こうから担当行員がいった。

侵入者？　銀行強盗？　どちらにせよ、やはり——

動揺したクラエスが、車椅子の左の肘掛(ひじか)けを強く摑(つか)んだ。

こちらも予想通り。あそこに極小レンズが隠してあるはずだ。タイプされた紙を直接撮るのではなく、文章を声に出さず読むクラエスの口の動きを撮影していたのだろう。

車椅子の細いパイプの中に、カメラと録画装置一式を組み込むなんて、市販品や民間の技術では到底できない。国家予算を潤沢に注ぎ込んだ成果だ。

タタタタタタと遠くから聞こえてきた。威嚇か、人を撃ったのかはわからないが、きっと小銃の発砲音。クラエスが震えはじめた。彼女は三日前に発砲音を聞き、自分が撃たれ、そしてマッシモと警護役ふたりが撃たれて死ぬのを見ている。

遠くで叫び声と、何かが倒れる音がした。狭い部屋の中でふたりきり、周囲の部屋から他に音はせず、誰も迎えに来ない。

五分待ったあと、古葉はクラエスに訊いた。

「頭に入れましたね」

彼女がうなずくと、マッシモの残した計画が書かれた紙束を摑んだ。

古葉の頭に入っているのは、以前マッシモが日本の自宅に送ってきた冒頭部分と、今覚えたばかりの後半のみ。あとはクラエスの頭の中にある。それでも紙束全てを金属製のゴミ箱に放り込むと、ライターで火をつけ、着ていたジャケットを脱ぎ、上に被(かぶ)せた。

「どうして」

火を消そうと暴れるクラエスの腕を摑む。

「これでいいんです。一緒に生き延びましょう」

クラエスの両目に涙が溢れる。ほぼ同時に廊下を駆けてくる足音が聞こえた。蓋の役目をしていたナイロン生地のジャケットが溶け、ゴミ箱の炎の熱を感知した報知器が鳴り出した。スプリンクラーが水を噴き出す。

「開けろ」

英語の怒号と銃声が続けて響き、ドアノブ周辺が撃ち抜かれた。ドアを蹴破り、作業服で小銃を手にし、目出し帽にゴーグルをつけた男が入ってくる。

男はスプリンクラーを浴びてずぶ濡れの古葉たちを押しのけ、ゴミ箱を覗いた。

「燃やしたのか」

そういって古葉を、次にクラエスを、廊下に引きずり出した。

「全部読んだのか？」

スプリンクラーは廊下にも降り注ぎ、目出し帽も作業服も濡れている。その水音を裂くように男は繰り返し叫び、小銃を突きつけた。

「読んだのか、おい」

「前半だけ」クラエスがいった。「時間がなくて」

「おまえは？」

「後半だけ」古葉もいった。

「うそをつくな」

「本当だ」

目の前にある銃口。そこから漂ってくる、これだけの水でも洗い流せない硝煙の匂い。

古葉は震えていた。嗚咽（おえつ）を、小便を漏らす寸前だった。

「まあいい」

男が古葉の頭に銃口を突きつける。

だが、男が引き金を引くより早く、遠くで銃声が響いた。

そして古葉ではなく、目出し帽の男の頭が吹き飛んだ——

髪、血、肉、いや骨かもしれない。人体の断片が飛び散り、男は床に倒れた。頭の穴から血が染み出しているが、溜（た）まることなく、天井から降るスプリンクラーの水に流され、消えてゆく。

「動かないで」

サブマシンガンを構えた黒いゴーグルと防護ジャケットの男たちが駆けてきた。

「ＳＤＵ（Special Duties Unit）です。わかりますか？」

皇家香港警察の特別任務連。

古葉もクラエスも声を出せずうなずいた。

「爆発物なし」ＳＤＵ隊員のひとりが撃たれた男の体を確認してゆく。通路の先にも、射殺されたらしい強盗のひとりが倒れている。

「暴行を受けた？　けがは？　何か奪われたものは？」

隊員に訊かれたが、口が開かない。スプリンクラーで濡れた体も冷えて動かない。

三日前には射殺体を、そして今日は人が撃たれ殺される瞬間を見た。恐ろしさや怯えとは違う何かが足元から這(は)い上がってくる。それでも『生き延びたければ考えろ』——と感情ではなく、本能のようなものが、体の内側から訴えかける。

古葉はまた額(ひたい)を爪先で叩きながら思案する。

ＳＤＵの連中は本物だろう。だが、到着が早過ぎる。まるでこの銀行襲撃を予期していたかのような……いや、むしろこの襲撃は仕組まれたものの可能性が高い。撃たれて死んだ強盗の連中と、ＳＤＵ内の何者かがつながっていたということだ。

武装した籠城(ろうじょう)犯逮捕が目的なら、排他的で秘密厳守を貫く銀行でも、奥深くまで強行突入する十分な理由になる。逆にいえば、それほどのことをしなければ、この地下貸金庫室まで入ってくることができなかった。

強盗は金で雇われたポーン(捨て駒)（pawn）。マッシモの計画書を本当に奪いに来たのは、ＳＤＵ内にいる誰かかもしれない。ただそれなら、もうひとつの疑問が浮かんでくる。

人命を犠牲にした仕掛けをしてまで、なぜデニケン・ウント・ハンツィカー銀行の社屋に突入したのか？　これだけの無謀をする覚悟があるなら、はじめから中環(セントラル)にある香港南京銀行グループ傘下の恒明(ハンミン)銀行を狙えばいい。この上環から数百メートルしか離れていないその銀行の地下金庫室には、本来奪うべき各国要人の違法投資と、不適切な節税のためのトンネル会社の活動を記録した大量のフロッピーディスク及び書類が隠されているのだから。

恒明銀行を直接狙わなかったのは、それほど堅牢かつ警備が厳重だから？　何があっても、各国の特殊機関同士が直接衝突することを避けたいから？

古葉の中に次々と疑念が湧き上がる。

何人もの血を流し、さらに銀行襲撃を偽装してまで、その違法蓄財記録は手に入れる価値があるのか？　そもそも恒明銀行に隠されているものは、本当にマッシモが語っていた通り違法蓄財記録なのか――

射殺の瞬間を見たばかりの頭で考えるには、あまりにも複雑で難しい。

とにかく今の時点で胸に刻んでおかなければならないのは、ＳＤＵは決して味方でも、護ってくれる存在でもないということだ。

スプリンクラーから噴き出していた消火用水がようやく止まった。

クラエスは車椅子に乗せられ、毛布をかけられた。濡れた自分のバッグと日傘を手にした彼女の顔色はこれまで以上に青く、体も小刻みに震えている。古葉の体にも毛布がかけられた。ＳＤＵ隊員に連れられ、クラエスの車椅子を押して歩き出す。

近くで目隠しをされ後ろ手に縛られていた古葉たちの担当行員も保護された。だが、ナイロンバンドを外され起き上がると、すぐに「お客様、ご無事ですか」と古葉たちに英語で声をかけ、それからＳＤＵ隊員に激しく抗議をはじめた。

広東語なので詳しくはわからなかったが、「誰の許可でここに入ってきた」「私のお客様をどこに連れてゆく」といっているようだ。

ＳＤＵ隊員も反論し、古葉たちは行員から引き離されるようにエレベーターで一階へ戻った。ロビーではすでに現場検証がはじまり、負傷者が床に座り救急隊員の手当てを受けている。

「ミスター・コバ」

凱(ホイ)という見た目三十代半ばの男が声をかけてきた。黒い防弾ベストをつけ、ジーンズにＴシャツ。呈示された身分証には、『警長　Sergeant』と書かれている。

コバと名前を呼ばれたが、どこで知ったのだろう？　訪問予約者リスト？

「スプリンクラーを作動させたのは、あなたたちのようですね。何を、どんな目的で燃やしたのかぜひ教えていただきたい」

凱が英語でいった。

クラエスが目を伏せるように彼から視線を外した。表情もこわばってゆく。知り合いなのか？　古葉は探る意味も含めて凱に質問した。

「事件発生後、随分と到着が早かったですね」

「早く救出されたことが不満ですか」

「不満はありません。ただ、あまりに状況の把握が早く的確だったので不思議に感じたんです」

「本来は話すべきではないのですが、あなたは当事者でもあるのでお伝えします。単純にミス・クラエス・アイマーロの動向を追っていたのですよ。彼女は殺人事件の目撃者ですから。同時にミスター・マッシモ・ジョルジアンニを含む三名の殺害に関する共犯者の疑念も、まだ我々は完全に捨ててはいません」

気取った笑いを浮かべ、彼は言葉を続けた。

「いろいろ訊きたいのですが、この先は場所を移して話しましょう。ミス・アイマーロには温かい飲み物と着替えが必要なようですから」

林に語り口が似ている。香港の捜査官の特性？

凱が手招きして歩き出す。少し考えたあと、古葉もクラエスの車椅子を押してあとを追った。銀行の外へ。狭い道路はすでに閉鎖されていたが、封鎖線の向こうには多くの人だかりができている。

「どこまで行くのですか」古葉は訊いた。

「安全なところですよ」凱が返す。

「具体的な場所を教えてください。友人に無事を伝え、迎えにきてもらいたい」

「具体的にいったら、安全な場所にならない。あなたたちは狙われている可能性が高いんです。実際、おふたりが到着した直後に銀行が襲われた。さあ乗ってください」

白地に赤と青のラインが入った見慣れた警察車両ではなく、全体を灰色に塗られた小型の護送車だった。

後部ドアの前で古葉は首を横に振り、立ち止まった。クラエスも車椅子に座ったまま乗ろうとしない。凱が笑顔のまままさりげなく、しかし強く古葉の二の腕を掴んだ。

「ここで死にたいか?」

凱が小声でいった。そして腰につけた拳銃のホルスターを指先で二度軽く叩いた。

「大勢が見ていますよ」古葉はいった。

「日本人がずいぶん偉そうだな。ここは香港だよ、私の庭だ。どうとでもなる。君に銃を握らせ、襲撃犯の仲間だったことにしようか?」

古葉は凱を睨みながら護送車に乗り込んだ。クラエスも立ち上がり、あとに続く。車椅子も折りたたまれ、薄暗い車内に載せられた。

後部ドアが閉じられ、古葉とクラエスは凱と向き合って固いベンチシートに座った。開かない窓から外の景色を見ることはできる。ただ、密閉されているので蒸し暑い。

凱が運転席を覗けるガラスの小窓を叩いた。

運転手は制服の警察官で、この拉致に加担している凱の仲間のようだ。

集まった人だかりを蹴散らすようにクラクションが鳴り、護送車が走り出す。

「無事でよかった、ミス・アイマーロ。君だけでも生きていてもらわないと状況が摑めなかった」

凱がいった。

クラエスは暗い目で彼を見上げている。

「知り合いなんですね」古葉は訊いた。

彼女がうなずく。

「シニョール・ジョルジアンニが編成した、あなたとは別のチームのひとりです」

「そう、そのチームのリーダーだよ。いや、まずはこう訊くべきか。君は自分たち以外にもチームがあることを知っているのかな？」

「四つのチームがあると香港に来てから知った。マッシモの死んだ翌日、二日前だ」

「君もあのジジイに騙されたひとりか。奴が死んでしまって、すぐに新たなパトロンを見つけたチームもあれば、バラバラになってしまったところもある。どこもちょっとしたカオス状態だ。俺たちのチームも含めてね。ただ、確かめなきゃならないことがあるんだよ。クラエス、マッシモは本当に死んだのかい？」

「私はシニョール・ジョルジアンニと警護役のふたりが撃たれたところしか見ていません」

「どこから撃たれた？　窓の外？」

「ええ。テーブルでワインのグラスを手にした瞬間、銃声が響いて。私も撃たれて倒れました。その先のことは彼が」

クラエスがこちらに目を向け、凱も古葉を見た。

「そのとき君が運悪く海上レストランの個室に入ってきたわけだ。いかにも創作めいた話で、素直には信じられないんだが。本当か？　替え玉じゃないのか？　あのジジイならその程度のことは平気でやるだろう」

「教えたら何をしてくれる？　すぐに解放するなら――」

言葉の途中で古葉は顔を平手打ちされた。薄暗い車内に頬を叩く音が響く。

「意気がるなよ」

凱は腹も殴った。古葉の口から「ぐっ」と声が漏れる。

「マッシモ本人だったのか？」

「ああ、本人だった――」

古葉の横顔がまた張られた。車内に再度肌を裂くような強い音が響く。

「言葉遣いが悪いな。立場は明確にしないと」

凱が笑う。

「本人でした。動かなくなった体を探ってみましたが、確かに死んでいました」

古葉はいった。怯えたからじゃない。まだこいつを優位に立たせておいたほうが得策だと思ったからだ。力で支配しようとする人間は、その暴力に臆した態度を見せれば、安心し、必ず油断する。

「それでいい。従順でいれば傷つくことは少なくなる。では続いて今日の話だ。強盗の侵入に気づいて、君たちはマッシモの作成した計画書を焼いたんだね？」

「はい。確認用個室内で焼却しました」

うつむき話す古葉の視線の端に、日傘を握りしめるクラエスが見えた。が、古葉は指先だけを小さく左右に動かし、「Ｎｏ」の合図を送った。

――まだだ。反撃には早い。

クラエスが両目をゆっくり閉じ、返事をする。

凱が古葉の顔を見ながら続ける。

「まあ、俺も君と同じ状況に置かれたら、同じことを考える。焼却する前に、計画書の内容は記憶したんだね」

「はい」古葉とクラエスはうなずいた。

「やはりね。だからこうして拉致するしかなかったんだ。君たちの作戦計画は、もう君たちの頭の中にしかない。だとしたら、無理やりにでも君たち自身の口から聞き出すしかないじゃないか」

——どういうことだ？

『君たちの作戦計画』と凱はいった。他にもあるということか？　四チームそれぞれに、別の指令と計画書が存在するのか？　フロッピーディスクと書類の奪取という同じ目的のために、各チームごとに個別の作戦が与えられている？

そこで車外からバンバンと大きな音が聞こえてきた。

三人ともに後部の窓ガラスに目を向ける。

護送車のすぐうしろを走っていた二台の自動車が、左右に小さく揺れたあと、急停止した。二台同時にパンクしたようだ。

「君の仲間がやったのか？」

凱が古葉にいった。

「わかりません」

「誰の仕業にせよ、失敗だよ。この車を狙ったつもりが、停まったのは後続車だけ。当然だ、護送車だからね。簡単にパンクしないよう作られているし、もちろん銃撃にも耐えられる」

だが遮打花園（チャターガーデン）の横、交通量の多いいびつな形のX字路にさしかかった直後、護送車ががくんと大きく揺れ、一気に減速した。

速度が落ちたままノロノロと進み、アクセルを踏んでいるようだがスピードは上がらない。凱が広東語で運転席に向かって何かいったが、運転手もいい返している。原因がわからないようだ。

すぐに車外も騒がしくなった。通行人だけでなく、反対車線の車の運転手たちも窓を開け、身振りで何かを訴えている。

凱と古葉はまた後部窓ガラスから外を見た。

この護送車のうしろから二本のワイヤーロープが延び、反対車線を走っていた客を乗せた二台の二階建て（ダブルデッカー）バスの後部につながれていた。

バスはそれぞれX字路を左右に分かれ進もうとしていたところで、前に進めなくなり、路上で停まっている。護送車とバスの間にピンと張られたワイヤーロープに行く手を阻まれた他の車の運転手たちが、クラクションを鳴らし抗議している。

――後続車を強制的に停まらせたのは、このワイヤーをつなぐためか。

古葉は気づいた。

護送車の運転手が慌てて外に降り、後部を確認したが、窓ガラス越しに「鍵」といって首を左右に振った。

二本のワイヤーは護送車の牽引用ピントル型フックに、それぞれ大きな南京錠ふたつで取り付けられていた。ワイヤーの延びた先も、ダブルデッカー後部乗車口にある支柱型の手摺り（縦に取り付けられている）に、がっちりと固定されていた。

「どうにかしろ。ワイヤーを外せ」

凱が古葉の髪を摑み怒鳴る。

「でも、何が起きているのか」古葉は首を横に振った。「本当にわかりません」

「おまえのチームの奴ら以外に、誰がこんなことをする」

凱が膝を蹴った。

古葉は痛みに苦しむ振りで下を向いた。唇を嚙んで笑いが漏れそうになるのを堪える。

囚人の足に鉄球つきの鎖をつなぐように、護送車に客満載の二階建てバス二台をくくりつけ、足止めした。こんな仕掛けをしたのは、もちろんジャービスとイラリだ。

発案者はジャービスだろう。

ボール・アンド・チェーンは植民地支配で栄華を極めていた十九世紀の大英帝国を象徴する奴隷拘束具。それを連想させるものを、こんな場面で見せつけた。

車で連れ去られるようなことがあれば、通行人に危害が及ばない限りどんな手を使ってもいいから止めてくれ。確かに古葉はそういった。でも——考えたジャービスも、それに乗ったイラリも、相当に頭がいかれている。

ワイヤーに前方を塞がれ走行できなくなり、路面電車(トラム)までもが路上で停まってしまった。護送車を運転していた警察官は、詰め寄ってきたバスの運転手と車外で口論をはじめた。通行人も騒ぎの周囲に集まってきた。

中銀大廈(チヨンインダーシヤ)（中国銀行本店）、シティー・バンク・プラザ、香港上海滙豐銀行總行(シイアンガンシヤンハイフウイフオンインハンゾンハン)大廈(ダーシヤ)（香港上海銀行総本店）に囲まれた金融街の中心で、こんな派手で間抜けな交通障害を引き起こせば、すぐに警察もやってくる。護送車であっても間違いなく車内を調べられる。銀行襲撃の現場から被害者ふたりを連れ出した凱警長も、何をしているのかと詰問されることになる。

拉致された古葉を助け出すために、ジャービスとイラリは閉じた護送車のドアを無理やりこじ開ける必要はない。

「外に出ろ。騒いでも、逃げる素振りを見せても、うしろから撃つ」

凱が腰につけたホルスターのボタンを外した。

これで逃げる機会が生まれた。

クラエスが折りたたまれた車椅子に手を伸ばそうとしたが、「歩けますよね」と古葉はいった。「ああ。歩いてもらう」と凱も続く。

サイレンとともに通報を受けた警察車両が近づいてくる。護送車の後部ドアが開き、古葉たちは車道に降りた。

運転手役の警察官は役目をわかっているようで、凱のほうに周囲の注意が向かないよう、足止めされたトラムの乗客たちとも口論をはじめた。制服警察官と一般市民の騒ぎを、数多くの通行人が半笑いで取り巻き、眺めている。

凱に背を押されながら路上に並ぶ自動車と人の間を抜け、銀行街（バンクストリート）を進む。徳輔道中（デヴーロードセントラル）を北西へ。

「そこを左だ」

うしろから飛ぶ凱の指示に従い、路地を左右に曲がりながら進む。が、人通りのない道に入ったところで、肩で息をしていたクラエスがしゃがみ込んだ。

「少し待って……」

小声でいった彼女の二の腕を凱が摑み、立たせようとする。

その瞬間、古葉は息を止め、凱の髪と体をうしろから摑み、押さえつけた。すぐに振りほどかれそうになったが、それより早くクラエスが日傘の先を凱の顔の前に突き出し、一気に噴射した。

霧状のものが凱の顔を包み込む。凱は直後に咳（せ）き込み、膝を震わせはじめた。古葉もクラエスも息を止めたまま、すぐに離れた。

日傘から噴き出したのはロシア製の神経剤。クラエスがロシア総領事館のオルロフから渡されたものだ。

凱はもう意識が混濁しはじめている。効果の強さに恐怖を感じたが、直前に殴られたおかげで凱への同情は一切感じずに済んだ。

介抱する振りで、動けなくなった凱を狭い道の端に座らせた。他に通行人はいない。が、「だいじょうぶ?」と気遣っているかのようにクラエスと声をかける。酔い潰れてしまったように凱は目を閉じた。再度確認したが、誰にも見られてはいない。

「行きましょう」古葉は小声でいった。「地図は頭に入れてあります。こっちです」

歩き出した首筋に金属の感触がした。

「だめ、私の指示通りに歩いて」

凱のホルスターから抜いたオートマチックをクラエスが握っている。

「反抗的な態度を取れば、すぐに撃つ。本当よ」

いい終わると同時に、クラエスは座ったまま動けない凱に向かって二発撃った。首と頬に銃弾を受けた凱は目を閉じたまま血を流し、体を少しだけ痙攣させると、すぐに動かなくなった。

「何も殺すこと——」

古葉がいいかけた言葉を、クラエスの脅すような目が押し戻す。

「行きましょう」

彼女は寄り添い、腕を絡めてきた。古葉の腰に銃口が押しつけられる。

何度か路地を曲がり、飲食店の並んだ少し幅の広い道へ。すれ違ってゆく人々は古葉たちをカップルだと思っているのだろう。クラエスの握る拳銃には誰も気づかない。微笑みながら歩く彼女は、少し前とは別人のように落ちついている。

　だが、古葉は人を撃ったばかりの銃口から立ち上ってくる硝煙の匂いを感じていた。あからさまに死と血を感じさせる刺激臭に、麺家（ミンガー）や酒楼（ザウロウ）から漂ってきた八角（バッゴッ）や花椒（ファジウ）の匂いが混ざり合う。

「待って。気分が悪い」

　古葉はいった。

「うそはやめて」

　クラエスに強く腕を引かれたが、がまんできずに道端に吐いた。

　銀行で見た、目出し帽の男の頭に開いた穴、ついさっき凱の首と頬に開いた穴。そこから流れ出てゆく赤黒い血。ふたりが射殺された瞬間の光景が、古葉の頭の中をゆっくりと回ってゆく。

――怖い。

　平静を装おうとしても膝が震える。

　喉（のど）の奥が鳴り、また吐いた。すれ違った若い女が、きつい口調の広東語で何かいった。「汚い」とでも罵（ののし）っているのだろう。

「だらしない」

　クラエスもいった。ただし、口調とは正反対に心配そうな表情を浮かべ、バッグに入れていたハンカチも差し出した。あくまでカップルを装うつもりらしい。

「しかたないでしょう。慣れていないんです」

古葉は気力を振り絞り、口をハンカチで拭(ぬぐ)うと、彼女を見た。立ち向かわないと。怯えているだけじゃ、状況はさらに悪くなる。

「あなたは慣れているようですね。マッシモ殺しを手引きしたのも、やはりあなたですか」

「違う——といっても信じないでしょ。それだけ話せるなら、歩けるわね」

クラエスが脱いだカーディガンで銃口を包み、また古葉の腰に押しつける。

士丹利街(スタンリーストリート)を早足で進む途中、彼女のバッグの中の携帯電話が鳴った。すぐに取り出すと、少しだけ言葉を交わして切り、また歩き出す。

「誰ですか」古葉は訊いた。

「もうすぐわかる」

「オルロフではないようですね」

「黙らないと本当に撃つから。ついさっきまで死体に怯えて吐いていたのに、今度はタフぶって私に探りを入れるつもり？　忙(せわ)しない（restless）男」

「あなたこそ、強気な口調は自分を鼓舞するためじゃないんですか？　本当は人を撃ち殺して、ひどく動揺しているのでは？」

「生意気いわないで。ちょっと死線をくぐったからって、自分が一人前のエージェントにでもなったつもり？」

「そんなに思い上がってはいません。ただ、あなたと同じ気持ちでいるだけです。病院で『私はまだ死にたくない。その気持ちを蔑むというのなら、どうぞ好きなように罵ってください』といいましたよね。俺も生き延びる道を必死で探しているんです」

「だったら口を閉じて。私に逆らわなければ、とりあえずこの先の数時間は生きていられる」

商店街の裏、右側に何台もの室外機が並び、轟々と風音を立てている道に入った。左側はビルの工事現場。竹柵（竹で組んだ足場）が数十階の高さまで組み上げられ、作業員の声と工事音が聞こえてくる。昼の陽射しが遮られ、薄暗い。道のずっと先、鴨巴甸街と交差する角に人の姿が見えた。

背が高く栗色の髪の男が、逆光を浴び立っている。

クラエスの表情が少しだけ緩み、足取りが速くなった。あの男と合流する気だ。ネクタイにスラックス、遠目には出張中のアメリカ人ビジネスマンに見える。

男のうしろにワゴン車が横付けされ、ドアが開いた。あれで連れ去る気だ。

だが――

「止まって」

横の暗がりから女の声が聞こえ、同時にクラエスの首に銃口が突きつけられた。

細い道を進んでいた古葉たちの足が止まる。

「ようやく追いついた」

拳銃を握るミアが息を切らしながらいった。

「いった通りでしょ。哀しげな顔で男に言い訳する女は信用できないって」

昨日午後の招待所でのミーティング中、そんな言葉で何度もクラエスは危険だと警告された。

「ああ。君が正しかった」古葉はいった。

「彼を放して、銃は地面に落として」

ミアがクラエスに命令する。

「あなたが引き金を引く前に、私がコバを撃つ」

クラエスが返す。

「あなたと私の銃口の位置を見て。あなたが引き金を引けば、同時にあなたは私に撃たれて即死する。きれいな顔を弾丸で撃ち抜かれ、血と脳漿を飛ばしてね。コバも腎臓をひとつ撃ち抜かれて失うことになるけど、処置を間違わなければ、彼はどうにか生き延びられる。試してみる?」

道の先から栗色の髪の男が早足で近づいてくる。逆光から抜けると、薄暗がりの中に髪と同じ栗色の瞳をした整った顔が見えた。

「止まって。近づけばクラエス・アイマーロが死ぬことになる」

ミアは強い声で栗色の髪と瞳の男にいった。

「私が死ねばあなたたちも困ることになる」

クラエスが口を挟む。

「あなたはまだ知らないでしょうけれど、貸金庫にあった計画書はコバが燃やしてしまった。内容の半分はコバが記憶したけれど、もう半分は私の頭の中にある」

「他にも記録があるじゃないですか」

古葉はいった。

「車椅子に仕掛けられたビデオカメラの映像？　あれなら彼が回収する」クラエスが離れて立つ栗色の髪の男に視線を向ける。「オルロフたちの手に渡る前にね」

「いえ、もう私たちのチームが回収している」ミアがいった。

「あなたコバに似てるのね、意味のないうそはやめて」クラエスが首を小さく横に振る。

「本当です」古葉はいった。

「無理。私と合流してから、どうやって車椅子のことを仲間に伝えたの？　あなたはマイクなんて隠し持っていないし、誰とも接触していない」

「接触しましたよ」

「どこで？　銀行員やＳＤＵ隊員に仲間がいたなんて、苦しまぎれの妄言はやめて」

「銀行に入る前です」

通行人の中年女がクラエスに気づき、撮影しようとカメラを出した——

クラエスが黙った。

彼女は一昨日泊まった招待所の受付にいた、古葉がマクドナルドを奢った中年女。仲間に引き入れたわけじゃない。金を払って今回限りの仕事を頼んだ。約束通り彼女は友達を連れ、道の向こうから歩いてきた。そして撮影する振りで近づき、古葉が左手の指で作った簡単な合図を確認し、ジャービスとイラリに伝えてくれた。

もちろん彼女自身は合図の意味を知らない。払った料金は口止め料も含め、七千ホンコンドル（約九万七千円）。安くはないが、それに見合う演技をしてくれた。

「マッシモの計略通りということです。あなただけでなく、ロシアや英国のプロのエージェントも、俺たちを心のどこかで負け犬の素人集団だと見くびり、見下し、そして見落としてくれる」

古葉はいった。

「あなたが死んでも誰も困らない」

ミアもクラエスの首筋に銃口を強く押し付けながらいった。

古葉たちのうしろ、細い通りのもう片方の出口近くにブレーキの音が響く。ネイビーのハッチバック車が道を塞ぐように停まり、運転手が窓から顔を出した。

林だった。右手で大きく手招きしている。

「前を見たままうしろに下がってください」

古葉はクラエスにいった。竹柵の上からは変わらず作業員たちの声と工事音が聞こえてくる。

「俺の腰につけた銃口も下ろして」

彼女は言葉に従った。三人でエアコンの室外機が風音を立てている裏道を戻ってゆく。林の運転するハッチバックに向かって——

だが、「それ以上動くな」と今度は栗色の髪の男が大声でいった。男のほうは逆に、ミアの制止を無視して細い道を進んでくる。

「彼女を撃つ。本当に」

ミアが返す。それでも男は足を止めない。ミアに撃つ覚悟がないと見切ったのではない。クラエスが死んでも構わないということだ。

そして栗色の髪と瞳の男は再度口を開いた。

「従わないと、また死人が出ることになる。本当だ」

古葉とミアは従わず、クラエスを盾にしながらあとずさる。

「警告はしたよ」

男の声に背を向け、古葉とミアは林の待つハッチバック車へと走り出した。

瞬間——

頭のずっと上で何かがブチリと切れ、そして激しい衝撃音が響いた。

道の先、降ってきた鉄骨が林の乗っているハッチバック車を押し潰してゆく。細かな破片が宙に舞い、地面もかすかに揺れた。

「林」古葉は叫んでいた。

あいつは友達じゃない。好きでもないし、信用もしていない。「林」それでもくり返し呼んだ。

しかしハッチバックの車高は四分の一以下になり、さっきまで大きく手招きしていた林の右腕は鉄骨とドアの間に挟まれ、切り落とされ、路上に転がった。

もう生きてはいない。

胸が裂かれたように痛い、苦しい。香港に来てから見た、どの死ともまるで違う。悲しさよりも先に、心に激しい痛みが走った。

だが、動揺する古葉の襟首をミアが摑み、引き倒した。

栗色の髪の男のうしろ、裏道に駆け込んできた数人の男たちが、ジャケットの下やバッグの中から出したオートマチックを一斉に向けた。

銃声が響く。

古葉とミアはクラエスとともに室外機の陰に身を屈めた。落ちた鉄骨と路上の片腕を見た通行人の悲鳴も聞こえてきた。

ミアが撃ち返す。

クラエスはまたあの怯えた目に戻り、オートマチックを握ったまま動かない。

積み上げられ並んだ室外機が盾の代わりをしてくれているが、そんなものは時間の問題だった。いずれは貫通し銃弾を浴びることになる。それより早く、頭上から別の何者かに狙撃されるかもしれない。

戻ろうとした道は林を乗せたまま潰れたハッチバック車と鉄骨の山で塞がれている。退路はない。しかも、目の前には銃撃してくる男たち。

「どうする？　考えて」

ミアがいった。

いわれなくても、額を爪先で激しく叩きながら考えている。周囲を見回す。どこかに逃げ道は？

答えを出す前に、二軒離れた建物の鉄のドアが開き、ブシューッという音とともに白い煙が流れ出した。催涙ガスじゃない。発煙筒とも違う、そうか消火器だ。

白い消火剤の煙は、瞬く間に狭い裏道を覆っていった。

ミアが腰を落としたままドアへ駆けてゆく。

クラエスは室外機の陰でうずくまったまま動かない。

「一緒に」古葉は手を伸ばした。「生き延びましょう」

が、彼女は怯えた目のまま小さく首を横に振った。

ミアがうしろから古葉の髪を摑んだ。「ドーグウ」と強い口調でいわれたが、意味はわからない。引きずられながら開いたドアの奥へ入ると、そこは竹籠(たけかご)が積み上げられ、干した貝柱やナマコの匂いに満ちていた。

乾物商の倉庫のようだ。

しかし電球の光の下に、使い終わった何本もの消火器とともに立っていたのは、ジャービスでもイラリでもなく、雷楚雄（ルイチョホン）——皇家香港警察總部（ロイヤルホンコンポリスヘッドクオーター）で古葉を尋問した、あの督察（ドウチャ）（警部）だった。

「一緒に来い。今ここで死にたくなければ」

雷督察はいった。

8

二〇一八年五月二十六日　土曜日

香港島太古（タイクー）にあるマンションの十四階。その女性は笑顔で出迎えてくれた。

「ミス・コバとミスター黄（ウォン）。会えて嬉（うれ）しいわ」

焼き菓子とティーポットが並んだテーブルの向こうから、老眼鏡を外し、私たちを見ている。

彼女は周敏静（ザウマンズィン）、五十四歳。

「こちらこそお会いできて嬉しいです、周女士（ノイシー）。エイミと呼んでください」

私はいった。

「エイミね。私のことは、できれば林夫人（ラムフーヤン）と呼んでもらえますか。今でも自分では違和感がないし、ミスター・コバの娘さんには、ぜひそうしてもらいたい」

「いえ――」

私はロシア総領事館で見せられた写真が古葉慶太とは別人だったこと、そしてオルロフの語るコバが自分の知る義父の姿と重ならないことを話した。

義父は林夫人の知るミスター・コバとは違う人物かもしれない。

でも、彼女は首を横に振った。

「外見が違う？　人の見た目なんて加齢と整形でどんなふうにでも変わるものよ。それにコバは物静かだったけれど、覚悟を決めると残酷にもなれた。何より、あなたの意志の強そうな目はコバにそっくり。義父と養女の間でも、ちゃんと伝わるのね」

――意志の強い目？　また私の知っている義父の姿とずれてゆく。

「ミスター黄は雷督察（ルイドウチャ）の息子さんね。理知的でハンサムだった彼にそっくりだもの」

「父が督察？　警察官ということですか」

「ええ。お母様から違う経歴を教えられていたのでしょう？　姓もお母様のものね。それはあなたを護（まも）るためにしたことだし、あなた自身も真実は違うと、どこかで気づいていたはず」

戸惑いながらも黄さんが林夫人の言葉にうなずく。

「ミス・エイミがお父様の真実を探しているように、僕も父の過去を探しています。彼女のガイド役を了承したのも、もしかしたら父の真実の一端に触れられるかもしれないと思ったからです。ロシア総領事館から押しつけられた命令なんて、どうでもいい」

それは私も同じ。私は自分のためにこの家に来て、林夫人と話している。

「私の夫、林彩華（ラムチョイワ）も雷督察と同じ皇家香港警察總部に勤務していた。でも、一九九七年一月二日に殺されたんです。頭の上から鉄骨を落とされて。事故に見せかけた殺人を指示したのはアメリカ人のフランク・ベロー（Frank Bello）。ＵＳＴＲ（合衆国通商代表部（U.S. Trade Representative））のスタッフを装っていたけれど、実際はＣＩＡに雇われた元工作員。教えてくれたのは、もちろんあなたたちのお父様。雷督察は私と息子たちを保護し、匿（かくま）ってくれた。ミスター・コバはカナダに逃がしてくれた。ふたりの息子は、向こうの大学を出たあと、英国内の企業に就職して、今バーミンガムとカーディフにいる」

彼女は私の義父がオルロフの提示した男と同一人物だと信じ、まったく疑っていない。

「息子たちが手を離れ、カナダにいる必要のなくなったあと、私だけが夫と暮らしたこの街に戻ってきたの。楽しいことより辛（つら）いことのほうが多かったから、はじめはどうかとも思ったけれど、実際戻って暮らしてみると、辛かったことまで素敵な記憶のように感じられてしまって」

林夫人がティーポットを手に取り、カップに注いでゆく。

「話が遠回りしてごめんなさいね。あなたたちを前にしていると、ミスター・コバと雷督察に話しているような気持ちになってしまうわ。ただね、雷督察の話を続けてゆくと、ミスター黄、あなたを悲しませることになるかもしれないけれど、だいじょうぶ？」

「構いません、聞かせてください」

黄さんがいった。

「雷督察は清廉で優秀な捜査官で、マッシモ・ジョルジアンニ殺害事件を本気で捜査しようとしていたの。当時の香港に住んでいる人間は、あの事件に黒社会（ホッセイウィ）や海外資本が深く関わっていると気づいていた。それだけに、見せかけの実行犯が逮捕されることでうやむやになって、真犯人不明のまま終わるだろうと思った。警察官の妻がいうべきことじゃないけれど、それがあのころのこの街だったんです。ただ、雷督察は違っていた。本気で真実を追っていたわ」

　林夫人はティーポットを置くと、続いてデニケン・ウント・ハンツィカーという銀行の襲撃について話した。

「マッシモ事件と、さらに一九九七年一月二日に起きた銀行襲撃事件と私の夫の殺害事件を通して、雷督察はミスター・コバ・ケイタと深く関わるようになったの。銀行が襲撃された同じ日に、私の夫の林は殺されたんです」

「僕の父はその約一ヵ月後、一九九七年の春節（チュンジー）、二月七日に亡くなりました。母は胆管癌だったといっていましたが」

　黄さんが差し出されたティーカップを受け取りながらいった。

「本当は病気ではなかったと思うのね？」

　林夫人が訊（き）く。

「ええ。これまでは漠然と感じていただけですが、今のお話を聞いて、そう強く思いました。若くて癌の進行が早いといっても、一月二日にふたつの重大事件の捜査のために動いていた人間が、同じ年の二月に死ぬなんて考えられない」

立ち上る紅茶の湯気の向こうで、穏やかにうなずき聞いている林夫人。彼女を見ながら、私は少しずつ気味の悪さを感じはじめていた。

記憶の中の夫を今も想いながら静かに生きる壮年の女性――いや、それだけの人じゃない。

「私の想像でしかないけれど、あなたのお父様も殺されたのだと思っているわ」

林夫人が黄さんにいった。

「誰に？　ベローという工作員にですか？」

「アメリカ、中国、英国、ロシア、日本、そのいずれかの機関に」

私はついていけないような、すべてが作り事のような気持ちになっていた。

恒明（ハンミン）銀行から運び出された荷物の強奪計画だけでも信じられなかったのに、デニケン・ウント・ハンツィカー銀行の襲撃、加えて各国機関による殺害……私の知る義父・古葉慶太の姿とますます遊離してゆく。

でも一方で、林夫人がまったくのうそを話しているようにも思えなかった。

「夫人のお考え通りだったとして、父はなぜ各国の機関に狙われなければならなかったのですか」

黄さんの声が鋭さを帯びてゆく。冷静だった彼の表情が少しずつ変わりはじめた。

「ミスター・コバやミスター林と共謀して移送されるフロッピーディスクと書類を奪おうとしたから？　父は清廉な捜査官だったのですよね？」

そこまでいった直後、黄さんは気まずげに林夫人を見た。

「気にしないで。夫・林は確かにマッシモ・ジョルジアンニに雇われて移送品を強奪しようとしていた。でも、私はそれを少しも恥じてはいませんから」

林夫人は微笑むと私たちを順に見た。

「私の考えを聞きたい？」

「はい」黄さんが返事をする。

「はい」迷いながら私も同意した。

「恒明銀行からバミューダ諸島の法律事務所とマルタ共和国の法人設立コンサルタント会社に向けて運び出されたフロッピーディスクと書類に何が記録されていたか？　昨日、ミスター・オルロフはどう説明したの？」

「各国要人たちの違法な投資・蓄財記録で、今でも国会議員や企業幹部を失脚させられる力のあるものだと」

黄さんはいった。

「違う」

林夫人は紅茶にミルクを注ぎながらいった。

「投資や蓄財の記録じゃない。各国要人たちがアメリカからの依頼で作った個人名義のトンネル会社の名前、各国政府主導で設立された合弁のトンネル会社の名前、そして、そこを通して中東から北アフリカの親アメリカ系ゲリラ組織に分配された、莫大（ばくだい）な額の資金と武器の流れを記録したものだった。しかも、供与された武器には生物兵器も含まれていた」

「古葉や黄さんのお父様はそれを――」

私は思わず口を開いた。

「いいえ、知らずにマッシモからの依頼を引き受けた。けれど、途中で気づいた」

「それが西側諸国が共謀した犯罪の記録だと――」

黄さんが独り言のようにいった。

「まさにそう。イラン＝コントラ事件を知っていますよね」

私たちはうなずいた。

一九八五年八月、アメリカ軍兵士らが内戦中の中東レバノン領内で、イスラム教過激派組織ヒズボラに拘束される。人質救出のため、当時のアメリカ合衆国大統領・ロナルド・レーガンとその閣僚たちは、ヒズボラを後押しする国交断絶中のイランと接触。第三国を経由しイランに極秘裏に武器を輸出する代わりに、人質解放への働きかけを確約させる。しかもレーガン政権は、イランへの対戦車砲や対空ミサイル販売で得た金を、今度は中米ニカラグアの反政府右派ゲリラ「コントラ」援助のために流用した。倫理的にも、そして当時のアメリカ議会の反イラン・反ゲリラ議決にも著しく反していたため大問題となった。

「規模も金額もイラン＝コントラよりずっと大きい。なぜそんなことをしたのか？」

林夫人が黄さんを見る。

「ユーラシア・アフリカ全域でのロシアと反アメリカ勢力の封じ込めのため。そして、資金に困ったゲリラ勢力に、アメリカの政府関係者や企業関係者を標的とした営利誘拐を行わせないため」

黄さんが答えると、彼女はうなずいた。

「ミスター・コバは夫が殺された本当の理由を教えてはくれなかった。真相を知ったあとで、それは私と息子たちを護るために教えなかったのだと気づいたわ」

「どうしてあなたは——」

黄さんがいいかけた言葉を、林夫人が続ける。

「知ることができたのか？　名前は明かせないけれど、ある人が教えてくれたの。息子たちとカナダに逃げたあとにね。いずれ私がこうして香港に戻って、いつか訪ねてきたあなたたちに私の知る真実を話すという条件で」

「私たちが来るのを待っていてくださったんですね」

黄さんがいった。

「いいえ、感謝するのはむしろ私のほうです。その人からはかなりの額の報酬もいただきましたから。それは私と息子たちにとってどうしても必要なお金だった」

「林彩華さんを殺した連中に復讐(ふくしゅう)するための資金ですか」

黄さんが訊く。

「その通り。あなたならこの気持ちをわかってくれると思った」

　林夫人が微笑む。

「サーバーから情報を抜き取るのにプロを雇ったの。それだけじゃなく、私と息子たちも必死で勉強してクラッキングの知識を身につけた。今では息子たちはその界隈の有名人になってくれた。もちろんハンドルネームで知られているだけだけれど。手に入れた醜聞や違法蓄財の情報をCNNや大手新聞にリークした。実際にニュースとして放送される確率は三十パーセント程度。それでも夫の殺害にかかわった十二人を、今まで社会的に抹殺してきた。これからも私たちは続ける。ただ心配しないで、これは私と息子たちのライフワークで、あなたたちを巻き込む気はないし、迷惑も一切かけないから」

　――この人は復讐心を唯一最大の支えにして、これまでの時間を生きてきた。

　そう思った。

「でも、当時の関係者なら、今は大半が引退するか死んでいるのではありませんか」

　黄さんが訊く。

「いえ、むしろこれから。まだ生きているなら、人生の最後に後悔と屈辱を嫌というほど味わわせてやりたい。死んでしまったのなら、その姓と血を継ぐ息子や孫たちを辱め、苦しめてやりたい」

　林夫人は変わらず涼やかな目でこちらを見ている。

「私の話はこれで終わり。私と同じように、あなたたちも今自分のするべきことをして。

次に行く場所を教えます」

「どこでしょう?」

「今日の話の中にもう出てきている」

「デニケン・ウント・ハンツィカー銀行ですね」

私はいった。

彼女がうなずき、何かを差し出した。また封筒だ。

「でも、行くのはあなたたちふたりだけじゃない。その中に書かれている人も誘って」

――次の目的地へは同伴者と行くのか。

馬鹿げた香港ツアーはまだ続いてゆく。私と黄さんは立ち上がった。

テーブルの皿に載った、私たちが手をつけなかったスコーンとミンスパイを、林夫人が紙ナプキンに包んでゆく。

「エイミ、よかったら持っていってください。何も食べていないし、昨夜(ゆうべ)は眠れなかったようね? こんな話を聞かせて、よけい疲れさせてしまってごめんなさい。どうか少し休んで」

スコーンとミンスパイの入った小さな手提げを受け取り、私たちは部屋を出た。

林夫人の笑顔に見送られながら黄さんとエレベーターに乗り込む。

扉が閉まり、動き出すと同時に目眩(めまい)がした。だいじょうぶ、と思ったのに立っていられない。夫人のいった通り、昨夜は眠れなかった、何も食べられなかった。

でも疲れと空腹だけが理由じゃない。

黄さんに支えられながら雨が降り出した道路を渡り、駐車場に停めたＳＵＶのシートに倒れるように座った。

肌寒い。なのに、手のひらは汗ばんでいる。

――スキゾイドパーソナリティ障害の症状のひとつ。

私はいつもこうなってしまう。

初対面の人と二日続けて会い、長く話したせいだ。相手がオルロフ、林夫人だったせいもあるけれど、それ以前に、知らない人間と話すこと自体が大きな負担になった。

だいじょうぶだと心では強がっていても、体が機能不全を起こす。

落ち着くために深呼吸したいのに、口がうまく開かない。汗ばむ手を拭きたくて、膝のバッグからハンカチを出そうとした。でも、肩と腕が固まって動かせない。

しかも、頭の中で私の知る義父と、オルロフ、林夫人の語る古葉慶太の姿が混ざり合い、また分離してゆく――

混乱がさらに体をこわばらせる。

日本での逮捕、在日中国大使館の不可解な援助、オルロフの理不尽な命令、林夫人の優しさと強い復讐心、そして隣の運転席に座る黄さんの正体……これまで抑えていた不安、不審、恐れが、ゆっくりとつながり、合わさり、心と体に重くのし掛かってきた。

日本で逮捕されたのは偶然じゃなかったのかもしれない。日本にいられなくなるように、今この時期に香港に来なければならないように、すべてが仕組まれていたのかも。

じゃあ、誰がそんなことを？

「ホテルへ戻りましょう」

携帯で検索していた黄さんがいった。

「デニケン・ウント・ハンツィカー銀行で合流する相手と連絡を取らなければならないし、会うのが何者か次はもっと詳しく調べておきたいですから。林夫人のいっていた通り、今は少し休みましょう。銀行も完全予約制で、たぶん今日いきなり訪ねても入れてはもらえない」

――ひとりになれる。

少しだけ安堵(あんど)したのか、固まっていた唇が動いた。

「ありがとうございます」

絞り出すようにいいながら、私は林夫人に渡された封筒を開いた。

メールアドレスとともに書かれていた名は、クラエス・アイマーロ。

私は知らない。黄さんが携帯で名前を検索したけれど、小さく首を横に振った。何もヒットしなかったようだ。

「あなただけじゃありません。僕も先を急ぐのが少し怖くなってきました。休憩が必要なようです」

黄さんは前を見たままいうと、ＳＵＶを発進させた。

*

ベッドで目を開けると、カーテンの隙間から高層ビルの窓明りが見えた。ガラスにまだ雨粒が残っているけれど、もう降ってはいない。

携帯の時計は午前零時半。

昨日の午後二時にホテルに戻り、それからずっと横になっていたのに、まだ体が重い。

浅い眠りの中で、何度も義父の夢を見た。

昔一緒に行った場所を、死ぬ直前の姿の義父とふたりで歩いていた。私は質問をくり返すのに、あの人はうつむき、額(ひたい)を左手の爪先で叩いている。

考え込んでいるときの、いつもの癖(くせ)を見せながら歩き続けるだけで、何も答えてはくれなかった。

父さんは本当に古葉慶太なの？

――そして私は誰なんだろう。

いくつかの考えが頭の中に浮かんでは消えてゆく。答えを見つけたいと望みながらも、見つけてしまうことに怯(おび)えている。

知ることの怖さを感じながら、私はまた目を閉じた。

9

一九九七年一月二日　木曜日　午後六時

「居場所は教えられない。目的地も今のところ特にないようだ」

古葉は右手に握った携帯に話しかける。

『所在を摑まれないよう移動しているのか。何に乗っているのかも話せないか？』

電話の向こうのジャービスが訊いた。

「ああ、いえない。ただ、話し合いが終わったら、もう一度連絡する。君とイラリにもぜひ会いたいといっている」

『チーム全員を招いてくれるのか。でも、応じられるかどうか。こっちにも連絡があったよ』

「ロシア？　英国？」

『まずロシアのオルロフから。あんたと連絡がつかないと俺の携帯に電話してきた。次に英国のケイトという女からも。ただ、話し合いにはケイトじゃなく、新しい代理人が来るそうだ』

「三者会談？　無視して逃げられないのか」

『無理だな。通りの向こうに、ロシアの連中らしいのが立っている。いかにもエージェントっていう顔とスーツだ。見ていると笑いそうだよ』

「すまないが状況を説明しておいてくれ」

『ああ。あんたとミアが拉致（らち）されたと伝えれば、ロシアも英国もその場で答えを迫るようなことはしないだろう。とりあえず、どちらと手を結ぶかの結論は引き延ばせる。ただし、あんたたちが本当に拉致されたことを連中が確認するまでの間、俺とイラリも拘束されるだろう。そっちの奴が招いてくれても必ず行けるとはいえないよ』

「わかった。話しておく」

『なあ、林（ラム）はどうした？』

「死んだよ」

『確かなのか』

「ああ、残念ながら」

『そうか』

伸びてきた手が携帯を奪い、通話を切った。

暗く、静かに揺れる船内。古葉の目の前には、銃口をこちらに向けた皇家香港（ロイヤルホンコン）警察總部（ポリスヘッドクオーター）の督察（ドウチャ）、雷楚雄（ルイチョホン）が座っている。

スーツ姿の白人男性たちの銃撃から、どうにか逃げ延びた古葉とミアだったが、今度は救出してくれたはずの雷督察から銃で脅された。明らかに警察車両ではない商用ワゴンの窓のない後部に押し込まれ、しばらく走ったあと、港で古いタグボート（曳航船）に乗り換えた。港は香港島の東、柴灣のようだったが、詳しい位置はわからない。今、タグボートは海上をゆっくり進んでいる。

「暴れないでくれよ」雷がいった。

古葉がうなずくと、拳銃が静かに下ろされた。

「車椅子に隠されたデータは？」

雷が訊いた。デニケン・ウント・ハンツィカー銀行内で隠し撮りされた映像のことをいっている。

「ジャービスは何もいっていなかったから、回収には成功したと思う。ただ、どこまで撮れているのかわからないし、水に濡れてデータが破損したかもしれない」

「ロシア人に気づかれ、奪い返される可能性は？」

「あのふたりがうまくやってくれることを祈るしかない。でも、どうしてわかった？」

「小さな状況分析を積み重ねていった結果だよ。隠し場所は他に考えられないし、信頼していない君とクラエス・アイマーロにロシアがすべてを任せるはずがない。その類推が正しかったおかげで、君たちを救い出し、自分の有能さをアピールすることができた」

「救い出すって、これが？」

古葉は重油の臭いが漂う船室の天井を見上げた。

「気取ったアメリカ人どもに撃ち殺されていたほうがよかったかな？」

雷が返す。

「あいつらは本当にアメリカ人なのか」

「私が調べたんだ。間違いない」

「あなたが優秀なのは知ってるよ」

「林彩華(チョイワ)に聞いたのか」

「彼にあなたの警察總部内での評価を教えてもらった。公平公正、実績も申し分なく、悪いうわさや、うしろ暗い交友関係もなし。そんな優秀で地位にも恵まれた警察官が、こんな馬鹿なゲームにどうして首を突っ込もうとするのかわからない」

「林と同じだよ。この先の自分の居場所と生活の保障のためだ」

六ヵ月後、香港が中国に返還されて以降のことをいっている。

「それに私は昔も今も変わらない、自分の信念に忠実に生きている。今までは、それが他人の目に清廉潔白に映っていただけだ。今君たちのチームに加われば、それだけで一千万ホンコンドル（約一億四千万円）の前払金が手に入る。しかもマッシモ・ジョルジアンニが死んで、メンバーの選択権は君たちにある。知っていたら、仲間になろうとするに決まっているだろう」

「誰から聞いた？」

「メンバーになれたら教える。目的を果たせば、さらに何倍もの成功報酬が与えられることも知っている」

「あなたが手に入れた情報がすべてうそだったら？」

「事実だと確信しているよ。命懸けで香港中を走り回っている君たちを見ていればわかる。納得させるには、まだ説明が足らないか」

「いや、もう十分だ。重要なのは、君の提示する条件のほうだ」

「チームに加えてくれたら、君たち以外の他の三チームに関する情報を教える。構成人員や彼らの現時点の動向も含めて。あのフィンランド人と英国人が合流して、君たち四人が揃えば、すぐにでも話そう」

「俺たちのチームはただの囮（おとり）なのか」

雷はボートに乗る前の車内でそうほのめかした。

「ああ。デコイだそうだ」

「他のチームの目くらましになることだけを期待された負け犬部隊（アンダードッグス）か」

「いや、失敗し犬死にすることを望まれている部隊だよ。ロシア、英国、それに他のチームのいくつかもそう見ている」

「捕まることさえ許されないんだな」

「マッシモの作戦の結果がどうなったとしても、君たちが死ねば、すべての罪を被（かぶ）せることができる。それで逮捕や責任追及から逃れられる人間が数多くいるということだ」

古葉は小さな明かり取りの窓を見た。

曇ったガラスの向こうに空だけが見える。いい加減気づいていたが、自分たちの立場をはっきりと知らされるのは、やはり嫌なものだ。

「いつからマッシモに目をつけていた？」

「死の半年前。情報屋が武器密売グループとの接触を知らせてきて、はじめは返還に絡む対中国政府へのテロの線で追いはじめた。その後、各領事館のイリーガル部門がざわつきはじめていると報告があり、調べていくと、あのじいさんの思惑が少しずつ見えてきた。ただマッシモの死は予想できなかったがね」

「中環（セントラル）の恒明（ハンミン）銀行本店に何が保管されているか知っているのか」

「政治家、官僚たちの違法蓄財記録だろ？　だが、そんな単純なものだとは当然思っていない。まだ正確にはわからないけれど」

「俺は昨日まで違法蓄財記録だと思い込んでいた。疑いもしていなかった。そんな男がリーダーで、しかも犬死にを期待されているチームにどうして入りたがる？　負けの決まった馬になぜ賭（か）ける？」

「負けると決まったわけじゃない。ダークホースだからこそできることもある」

「たとえばどんな？」

「それもチームに迎え入れてもらったあとだよ、具体的に話すのは」

「ずいぶん楽観的だな」

「楽観的じゃない、大局的に物事を見た結果だ。香港人は常にこの視点を持っている。目先の問題にばかり囚(とら)われて、いつも本質を見誤っている日本の官僚にはない視点だろ」

「元官僚だよ。それにあなたは華人二世で、生まれも育ちもカリフォルニアだろ。こっちに移ったのは大学卒業後で、生粋の香港人じゃない」

「それも林から聞いたのか。よけいなことまで知られているのは、お互い嫌なものだな。軽口も気楽にいえない」

　雷がジャケットからタバコを取り出した。古葉は差し出されたが首を横に振った。雷が火をつけ、軽く煙を吐き出し、訊いた。

「それで、どうなんだ？」

「俺個人としてはあなたが加わっても構わない」

　古葉はいった。

「ただ、こちらからも条件がある。林の遺(のこ)された妻と息子たちの身柄を、警察で保護してほしい」

　林がロシアとつながっていたことを、彼の指示で香港都心から鹿頸(ルクケン)の親戚(しんせき)のところに身を寄せている家族も知っている可能性が高い。証拠を消すため、オルロフたちが何らかの行動を起こすかもしれない。

「いつまで？」

「六月三十日、香港返還の前日まで。それ以降は、もし俺が生きていられたら自分で何とかする」

「理由は？　大きな借りでもあるのか？」

「いいたくない」

どんな理由であれ、林は古葉とミアを助けるため、あの場所にハッチバックで乗り付け、そして事故に見せかけ殺された。

「まあいい。日本人らしく義理堅いな。ただ、私が動かなくても、林の死が確認された時点で、何らかのかたちで家族に警護がつき、隔離施設に保護される」

「どうして？」

「やはり何も聞かされていなかったのか。林彩華は、二年前から潜入捜査中だった。通称F7という、日本でいえば指定暴力団クラスの大きな組織だ。ロシアの新興マフィアとのつながりを強めていて、返還以降を見越した中国政府からの圧力があり、ロシアとの間の資金や薬物の動きを解明するために潜っていた。まあ、実際どんな成果を挙げていたのかまではわからないが。二年前に現場から刑事情報科に異動になったのも、その潜入捜査の一環だ。実際に左遷されたわけじゃない」

「林とロシア総領事館とのつながりを知っていたのか？」

「いや、知らない。そうか、彼は君たちのチームの動きをロシアに流していたのか。ミーン《あくどい》(mean)、ライヤー《うそつき》(liar)と警察の身内からも陰口を叩《たた》かれていただけのことはあるな」

「もうひとつだけ訊かせてくれ。あそこに林を殺す罠が仕掛けられていたことを、本当にあんたは知らなかったんだな」

「ああ。知らなかった」

「ただ、俺以外の三人を説得できるか？」

古葉は暗い船室の足元を見た。そこにはミアが手足を縛られ、口に詰め物をされ、転がされていた。何度も抵抗しようとして、雷に銃を突きつけられ拘束されたが、この船に運び込まれてからは暴れていない。古葉と雷の会話を聞き、ただ睨むようにこちらを見上げている。

「どうにかするさ。幸い彼女は、血の気は多いが頭はいい。ふたりでゆっくり話したいから、少し外に出ていてくれ」

雷にいわれ、古葉は立ち上がった。

たぶんミアも雷に説得されるだろう。古葉の知らない密約がふたりの間で交わされるかもしれないが、仕方がない。彼女なりの生きる方策なのだから。その生き延びようとする努力を、古葉に否定する権利はない。

「そうだ、ひとつ忠告してもいいかな」

雷がいった。

「マッシモが殺された夜に取り調べをしたときとは、君は見違えた。でも、勘違いしないでくれ。慣れて麻痺しているのと、強くなったのとでは、まるで違う」

――確かに有益な忠告だ。

俺は鈍くなっただけで、身を護る術を新たに覚えたわけじゃない。

「ありがとう。胸に刻んでおくよ。督察もあの取り調べのときとは別人だよ」

「仕事を離れれば、気さくでいい奴だよ、私は」

古葉は甲板に出た。

曇り空はさらに暗くなり、小雨が降り出していた。くわえタバコで操舵している香港人らしい中年男が、笑いかけ、缶ビールを投げてきた。

礼をいってプルタブを起こす。

高層ビルの上に広がる雲の中で稲妻が光る。林を殺した栗色の髪と瞳のアメリカ人への、強い敵意が湧き上がってきた。

復讐心？　それもある。友人ではないし、まだ仲間と呼べる関係でもなかった。けれど、家族をカナダへ送り出したいと願い、足掻いていた林に、古葉は自分と近い何かを感じていた。

林自身が話していた通り、香港が中国に返還されれば、両親が強力な親英国派だったあいつは職を失う。再就職先を断たれるだけでなく、中国当局に拘束される可能性もあった。そんな状況に抗い、惨めな負け犬の立場から、妻と子供たちだけでも救い出そうとしていた。

しかもあのアメリカ人たちは林だけでなく古葉も殺そうとした。

そう、奴らは本気だった。妥協も和解もない。そんな選択肢が向こうの中にあるなら、はじめに取引を持ちかけてきたはずだ。だが、いきなり撃ってきた。奴らを排除しなければ生き残る道はない。死にたくなければ、奴らを殺すしかないということだ。

古葉は苦味の強いビールを飲み込んだ。

夜になり、稲妻は見えなくなったが、雨は降り続いている。

柴灣に戻ったタグボートの船室で、雷は電話をかけている。その横でミアは静かにタバコの煙を吐いている。

彼女も雷の加入に同意した。

「クラエス・アイマーロは病室に戻っていない。警察は彼女の行方を摑めていないよ」

電話を切り、雷がいった。

「それから林の死が正式に確認された。警察も事故ではなく殺人と見ているが、路地での銃撃と絡めて、潜入捜査の失敗か、黒社会内の揉め事かどちらかだと現場レベルでは考えているようだ」

「俺たちのことは?」古葉は訊いた。

「目撃証言から、銃撃の現場にいた三人——栗色の髪の女、黒髪の女と男の行方も追っている。君たちのことだ」

古葉はうなずくと、自分の携帯を出し、ジャービスの番号を押した。

コールが三回。

『拉致されたんじゃないのか？』

出たのはジャービスではなくオルロフだった。

「とりあえず話し合いがまとまり、拘束だけは解かれました。ジャービスとイラリは無事ですか」

『客として扱っているよ。クラエスは？』

「銃撃に遭っている途中で、一緒に逃げようと誘いましたが拒否されました。私たち同様、あなたたちも彼女に裏切られたようですね」

オルロフは何も返さない。古葉は言葉を続けた。

「銃撃してきた連中は何者ですか？　ＳＤＵ隊員の凱（ホイ）がどこの組織とつながっていたのかも教えていただきたい」

『それも含め、会って話をしよう。こちらもマッシモの計画書の行方や、君たちを連れ去った連中について詳しく聞きたい』

「ジャービスとイラリも連れてきていただけますか」

『ああ』

「それに英国の担当者にも、私たちの現状を連絡させてください。抜けがけはしたくありません」

『彼らに誠意を示したいのか？』

「もちろん違います。自分の身を護るためです。そのふたつを了承していただけるのなら、香港のどこへでも行きます」

『連絡はして構わない。三者会談になることは覚悟していたよ。代わりに、場所はこちらで指定させてもらう。追って連絡する』

通話が切れた。


午後十時。

古葉はタグボートを出て港を離れると、タクシーに乗った。

隣の席にはミア。ひとりでいいと断ったが、これが本来の仕事だと彼女はいった。

「私はあなたたちの警護役だもの」

「店にはひとりで来るようにいわれてる」

「外で待っているから。中までついて行く気はない」

古葉は雷の買ってきたヘアカラーで髪を栗色に染め、眼鏡をかけている。ミアも肩までの髪を明るいブロンドに染めた。彼女のアジア人離れした顔立ちのせいか、欧米とのハーフのように見える。服もそれぞれ、ボタンダウンとスティ・プレスト、ジンジャー色のワンピースに着替えた。変装のつもりだった。

「雷と何を話した？」古葉は訊いた。

「気になる？　嫉妬（しっと）？」ミアがいった。

「笑えない冗談だし、君に似合わない」

「そうね」ミアが窓の外に目を向ける。「教えるわけないでしょ」

「ドーグウ」

古葉はいった。

銃撃を受けている最中（さなか）、うずくまったまま動かないクラエス・アイマーロに向け、「一緒に生き延びましょう」と古葉は手を伸ばした。

その瞬間、ミアからいわれた言葉だ。

『Do ngu』――ベトナム語の『馬鹿』。

クラエスは首を横に振り、銃声の響く中にひとり残った。

「やっぱり聞こえていたの」

「ああ。すぐには気づかなかったけれど。君と雷が船室で話している間、タグボートの甲板で考え続けて、思い出した」

「日本の元官僚は博識ね」

「君は中国系のオーストラリア人じゃない。ベトナム系だね。経歴を偽って俺たちに近づいた理由は何だ？」

ミアは何もいわない。

「どうして黙るんだ？」

「思っていたより嫌味な男」

ミアが横目で見た。

「下手な言い訳をするか、本当のことをいうか、疑われたことに腹を立ててみせるか、考えてるの。どれがいい？」

「選ぶのは俺じゃない。君だろ」

「だから四番目の沈黙を選んだのに。本気で心配していたから、つい本音が一番慣れた言葉で出てしまった。あの状況でも、まだあんな女のことを思い遣（や）るなんて、本当に馬鹿な男だし、人を見る目もない」

「人を見る目？　俺が？」

「自覚がないんだもの、救いがないわ」

「辛辣（しんらつ）だな」

「親切でいっているの。気をつけないといずれもっと痛い目に遭う」

タクシーはビクトリア湾の地下トンネルに入った。

香港島から九龍（カオルーン）半島へ。

「隠し事が多いのは謝る。でも、あなたたちを裏切るようなことはしない。約束する。無理だとわかってはいるけれど、信用してほしい」

ミアの言葉に強い不信を抱きながらも、小さく首を縦に振った。

約束、信用。どちらもこの数日で、自分にとってまったく意味を持たない言葉になってしまった。ミアを信頼していない。それでも今の自分に彼女は必要な存在だ。

——心がすり減ってゆく。

泣き言をいうなと自分を奮い立たせたいけれど、苦しい。

ミアを消耗品と割り切る強さを、まだ持てずにいる。クラエスは自分と一緒に来るはずだと、最後まで心のどこかで信じていたように。

にもかかわらず、今夜を、明日を生き延びるため、疑心の中で互いを利用し合っていくしかない。

林の最期が頭に浮かぶ。

体は車内で押し潰（つぶ）され、切断された右腕だけが路上に落ちた。

俺はまだあんな姿になりたくない。なるわけにはいかない。

長沙灣（チョンシャワン）の青山道（キャッスルピークロード）沿いにある茶餐廳（チーチャンテン）。

歩道沿いの大きなウインドウから店内が見渡せ、背もたれの高い樫（かし）の椅子とテーブルが並んでいる。香港式の軽食屋ではなく高級中国茶館だった。

古葉はひとりで入り口のドアを開けた。

広い店内の半分ほどのテーブルが埋まっている。高級店らしく、客の服や持ち物も高級ブランド品が多い。

予約の名前を告げ、テーブルに案内された。まだ誰も来ていない。店の外に目を向けると、ミアが道を挟んだ新聞スタンドの前に立ち、タバコを吹かしている。

店内を眺め、トイレ、厨房(ちゅうぼう)への通路、裏口を確認した。午後十時四十分、来るのが早過ぎたかもしれない。約束の時間まで二十分ある。

だが、見たことのある顔がこちらに目を向け、微笑みながら入ってきた。白いブラウスにスカート、ヒール。脱いだジャケットを片手に持ち、もう片方の手を小さく振った。

「名前を覚えていてくれた？」

女はいった。

「アニタ・チョウ」

古葉は返した。

昨日、年越しの夜に泊まった招待所(ゲストハウス)のロビーで、イヤホンをつけ雑誌を読んでいたトレーナーにジーンズ姿の地味な顔の彼女に、古葉はマクドナルドを奢(おご)り、他愛もない話をして、ときおり笑い合った。

別れ際、ナプキンに書いた周艶芳という自分の中国名を見せてきた。今は服装も髪型もメイクも艶(あで)やかで、まるであのときとは別人だが、間違いなく彼女だ。

「髪の色を変えたのね」

アニタが古葉の前に座った。

「意外と似合ってる。でも眼鏡はないほうがいいな」

「そこは英国政府の代理人のための席だよ」

「私がその代理人」

「あの夜、教えてほしかった。そうしたらあんな無駄話はしなかったし、こんな遠回りをせず済んだのに」

「立場を気にせずあなたと話してみたかったから教えなかった。それに、あのときはまだ正式に代理人になるとは決まっていなかったしね。工作員でも諜報員でも軍人でもない、あなたが本当にただの一般人で驚いたし、一緒にバーガーを食べてシェイクを飲んで、楽しかった」

オーダーを取りにやってきたウエイターに、アニタが白茶を注文し、古葉も同じものを頼んだ。店の向こう側の歩道では、ミアがタバコを吸うのをやめ、こちらを見ている。

「受付の中年女も仲間？」

古葉は訊いた。

「違う。あの夜はじめて会ったの。少し前にビルの別のフロアーに引っ越してきたんだけど、母親の恋人が会いにきて居場所がないってうそをついたら、ロビーのソファーに座らせてくれた」

「信じられない」

「信じなくていい」

「君にこれを渡しておく」

古葉は封筒を差し出した。

「何？」

「俺自身のための保険のようなものだよ。何か問題が起きたときは、ロシア総領事館のオルロフと一緒に見てくれ」

「今日の話し方はエージェントっぽいのね。少し慣れた？」

「慣れるって何に？　腹を立てているだけだよ、騙した君にも、簡単に騙された馬鹿な自分にも」

古葉は黙った。

彼女も微笑みを浮かべながら、ただ見ている。

だが、三分後。

「遅いわね」とアニタがいった。

話すふりをしながら、瞳だけを動かし周りを眺めている。

約束の十一時までまだ十五分ある。店内には小さく二胡の奏でる曲が流れ、客たちは談笑し、茶器の触れ合う音が響き、ウエイターやウエイトレスの表情も変わらない。

古葉は何も気づけなかった。だが、彼女は異変を感じ取ったのかもしれない。

「今どのあたりか、電話してみるわ」

アニタが携帯を手に立ち上がった。

「近くで迷っているのかもしれない。一緒に捜して」

古葉に話しかけながら店の入り口へと進んでゆく。ドアを開けたのと同時に、彼女が肩にかけていたバッグの中でピピピピピと鳴った。携帯じゃない。ポケットベルの音。

「外に出て、早く」

アニタが叫びながら道路に飛び出す。緊急連絡？　古葉も立ち上がり、駆け出した。客たちの視線が集まる。クラクションとともに急ブレーキをかけ止まった自動車のボンネットの上を、アニタは巧みに滑り、車体の陰に隠れた。

他の客たちも立ち上がる。古葉も店の外へ出た。

瞬間、うしろで爆発音が鳴り響いた。

頭を下げ、屈もうとしたが、間に合わず飛ばされた。細かい何かが体中にぶち当たり、突き刺さってゆく。転がり、道路に叩きつけられた体が粉塵に包まれる。

割れた眼鏡を外したが、見えない。耳の奥でギーンと音が鳴り、他には何も聞こえない。それでも前に進まないと。ここから離れないと。

だが、足を踏み出そうとしても動かない。手で探ると、右のふくらはぎから何かが飛び出ていた。くそっ、細い金属パイプが突き刺さっている。

粉塵の中に光が浮かび、真っすぐに近づいてきた。救助？　そんなはずはない、早過ぎる。それが照準のためのペンライトで、拳銃を構える人影が目の前に立っていると気づいたときには、もう小さく銃声が響いていた。

左肩に激痛が走る。撃たれた。が、即死じゃない。痛みに苦しんでから死ぬのか？　違う。ミアがうしろから人影に切りつけていた。

そのおかげで射線がずれ、銃弾は急所を外れた――

頰を血に染めたミアが、握りしめたガラス片で拳銃を手にした男の腕や胸を刺す。

立ち込める粉塵の中、男はすぐに動かなくなった。

死んだのか……いや、どうでもいい。

早く逃げないと。

ふらつきながらもミアが近づいてくる。古葉もよろけながら進もうとした。なのに、目が霞む。足が前に出ない。動けない。

早くここから……

そこで古葉の意識は途切れた。

＊

頭の痛みと吐き気で目を覚ますと、薄暗い倉庫のような場所にいた。

体は動かず、パイプ椅子に縛りつけられている。すぐ近くに東洋人の男が二人、古葉の顔を覗き込み、話しかけてきたが、広東語のようで何をいっているのかわからない。

戸惑っていると、いきなり顔を殴られた。

また何か話しかけてきたが、やはりわからない。頰が痺れ、恐ろしさで手足が震える。

古葉は目だけで周囲を見回し、必死で思い出そうとした。爆破の直後、ミアに助けられたはずなのに。あの瓦礫（がれき）の中から逃げ出す前に拉致された？　たぶんそうだろう。ミアはどこだ？　近くにいる気配はない。捕まったのは俺だけ？

高架道路の下なのか、天井から絶え間なく車の走行音が聞こえてくる。どこだろう？　時間経過とともに、頬だけでなく、撃たれた左肩と細いパイプが刺さったままの右足の痛みも感じはじめた。耳鳴りもまだ残っている。

それほど時間は過ぎていないし、あの爆破された高級茶館からもあまり遠くに連れ去られてはいないはず——怯（おび）えながらも必死で考え続ける。

恐ろしくて気分も悪いのに、気持ちは妙に昂（たか）ぶっている。鼓動も速い。薬物に詳しくない古葉でも、目を覚ますためにアンフェタミンか何かを打たれたのだと気づいた。

男たちが有線の固定電話機ともうひとつパイプ椅子を運んできて、古葉のすぐ横に置いた。通話状態になっているようでオンフックのランプがついている。

『やあ、ミスター・コバ』

電話の向こうから男が話しかけてきた。

知っている声。林彩華が車ごと押しつぶされたあの上環（ションワン）の路地裏で、銃撃を指揮していた栗色の髪と瞳の男。

『フランク・ベロー（Frank Bello）だ。少し話がしたい』

「国籍と、何者なのかを教えていただけますか」

『アメリカ人、ＵＳＴＲ（合衆国通商代表部）のスタッフだよ』

「見せかけの肩書きではなく、本当の立場をいっていただけないのなら何も話せません。それにあなた自身がなぜここに来ないのか、その理由も知りたい」

『傲啦（やれ）』とベローがいった。

　直後、東洋人のひとりが手にしていた棍棒のようなもので、古葉の金属パイプが突き刺さった右足を殴りつけた。

　古葉は絶叫した。電撃のような痺れが膝を駆け上がってくる。左腕をもう一度殴られ、腹を突かれた。「ぐうっ」と声が漏れ、椅子に縛り付けられたまま倒れると、すぐに引き起こされた。絵に描いたような拷問。痛みで息が詰まり、「あふっ」という呻きとともに涙が溢れてくる。

『君は選べる立場にない。それを今、思い知らせてやった』

　――ＳＤＵ隊員の凱のようなことをいいやがって。

　すごく怖くて痛い。それでも歯向かう気持ちを奮い立たせる。完全に怯え精神的に支配されてしまえば、さらに状況は悪くなる。

「暴力で従わせる気ですか」

『そういうことだ。本職のエージェントではない君は、肉体的苦痛に一番弱い。殴られたり、蹴られたりする訓練なんて受けていないだろう』

「ずいぶんと強引で傲慢なやり方ですね」

『効率的に事を運んでいるといってほしいな』

頭上からの走行音やベローの声とは別に、ぶーんぶーんと低い音がかすかに聞こえる。まだ爆発のせいで聞こえにくいが、空耳じゃない。何だ？　床に投げ捨てられた古葉のバッグの中の携帯の振動だった。誰かが電話をかけてきている。

東洋人の男たちが気づいていないのか、問題ないと無視しているのかはわからない。ただ、電話の向こうのベローに振動音は聞こえていないようだ。

携帯の振動が途切れた。

この着信は誰かが行方を捜してくれている証拠——そう信じよう。

ベローが声だけで姿を現さないのは、身の安全の確保というより、ここに来る時間的余裕がなかったからだろう。

やはり長沙灣の青山道からここはそう離れていない。

ベローは俺が救出される前に懐柔、いや、暴力により従わせ取り込む必要がある。

——逆にいえば、奴はまだ俺を殺せない。

生かしておくだけの利用価値を見いだしているということだ。まずはもう一度携帯が振動したときに気づかれないよう、話し続けないと。そして時間を引き延ばさないと。

『では本題だ。今後は我々の指示に従ってもらいたい。君のチームへではなく、君個人への依頼だ。死んだ林彩華とロシアとのような関係を、君と我々の間に結びたい』

必死に考えている古葉にベローがまた話しかける。

「動向を探れと？　フロッピーと書類の奪取から手を引くのではなく、あなた方の命令通りに動けということですか」

『ああ。トレイター(内通者)になってもらう。君たちのチームだけでなく、他の三チームの動きも探るためのね。マッシモが全四チームを編成していたことはもう聞いたはずだ』

「何でも知っているんですね」

『知っているよ、君とアニタ・チョウの仲がいいことも』

「何度か話したことがあるだけの、ただの知り合いです」

『そのアニタの動きも、君を通じて知りたい。そして春節(チュンジー)の日までマッシモの指示、いや遺命に従い行動を続け、最後に他三チームも含め、すべての強奪計画を阻止してほしい』

また古葉のバッグの中の携帯が振動をはじめた。が、今度は三回震えたところですぐに切れた。

「素人の俺には荷が重い」

『すべて君ひとりにやらせるわけじゃない。基本的には我々の指示に沿って動くだけだ。マッシモとの間に結んだ契約と大筋変わらないだろう?』

「考えさせてください」

古葉はいったが、言葉が終わらぬうちにベローが再度『做啦』と告げた。

近くでタバコを吹かしていた男が棒を振り上げ、銃で撃たれた古葉の左肩を殴りつける。「ひん」と古葉の口から惨めな声が漏れ、無意識のうちに痛みで身をよじっていた。

『意外と物分かりが悪いな。君に選ぶ権利はない、猶予もない。ただ命令されたことに従うだけだ』

「従わなければ？」

訊いた直後、もう一度殴られた。痛みで全身が震え、気が遠くなる。

『だから訊く権利もないんだよ』

古葉のバッグの中の携帯が二回震え、またすぐに切れた。明らかなシグナル。アニタ・チョウから？

「でも――」

古葉は怯えながら口を開き、訴えた。もう少し時間を稼ぎたい。

「裏切れば無事ではいられない。マッシモとの契約に背く行動を取れば殺される」

『コンシーリョ(consiglio)（評議会）のことか』

ベローがいった。

生前マッシモが話していた、今回の強奪計画の監視人のことだ。

古葉が日本を出発する直前、あの老人はこんな契約条項を電話で伝えてきた――「計画通り動いてくれたら、もし失敗しても報酬は必ず払う。一生身を隠して暮らしていけるだけの金を。だが、途中逃亡や離脱、計画の勝手な変更、裏切りには厳罰を科す。払った金は全額没収し、その命をもって償ってもらう」

後戻りできないタイミングでの新たな条件の提示。富豪らしい傲慢さと卑怯さだが、逆にマッシモらしいとも思えた。その時点で、すでに感覚が少し麻痺していたのかもしれない。

古葉は承諾し、香港行きの便に乗った。

『もし私が消えても、コンシーリョが見ている。彼らが正しく評価する——か。知っているよ。でも、あのイタリア人のブラフだとは思わないか？』

ベローが訊く。

どこから漏れたのだろう？　このアメリカ人は、古葉が契約を棄て、香港から逃げられない最大の理由も摑んでいた。

「マッシモはイタリア人以前に、シチリアの男です。自分の生涯をかけた復讐のために、何の保険も監視人も用意していなかったはずがない」

『じゃあ、こう訊こう。存在するかどうかも不確かなマッシモのコンシーリョに殺されるか、今ここで我々に殺されるか、どちらか選んでくれ』

本当に殺す気か？　この言葉こそブラフじゃないのか？

電話の向こうのベローは答えを待っている。表情の乏しい二人の東洋人も待っている。

「待ってください。考える材料が——」

古葉の惨めな命乞い（いのちご）いの途中で、またバッグの中の携帯が震えた。今度は東洋人たちも気づき、すかさず視線を向ける。

が、そこで倉庫の照明が落ちた。

直後に「あっ」「うっ」という短い呻き声とともに何かが床に倒れる音がした。東洋人たちが撃たれたのだろう。

扉の開く音がして、数人の足音が近づいてきた。

「コバ、生きているか？」

暗闇の奥からオルロフの呼ぶ声がする。

助けに来てくれた。が、当然だ。この男とアニタのせいでこんな目に遭ったのだから。

ベローからの通話もう切れていた。電話機からはツーツーとビジートーンだけが聞こえてくる。唯一の救いは失禁しなかったこと。だが、顔は涙とよだれと鼻水でぐしょぐしょに濡れている。

「遅かったですね」

古葉はライトを片手に近づいてきたオルロフにいった。平凡な軽口だけれど、こんなときに強気な言葉が出たことに自分でも少し驚く。

「あんな脅しを突きつけて、無事で済むと思うなよ」

オルロフが強い口調で返す。爆破の直前、アニタに託した封筒の中身のことだ。

古葉は自分の身に何か起きれば、自動的に在香港ロシア総領事館と香港英国総督府がどんな企み(たくら)をしているのかをネットを通じ、世界のマスコミに告発すると脅した。クラエス・アイマーロの病室を訪ねたときのオルロフとの電話を通じての会話も、その後の林彩華とのやり取りも、すべて小型レコーダーに録音した。その音声データと告発文はすでに日本の能代と都築の元に送ってある。単なる脅しではなく、本当に世界に向けて告発する用意はできている。もちろん能代と都築の身に何か起きた場合も、その音声データと告発文は自動的にネットを通じて発信される。

録音は、農水省時代に他人の命令に何の考えもなく従い、失敗した経験から学んだ、強者と対峙するための弱者の防衛策だった。

それでもロシアを脅すなんて正気じゃないとわかっている。だが、他に方法がなかったし、同時に建設的な提案もした。

「日本人の君が仲介して、我々に一時的な同盟を結ばせる気か?」

オルロフが呆れた声で訊いた。

「はい」古葉は小さくうなずいた。

もっと話すことがあるのに言葉が出ない。体力的にも精神的にも限界のようだ。

「調子に乗るなよ」

オルロフが睨む。

「アメリカには任せない。必要なときが来たら、私がこの手で君を殺してやる」

彼の指示で、古葉の手足を縛っていたナイロンロープが外されてゆく。

緊張が解けるとともに、古葉の体を激しい痛みが包んでいった。

インターミッション

一九九七年一月三日　金曜日

ジャービス

香港島、上環（ションワン）にある港澳客輪碼頭（ホンコンマカオフェリーターミナル）。

ジャービス・マクギリスは澳門（マカオ）行き高速船の個室に入ると、窓際の席に座った。あとを追うようにドアが開き、四十がらみの金髪の白人女性が入ってくる。

「はじめまして。ミス・アストレイ」

ジャービスは右手を差し出した。

「ケイトで結構です。はじめましてミスター・マクギリス」

ケイトは右手を握らず、言葉だけを返した。

「俺もジャービスと呼んでください」

六人分のシートがある個室にふたりきり。ケイトが陽の光が射し込む窓のカーテンを閉め、ジャービスの斜め前の席に腰を下ろした。

「はじめから俺に任せてくれていれば、こんな面倒なことにはならなかったのに」

ジャービスはＳＩＳがあのインド人、ニッシム・デーヴィーを仲介役にしたことをいっている。

「私たちが望んでいたのは狡猾な狐ではなく、確実に命令をこなす犬でしたから」

彼女はジャービスを狐と呼んだ。それは正体を把握しているという意味だろう。

「でも結果として、あなた方は自分を狼だと勘違いしているバカ犬を選んでしまった」

「ミスター・ジョルジアンニの人選を信じていたのですが」

「マッシモの目に間違いはありませんでしたよ。あのジジイは、各チームにひとり、いざというときに切り捨てられる消耗品役の人材を混ぜていた。あなたたちがそれを見抜けなかっただけだ」

「あなたの嫌味を聞くことも、契約締結の条件のひとつですか」

「いえ、単なる世間話ですよ。前金はすでに確認しました。現時点でこちらの知り得ている情報は、この中に」

ジャービスはギフト用に包まれた小さな箱を差し出した。

「ジバンシイのスカーフです。中にフロッピーディスクが包んであります。開くためのパスワードは事前にお知らせした通り。よろしいですね」

「はい、結構です」

高速船が出港した。波の上を進んでゆく振動は伝わってくるが、カーテンは閉じられたままで、晴れたビクトリア湾の光景を見ることはできない。

ケイトが小箱をバッグに入れ、言葉を続ける。

「こちらからの情報は口頭でお知らせします」

「問題ありません。録音機や無線の確認をしますか？」

「だいじょうぶです。ずいぶん前からあなたの動向は探らせていますから。何も隠していないのはわかっています」

「慎重ですね」

「もう失敗はできないので。ではまずフランク・ベローから。名前は通称、本名は不明。ＵＳＴＲ（アメリカ合衆国通商代表部）の肩書きで動いていますが勤務実態はなし」

「所属は？」

「六年前までＣＩＡにいましたが、今は完全なフリーランス」

「アメリカも絶対に政治案件にしないよう、外部の捨て駒を使っていると」

「ええ。ＣＩＡ退職後は、主にアフリカと中南米でアメリカ政府のためのスウィーパーとして活動しています」

アメリカの国益に反する人間を、これまで何人も殺してきたという意味だ。ＣＩＡを退職したのも、局内規律やアメリカの国内法で裁かれるのを避けるためで、実際は今もＣＩＡと太いつながりを持っている。

「面倒な相手ですね」

「我々ＳＩＳが直接動けば、ＣＩＡだけでなくアメリカ国務省とも衝突することになる」

「極東の小事では済まなくなるということですか。恒明(ハンミン)銀行本店の地下に本当は何があるのか、ますます興味が湧いてきました」

「もちろん話します。でもその前に一服させてください」

目元に皺(しわ)の目立つブロンドの髪の女は、バッグからタバコ・ケントの箱を出した。ジャービスもジャケットのポケットからロスマンズを取り出す。

ふたりそれぞれに火をつけた。

「金庫に隠されているのは、とても喜んで聞けるようなものじゃありません。香港返還がなければ、私も一生知らずにいられたのに」

ケイトは静かに煙を吐いた。

ミア

ミア・リーダスは水色の入院着で病室を出ると、庭に面した喫茶室に入った。

何組かの入院患者の見舞客がソファーに座り話している。奥に並んだ公衆電話のひとつの受話器を取り、澳門の５パタカ硬貨を入れて番号をプッシュした。

「ジェーン・アッシャーです。ミスター・ウォーラーを」

教えられた通りの名前を伝えた。

『商品番号をお知らせください』

受話器の向こうの声が訊く。

「04　16　東の風　22　午後から雨」

『承知しました。今おつなぎします。対策はされておりますので、先方が出ましたらそのままお話しください』

盗聴される恐れはないということだ。

通話が保留になり、別の場所に転送された。

『オルロフだ』

相手が出た。在香港ロシア総領事館のゲンナジー・オルロフ。

『アニタ・チョウは？』

「今は院内にいない。だいじょうぶ。送ったデータは？」ミアは訊いた。

『確認した。まずは約束通りいい仕事をしてくれた』

「ありがとう。次もいい仕事ができるよう早く情報を教えて」

『マッシモの編成した四チームだが、Aは新たなスポンサーとして中国との交渉に入った。死んだ凱がリーダーだったCは、もう崩壊したよ。マッシモとの契約に反して途中逃亡を図った二名のメンバーがすでに行方不明になっている』

「やっぱり逃げ出すことは許されないのか」

『そのようだ。チームBも英国との交渉をはじめながら、我々にも接触しようとしている。皆、不安と疑念に駆られ、新たな後ろ盾を見つけようと必死になっているよ』

「あなたたちの望む展開になりかけているけれど、コバの提案のせいで、この先はまたどうなるかわからないわ」

『それは君の気にしなくていいことだ』

「外注のスタッフはいつまでも部外者扱いするわけね。体質はソビエト時代と何も変わってない」

『そんなことはない。我々は常に進歩しているよ。ところでアニタ・チョウは君とは完全に別ラインのようだな』

「その話をするなら、別料金をもらう」

『では、訊く理由を素直に話そう。リクルートのための身辺調査だよ。この一連の出来事が無事終わったら、君をスタッフのひとりに迎えたいと思っている。もちろんその時点で君が生きていたらの話だが。報酬は今より確実に多く支払う。な、我々も進歩しているだろ？』

「わかった。私の今の雇い主は国家安全部第四局」

中国国務院に所属する情報機関で、第四局は香港、澳門、台湾を担当している。国務院は日本の内閣にあたり、その直属である国家安全部の権限は非常に強い。

ミアが続ける。

「アニタ（あっち）のほうは中国外交部国外工作局のライン。英国ＳＩＳとの連携もしているようだけれど」

『国外工作局とＳＩＳ？　返還後に向けた共闘か？』

「知らない。あなたのほうがずっと詳しいでしょ」

『中国（あちら）の上のほうもバタついているということか』

「どちらにしろこの仕事のあとはフリーに戻るから、よろしく頼むわ」

『君を笑顔で迎えるためにも、どうか無事でいてくれ。では、また次の定時に。ジャービスには気づかれていないな？』

「ええ。今のところは」

『引き続き、健闘を祈る』

「古臭い――」

　言葉が終わる前に電話を切られた。

　ミアは受話器を置いたが、捜していた看護婦に見つけられてしまった。

「リーダスさん、安静指示が出ているんですよ。まだ病室から出ないでください」

「着替えも何もないものだから、下着だけでも売店で新しいものを買おうと思って」

　ミアは左手に下げたビニール袋を見せながら言い訳を続ける。

「そのついでに少しだけ電話を」

「お気持ちはわかりますが、こちらで用意します」

「ごめんなさい。あと一件だけ。入院を友達に知らせないと」

看護婦に睨まれながら、ミアはもう一度受話器を取った。

10

一九九七年一月五日　日曜日

かすかな消毒液の匂いとシーツの感触。まぶたを開く前から、古葉は今自分が病院のベッドの上にいるのだとわかった。

「気づいたんだろ」

ジャービスの声が聞こえる。薄眼を開けると、ベッドの横に足を組んで座り、携帯画面を眺めている彼が見えた。

「何時だ？」古葉は訊(き)いた。

「午前十一時。一九九七年一月五日のな」

長沙灣(チョンシャワン)の茶餐廳(チーチャンテン)が爆破されたのが一月二日午後十一時直前。その直後に拉致(らち)されたようなので、救出されてから二日半も眠り続けていたのか。

近くのサイドテーブルには、あの爆破のニュースをヘッドラインにした新聞が何紙か置かれていた。事故、黒社会(ホッセイウィ)の抗争、返還を目前にしての反中国過激派のテロなど、香港警察のガス爆発事故という発表を無視して、それぞれが勝手に書き立てている。

「ミアは？」

「彼女のほうが軽傷だよ。ただ、頭や胸に目立つ傷が残った。あんたを助けようとしたけれど、間に合わず、目の前で拉致されていったそうだ。今、イラリが一緒にいる」

古葉は上半身を起こそうとしたが、左肩に痛みが走り小さく声が漏れた。他にも体のあちこちが痛む。点滴バッグから伸びるチューブが左腕の留置針につなげられ、右の首筋にも留置針が刺さっているのに気づいた。眠っていた間、この首の静脈に入れられた針から、体内に栄養液を入れていたのだろう。

「左肩を三十八口径の弾丸が貫通し、鎖骨を損傷。でも、骨折の程度はそれほどひどくない。右ふくらはぎに刺さった金属パイプは当然もう抜いてある。こっちは骨に損傷なし。爆発のあとにもだいぶ痛めつけられたようだな。体中に二針から三針縫う裂傷と打撲があるそうだ。右脚自体に異常はないので、松葉杖(クラッチズ)を使えば明後日(あさって)くらいには歩けると医者はいっていた。まあ、動けば相当痛むだろうが。それとも俺に車椅子を押されたいか？」

病室には大きな窓があり、レースのカーテンが閉じられた向こうには青色が広がっていた。空ではなく海だ。沖までずっと海の青さが続いている。視界を遮るような高層ビルも建っていない。

「澳門(マカオ)だよ」

ジャービスがいった。

「アニタ・チョウか」古葉はいった。

「ああ。こっちへの入国も移送も、すべて彼女が手配した。もちろん香港政庁とポルトガル行政当局の承認を得てだろうが」

窓の外、青い空を大型旅客機が上昇してゆく。九五年に開港した澳門国際空港を飛び立った便だろう。

病院は中国珠海（チューハイ）市と隣接したカジノが並ぶ澳門半島部ではなく、フェリーで数分の氹仔（タイパ）島内に建っていた。ポルトガル資本が経営し、外来患者は受けつけておらず、アジアの金持ちや政治家に極秘で検査治療を受けさせる施設だった。

「ひとつ悪い知らせがある。中国の役人も数多くここを使っているらしくて、あんたたちを運び込むのに連中の許可を取ったそうだ」

「いずれ中国政府の関係者もやって来るってことか」

ジャービスがうなずく。

取引という名の命令を、中国も押しつけてくるだろう。

「こんなところしか無事に治療を受けさせる場所がなかったわけだ」

古葉はいった。

「まあな。ただ完全な悪手（bad move）ともいい切れない」

「確かに」

当事者が増え、利害が絡み合い足並みが不揃いになるほど、古葉たちが自由に動ける機会も増えてゆく。

「アニタ・チョウも中国の介入を当然わかった上で、この判断をしたんだろう。それも踏まえて、目を覚ましたばかりで悪いが、じゃまが入らないうちにミーティングをしよう。あんたが寝ている二日半の間に、俺とイラリで予定通り作業を進めておいた。新入りのブライアン雷に関することも少し話しておきたい」

ジャービスとイラリも雷督察のチームへの加入を認めていた。

「盗聴は？」古葉は病室内を見回した。

「されているだろうが、別に構わないだろう。どうしても聞かれたくないことは、寄り添って互いの耳元で囁き合えばいい。看護婦に見られて、仲を疑われるのも悪くない」

「そうだな」

古葉は小さく笑った。左肩や体のあちこちが痛む。

「先に俺からいくつか訊かせてくれ。爆破の前後、君とイラリはどこに？」

リモコンを押し、電動ベッドの背を起こしながら訊いた。

「バンに乗せられオルロフと移動している途中、銃撃を受けた。長沙灣の店まであと少しの路上だ。車外で何回か銃声が響いただけだが、一発タイヤに撃ち込まれた。本気の襲撃じゃなく、ロシア当局者を爆破に巻き込まないための足止め策だろう」

「敵は深刻な国際対立は望まず、あくまでフロッピーディスクと書類を守りたいだけか」

「ああ。標的は最初から消耗品である実働部隊のあんただったってことだ。で、オルロフたちが警戒しながら代わりの車に乗り換えようとしたとき、あんたが店ごと吹き飛ばされたと連絡が入り、その一瞬の混乱に乗じて俺とイラリは逃げ出した」

「追ってこなかったのか？」

「オルロフは追おうとしたが、部下に止められた。ロシア語交じりの英語で、部下たちが『小物のせいで命を危うくする必要はない』といっていたよ。あの時点では銃撃の意図はまだわかっていなかったし、標的として最も可能性が高いのはオルロフだったからな。香港警察の到着も異常なほど早くて、ロシアの連中が俺たちの背に銃を向けるのを防いでくれた」

その直後、見知らぬ電話番号からジャービスの携帯に着信があり、アニタから「コバを見失った」と告げられたという。

「爆破もロシアの車への銃撃もアメリカが？」

ジャービスが訊いた。

「そのあとの拉致までの流れを見ても、アメリカと考えるのが一番妥当だろう。監禁されている間に、俺とミアを路地で銃撃したベローって奴と電話で話したよ」

「手を引けといわれたのか？」

「いや、このまま計画を進めろといわれた」

古葉は寝返りの誘いも含めて、すべてを隠さず話した。

「どうするつもりだ？」

「どうもしないよ。これまで通り、俺たちのやり方で計画を進める」

「あんたが拉致されたと聞いたとき、殺されてもう戻ってこないと覚悟した。アメリカ人たちの狙いは、あんたの頭の中にしか存在しなくなったマッシモの立案した強奪計画の後半部分だと思ったからね。あんたを殺せば計画も消える。デニケン・ウント・ハンツィカー銀行の地下で何があったのか、ミアと雷から聞いているよ。ところがオルロフとアニタに助けられ、あんたは生きて戻ってきた」

「不服かい？」

「不服ではないが不信感は持っている。あんたがアメリカ側に寝返っていないという証拠は何もないからね」

「つまり常に疑いの目で見ているってことか。今までと何も変わらないじゃないか」

「まあそういうことだな」

古葉は笑い、ジャービスも笑った。

「クラエス・アイマーロの行方は？」

古葉は顔をしかめながら訊いた。笑うと傷に響いて痛い。

「わかっていないし、死体も見つかっていない。まあそのアメリカ人たちと今は一緒にいると考えるのが順当だろう。なあ、銀行の地下で燃やした後半部分に関しては、コピーも映像も本当に残っていないんだな」

「ああ。かたちあるものは、もう何もない」

「偶然にしちゃ出来すぎている気もするが、とにかく俺たちにも、アニタにも、オルロフにも、あんたを全力で護らなきゃならない理由ができたわけだ。でも、その記憶した計画の内容は、本当に護るだけの価値があるものなのか」

「十分に価値があると俺は思っているよ」

「実際は『ケアレス・ウィスパー』（ワム！の楽曲）の歌詞を丸写ししただけの、クソの役にも立たないものだったとしても、俺があんたの立場なら同じことをいうだろう」

「嫌いか？　悪くない曲だと思うけれど」

「実は俺もそれほど嫌いじゃない。でも、あの曲を認めたらイングランドではセンスのない男の烙印を押されちまう」

　会話が途切れる。

　ジャービスが口元を緩めた。

「諦めか？」古葉はそのかすかな笑みの理由を訊いた。

「哀れんでいるんだよ。こんな疑わしさに満ちた状況でも、金のため命のために、前に進まなきゃならない自分をね」

　ジャービスが言葉を続ける。

「クラエスの車椅子に仕込まれていたカメラの映像は、俺とイラリだけでなくミアと雷にも見せた」

銀行の確認用個室でクラエスが隠し撮りした映像のことをいっている。計画書の前半部分を、唇を動かしながら声を出さず読み上げてゆく彼女の口元が映され、解析すれば計画書に書かれていた内容を知ることができる。

「コピーは取ってあるが、オリジナルの映像データはオルロフに返却しておいた」

「ロシア総領事館まで返しにいったのか？」

「匿名でバイク便で送った。いいよな？」

「もちろん。いい判断だ」

強奪計画の前半の内容は、クラエスから当然アメリカの連中に伝えられただろう。古葉たちが独占しているわけではなく、希少性も低くなった情報を、いつまでも隠し持っていても意味はない。

そこまで話して、古葉はジャービスがかなり大きな声を出していることに気づいた。爆音の衝撃がまだ耳に残り、聞こえにくくなっている。頭も重く、体中の小さな傷も疼き出した。負傷のせいで想像以上に体力を消耗していた。

「休みたいだろうが、もう少し続けさせてくれ」

ジャービスがいった。

「だいじょうぶだ。雷は情報源について何か話したか？」

「ああ。とりあえずは条件をつけることもなく、こちらの聞きたいことを教えてくれた」

古葉たち以外の他のチームのメンバー構成、古葉たちが手にした前払金、活動費、そして成功報酬——皇家香港警察總部（ロイヤルホンコンポリスヘッドクオーター）の督察だというのを加味しても、あの男はあまりに多くのことを知りすぎている。

「マッシモだよ」ジャービスがいった。

——やっぱり。

「あのジジイから直接依頼を受けたそうだ。役割はマッシモが編成した四チームすべての監視及び、欠員が出たときの交代要員。人種問わず金持ちってのは、周到で執念深いものだな。なあ、林を殺（や）ったのは、本当にアメリカ人だと思うか？」

ジャービスも雷の関与を疑っている。

ロシア、英国、もしくは古葉たちがまだ感知していないその他の組織が、息のかかった雷を送り込むため、アメリカの襲撃に乗じて林を殺したのかもしれない。

「疑わしく感じるなら、彼のメンバー入りを取りやめてもいい」

ジャービスの言葉に古葉は返した。

「いや、このままでいい。今の俺たちには警察情報に簡単にアクセスできる人間が不可欠だ。マッシモはそれをわかっていたから雷を選び、雷も自分の価値を知っていて、このタイミングで俺たちに声をかけてきたんだろう」

ジャービスの言葉に古葉はうなずいた。

「まあ、不安定で頼りないチームなのは変わらない。こんな状況を表す言葉が、日本の諺（ことわざ）にもあったよな、Doro……」

彼が考えている。

「Dorobune、泥舟(mudboat)か。諺じゃなく昔話だけれど、詳しいな」

「昔つき合っていた日本人の女に教わった。ベアリングス（英国の大手銀行）が破綻(はたん)して、俺が失業したとたん、電話に一切出なくなったがな。とにかくこの泥舟に一緒に乗っていくしかないんだ、俺たちは」

「そうだな」

「この先、まずプラン2—E、次にプラン3—Bと実行に移していく。問題ないな？」

ジャービスが訊く。

「それでいい」

一月一日、太子(プリンスエドワード)駅近くの招待所(ゲストハウス)で立てた計画だった。

四日過ぎた現時点でも、大きく変える必要はないと古葉もジャービスも感じている。逆にいえば、状況は悪いなりにも、まだ予測した範囲内で推移しているということだ。

古葉は言葉を続ける。

「俺のほうは、ここにオルロフを呼ぶことはできないか、アニタに相談してみる」

「日本人の仲介で英露同盟を結ばせるのか」

「場合によっては三国同盟になるかもしれないが」

「英国、ロシア、中国か。そっちも泥舟の匂いがプンプンするな」ジャービスが笑う。

「俺たちだけでは沈まない。あとがなくなったら連中も道連れにするよ」

古葉は軽口を続けようとしたが、言葉に詰まった。肩、胸、腹、背中が、誰かに肘(ひじ)で小突かれているように痛む。

「薬が切れたな」

ジャービスがいった。吊(つ)るされた点滴バッグが空になっている。

「看護婦を呼ぼう。痛みがひどければ、すぐに天国行きの強力な鎮痛剤を注入してくれるそうだ。あんたみたいに銃で撃たれたくはないが、それだけはクソ羨(うらや)ましいよ」

「ドラッグはたまに嗜(たしな)む程度じゃないのか。中産階級(ミドルクラス)出身、ＬＳＥ(ロンドン経済大学)大学院卒業のエリートだろ」

「とんでもない。父親は離婚して出ていき、母親と弟と三人暮らし。薄汚れたカウンシルエステート（公営の高層団地）で育った、生粋の労働者階級(グラス)だよ。ヘロインには近づきたくもないが、エクスタシー（ＭＤＭＡ(メチレンジオキシメタンフエタミン)の錠剤）と大麻なら大歓迎だ。ああそうだ、調べたんだ。あんた、うちの大学に留学していたんだってな。英語はそこで？」

「ああ、入省後に二年間。ポーランド出身の夫婦が経営するフィンチリーロード（ロンドン北部の高級住宅街）の下宿に住みながら、ホートンストリートの校舎まで通った」

「優雅な公費留学の上、フィンチリーロードか。俺は今でも奨学金を返しているっていうのに。ロンドンは好きになったか？」

「いや、全然。空は曇ってばかりで、冬はクソ寒く、土日の下宿周辺の街は死んだように静まりかえっていた。生まれ育った日本の地元を嫌でも思い出したよ。あの何もない退屈な街を出るために、必死になって勉強した。なのに仕事に就いて、知り合いもいない、西の果ての似たような街でまた退屈しながら暮らしていた。訳もわからず苛立ちながらね。しかも、それからさらに六年後の姿がこれだ。アメリカ人に吹き飛ばされ、撃たれ、香港人に木の棒でさんざん殴られ、澳門のベッドの上で失業中の英国人相手に訳のわからないことをしゃべっている」

ジャービスは声をあげて笑ったあと、古葉の顔を見た。

「ただ、もうひとつ話してもらわなきゃならないことがある」

「林のことか」古葉は訊いた。

ジャービスがうなずく。

「雷から聞いた。俺たちに黙っていた理由を教えてくれ」

殺された林彩華は裏でロシア総領事館と通じ、チームの情報を流していた。古葉はそれを知りながらも、ジャービスたちへ報告せずにいた。

「林に話す情報を、調整しすり替えることで、逆にオルロフたちをコントロールする方法を探っていた。林の大きな秘密を握っていることは、あいつ自身を脅し操るための大きな材料にもなる」

「報告しなかったのではなく保留していただけで、しかもそれはチームのためだと？」

「そうだ」

「平凡な回答だが、とりあえず破綻はないな。それに幸か不幸か、チームに大きな不利益をもたらす前に林は死んでしまったし。まあ、あいつの死のタイミングに関する疑念は晴れてはいないが」

「ああ」

「ただし、あんたもデニケン・ウント・ハンツィカー銀行の貸金庫の件と合わせて二回のダウトだ。次はもうない。もし裏切りの匂いを感じたら、今度は躊躇なくうしろから撃たせてもらう」

「匂いを感じただけで撃つのか？」

「あんたを信じようとしているからだよ。踏みにじられた期待は、そのまま大きな失望へ、そして憎しみへと変わる。愛と同じだ。万国共通の真理だろ。いや人の摂理かな」

「死にたくなければ仲間には誠実でいろと？」

「もしあんたが俺を仲間だと思ってくれるのならな」

ジャービスのうしろでノックの音が響き、東洋人の看護婦が新しい点滴バッグを手に入ってきた。

左腕の留置針を通して体の中に薬剤が流れ込んでくる。頭の痛みと体の重さが、まるで剝がれ落ちるように消えてゆく。鎮痛剤の作り出す紛い物の心地良さに抱かれながら、古葉はまた眠りに落ちていった。

＊

一九九七年一月八日　水曜日　午後五時二十分

海に反射した夕陽が、窓にかかったレースのカーテンを朱色に染めている。

ノックが響き、ミアが病室に入ってきた。着ているのは緑の入院服、彼女もまだ入院中だった。

「アニタ・チョウは？」

ミアが訊く。

「帰ったよ。今日はもう来ない。他の三人は？」

古葉はベッドから上半身を起こし、訊き返した。

彼女の提唱で、これからジャービス、イラリ、雷も加えたチーム五人での作戦会議が開かれるはずだった。

「来ないわ。以前に決めた通りで、大きな変更がないのなら、再度確認する必要はないって」

「ふたりだけか。何からはじめる？　個別の作戦について質問があるなら、可能な限り答えるけれど」

「作戦に疑問はない。あなたの考えについて訊きたい」

「何を？」

「あなたは爆破で殺されかけ、銃で撃たれ、拉致までされた。今も危険なのは変わらない。なのに、なぜまだマッシモの計画を遂行しようとしているの？」

「聞いてどうするんだい？」

「私はこれまで警護の仕事をしてきた。その中で命の危険に晒されたこともある。雷は現役の警察官、死んだ林も同じ警察官。ふたりも死の危険からあまり遠くないところで日常を過ごしていた。イラリは以前軍にいた。でも、あなたは元役人で、危険からはずっと離れたところで生活していた。なのに、今は一歩間違えば、いえ、一歩間違わなくても命の危険に晒されるようなことをしている」

「俺の今生きている目的や行動原理が知りたい？」

「そんな気取ったものじゃない。何の訓練も受けていない一般人が、どうしてこんな危ういことを続けているのか、単純に知りたいだけ」

「わからないと、疑わしいかな？」

「ええ。負傷して病院のベッドで寝ているこんな非力な男が、まだ戦おうとしているんだもの。どこかの組織から自分の命と今後の生活を保障されているんじゃないかと疑ってしまう」

「ジャービスもただの銀行員だけれど」

「彼にはあらためて訊く。今はあなたの話をしているの」

「理由はいくつかあった。俺をスケープゴートにした日本の政治家や官僚たちに復讐したい。元上司のように無駄な自尊心に縛られて自殺なんてしたくない、負け犬のままで終わりたくない――そう思っていたけれど、今は単純に生きるために作戦を遂行しようとしている。というか、遂行する以外、他に生き延びる方法はないだろ？　マッシモとの契約内容は君も詳しく聞いたはずだ」

「途中で勝手に破棄や逃亡すれば、命をもって償わされる。信じているの？」

「疑う理由がないからね。ロシアや中国の完全な庇護の下に入ったところで、作戦を続けさせられることに変わりはない。逆にアメリカに擦り寄ることも考えられない。それこそ君のいう通り武器の使い方もわからず、何の訓練も受けていない、しかも何の後ろ盾も持たない男だからね。用済みになったところで、アメリカの奴らにあっさり殺されて終わりだよ」

「あなたがロシア、中国、英国、アメリカのどことも裏取引をしていないという証拠は？」

「ないよ。でも、そんな物証なんてどこにもないし、疑うなら好きなだけ調べればいい。結局はアメリカ以外のどの国ともバランスを取りながら、そして消耗品として使われているふりをしながら、その中で生き残る手段を見つけていくしかない」

「すべては生き残るため？」

「ああ。それはおかしなことかな？」

ミアは首を横に振った。

古葉は言葉を続ける。

「こんな見ず知らずの土地に来て、他人の思惑に振り回されて、結果犬死にするなんて、それだけで腹立たしいよ。窮鼠猫を嚙む、中国の古い書物が原典のことわざだけれど、知っているかい？」

「ええ。Despair makes cowards courageous.（絶望は臆病者を勇敢にさせる）でしょう？　イラリも雷も同じことをいっていた」

「一嚙みしたいし、生き残りたい。この状況をどうにか切り抜ければ、その先に本来の目的だった復讐も、負け犬から這い上がることも果たせるかもしれない。まあ、儚い希望だけれど。これまでの前払金や、定期的に振り込まれている活動資金からも、成功したときに報酬が払われるのは間違いなさそうだし。あの大金はやっぱり魅力だ。それに甘いと笑われそうだけれど、チーム全員で生き残りたいとも思っている。可能な限りだけれど」

ミアがじっと見ている。

「こんなわかりきったことを聞きたかったのかい？」

古葉は訊いた。

「言葉にしてもらわなければわからないから。ジャービスも雷もイラリも聞く必要はないようだったけれど、私は相手の思いを汲み取るなんてことはしたくない。行間を読むようなこともね。そんな配慮や気遣いは無駄なものだと思うから。あなたは今のこんな会話こそ無駄だと思っている？」

「そんなことないよ。言葉にされなければ、どうしても落ち着かない、納得できないという種類の人たちは少なからずいるから」

「あなたには言葉は必要ない？」

「不必要じゃないけれど、絶対不可欠ってわけじゃない」

「それで不安にならない？」

「不安だよ、たまらなく。でも、なぜ今もこの強奪作戦から下りないのか君たちに訊いたところで、真実を話してくれるとは限らない。言葉はただそれだけのもので、心の中を覗けないんだから」

「シニカルね」

「逆だよ。不安だからこそ、裏切りへの対策を練りながらも、それでも君たちを信じようとしている。猜疑心ばかりが募れば、最後には身動きが取れなくなるだけだ。諦め、期待、どちらの言い方でもいいけれど、結局はどこかで他人に委ねなければ、作戦は遂行できないんだから」

「恋人は？」

ミアがふいに訊いた。

「いたことはあるよ。どうして？」

「思っているだけじゃなく言葉にしてと、彼女たちにいわれたことはない？　日本の女はそんなふうには考えないの？」

「いわれたよ」

「いわれて、言葉にする努力は？」

「したけれど、あまり効果はなかった気がする。でも逆に、俺も彼女たちをあまり理解できていなかったから、しょうがないとも思うよ。小説を読んだり、映画を観ていて、主人公や登場人物に『全然共感できない』って、よく途中で投げ出したり、怒り出す人がいたんだ。俺には彼女の気持ちのほうが全然わからなかった。共感できようが、できまいが、その小説や映画自体が面白くて楽しめれば、それでいいじゃないかって」

「あなたがあまりモテない男だってことはわかった」

ミアが呆れた顔で見ている。

ノックが響いた。

看護婦が夕食を載せたワゴンを押して入ってくる。入れ替わるようにミアも自分の病室へ帰っていった。

11

一九九七年一月十一日　土曜日　午後二時三十分

「これからさ。運が向いてくるのは」

退院の挨拶（あいさつ）に行くと、大家でもある豆腐店の老主人はいった。中年の娘も豆乳のペットボトル四本が入ったビニール袋を笑顔で差し出した。

「あなたの顔、いい相になってきたもの。だいじょうぶ」

足腰の悪い大家の妻まで、店の奥から出てきて元気づけてくれる。ありがたいけれど、これだけ励まされると気恥ずかしくなってくる。

大家一家には怪我の理由を「交通事故に遭った」と、澳門（マカオ）の病院から電話で説明してある。皇家香港警察が発表した長沙灣（チョンシャワン）の茶餐廳（チーチャンテン）で起きた「ガス爆発事故」の被害者リストにも古葉慶太の名は入っていない。

地下鉄旺角（モンコック）駅近くの上海街（シャンハイストリート）沿い。一階が豆腐店になっている雑居ビルの三階に、死んだマッシモが古葉たちのチームのために借りた事務所がある。

杖で歩くのにも少しずつ慣れてきたが、エレベーターのないビルの三階まで階段で上がるのは、やはりきつい。

杖の響く音に気づいたのか、事務所のドアを開け、イラリが顔を出した。

手助けしようと古葉に近づいた彼に、「自分でやらせて」とミアがうしろから声をかける。

「俺のためにいっているのかな?」古葉は訊いた。

「もちろん」

腕組みしながら白いブラウスに黒いスカートのミアが答える。

「その足でも逃げられるように慣れておかないと。体力もつけてもらいたいし」

チームの警護担当という彼女の立場は、一応今も変わっていない。

古葉が香港に到着した直後に入居し、その晩には盗みに入られ、唯一置いてあったスーツケースを持ち去られた事務所。

だが、見違えていた。

日本企業の香港展開をバックアップする広告代理店のオフィス——という設定だったのを、忘れかけていた古葉自身も思い出した。それらしくなっている。天井の薄汚れた蛍光灯はハロゲンランプに替わり、USMハラーやウィルクハーンなどの、高級オフィス家具メーカーの製品によく似たファニチャーが並んでいる。ただ、どれも数分の一以下の値段のコピー商品だけれど。

揃えたのはイラリとミア。

代理店の社名も二人が決めていた。『イースタン・フォーカス・コミュニケーションズ』、EFCの頭文字をデザインしたロゴの入ったネームカードも作ってあった。

「社名はよくわからないけれど、家具の配置とロゴのデザインは悪くない」

古葉はいった。

「日本の元官僚にインテリアとデザインのセンスなんてあるの？」

ミアが軽口を叩(たた)きながらバッグを肩に掛けた。

「気をつけて」ミアがいった。

「そっちも」古葉もいった。

ヒールを鳴らしミアが出てゆく。これから彼女は雷(ルイ)と合流し、この広告代理店『EFC inc.』がメインバンクにしている恒明(ハンミン)銀行東旺角店を訪問する。そして副支店長と融資担当マネージャーを恐喝する。

ジャービスも他の場所で株価の不正操作のための仕事を続けている。

オフィスには古葉とイラリが残った。

もうすぐ客が訪ねてくる。

マッシモがフロッピーディスクと書類奪取のために編成した四チームの中で、今も残っている三チームのリーダーたちが集まり、ここで会合を行う。

ＳＤＵ(Special Duties Unit)の凱(ホイ)がリーダーを務めていたチームはもうない。凱がクラエス・アイマーロに殺されたことでチームが瓦解（がかい）し、メンバーが霧散した。

この三チームでの話し合いを仲介したのは、英国政府代理人のアニタ・チョウ。

奪取チームの中の最精鋭——アニタはチームAと呼んでいた——から要請され、Aに次ぐチームBも参加に同意した。ちなみに古葉たちは、すでに瓦解したチームCを加えても、全四チーム中最下位の重要度のチームDと呼ばれていた。

各チームの思惑や計画に対する詮索（せんさく）はなし。メンバーのプロフィールなどの開示も強要しない。そういう条件だが、古葉たちが雷から他チームの情報を得たように、どうせ相手も古葉たちの個人情報をどこからか入手しているだろう。

チームA、Bのリーダーは、古葉の爆破での負傷を知り、ひとりだけサポート役を置くことを了承してくれた。会談場所をこの事務所に設定したのも含めて、最も話し合いに乗り気でない古葉たちのために、かなりの譲歩をしてくれている。

「犯罪チームのリーダーの会談なんて、香港のフィルム・ノワールか日本のヤクザ映画みたいだ」

イラリが長身を丸め、コーヒーを淹（い）れながらいった。

「強がり（brave face）か？　それとも空元気（whistle in the dark）かい？」古葉はいった。

「どっちもだよ。本当はタマが縮み上がるほどビビってる」イラリが笑う。「でも、古臭いいい方だな。どうも君の英語は八〇年代で止まってる気がする」

「勉強して、アップデートするよ」

ドアをノックする音が四回。すぐに続いて三回。約束通りの合図。

「どうぞ」と古葉が声をかけると、チームＡのリーダーが入ってきた。

イラリが身体検査をする。リーダーはダークスーツ姿で、イラリとほぼ同じ身長の百九十センチ前後。太めの筋肉質で三十代後半、薄くなった赤毛の髪に髭、青い瞳に眼鏡。

「Ａと呼んでくれ。君のことはＤと呼ばせてもらう」

彼はいった。が、ロイ・キーティングというアイルランド国籍の男で、同国国家警察（正式名・アイルランド治安防衛団）の元捜査官であることを古葉は知っている。

三分後にはチームＢのリーダーもやってきた。

四十代前半の女性で長い黒髪、黒い瞳。彼女もイラリの身体検査を受けた。細身で身長百七十五センチ前後。眉が太く、オリエントに若干のロシア系の血が混ざった顔立ち。保険外交員のようなネイビーのパンツスーツを着ているが、ブラウスから覗く首筋を見ただけで、日常的に厳しく体を鍛えているのがわかる。

彼女をＢと呼ぶことになったが、名前はアズラ・チャクマフでトルコ国籍。以前はトルコ国内とフランスで、ミアと同じような警備関係の仕事に就いていた。

応接用のソファーに座る古葉は、ふたりにローテーブルを挟んだ向かい側のソファーを勧めた。しかし、ＡＢともに断り、それぞれ事務用椅子に座った。イラリがコーヒーを運んできたが、それも首を横に振って受け取らなかった。

三人が互いに距離を取り、妙な三角形を描きながら向き合う。イラリは気配を消すように、事務所の隅の小さなシンクの横に立っている。

すべての窓は閉められ、ブラインドも下ろされ、古いエアコンが咳き込むような音とともに冷風を吹き出している。

「ロシア、英国、中国にその他の組織も含めた緩やかな連帯を作り、その諸国連合対アメリカという構図を今後さらに鮮明にする——あなたの狙いはこれで間違いない？」

Bが D こと古葉に訊いた。

「はい。少し加えるなら、奪取が成功した際の戦利品の分配に関しても、各国と個別に交渉することで、彼らが連携することを防ぎ、あくまで『緩やかな連帯』程度の結びつきにとどめておく」

「基本的には俺たちも同じ考えだ」

Aがいった。

「その上で、俺たち実働部隊の統合を提案したい。残った三つのチームが一つになり、目的の品の奪取と、新たな雇い主である各国政府機関への対応に当たる。各チームがマッシモに託された計画の内容も開示する。一チーム減り、契約時と状況が大きく変わった今、少ない人数でより効率的に行動する必要に迫られていると思うが」

「命令系統や成功時の報酬の分配率については詰めて話す必要があるけれど、私たちも統合には賛成する」

Bがいった。

「AとBの統合に異論はありません。ただし、我々は加わらない」古葉はいった。

「不信感を拭(ぬぐ)えないのか？」Aが訊く。

「いえ、認識の違いを感じたからです。まず我々チームDの雇い主はマッシモ・ジョルジアンニです。唯一のパトロンではなくなってしまったけれど、今も一番尊重しなければならないスポンサーであることに変わりはない。それに契約時、マッシモはいかなる合流・連携も認めてはいなかった。許されていたのは欠員が出た際の補充のみです。まあ、そもそも我々には他チームの存在自体隠されていたのですが、隠したことにも彼なりの理由と意図があったはずです」

「あったと断言できないものを、勝手に想像し妄想し、それに従うの？」

Bが訊いた。

「なかったと断言できるまでは、既存のルールを外れることはしたくないんです」

「その無駄なほどの厳格さは、あなたが日本人だから？」

「違います。チーム全員がひどく臆病(おくびょう)だからです」

「コンシーリョ(評議会)が気になるのか」Aがいった。

「もちろんそれもあります」古葉は返す。

マッシモの死後も計画の進行状況を監視しているというコンシーリョ。中途で契約を放棄すれば、そのチームには死という厳罰が与えられるという。

「君は監視者も罰則も本当に存在すると思っているんだね」

Ａが確認する。

「はい。実際マッシモの死後も、毎週支払うといっていた追加の活動費は銀行口座に振り込まれている。調べたんですが、逆に瓦解したチームＣの活動資金口座は凍結されている。解約してメンバーの誰かが持ち逃げしたんじゃない。金はそのままで、一切動かせない状態になっていました」

「どうやって調べた？」

「教えられません。それにチームＣのメンバーの個人口座からは、マッシモの言葉通り、払った前払金と同額が引き出されていた。口座がないものは不動産などの資産を没収されている。どんな理由であれ、誰ひとり逃げ得は許されなかったということです。その個々のメンバーたちの行方も一切わかっていない。クラエス・アイマーロのように、どこかの政府機関に守られている者も一部いるかもしれませんが、大半は殺されたか、囚われ殺されるのを待っているのでしょう」

「そうした事実もコンシーリョの存在も含め、すべては君の妄想だといわれたら？」

「今ここでは何の証拠も提示していないのですから、そう思われても仕方ありません。ただ、我々チームＤ全員が、これは事実だと信じています」

「もしかして、君はコンシーリョの人間に会ったことがあるのか？」

「それもいえません」

「ずいぶん思わせぶりだな」

「裏はありませんよ。言葉通り、今はいえないという意味です」

「光栄ある孤立を選ぶわけね。いえ、もっと単純に、私たちより死んだマッシモの言葉を信じるってことか」

Bがいった。

「君の考えはわかった。あとは俺とBの間の問題だ。もうここで話すことはない」

Aが立ち上がる。

「次に君と会っても、互いに他人だ。撃つ必要があれば迷わず撃つ。ただし、方針転換したときは、アニタ・チョウかゲンナジー・オルロフを通じて連絡をくれ。待っている」

「もう少しだけ時間をくれる？　私からも提案がある」

Bがイラリも含めた一同にいった。

「あるスポンサーが、今すぐ強奪計画から手を引くなら、私たち全員にマッシモが提示した額の二倍払うといっている。身柄の安全や、その後の生活場所も保証してくれる」

「遠慮しておく」
A、いやロイ・キーティングはそういって古葉に目を向けた。
「統合の話は流れたな。Dのいう通り、各チーム個別に行動したほうがよさそうだ」

ロイがドアに向かってゆく。

「今外に出れば、確実に撃たれる」
B、いやアズラ・チャクマフはいった。そして、そこにいる三人の男たちを順に見た。

「はじめてマッシモに会ったとき、あいつにこういわれた。『君の選択肢にＮｏ(拒否)はない。Ｓｉ(承諾)でなければＭｏｒｔｅ(死)だ』と。あなたたちも覚えているでしょ。私も同じことをいわせてもらう。私のスポンサーの話を聞きなさい。拒否するなら三人ともここで死ぬことになる」

アズラはジャケットのポケットから携帯を出すと、番号を押し、古葉に差し出した。

「さあ。恨みながらもマッシモを受け入れたように、私の携帯も受け取って」

古葉はロイとイラリを見たあと、手に取り、耳に押し当てた。

『今日はゆっくり話せそうだな。フランク・ベローだ』

忘れるはずがない。あの薄暗い場所で拷問を命じたあの声。

『指示に従うなら、アメリカドルで――』

ベローが懐柔をはじめた。

だが、古葉は手にしていた携帯を床に叩きつけた。勢いよく跳ね上がり、弧を描くと、負傷してまだ機敏に動けない古葉の頭に向かって降ってきた。

「私物よ。ふざけないで」

アズラが立ち上がり、宙を舞う携帯を片手で摑(つか)んだ。

「拒絶の意思を示すにはやりすぎだわ。最低。素人が調子に乗らないで」

ロイ・キーティングは座ったまま下を向いて笑っている。

確かにやりすぎた。慣れないことはするものじゃない。ただ、ベローに対して抱いている怒りは本物だった。あの男には二度も殺されかけたのだから。

「馬鹿な男。一ドルも手に入れられずに嬲り殺される。いったでしょ？　スポンサーの指示を受けた男たちが、脇にホルスターを下げて外で待ち構えているって」

アズラが冷めた視線を向ける。

「確かに俺は馬鹿ですが、あんなアメリカ人と本気で取引するほど愚かではないし、まだそこまで追い詰められてもいません。ベローがどんな男か、俺なりに調べた結論です」

ロイも続けて口を開いた。

「俺も安心して背中を向けられる相手だとは思わない」

やはり彼もベローを詳しく調べていた。

「二対二で、こちらは戦闘経験豊富な二人。そちらは少し武器が扱えそうな長身と、負傷している非戦闘員。私たちが圧倒的に有利だと思ったのに」

アズラが事務所にいる男たちにいった。

「いや、三対一で残念ながら君のほうが不利だ」ロイが小さく首を横に振る。

「形勢が逆転する可能性は？」アズラが訊いた。

「どうだろう？　君の手腕次第じゃないか？」

「逆転は無理ですよ」

古葉はアズラを見た。

「あなたはうそが下手ですから」

「そうではない理由を話す前に、一件電話させてもらえますか」

古葉は自分の携帯を出し、番号を押すと、呼び出し音が二回鳴ったところで切った。

合図は送った――

「言いがかり?」

「すみませんが、五分ほど待ってください」

「その間に、私を侮辱したことを謝罪して」アズラがいった。

「しません。あなたは外に出ると殺されると脅した。何人もが待ち構えているように話しましたが、待機しているのは多くても三人」

古葉が視線を送ると、イラリはうなずき、口を開いた。

「ふたりだね。底の浅いブラフだよ」

「そっちこそブラフはやめて。この事務所の周りは調べてある。監視カメラはなく、見張りも立っていなかった」

「教えてもいいと思うよ」イラリがいった。「大した仕掛けじゃないし」

古葉は話を続ける。

「ネズミや小型害獣避けのセンサーがあるんです。アメリカやカナダの郊外に住む家庭向けの製品で、赤外線に反応すると小動物の嫌がる音波を出す。少し改造して、音波の代わりに信号を送らせる人感センサーにしました。小さくて値段も安いので、この雑居ビルとその周辺に十八個設置してあります。俺と同じチームの彼が立っている、あの部屋の隅のシンクの脇。ここから死角の位置にランプがあって、近づいた人間の数と位置を知ることができるんです」

「目立つカメラをつけずに、小さなセンサーでこっそり動きを探っていたわけだ」

ロイがアズラを見た。

「状況は君に不利なままのようだ」

「死に急いで、本当に馬鹿な男たち」

アズラは三人にそういったあと、古葉に訊いた。

「そのセンサー、日本製？」

「はい」

「やっぱり。中途半端で生ぬるいもの。私なら、追い払うんじゃなく、感知したらその場でネズミを殺す装置にするのに」

彼女が負け惜しみをいい終わると、ドアが開いた。一階の豆腐店の老いた主人と、その中年の娘が入ってきた。

「白先生（バッシンサン）。この事務所の貸し主であり、マッシモの話していたコンシーリョのメンバーです」

古葉は顔をしかめながら立ち上がり、名の通り白髪に白髭の白を迎えようとした。

「君は座ったままでいい」

白は古葉の前のソファーに座った。

「その老人がコンシーリョだという証拠は？」ロイが訊いた。

「すぐにわかる」白はそういうと、古葉に訊いた。「で、どちらかな？」

「女性のほうです」

「わかった。それから外にいたふたりはかたづけさせたから」

「殺してはいませんよね」

「ああ、君との約束は守っている。動けない程度に痛めつけて拘束してあるよ。アメリカ人じゃなかったので、そこの彼女と同じチームの連中だろう。残りのふたりは非常時の緊急連絡用、逃走用の車の運転手として待機させているのかな？　まあ、いずれにせよ、彼女のチームの全員は寝返ったということだ」

「そうしなければ五人全員殺されていた」アズラがいった。

「ミス・チャクマフ、あなたも拘束させてもらいます」古葉はいった。

「ミセス・チャクマフよ。夫と娘がいる」

「失礼しましたミセス。では、そのご家族にまた会えるよう、無駄な抵抗はしないでください。拘束後、二月七日の春節（チュンジー）が過ぎるまで監禁させてもらいますが、指示に従っていただけるなら、可能な限り自由に生活できるようにします」

「拘束される前にこの年寄りを盾にして逃げたら？　それが不可能なら、悪あがきにあなたを道連れにしようか？」

「どちらにしても、そこにいる私の娘があんたを躊躇なく撃つだろうね」

白がドア横に立つ中年の女に目を向ける。

「殺さず身動きが取れなくなる程度に弾を撃ち込む。それから一族が集まって、あんたを凌辱し拷問する。殺してくれと懇願しても無理やり生かされ続けてね。そういう決まりなんだ、私だって逆らえない。まあ、コバはともかく、今さら私が死んだところで誰も困りはしないんだがね。殺しても何も変わらんという意味だよ。若い者たちが働きやすいように、役立たずの年寄りが名ばかりの顔役に据えられているだけなんだ」

白の娘が外に向かって呼ぶと、ドアを開け東洋人の男たちが入ってきた。

アズラ・チャクマフは抵抗しなかった。ただ古葉を睨んでいる。

男たちはアズラに手枷足枷をつけ、口に詰め物をし、目隠しをし、さらに頭から袋まで被せた。

そして木箱に詰めた。

「それでいい。従順でいればベッドで眠れるし、食事も美味いものを出すよ」

白が木箱を叩いた。

「私は殺してしまえといったんだ。ミスター・ジョルジアンニとの契約を破ったのだから。でも、目的を達成するために生かしておけとコバにいわれてね。君にはまだ利用価値があるそうだ」

白の娘に先導され、男たちが引越しの家具搬送のように木箱を運び出してゆく。

アズラを含むチームBは退場した、この事務所からもマッシモの立案した強奪計画からも。それは同時にフランク・ベロー率いるアメリカのスウィーパー・チームに対する、非融和と開戦の意思表示でもある。

「取り立てて特技もない元官僚の君を、マッシモが引き入れた理由が少しわかってきた」

ロイは古葉にいうとイラリを見た。

「すまないが、さっき断ったコーヒーをもらえないか」

「新しく淹れますよ。少し待ってください」

イラリが笑顔で返した。

白を含む三人の男たちの手にコーヒーの入ったカップが渡されてゆく。

「ふたつ質問をさせてください。あなたとご家族は何者なのですか」

ロイが訊く。

「藍的手（ランディサウ）だよ。知っているかな？」白はいった。

ロイは驚きながらもうなずいた。

十九世紀末以降、中国本土からの流入民の一部が香港領内で犯罪に手を染め、のちに黒社会（ホッセイウィ）と呼ばれる日本の暴力団に似た犯罪組織を形成してゆく。一方で、さらにごく少数の流入民たちは、藍的手と呼ばれる殺人と拉致（らち）に特化した技術を持ち、それを生業とする組織を作り上げていった。

入会には、高い技術と秘密厳守が求められ、許された者のみが誓約書にラピスラズリを使った藍色の顔料で手形を押し、組織への忠誠を誓う。

伝説のように語られることが多いが、彼らは実在する。二十世紀の今もアジア圏で仕事を続けている。

「マッシモ、いや、ミスター・ジョルジアンニからの依頼で、私たちの行動をずっと観察されていたのですね」

白はうなずき、ロイへ語りかけた。

「緊張する必要はないよ。コバと同じく、君たちのチームはミスター・ジョルジアンニとの契約通りに事を進めている。私たちが手を下す理由は何もない、今のところはね」

「彼とは友人だったのですか」

「ああ。ヨーロッパ人にしては道理のわかる男で、話していても楽しかった」

身長百九十センチ前後もある筋肉質のロイが、足腰の弱りはじめた老人を目の前にして動揺を隠せずにいる。その気持ちは古葉にもわかる。

残忍で暴力的なだけの犯罪集団ではなく、緻密に組織化された殺人のプロである藍的手とマッシモは契約していた。古葉たちを含む実働チームのメンバーが、契約を外れた行為をしたとき、容赦なく殺し、葬り去るために。しかも、仕事を通じた関係だけでなく、マッシモは彼らから信頼も得ていた。

その事実に気づいたとき、この強奪計画という名の復讐に込めたあのイタリア人の執念を、あらためて思い知らされた。

「どうしてコバにだけは、あなた方の正体を明かしたのですか」

ロイが訊く。

「明かしたんじゃない、気づかれたんだ。その点では、彼のほうが上手だったということさ」

白は口元を緩めた。

「ただ言い訳めいてしまうが、君たちの行動を監視・監査する契約は結んだ。だが、契約条項に『正体を知られてはならない』と書かれていたわけじゃない。それに知られてしまったのは、私たち家族と数人だけだ。他の仲間たちが、今も正体を知られることなく、君やコバのチームの監視を続けているよ」

「どうして気づけた？　君は何をした？」

ロイが古葉に訊く。

古葉が白に目を向けると、彼は首を縦に振った。

許しを得て話し出す。

「日本を出る前、警察関係の知り合いと取引して、アジア圏の重犯罪人のリストを見せてもらった。そこに白先生の顔があったんだ」

「今の写真じゃない。斜め上の角度から撮られた二十七年前の顔だ。日本人の病的さが出ているだろ？　普通じゃ気づかない」

白が笑う。

「膨大な顔写真と経歴をすべて覚えたのか？　そんな役に立つかどうかもわからない知識を？」

ロイが訊いた。

「完璧（かんぺき）に記憶したわけじゃない。可能な限り覚えようとしただけだ」

「いや、完璧な記憶だよ。でなければ正体を見抜かれるわけがない。元官僚らしい特技だろ？」

白がロイに視線を送る。

「そうか。君は日本の元官僚だったな」

ロイにいわれても、古葉だけがまだよくわかっていない。

「その記憶力はある意味での職業病ってことだよ」

イラリが口を挟んだ。

「君はデニケン・ウント・ハンツィカー銀行内で、持ち出し不可のマッシモの計画書をすべて記憶してくるといった。はじめに君があの提案をしたとき、絶対に見抜かれないような装置を使って録画してくるんだと思ってた。でも、君は自分の頭に記録してきただろ？　あの緊迫した状況で文面をすべて記憶してくるなんて、それは普通の人間には簡単に出来ることじゃないんだ」

数年前までの自分の仕事を振り返ってみる。

官僚時代、国会期間中は前日夜に出された野党側の質問を一度読んで記憶し、徹夜で必要資料を探し出し、翌朝六時には大臣の答弁を完成させ、大臣秘書官に送っていた。質問内容をくり返し読んでいる暇さえない。答弁作成に限らず、仕事には常に迅速を求められ、書類は一読してすべてを頭に叩き込むことが官僚としての必須条件でもあった。ただ、自分にとっては普通のこと。今でもそれが特別な技術や能力だとは感じられない。人より少し記憶力がいい、その程度のことだ。

「いや——白先生に気づいたのだって顔だけじゃないんだ」

納得できていない古葉は言葉を続ける。

「もちろん他にも理由はある。この事務所の借り主であるマッシモが死んだにもかかわらず、オーナーである白先生は賃貸契約の解除も再交渉も要求しなかった。香港では考えられないだろ？　出て行きたくなければ君自身が再契約しろといわれるはずだ」

死を悼む気持ちとビジネスは、この街ではまったく別物であり、それが常識だった。

「それにナイフや拳銃を日常的に扱っている人間たちに、どんな身体的特徴が出るのかも勉強した。白先生の娘さんとはじめて握手したとき、手の皮の厚さや荒れ方、それに彼女の動きに、ナイフでの戦いに長け、慣れている人間の特徴が出ていた」

「君はやはり異常な素人だ」ロイが笑う。

「ただの無知な素人だよ。それで気になり、一家の動向を探ってもらった」

「雷楚雄とミア・リーダスに見張らせたんだな？」

古葉はうなずいた。

「証拠を残すことなく計画を正確に記憶できる。そして弱者ゆえに身につけた警戒心、加えて異常なまでの観察眼か」

ロイはいった。

「それこそミスター・ジョルジアンニの求めていたものだろう？」白がロイを見る。

ロイがうなずき、言葉を続ける。

「あのイタリア人は一番実戦向きではない君たちに一番期待していたということか。だからチームDという一番注目度の低いポジションを与えた。気づいてみれば、ごく当たり前のことだな。でも、彼の死から想定外の状況が続いたせいで、その単純なことを見落としていた」

「私たちも同じだよ。だが、おかげでこの年寄りには引退のいい口実になった」

「そんなことはありません」

ロイが首を横に振る。

「少なくとも私たちチームAは、あなた方の監視にまったく気づかなかった。フロッピーディスクと書類の奪取にも手を貸していただけると心強いのですが」

「お断りだ。あんな無謀な賭けをするわけがないだろう。私たちの職域からも外れている。得意でないことに手を出し、藍的手の歴史に泥を塗りたくはないよ」

「つまり我々は失敗すると」

「今のところはね。ただ、今後の君たちの動き方によっては勝ち目も出てくるかもしれない。状況は常に流動的で、絶対はないから。私たちの正体をコバに気づかれてしまったように。まあ、君の依頼には応えられないが、やりかけた仕事に関しては、最後まで責任を持ってやらせてもらうつもりだよ」

　白が古葉を見た。

「さて、次は何をすればいい？」

「私とイラリは殺されたことにしてください。この事務所も銃撃されたように装い、破壊していただきたい」

「わかった。ただ、せっかくきれいにしてもらったのに少々もったいない気もするよ。そうだ、壊す前に写真を撮らせてくれ。次はこの通りに改修して家具つきで貸し出す。今の家賃の二倍は取れるだろう」

　白が笑った。

　だが――直後にガンガンガンと、外から続けざまに窓ガラスを殴るような音が聞こえてきた。

12

一九九七年一月十一日　土曜日　午後三時三十分

「銃撃だ」ロイがいった。

「九ミリ徹甲弾。続けて撃ち込まれたら、この防弾ガラスじゃ持たない」

イラリがいった。

男たちが床に伏せる。年老いた白も機敏に身を屈(かが)めた。ブラインドは閉じたままで、外の様子はわからない。

「やっぱり値段が高いほうのガラスにしておけばよかった」古葉はいった。

「品切れだったんだ、入荷まで二ヵ月待てばよかったかい？」イラリが返す。

電話が鳴った。携帯じゃない。

事務所の固定電話だった。古葉はその場にいる男たちの顔を一度見てから受話器を取った。

『わかりますか？』

受話器の向こうの声がいった。

「もちろんわかります。ミス・アイマーロ」古葉は返した。

クラエスだった。だが、彼女の意思でかけてきたのでないこともすぐにわかった。

「どうしても話をさせたくて、あなたにかけさせたんですね」

『ええ。ご無事ですか？』

「はい。あなたも無事なようでよかった。まだ香港領内に？」

『ごめんなさい。私の意思で話せるのはここまでです。これから先は、ミスター・ベローの言葉を私の声を通じてお伝えします。私は通訳だとでも思ってください』

「クソ野郎」古葉は呟いた。

『話をしてくれるなら、何といってくれても構わない』

クラエスの声を使ってベローがいった。

「しつこいですね」

『それだけ君を重要視しているんだ。ただし、アズラ・チャクマフほど我々は優しくない。外で待ち伏せているのも私の同僚だ。前回の失敗もあるし、許可なく外に出ようとすれば撃ち殺す』

「ミス・アイマーロの声を使った理由は？　この前は暴力を使い、今度は感情に訴えるつもりですか？」

『正直、アズラにはあまり期待していなかったんだよ。まあ彼女は目くらましのつもりで使わせてもらった。これで彼女のチームBは機能不全に陥ったわけだから、目的の半分は達せられたしね。君とはその先の話をしたい。だからクラエスに仲介してもらった。君は彼女に関心があるようだから。私の声で要求を聞かされるより、友好的に話が進むと思ってね。美しい女性に好意を持つのは、決して悪いことじゃないよ』

「違います。哀れんでいるんです」

『彼女の何を？』

「俺と同じように自分を過信して、大きくつまずき、転がり落ち、抜け出せなくなった。それでも能力不足と失敗を完全に認めきれず、あがいている。そんな彼女の姿を見ていると、自分の悪い部分を見せつけられているようで、無視できなくなるんです」

『君は実に愚直な人間だな』

クラエスが言葉に詰まり、所々で音声が途切れる。彼女の感情が揺れているのは、自分を決めつけるような言葉に対する怒りからなのか、悲しみのせいなのかはわからない。

『あらためて頼むが、私たちに協力してほしい』

「あれだけの拷問をした相手に、今度は対話で協力を呼びかける気ですか」

『それが私の仕事だからね。手段にこだわらず、求められた結果を得るために努力する。職務に忠実すぎて、周りが見えなくなるという欠点もあるけれど。君に似て、愚直な人間なんだ』

「似ている？　馬鹿にされているようにしか思えません」

『気を悪くしないでくれ。君が素直にこちらの提案を受け入れてくれれば、これ以上無駄な危険を冒さなくて済むし、死人も出なくなる。信用できないというなら、第三国の総領事を保証人に立てよう。フランスでもオーストラリアでも好きな国を指定してくれ。望むなら、ミス・アイマーロも差し出すよ。ふたりでアメリカ西海岸のどこかで静かに暮らせ。住居も就職先も手配する』

「それがアメリカ流の対外交渉術ですか」

『そういうことだ。相手に望む以上のものを与え、心から納得してもらう』

「お断りします」

『何のために意地を張っているのかわからないが、もう無理を重ねるべきじゃない。不信感を抱く相手との取引という意味なら、マッシモも我々も同じだろう。恩義も借りもない彼に半ば無理やりこの仕事に引き込まれ、にもかかわらず、君は遂行しようとしている。その姿勢は確かに評価するが、もう十分だ。君は死人への弔意を示した。あとは互いに金と安心を手にして、すべてを穏便に済ませよう』

「マッシモ以上にあなたたちは信用できません。むしろ疑いしかない。あなた個人には直接関係のないことですが、CIAが意図的にリークした情報のせいで俺は勤務していた省庁を追われたんです。アメリカの表沙汰（おもてざた）にできない国策のせいで退職させられた」

『知っていたのか。誰から聞いた？　マッシモ？　まあ教えてくれるわけないか』

「政治的発言力もあり資金力もある全国規模の農業組織を、あなたたちは日本国内から消し去りたかった。どうしても潰したかった。アメリカの農作物を流通させるために。日本の農産物のアメリカへの依存度をさらに上げさせるために。だから、俺たちの裏金作りをリークし、政策自体を崩壊させた」

『君たちが農水省内で行っていたことは政策じゃない、単なる犯罪行為だ。だから君は不起訴になったものの、世論は許さず、農水省を追われた。君が退職という裁きを受けたのは、実際に国民を欺く罪を犯したからだよ』

「あなたから法的正当性を説かれるとは思わなかった。それをいうなら、アメリカが日本国内で行った情報収集活動も立派な犯罪行為でしょう。違法に入手した情報によって、俺たちは裁かれた。アメリカ国内なら無罪案件です」

『意味のない法律論議をしたいわけじゃない。君もそうだろう？』

「ええ。これは倫理とも正義とも、もちろん法律とも関係ない」

——電話で話す古葉に、白が静かに近づいてきた。

「そのまま続けなさい」

小声でいった。そしてイラリを見た。

「ここの内装を替えたのは君だろ、見つけられたかな？」

「もちろんです」イラリがいった。

「では、早くここから出ようか」

イラリがシンクの下の戸を開け、底板を手前に引くと簡単に外れた。下へと続く段梯子が設置されている。

　古葉は受話器に向かって話し続けた――

「端的にいえば、俺はあなたたちを、アメリカを許さない。農水省を追われた仲間の中には、離婚して家庭を失った者も、自殺した者もいる。皆職を奪われただけでなく、人生を奪われた」

　クラエスの声を通じてベローも話し続ける。

『思慮も能力も足らない人間だったからだろう。君は報われなかった昔の仲間たちの意思を背負い、勝ち目のない戦いをするわけだ。アダウチのためのカミカゼか。思っていた以上に君は日本人的で、しかも愚かだな』

「ステレオタイプな日本人像ですね。あなたこそ力さえあれば何事も思い通りになると信じている典型的アメリカ人だ。そんな考えは通用しないと、ベトナムでの失敗から学べなかったのですか」

　古葉も電話機を手に、負傷した脚を引き摺りながら事務所の隅のシンクに近づいてゆく。

「ずいぶん狭いな」

　最初に段梯子を下りたロイが小さくいった。

「東洋人仕様だからね。頭に気をつけて」イラリがいった。

「銃撃を演出する手間が省けそうだな」白も下りてゆく。

最後に古葉が梯子に足をかけた。

『残念ながら互いの考えには隔たりがあるな。それを埋めるために、もうひとつ報酬を追加しよう。君のチームには三人のスパイが紛れ込んでいる。こちらの提案を受け入れてくれたら、今すぐ名前を教えよう』

受話器から聞こえてくる。

「教えていただかなくて結構です。自分で見つけ出します」

古葉はいった。

『この手は使えないか。やはり懐柔より恫喝のほうが君には効果的なようだな』

「日本に残してきた俺の家族でも殺しますか。残念ながら、身内が血を流す覚悟もできています」

『私がそんな優しい手段を使う人間だと思うかい？　ＨＯＵＮＯＵトラスト、君もよく知っているだろう。不遇の時期は、ここから配られる金で君も生活をしていた』

朋農信託株式会社。古葉のように不名誉な理由で農水省を追われた者たちの生活を支えるセーフティーネットとして機能している。

「法的にも何の問題もない一般企業です。あなた方には何もできないはずだ」

『うそはよくない。農水省という政府機関のネットワークをフルに使い、多くの関連企業を通して一般企業の未公開株や製品開発のインサイダー情報を数え切れないほど得ているじゃないか。どれも小口で、目立たないようにやっているが、立派な犯罪行為だ』

古葉は黙った。ベローの言葉通りだった。

『違法に儲けている証券会社があり、しかも、その利益は農水省を犯罪や不正で追われた連中に還元されている。それが世間に知られたらどうなる？　徹底的に叩かれ、配当も滞ることになるだろう。生活苦になり、少し前に亡くなった君の元上司のような人間が出ることになる。君のせいで』

——こいつ、佐々井さんのことをいっている。

憎しみ、いや、どうしようもない喪失感、そして殺意が沸き上がってくる。

「やめろ」

考える前に口から出ていた。

『強気だな。その強気をへし折るためにも、ＨＯＵＮＯＵを瓦解させるための指示を、もう一部発動させたよ。うそではないのを確認してくれ。ただし、この先は君次第だ、今からでも遅くない。イラリやチームＡのロイには交渉は決裂したと伝えればいい。その上で前回話した通り、君個人と契約を結びたい。そうすればあのＨＯＵＮＯＵトラストはそのまま、誰も苦しまなくて済む』

何と返せば、答えればいいのかわからない。

「急いで」イラリが下から呼んでいる。

——どうする？

古葉は一瞬ためらったあと、迷ったまま、まだ声が漏れている受話器を放り投げた。

そして滑るように梯子を下りた瞬間、頭上から激しい銃声とともに窓ガラスが砕け散る音が聞こえてきた。

梯子を下りた一階は、両側を壁に挟まれた隠し通路になっていた。

通路の先のドアから出た外も、雑居ビルの壁が両側から迫る狭い道が続いている。しかも右に左にと曲がり、あちこちで分岐し、交差していた。上には庇が突き出しているので、ビルの屋上から狙撃されることもない。

藍的手（ランディサウ）らしい完璧な退路だった。

「今は前に進むことだけ考えなさい」

白がいった。ベローに揺さぶりをかけられたことを、簡単に表情から見抜かれた。イラリとロイも何も言わないが気づいているのだろう。

古葉は黙ったまま、まだ治っていない右脚を引き摺りながら白たちの列に続いた。

確かに考えるよりも、まずこの場を離れないと。

「次の隠れ家は確保してあるのか？」

年齢を感じさせない速さで先頭を進む白が訊く。

「カポクォーコ（capocuoco）（料理長）のところへ行きます」

古葉は答えた。

「それは結構。この先に車が用意してある。三人で乗っていきなさい。私は娘に電話して、誰かを迎えに来させるから」

「ありがとうございます。代金は？」

「よくわかっているじゃないか。ただ、今は貸しにしておくよ。春節（チュンジー）を過ぎても君たちが生きていたら、必ず払ってもらう」

「ひとりで残るのですか」

　ロイの案ずるような声を聞き、白が振り返った。

「だいじょうぶだ。私を殺してアジアに散らばる藍的手すべてと敵対するほど、あのアメリカ人も馬鹿ではないだろう。危険なのは君たちのほうだ」

「確かに」イラリがいった。

「白先生（バッシンサン）という護符（タリスマン）を失って野に放り出されるのは俺たちのほうか」ロイもいった。

　あの雑居ビルが白の持ち物でなかったら、交渉が決裂した瞬間、長沙灣（チョンシャワン）の茶餐廳（チーチャンテン）のときを上回る量の火薬で古葉たちはビルごと爆破されていたかもしれない。

　長く進んだ道の終わりにステーションワゴンが停められていた。礼をいい、三人で乗り込んだ。窓はスモークガラスで、顔を隠すためのハンチングやキャップ、サングラスも車内に用意されていた。

「厨師長（チョイシージョン）（料理長）のところで落ち着いて考えるといい。命を懸けるのも命を失うのも君たち自身だ」

　白がドアが閉まる直前に語りかけた。

「適切な答えは見つかるでしょうか？」

古葉は訊いた。

「わかるわけがないだろう。私は仙人じゃない、ただの人殺しの頭目だよ。君が裏切れば殺しに行く。君が契約に殉じるなら、これまで通り、できる限りのことはしてやる」

白が笑った。

殉じる——そこまで俺たちの勝ち目は薄いのか。

車が走り出す。運転はキャップを被(かぶ)ったロイに任せ、助手席にハンチングのイラリ。一番戦闘力の低い古葉は後部席に座った。

「まず僕らのチームのメンバーとの合流地点に向かってくれますか」

イラリがいった。

「わかった。その後、俺のチームのメンバーとの合流地点まで行き、君に運転を代わろう」

ロイが返す。

廣東道(カントンロード)を南に下り、右折して窩打老道(ウオータールーロード)へ。さらに右折し、渡船街(フェリーストリート)に入った。

「すまないが、電話をかけさせてもらっていいか？」

古葉は訊いた。やはり今ここで確かめたい。

ロイとイラリが同意し、古葉は携帯の番号を押した。

香港と東京の時差はプラス一時間。三コールで能代は出た。

「今どこだ？」

『省内だよ』

「土曜なのに？」

『いつものことだろ。おまえこそどうした？』

「そっちで何か起きていないか？」

『は？　おまえが絡んでいるのか？　ちょっと待ってろ』

能代が廊下に出て人のいないところに進んでいる。

『浅草橋(あさくさばし)の件で騒ぎになってる』

朋農信託株式会社及びセーフティーネットを示す隠語だった。

「スクープ？　摘発？」

『新聞二紙がインサイダー情報に関して嗅(か)ぎつけ、明日の朝刊に何か載せるらしい。まだ詳しい内容がわからず上の方が必死になって探っている状態だ』

ベローの言葉は本当だった。考えもしなかった急所を突いてきた。

「情報の出所は？　海外か？」

『だろうな。国内はあり得ん。なあ、おまえのほうでアメリカと何か揉(も)めたのか？』

「聞かないほうがいい。それからもう俺の依頼した件からは手を引いてくれて構わない。都築にもそう伝えてくれ」

『わかった。でも、佐々井さんの一家心中の件でマスコミがあちこちほじくり返して、俺のケツにも火がついてきたよ。今、浅草橋の件と併せて省内全体が戦々恐々としてる』

日本農業生産者組合連合会の解体に備えた、資産のロンダリングとプール――裏金作りのことだ。

『例の薬害エイズ問題や、ものつくり大学の贈賄の論点ぼかしに使う気で、与党の古参の農水族のタヌキ連中も、火の粉を払おうとせずに逆に焚きつけてやがる。完全にスケープゴートにする気だ。おまえよりどっぷり浸かっていた俺だ、今度ばかりはもうシラを切り通せないだろう』

農水省内の古葉が所属していた課は主に資産の移し替えと、名目変更、いわゆるロンダリングを担当していた。能代の所属する課は、偽名口座への貯蓄と管理を担当し、能代は会計監査のような重要な役割を任されていた。

だが、能代たちの関与は今まで暴かれることはなかった。

逮捕された佐々井修一元課長や、何度もの任意による聴取を受けた古葉たちが、検察や警察から共謀者の名を明かすようくり返し説得されたものの、決して口を割らなかったからだ。そのことが幸か不幸か、古葉と能代の間の信頼を深めることにもなった。

「どうする？」古葉は訊いた。

『打ち合わせていた通りにするよ。証拠を隠滅したら、首を切られる前に辞職して、検察に睨まれる前にベトナムあたりに逃げる。しばらくアジア、それからヨーロッパを回って、ほとぼりが冷めたころ、日本に戻れそうなら戻るさ』

「そう上手くいくか？」

『いくよ。おまえの悲劇から学んだからな』

古葉が農水省を追われた一件をいっている。

『緊急回避策は練ってある。それより、おまえに逃げ道はあるのか？　本当におまえがきっかけでアメリカが浅草橋周辺にまで手を突っ込んできたのなら、日本に戻れなくなるぞ』

「俺のほうもどうにかする」

当てもないのにいった。

『また会えるといいな』

「ああ」

通話が切れた。

――ちくしょう。

腹立たしくてどうしようもなくてドアを蹴った。そんなこと何の意味もないのに。

裏金作りに絡んで能代が追い詰められるのは、まあ仕方がない。自業自得だ。しかし、朋農信託株式会社はどうする？

俺のせいでセーフティーネットが壊される。多くの人間が生活の糧を失う。この状況を乗り切る方法は？

ベローの命令に従い、イラリたちチームのメンバーを裏切り、ロイたちも欺き、作戦を崩壊させ、その結果藍的手(ランディサウ)に殺されるか？　ベローの命令を無視し、朋農信託とセーフティーネットの崩壊を甘んじて受け入れながら、マッシモの作戦を成功させるか？　どちらも困難だし、最後にはバッド・エンドしか待っていない。ベローの命令に従ったところで、奴が約束を守る確証もない。

それともこのふたつ以外に何か選択肢はあるのか？

「武器は何を持っている？」

考えていると運転席のロイが話しかけてきた。

朋農信託のことに気を取られ、自分たちが今まさに危険に直面していることを忘れかけていた。そうだ、俺たちは銃撃を受け、逃げているんだ。

「グロックが二挺(ちょう)と替えの弾倉がふたつずつ。ナイフが四本」

イラリが答える。

「一挺は君が持っていてくれ。弾倉とナイフも分けよう」

「俺は？」古葉も訊いた。

「危険な状況になったら、シートの下にうずくまって頭を上げないようにしてくれ。怪我をした右脚でも上手く走れるよう心の準備も頼む。あと、何も起きないよう今から祈ってくれてもいい」

ロイが笑顔でいった。

——完全に戦力外ってことか。

イラリも下を向いて笑っている。追い詰められている古葉は笑えなかったが、それでもふたりが見せてくれた余裕が嬉(うれ)しかった。

——まずは今を無事に逃げ切ることを考えよう。

右折して界限街(バウンダリーストリート)へ。九龍(カオルーン)半島を大きく迂回(うかい)しながら半島先端の尖沙咀(チムサーチョイ)へ向かう。

ピピッピピッと呼び出し音が鳴った。ロイのポケットベルだった。

「申し訳ないが、俺も少しだけ電話させてもらえないか」

古葉とイラリが「構わない」と返すと、ロイはステーションワゴンを路肩に寄せた。

運転中通話の取り締まりは香港でも厳しくなりつつある。拳銃(けんじゅう)二挺を隠し持っているときに、つまらないことで警官に尋問されたくはない。

ロイが話しはじめて、すぐに相手は彼の息子だと気づいた。ロイは呆(あき)れ顔をしながらも、「わかったよ」とくり返している。

「ゲームの話だった。NINTENDO64を買えだとさ」

携帯を切り、ロイがまたステーションワゴンを発進させる。

「買うんですか」イラリが訊いた。

「そのときまだ生きていたらな。発売は三月だそうだから（NINTENDO64の欧州発売は一九九七年三月）。でも勝手に買えば、また元女房に『甘やかすな』と怒られる」

西に傾きはじめた太陽が照らす窩打老道を進んでゆく。

「少しだけ俺のつまらない身の上話をしてもいいか」

ハンドルを握り、前を見ながらロイがいった。

「ひさしぶりに息子の声を聞いたら、気が緩んでしまったよ。代わりに君たちのプライベートも明かせなんてことはいわないから」

「聞かせてください。ビクビクしながら周りを警戒しているだけより面白そうだ」

イラリがいった。ロイが話し出す。

「アイルランドのコークで生まれ、ダブリンに出て警察官をやっていた。元女房は英国シェフィールドの生まれで教師。うちの家系はカソリックで元女房のほうは英国国教会。難しいとずいぶんいわれたが、十三年前に結婚した。上手くやっている連中もいたし、自信もあった。でも、ダメだったよ。全部を宗教と生まれた国の違いのせいにはしたくないが、それが大きかった。結婚したとなると、お互いだけじゃなく、それぞれの家族の事情も絡んでくる。式をどちらの教会で挙げるかでも揉めたし、息子が生まれたときの洗礼でも一悶着あった。七年前に別居をはじめて、元女房は息子を連れて英国に戻った。離婚できたのは去年だ（アイルランドで離婚が合法と認められたのは一九九五年）」

いいかな――と一言断ってからロイはタバコを出し、火を点けると、少し開けた窓の隙間に向かってキャメルの煙を吐いた。

「元女房はシェフィールドには戻らず、サリー州のウォーキングで中産階級の家庭向けに英才教育をするナニー（専門知識のある乳母）をやっている。俺は四年前に警察を辞めて、警備会社に入った。要人警護とは名ばかりの傭兵のような仕事をしてきたよ。合法的に犯罪者を殴っていたのが、非合法で殴るのに変わっただけだけれど。スペイン、モロッコ、エジプト、ラオスと渡り歩いて、今香港にいる」

「なぜアイルランド治安防衛団を辞めたのですか」

古葉は訊いた。彼の職歴を知っていることも隠さなかった。

「あなたは進んで危険に身を投じたり、マッシモの提示に興味を示したりする種類の人間には見えません」

知りたかったわけじゃない。訊かれることを望んでいるように感じたからだ。

「息子は小児骨肉腫なんだ」

ロイはいった。

「四年前に診断を受けた。今十一歳だが、一日の大半を病院のベッドで過ごしている。保険医療だけじゃ生き続けるのは難しい。でも、高度医療には莫大な金がかかる。だから俺は香港に来た。すべては治療費を稼ぐため。まあ、よくある話だ」

そのときまだ生きていたら――ついさっきロイが口にした一言には、彼自身だけでなく息子の不確定な未来も含まれていた。

「僕も自分語りをさせてもらっていいかな」イラリがいった。

「気遣いはいらない」ロイが横目で見る。

「いや、あなたの話を聞いていたら、僕も死んでしまう前に一度くらいは打ち明け話を他人に聞かせたくなりました」

「ギブアンドテイクか。まあいい、聞こうか」

ロイがハンドルを握りながらタバコを咥える。今度はイラリが話しはじめた。

「生まれたのはヴァンターっていう街。フィンランドの南の端にある。海に面していて、ヘルシンキにも近いけれど、想像通り、冬が長くクソ寒いところだよ。子供のころはそこで母親と一緒に、父親の家庭内暴力に曝されながら育った。地獄だった。でも、十二歳のとき、父親が肺癌と糖尿病で死んだんだ。救われたと思ったよ。だけど、母親も壊れていた。いや、父親に壊されていたというべきかな」

イラリも自分のタバコに火を点けた。ポールモールの香りが車内に広がってゆく。

「父の激しい暴力も強い猜疑心も、母は全部自分への深い愛情がそうさせていたんだと信じていたよ。父親に無理やり刷り込まれたのか、精神をどうにか保つために、自分から無理やりそう思い込もうとしたのか。どっちにしても母は父への依存を断ち切れなくて、僕を父の代用品にしようとした。キスどころか、セックスや殴ることまで懇願された。だから家を出るために、十八歳で陸軍に入ったんだ。基礎訓練期間を終えると、電子機器制御の部門に希望を出してプログラミングを必死で学んだ。生まれた家だけじゃなくフィンランドからも出るためにね。履歴書も国内外、あちこち送ったよ。その中から、ひとつ返事が来た。アップルコンピュータを追われたスティーブ・ジョブズが作ったNeXT社からだった。すぐに除隊して、喜んでアメリカに渡った。六年前、僕が二十五歳のときだよ。就労ビザ取得にかなり手こずったし、入国してからもアメリカの役所の人間たちの嫌味ったらしさを思い知らされたけど、それも全部許せるくらいに嬉しかった」

以前、招待所(ゲストハウス)で、ミアを含むチームDの五人が互いの事情を伝え合ったことがある。あのときよりイラリはずっと詳細に、そして言葉を選ばずに話している。

「二年後に恋人もできて、その一年後には彼女が妊娠した。九ヵ月後、僕は娘を持つ父親になった。でも、一昨年(おととし)の終わりに最悪のことが起きた。ジョブズの野郎が、自分を追い出したアップルにNeXTを売ることを画策しやがった。自分がすんなりアップルに戻るためにね。先月（一九九六年十二月）合意が発表されたあの買収だよ。プレス発表される以前から人員整理がはじまり、開発成果をすべて取り上げられた上に僕は解雇された。このままじゃ、僕の就労ビザは取り消される。しかもまずいことに、僕の彼女はグアテマラからの不法移民なんだ。彼女も娘も、アメリカどころか、どこの国のパスポートも持っていない。今のままじゃ、娘を連れて三人でフィンランドに戻ることさえできない。だから香港に来た。金を手に入れて、EB―5プログラムを買うために」

条件を満たした外国人投資家にグリーンカード（永住権）を付与するアメリカの制度（一九九一年施行）のことだ。アメリカ国内の指定企業に百万ドル以上を投資し、十人以上のアメリカ人を正式雇用する必要があるが、条件をクリアーすれば、重大な犯罪歴がない限り、イラリと娘は永住権を取得できる。不法移民の彼女も、イラリと正式に結婚すれば、面倒な手続きと時間が必要になるものの、いずれは永住権を手に入れられる。

イラリは一度下を向くと、大きく息を吐いた。

「熱弁を振るいすぎたようだね」

自分の手にしていたタバコの種火をジーンズに落とし、小さな穴を開けていた。

「俺も何か話したほうがいいかな」古葉は訊いた。

「いや、しみったれた告白の時間は終了だ。君の話は事務所で少し聞かせてもらったからね」

ロイが新しいキャメルに火を点ける。

「それにもうすぐ目的地だ」イラリもいった。

「よかった。ふたりのように他人に披露できるほどドラマチックなエピソードも、気の利いた話も持っていないから」

「いや、ベローとアメリカへの復讐(ふくしゅう)宣言は感動ものだった」

ロイがいった。イラリは横で笑っている。

漆咸道南(チャタムロードサウス)から金馬倫道(キャメロンロード)へ。

午後四時半。少し道が混んできた。あと少し。この先にある日式寿司(すし)レストランの前で合流することになっている。

「尾行の気配は？」古葉は周囲を見回しながら確認した。

「ない」ロイが答える。「ないよ」イラリもいった。

突然、歩道から人が飛び出した。

ロイが急ブレーキを踏む。速度を落としていたおかげで衝突寸前で止まった。車の正面で立ちすくんだ男が、こちらに顔を向ける。

それは——合流するはずのジャービス・マクギリスだった。

彼は動かない。両目を見開き、驚きと諦めが入り交じった顔でこちらを見ている。だが、「伏せろ」とロイが叫んだ。銃弾が二発、三発とステーションワゴンのフロントガラスに大きな亀裂を残しながら貫通してゆく。

ジャービスが背後から撃たれている。

古葉は伏せずに彼を見ていた。恐怖心と無力感が頭の中で渦巻く。そして彼と目が合った。瞬間、ジャービスの後頭部が爆ぜた。

銃弾を受け、血が、髪が、脳漿が飛び散ってゆく。

——またひとり知り合いが、いや仲間が殺された。

ジャービスの上半身がボンネットにうつ伏せに倒れ、そしてずるずると滑り落ちてゆく。古葉はステーションワゴンのドアを開けた。

「やめろ」ロイとイラリが同時にいった。が、車外に飛び出した。

治り切らない脚を引き摺りながらジャービスに駆け寄り、抱きかかえ、声をかける。しかし、遅かった。死んでいる。古葉の腕とシャツがジャービスの血に染まってゆく。

悲しかった。悔しかった。それでも怒りを感じながら、ジャービスの上着とズボンを探り、携帯と財布を抜き取った。

前を塞がれた後続車がクラクションを鳴らしている。気づいた通行人が悲鳴を上げ、周囲が騒ぎはじめた。観光客が撮影しようとビデオカメラを取り出した。そのカメラをロイが取り上げ、道路に叩きつける。

イラリがジャービスの持っていた革のバッグを拾い上げた。そして古葉の腕を掴み、引き起こす。

服を血まみれにしながらイラリとロイに抱えられ、近くの路地へ駆け込んだ。

13

二〇一八年五月二十七日　日曜日　午後二時

　デニケン・ウント・ハンツィカー銀行のドアを開けホールに入ると、髪の薄い初老の担当行員が近づいてきた。胸元のＩＤには何の名。

「お待ちしておりました。大変ご無沙汰しております」

　担当行員は私でも黄さんでもなく、まずミス・クラエス・アイマーロに挨拶した。

「本当におひさしぶり」

　ハイブランドのワンピースを身につけ、バッグと日傘を手にした彼女も笑顔で挨拶を返した。胸元や右手のジュエリーに交じって、左手の薬指につけられたまだ新しい結婚指輪が輝いている。

「以前、ミスター・コバと一緒にいらしたんですか」

　黄さんが彼女に訊いた。

「ええ。もう二十年以上前のことだけれど」

「その後、彼とお会いには？」

「電話で何度か話したきり。最後に話したのは、彼が火事で亡くなる二ヵ月前。『瑛美のことを頼む』といっていました」

本当だろうか？　疑いながらも私は訊き返さなかった。私が何者で、なぜ香港に来たのかの説明もここではくり返さない。黄さんがミス、いやミセス・アイマーロに昨夜アポイントを取った段階で、ひと通りこちらの事情を伝えてくれている。

銀行の内部は天井が高く、内装も簡素だった。一歩ごとに靴音が響き、どこかプロテスタントの教会を思わせる。

「よく似てる」

ミセス・アイマーロが私を見た。窓から射す陽光が、メイクでも隠しきれない彼女の顔の小皺やくすみを暴き出す。それでもとても整い、美しい。

「目つきも表情もコバにそっくり。本当の親子みたいね」

「林夫人も同じようなことをおっしゃっていました」

私の代わりに黄さんがいった。

「林夫人の周敏静、懐かしい名前。彼女も過去に囚われ、この街に戻ってきたのね」

入念な身体検査を受けたあと、担当の何さんの指示に従い、私と黄さんは指紋照合をした。そしてミセス・アイマーロも。

「私も含めた三人の指紋が合致して、はじめて貸金庫の鍵が渡される。ただし、貸金庫室に入り、扉を開け、保管物を所有できるのは、あなたたちふたりだけ。私にその権利はない。マッシモ・ジョルジアンニの貸金庫使用権をコバが引き継いだとき、彼がそう決めた」

「代わりにご説明ありがとうございます」

何さんは笑顔でいうと、私の手にD―26のタグがついた鍵を握らせた。

ただし、すぐに地下の貸金庫室には向かわず、ウエイティングルームに通された。伝統ある格式張った銀行らしく、他の顧客とエレベーターや通路で顔を合わせることのないよう待たなければならない。

ソファーに座った三人の前にカップが運ばれ、ポットから紅茶が注がれてゆく。

「貸金庫の中には何が入っていると思う？」

オレンジペコの爽やかな香りが広がる中、ミセス・アイマーロは訊いた。

「わかりません」

私はいった。

黄さんからは無理に話さなくてもいいといわれていたけれど、彼女の挑発するような視線に刺激されて口を開いた。私を嫌っている？　怯えている？　どちらかはわからない。けれど、私よりミセス・アイマーロのほうが自分に無理をしているように見える。

「あなたは？　保管品について上司から何か聞いているんじゃない？」

ミセス・アイマーロが思わせぶりに黄さんに視線を送る。

　黄さんは首を横に振り、訊き返した。

「ミスター・コバとはどんな関係だったのですか」

「林夫人から教えてもらわなかった？」

「はい、何も」

「恒明銀行本店地下から運び出されたフロッピーディスクと書類を奪い合った仲」

「友人ではなかった？」

「私はそうは思っていなかった。彼がどう感じていたかは、わからないけれど」

「では、あなたは誰からの指示でここにいらしたのですか」

「尋問みたい」

「すみません。訊きたいことばかりなもので、気持ちが急いてしまって」

　ミセス・アイマトロは微笑むと言葉を続けた。

「直接依頼したのはコバ、二十一年前のことだけれど。そのコバの決めたルールに従って、私をこれまで監視し続け、今日もここに来るよう命令したのは在香港ロシア総領事館の連中。もちろんすべては、あなたの先輩たち、中国政府の役人の承認があってのことだけれど。コバはあなたの先輩たちにも知られている有名人だった」

　黄さんの質問が止まる。

「どうしたの？　訊きたいことばかりなのに、自分に都合が悪くなると黙るの？」

　ミセス・アイマーロが私を見た。

「黄の仕事が何か聞いている？　あなた人とかかわりあうのが苦手なのよね。コバから聞かされた。それでも少し話し相手をしてくれるかな」

「香港の公共機関に勤務する公務員だと」

　私はいった。

「合っているのは公務員だけ。彼は中国外交部国外工作局の新人職員。つまり外交官を名乗りながら、実際は諜報や防諜を仕事にしているってこと」

　私は手にしていた紅茶のカップを皿に戻した。

「驚かないのね。騙されて傷つかない？　それとも、もう気づいていた？　はじめから疑っていたの？」

「疑ってはいません。でも、はじめから信用もしていません。だから騙されたとも思っていないし、傷ついてもいません」

「いい答え。そういうところはコバと違う。彼はどんなに疑心暗鬼になっていても、無意識のうちに人を性善説で見ようとしていた。間が抜けていて、生き方が下手な男だったけれど、それが彼の魅力にもなっていた」

　ミセス・アイマーロが紅茶を一口飲み、言葉を続ける。

「ここまで聞いても、あなたはまだ黙ったままなの？」

　カップからほのかに立ち上る湯気越しに、黄さんを見ている。

「昨日、あなたから連絡が来たあと、あなたが何者か調べた。私にもそれくらいの力と人脈はまだ残っているから。雷督察(ルイドウチャ)の実の息子さんなのね。でも、諜報員としてはまだ何の実績も残していない。雷の子供という理由だけで、鍵としての役目を果たすために送り込まれ、今この場所にいる。ただのpivello(ピベッロ)（青二才）で、何の能力も功績もない」

口調が厳しくなってゆく。

彼女はどこへも向けられない悔恨と憎しみを抱えながら、この街で、香港で暮らしているのだとわかった。

「新人への激励ですか？　それとも嫉(ねた)み？」

黄さんが訊く。

「事実をいっただけ」

「自分はもっと有能だったと？」

「ええ。少なくともあなたよりは」

「昔と変わらず、自分への評価が甘いですね。もっといえば身勝手な思い違いです。だからあなたは失敗したんです、ミセス・デルネーリ」

「知っているのはその程度？」

「いえ、もっと細かく調べてあります。昔と違い、各国機関の所有する機密資料の電子化と国際共有が進んで、ちょっと圧力をかければ、あなたに関するデータもすぐに閲覧できる時代になりましたから」

黄さんがこちらに視線を向ける。

私はうなずいた。彼女の正体を私も知りたかった。

「本名はグレタ・デルネーリ。父と叔父がイタリア国家警察職員で、あなた自身は大学時代にSISMI（イタリア情報・軍事保安庁）のスカウトを受けた。養成機関では優秀だったようですね。知的な淑女の役柄が得意で多くの男を騙し、プラハとフィラデルフィアの任務でも成果を出した。それで調子に乗ったのですか？　マッシモはSISMIからデータを盗み出すことに成功しましたが、そのことで逆に監視を受け、あなたは秘書役として送り込まれた。でも、マッシモが殺され、あなたはその機に乗じて、アメリカとロシアを手玉に取り、恒明銀行本店に保管されているものを独占できると思い込んだ。大失敗でしたね。独断専行したあなたは、逆にアメリカとロシアにいいように使われ、同胞からも二重スパイと見做され、最後はゴミのように捨てられた」

「挑発して口を滑らせたい？」

「はい。他にも何か引き出せるのではと思って」

「幼稚ね。無理よ。恥も惨めさも嫌というほど味わわされたから。その程度じゃ感情的になれない。雷督察がなぜ殺されたのか、私は知っているわ。エイミの両親が誰で、彼女が何者なのかも知っている。でも、教えてはあげない」

「頼んでも教えてはくれないでしょう。あなたの仕事はこの銀行に来て、私たちと一緒に指紋照合すること。それだけのはずです」

「その通り。ねえエイミ――」

彼女は手にしていたカップを置いた。

「あなたには何の敵意もないし、恨みもない。この先、あなたが順調に自分の真実に近づいていけるよう祈っています」

「ありがとうございます」

「でもね、あなたのステップファーザーは許さない。二十年以上待って、あなたたちにこんなつまらない説明をさせるために、今の私を晒し者にするために、コバは私を香港に縛りつけた。この街の中で自由に生きられる代わりに、私はこの街から一歩も出ることができない。深圳にも澳門にも行けないの。亡くなる寸前の母に会いに、イタリアへ戻ることさえ許されなかった。逆らえば死が待っている。それがコバが、私たち裏切り者に与えた罰」

なぜだろう？　香港に来てから教えられたケイタ・コバと、私が昔から知る義父・古葉慶太。あんなにも離れ、別人に思えていたふたりの姿が少しだけ近づいた。

ミセス・アイマーロの語る思い出の中に、義父の面影を感じたからだ。

そう、覚えている。

普段の古葉慶太は穏やかで気弱に感じるくらい優しかったけれど、株取引のふとした瞬間に、はっとするくらい非情な横顔を見せるときがあった。額を爪先で叩くいつもの癖を続けながら考え、一度答えを出すと、その先にもう妥協はなかった。自分の判断で企業が倒産しようと、他の無数のトレーダーが破滅しようと、一切意に介さず、買い占め、そして売り抜ける。

追い詰められた勝負になるほど、義父は冷たく厳しくなれた——

ドアをノックする音が響く。

「お待たせいたしました」

私たちの順番になり、担当行員の何さんが迎えにきた。

「先に帰りますか」黄さんが訊いたけれど、ミセス・アイマーロは首を横に振った。

「待っている。貸金庫の中に入っているものを私も見せてもらう」

彼女を残し、エレベーターで地下へ。

「申し訳ありません」

ふたりになると黄さんがいった。

「彼女のいう通り、僕は中国外交部国外工作局に所属しています。でも、工作員じゃない。主に経済情報の収集を担当している外交官です」

「気にしないでください。むしろ私のほうが失礼なことをいって申し訳ありません」

「謝られると困ります。あなたには何の問題もない」

エレベーターのドアが開く。

「もうひとつ。ミセス・アイマーロ、いえグレタはうそをついていました」

通路を歩きながら黄さんが話す。

「彼女はこの街に閉じ込められているんじゃない。香港でロシア総領事館と中国政府に護(まも)られながらでなければ、生きていけないんです。香港領外に出たらＳＩＳＭＩに狙われ、すぐに殺される。二十一年前の裏切りの代償は、今もついて回っているんです」

はじめからあんな人だったのか、それともこの街で過ごした長い時間が彼女を変えたのか、私にはわからない。けれど、どちらであっても、彼女はもう生きてはいない。

香港という鳥籠(とりかご)の中で、ずっと以前に心は死んでしまっている。

Ｄ―26の貸金庫を開けると、一枚の折りたたまれた紙が入っていた。

紙には青い色の手形が押されている。

「藍的手(ランディサウ)」

手形を見た黄さんがいった。そしてそれが香港で何世紀も前から殺人を生業としている人々の仲間の証(あかし)だと説明された。

ただ、手形だけで、次の行き先の住所や電話番号は書かれていない。

「何が入っていた？」

ウエイティングルームに戻るとミセス・アイマーロが訊いた。

私は青い手形の押された紙を見せた。

「藍的手。それだけ？　そんなものをあなたたちに引き継ぐため、私はこの街に縛りつけられたの？」

独り言のようにいうと、彼女は振り返りドアに向かった。

「見送らないでいい。負け犬の後ろ姿を見られたくないから。これで最後、もうあなたたちに会うこともない」

「今でも――」

私はどうしても訊きたくなった。

「古葉慶太を嫌っていますか？　憎んでいますか？」

彼女は肩越しに振り返った。

「わかっているくせに。嫌いじゃないから、今も憎い。二十一年前、彼が私を殺してくれていたら、こんな惨めな思いをしながら生きていないで済んだのに」

ドアが閉まる。

死者に黙禱するように私と黄さんは少しの間無言で立ち続け、廊下を進むヒールの音が消えたあとソファーに座った。

そこでまたノックの音が響いた。

ドアが半分開き、担当行員の何さんが顔を出す。

「お預かりしたものをお渡ししてもよろしいでしょうか？」

預かりもの？　誰から？

私たちふたりの表情を見て、何さんが続ける。

「その通り。ミスター・コバから八年前にお預かりしました」

「義父をご存じなのですね」

私は訊いた。

「はい。二十一年前、当行が強盗に襲撃された際も、私がミスター・コバの担当をさせていただきました。亡くなられたそうで、本当に残念です」

「八年前、義父は何のためにここへ？」

「ひとつはミスター・コバにお貸し出ししております金庫の使用期限の確認です。D―26の貸与契約は今月末、二〇一八年五月三十一日で終了いたします」

「だから私は香港(ここ)へ呼ばれた――」

「どうでしょう？　私は詳しいことは存じません。そしてもうひとつが、あなたがここへいらしたら、これを渡してくれと」

何さんが差し出したのは、またも封筒。

九龍(カオルーン)半島側、旺角(モンコック)という街の住所が書かれたメモが入っていた。

貸金庫を開けさせ、クラエス・アイマーロに青い手形だけを見せたあと、あらためて何さんから手がかりを渡される――こんな二度手間にしたのは、二十一年を経て、もう一度クラエスを辱めるため？　それとも彼女の中にあるフロッピーディスクと書類への執着を、二十一年後に完全に断ち切らせるため？

考える私を何さんが笑顔で見つめた。

「おふたりがお探しのものを見つけられますよう、心よりお祈りしております」

14

一九九七年一月十三日　月曜日　午後一時

1　中環(セントラル)の恒明(ハンミン)銀行本店を出発し、干諾道中(コンノートロードセントラル)から夏慤道(ハーコートロード)、告士打道(グローセスターロード)を経て海底隧道(クロスハーバートンネル)を抜け九龍(カオルーン)半島側へ渡る。1号幹線の康莊道(ホンチヨンロード)、東九龍走廊(イーストカオルーンコリドー)を通って啟徳(カイタック)空港に入ったのち、輸送車から貨物チャーター便へ積み替え、空路で出発。

2　恒明銀行本店を出発し、德輔道中(デヴォーロードセントラル)から港澳客輪碼頭(ホンコンマカオフェリーターミナル)でトラックごとチャーターフェリーに乗船。ビクトリア湾を渡り、葵青貨櫃碼頭(クワイチンコンテナターミナル)で貨物船に積み替え、7号埠(ふ)頭(とう)より海路で出発。

二月七日、春節(チユンジー)当日。古葉たちが強奪を狙うフロッピーディスクと書類の二つの有力な運搬経路。どちらの場合も防弾装甲の輸送車に積まれ、前後を警護車が護(まも)り、五十人程度の武装した警護員が帯同する。加えてベローたちアメリカのエージェントも、見えない場所から支援するだろう。

全八ルートを探り出し、そこからこの二つに絞り込んだ。暫定的なもので、今後変更される可能性もある。といっても、観光客と里帰りした現地人で混雑する祝賀気分の香港市街では、この二つが最も妥当で、残り六種の経路は現実性が薄く、ダミーか緊急回避的なものの可能性が高い。

堅牢（けんろう）な銀行（バンク）より堕落した銀行家（バンカー）を狙え。

英国の恐喝犯罪者の間に古くから伝わる格言に従い、ジャービス・マクギリスは恒明銀行の経営中枢にいる重役とその家族を徹底的に調べた。ジャービスは「女王陛下の銀行」と呼ばれるほどの伝統と格式を誇りながら、投機の失敗で経営破綻（はたん）した英国ベアリングス銀行の元社員。銀行員の悪辣（あくらつ）さを知り尽くしている。その経験を遺憾なく発揮し、標的となった連中が抱える醜聞と不正、犯罪行為、破廉恥な趣味嗜好（しこう）を暴き出した。

次に現役の皇家香港警察總部（ロイヤルホンコンポリスヘッドクオーター）捜査官である雷督察（ルイドウチャ）は、暴き出したその数々の秘密を携え、ミアとともに重役たちと直接面談し、恐喝した。

うそ偽りのない真実ほど、相手を狼狽（ろうばい）させる。

雷も香港商人たちに伝わる格言に従い、はじめに警察の身分証を呈示した上で、香港中心部を束ねるふたつの黒社会組織（ホッセイウィ）、和勝社（ウオシンセ）と大義安（ダイジンゴン）の承諾を得ていること（実際に雷が話をつけてきた）、自分たちの背後には英国、ロシアが控えていることを穏やかに説明し、口を割らせた。

しかし重要なルートを知ることはできたものの、ジャービスは古葉、イラリ、ロイの目の前で頭を吹き飛ばされた。

恐喝された銀行家たちの復讐ではない。中国と英国のエージェントたちの混成チームによる犯行だった。

そして、ジャービスの遺品となった携帯と電子手帳のパスワードを破り、データをくまなく調べた結果、あの狙撃で古葉たちも命を救われたのだと知った。

ジャービスが古葉たちチームDの情報を英国に流していた内通者であることには古葉自身も気づいていた。だが、彼は英国さえも欺いていた。

フランク・ベロー率いるアメリカ配下のエージェントと通じていた彼は、古葉たちがマッシモから託された香港領内に点在する七つの隠れ家、雷が提供した三つの拠点、さらにマッシモの強奪計画に関して彼が知り得たすべてを売り渡す直前に撃ち殺された。

二日前の一月十一日、古葉たち三人が乗るステーションワゴンが向かった金馬倫道の合流地点で待っていたのも、ジャービスではなくベローの指示を受けた襲撃部隊だった。

あの日、あのまま進んでいたら、死んでいたのは古葉たちのほうだったということだ。

ジャービスは古葉たちが殺されるのを承知で、アメリカに情報を売り渡そうとしていた。

だから殺された。

彼が消去された理由は他にもある。

強奪実行当日の古葉やロイたちを密かに「支援」するため、中国政府が専門訓練を受けた四十名を香港に送り込む計画を、ベローたちに伝えようとしたからだ。

深圳（シェンジェン）から観光客を装い香港にやってくるこの四十名の支援者の越境を、英国は黙認するだけでなく、彼らに武器を貸与することも約束している。ジャービスの電子手帳には、この中国英国間の密約文書をコピーしたデータも残されていた。

奴が射殺されず生きていたら、この密約も間違いなくアメリカ側に伝わっていた。

ただ、深圳からやって来る四十名の中国人が、本当に古葉たちを守るために派遣される人員かどうかはわからない。強奪に成功した瞬間、輸送車の警護員やアメリカのエージェントではなく、その支援者たちに背後から撃たれる可能性もある。

味方や同胞が増えた気は一切しない。また新たな不安の要因が加わっただけだ。


古葉はぼんやりテレビを見ている。

映っているのはＴＶＢ（香港の民放テレビ局）のニュース番組。古葉が借りている旺角（モンコック）の事務所銃撃事件を伝えていたが、画面が切り替わり、一昨日（おととい）の夜から降りはじめた季節外れの強い雨についてのレポートになった。マンホールから水が溢（あふ）れ、早くも冠水している地区が出ているという。

カーテンを閉じたこの部屋の中にも、リズムを刻むような強い雨音が聞こえてくる。

そのリズムを乱すようにノックの音が響いた。

「来たぞ。どうする？」

ドアが開き、雷が訊（き）いた。

「話すよ。ありがとう」

食料品が詰まったビニール袋を片手に、アニタ・チョウが入ってくる。

「少しは食べた？」彼女が訊いた。

「いや」古葉は首を横に振り、彼女が手にしているビニール袋を見た。「何か買ってきたのか？」

「ええ。食べてくれる？」

「食欲なんてあるわけない」

何も喉（のど）を通らなかった。ジャービスの血が、髪が、脳漿（のうしょう）が飛び散ってゆく瞬間を見てしまったのだから。

「察してあげたいけれど、今のあなたに憔悴（しょうすい）している余裕はないし、殺された知り合いの遺体を見たのも、もう三度目よ」

「何度見たって慣れないし、あんなものに慣れたくないよ」

古葉たちは地下鉄深水埗（シャムスイポー）駅近くにあるマンションの七階にいる。一時的な避難所としてここを提供したのはアニタだった。

「それで？」古葉は訊いた。

「決まった。英国、ロシア、フランス、オーストラリアはあなたたちに委（ゆだ）ねる。中国も一応は同意した。あの作戦の主役は、名目的にはあなたたちになったってこと」

「失敗したときに、無関係のふりをしやすいように？」

「そう。アメリカも茶番(farce)とわかった上で、馬鹿みたいなこちらの言い訳を受け入れやすくなる。失礼だけど、あなたたちの身勝手な暴走と位置づけるのが、落とし所としては最適なの。切り捨てても、何ら国家的損失にはならない。ただ、ここまでの意外な活躍ぶりについては、どこの国も評価している」

「言葉での評価より、物質的な援助がほしいよ」

「ええ。金も物も出す」

「ただし、自分たちの手は汚したくないんだろ」

「そう。本国の連中は、本心では深くかかわりたくないの。とっくに終わった政権や、引退した官僚が勝手に残していった災厄の処理だもの。どこの国も事情は同じ。躍起になっているのは、いまだに生き残っている少数の長老にぶら下がって、どうにか権力を維持している無能な連中だけ」

「ワシントンDCの件は？」

「民主党(Democratic Party)の大統領（ビル・クリントン）が再選してくれたおかげで、そちらもどうにかなりそう」

テレビを消すと、アニタを見た。

「君が二股(ふたまた)をかける女だとは思わなかった」

「嫌ないい方をしないで」

彼女も古葉を見た。

「自分の意志じゃないわ。向こうの都合。私は返還に際しての、英国から中国への贈答品のひとつ。二年前までは英国のために働いていて、今は両方。七月の返還以降は中国外交部国外工作局に配属される。でも、香港のために働くことは変わらない」

「エージェントにも移籍の自由があるのか？」

「皮肉？」

「いや、本当に疑問なんだ」

「ベルリンの壁が崩れたあとのヨーロッパでは、国籍や人種に囚われない移籍や再雇用があちこちであった。ただ、今の私の場合は少し事情が違うけれど」

「君の持っていた情報網をそのまま中国に引き継がせることで、逆に、英国政府は香港内に保持していた機密データを中国に干渉されることなく本国に持ち帰れる。そういう契約かな」

　アニタは答えず曖昧に笑い、逆に訊いた。

「彼のこと、いつから気づいていたの？」

　ジャービスが行っていた漏洩のことだった。

「ニッシム・デーヴィーと撃ち合ったあと、ＳＩＳのケイト・アストレイから連絡が入った。俺たちが発砲現場から十分に離れ、ひとしきり互いを罵倒し合って、意見もまとまりかけたころにね」

「タイミングがよすぎたわけか」

「ああ。誰だって内通者がいるのを疑う。だからこっちも監視役を立てた。俺が君にはじめて会ったあの招待所(ゲストハウス)に、水パイプ(ボング)を吹かしていたドイツ人たちがいただろ」

「大麻(グラス)に酔っていたふたりに、隣の部屋の物音を探らせたの？」

　大麻が増進させるのは食欲だけではない。聴力も増して、小さな音にも敏感になる。

「背の高い北欧人がビールやタバコを買いに部屋を出るたび、残ったほうの男が急いで携帯のキーを押す音や、電話で話す声が聞こえてきたそうだ」

「あの薄い壁だもの、よく聞こえたでしょうね」

「でも、連絡を取っている相手はケイトだと思っていた。長沙灣(チョンシヤワン)の茶餐廳(チーチャンテン)で君から正体を聞かされたあとも、基本的な考えは変わらなかった。ジャービスは英国の犬になりケイトに情報を流す一方で、君を通じて中国にも情報を流しているんだと思い込んでいた」

「だからもう少し泳がせておくつもりだった？」

「ああ。奴がアメリカとつながっているとは気づかず、差し当たって大きな害になる存在だとは感じていなかったから」

「じゃあ、私があなたを救ったと思っていいのね」

　ジャービスを殺したことをいっている。そう、彼の銃殺指示はこのアニタが出した。

「否定しないよ。今生きていられるのは君のおかげだ。長沙灣での爆破のときに続いて、二度助けられた。しかも君には看護までしてもらった」

爆破後の、澳門での入院中の出来事だった。

古葉が意識を取り戻すまでの間に何があったか、あとから死んだジャービスに教えられた。アニタがずっと側に寄り添っていたそうだ。そんな姿を見て、詳しい事情を知らないフィリピン国籍の看護婦は、途中まで本気で古葉とアニタを夫婦だと思っていた。

「私は正直、楽しかった。あの数日間、これまで自分が生きてきたのとはまったく違う時間の流れの中で過ごすことができたから」

古葉は嫌な顔をしたが、アニタは笑った。

「誰かが死んだおかげで自分が今生きているのに、俺はそんなふうには笑えないって顔をしてる」

その通りだった。

――奴の死と引き換えに、俺は生き延びた。

ジャービスが殺されなければ自分が殺されていたにもかかわらず、そんなことを考えている。

「あなたのそういう甘さも、私は嫌いじゃない。ただ、自分の部下や同僚だったら絶対に許さないけれど」

「君はどうやってジャービスとベローのつながりを暴き出した？」

「企業秘密。素人に気軽に教えられることじゃない」

アニタは何歳なのだろう？　古葉は知らない。一九九七年へと変わる年越しの夜に招待所ではじめて出会ったときは、トレーナーとジーンズに地味なメイクで二十代半ばに見えた。次に会った白いブラウスにスカートのときは自分と同じ三十歳前後に思えた。ハイヒールのサンダルに、ブラウンのワンピースを着て今目の前にいる彼女は、これまで以上に若々しく見える。だが、内に秘めた老獪さと非情さが隠し切れず漏れ出しているようで、たまらなく不気味でもあった。

「でも、ジャービスのことはあまり気にしないで。あなたも調べたでしょうけど、私もあの男の本当の経歴を英国に問い合わせ、送らせた。真っ黒だったわ。欧州各国の警察にはベアリングス銀行に勤めていたころからマークされていた。ベアリングスの経営破綻後は、英国、ドイツ、フランスで恐喝や詐欺での逮捕が七回。彼と共犯者たちのせいで、漁業組合や羊毛業者、伝統あるワインシャトーが破綻に追い込まれた。でも、よほど上手くやったか、裏で被害者たちを脅したのか、証拠不十分や告訴取り下げで、起訴にまで至ったことは一度もない。だけど正体は紛れもなく弱者を食い物にするバンカーマフィア、日本でいう経済ヤクザよ。しかも日本にいたころのあなたのように、無知や若さのせいで巻き込まれたんじゃない。彼が主導していた」

マッシモはそんな経歴もすべて知った上で、使える人材だと判断し、ジャービスをスカウトしたのだろう。

「そんな男だから殺されても気に病むなと？」

「そう。こじつけであってでも無理やり切り替えていかなければ、心が持たない」

「君に心があるのかい？」

「あるわ、もちろん。だからあなたにそんな顔をされると悲しくなる」

「もし君について、ジャービスにしたように詳しく過去の経歴を調べたらどうなる？ジャービス以上に真っ黒な正体を知って、きっと俺は怯えて話すこともできなくなる」

「否定はしない。この両手は汚れている。でもね、シェークスピアの戯曲のマクベス夫人と私も同じ。過去に苛まれて、何度も泣きながら両手を洗う夜もある。血にまみれたまま、きれいにならない自分の手を憐れみながら」

「君の過去を憐れんでやれるほど、俺は強い男じゃないし、今はそんな話よりもっと大事なことがある」

　古葉はアニタを見つめた。

「約束通り教えてくれ」

「教えるわ。でもその前にあなたはどこまで知っているの？」

「ゲリラへの金と武器供与の記録だと聞かされたけれど、違うのか？」

「それだけじゃない。もっと厄介なものが隠されている」

　そして彼女の口から、中環の恒明銀行本店地下の金庫には本当は何が隠されているのかを古葉は教えられた。

「とんだパンドラの箱でしょ？」

「いや、もっとひどい」

首を小さく横に振った。

「パンドラの箱なら、最後に希望だけは残る。でも、こっちは開いたら最後、災厄をさんざん振りまいて、しかも箱の底にはもっと大きな災厄が残っている」

そこまでいうと古葉は黙った。驚きはない。むしろ自分の推理が大きく外れていなかったことを確認でき、納得もできた。ゲリラへの資金・武器供与の証拠を取り合うためだとしても、各国がここまで必死になり工作を続けるはずがない。

とてつもなく厄介なものが隠されていた。しかし、それだけ厄介で重要なものだからこそ、こちらにも手の打ちようはある。

恐ろしいし、自分の計画もとても万全とはいえない。けれど、もう怯えや不安に駆られている余裕はない――前に進まなければ。自分もジャービスのようにならないために。

「マッシモが憎い？」

アニタが訊いた。

「ああ」古葉はいった。

「私のことも？」

「もちろん恨んでる」

ノックもなくドアが開いた。

「時間よ」ミア・リーダスが顔を出した。

「わかった」

古葉は立ち上がった。杖を持っていこうか迷ったが、置いてゆくことにした。

「手助けはしないから」ミアがいった。「どんな状況になっても」

「荷物ぐらいは持つよ」

雷楚雄が部屋に入ってきて古葉のバッグを取り上げた。

まだ痛みの残る右足を少し引き摺りながら出てゆく。

「また戻ってくる？」アニタが訊いた。

「戻らない。でも、電話するよ。まだ訊きたいことがあるから」

「待ってるわ」

「急いで」ミアが古葉の腕を摑んだ。「雨で道が混んでるの」

言葉通り、窓の外には強く雨が降り続けている。

「クラエス・アイマーロのときのようなことは、もうやめて。次は助けないから」

顔も見ずにミアはいった。その言葉はアニタにも聞こえている。

銃撃を受けている中、「一緒に生き延びましょう」と動かないクラエスに古葉は手を伸ばした——だが、彼女に拒否された。

「あれを含めて私は三回、あなたの命を助けている。忘れないで」

ミアは先にひとりマンションのドアを開け、出ていった。

「いろいろと苦労が多いな」雷が小声でいった。

「馬鹿にしてるのか」古葉は返した。

「少し見下してはいるが、これは違う」

「同情？」

「それも違う。肝心なときに人の心を読み間違えるんだな。だから君は駄目なんだ」

表情を変えない雷の横顔を見ながら、古葉は少しだけ笑った。香港のエリートらしい彼の物言いが、なぜか心地よかった。

＊

雨は激しく道に打ちつけている。

通り過ぎる車が泥水を撥ね上げ、通行人が怒鳴りながら傘を振り上げた。

「こっちだ」

作業用ヘルメットを被り、防塵マスクをつけたイラリが大きく手招きしている。

中環の一角。全三十四階の二十階部分まで組み上げられた、工事中のビルの地下三階。隅の壁に張られている板を外し、梯子を下り、さらに連絡用スイッチを二回押してから、ダミーの下水配管の裏に隠されたドアの鍵を開けた。

「你好」

駱という丸刈りの太った男がいった。

高級ブランドのロゴが入った黒いTシャツを汗で濡らしている。薄暗い横穴は熱気の逃げ場がなく、かなり暑い。

彼がタオルで拭(ぬぐ)った右手を差し出し、古葉も右手を差し出した。

思っていたより駱は若かった。幹部の一員と聞かされていたせいで四十歳前後を想像していたが、まだ三十そこそこに見える。

古葉は挨拶(あいさつ)しながら、感じたことを素直にいった。

「やっぱり日本人はお世辞(flatter)が上手(うま)いな」

英語でそう返された。歳若いのに優秀な男だと評価していると受け取ったようだ。

駱は香港の有力黒社会組織、和勝社の一員。古葉たちが依頼した仕事の、和勝社側の窓口となったのが彼だった。

彼に先導され薄暗い横穴の奥へ。

二台の小型掘削機の周囲で作業していた男たちの中の、一番痩(や)せた中年が片手を挙げ、ヘルメットを取った。

「ミスター薄(ボー)だ」駱が紹介する。

「こんな感じだ」薄が穴を見渡しながらいった。

発電装置に燃料タンク。排気用の煙突。コンクリートカッターにグラインダー、粉砕機、そして大量のケーブル。すべてが狭い構内に整然と置かれている。外は雨だが、雨水や海水が浸(し)み出している様子はない。

「順調ということですか」古葉はいった。

「ああ。でも続きは外で話そう。一服したいよ」

薄がヤニで黄ばんだ歯を見せ笑った。


くわえたマールボロに火をつけ、思い切り吸い込むと、薄はゆっくりと煙を吐き出した。駱もタバコに火をつけ、同じように吐いた。

「中は火気厳禁なもんでね。トイレの回数も少なくなるよう水も飯も減らしてるんだ」

薄がコンクリートの床に腰を下ろし、クーラーボックスから取り出したペットボトルの炭酸飲料を一口飲んだ。

ビル地下三階の積み上げられた資材に囲まれた死角。電球の光が淀んだ空気の中をたゆたう埃と、古葉、ミア、イラリ、雷の顔を照らす。

「これで全員だな？」駱が訊いた。

雷がうなずく。

「ビルの外の二箇所と工事車両の搬入口には、いわれた通り二十四時間見張りを立ててある。その見張りには口が堅く身元の確かな者を選んだ。現場監督の弱みや家族構成もしっかり押さえて、入念に口止めしてある。ここまで指示通り、間違いないな？」

「ええ。問題ありません」古葉はいった。

「地区計画局への仕様変更申請も終わっている。ガス管と電気ケーブルの敷設位置、上水道と下水管の配置図も最新のものを手に入れた」

この工事中のビルの地下には、あと一ヵ月半、古葉たちの許可を得ない者は誰も立ち入ることができない。

死んだジャービスが、ビル建設の発注者と請け負った建設会社社長の過去を徹底的に調べ、刑事罰に問える醜聞を見つけ出した。それと引き換えに、古葉たちはこの地下の当面の治外法権と独占権を手に入れた。無論抵抗もあった。発注者の富豪と建設会社社長は、はじめ暴力的な手段で自分たちの醜聞の証拠を回収しようとした。が、雷と駱がそれを上回る公権力と暴力を使い、撥ねつけ、押さえ込んだ。

七〇年代には世界一根深いといわれた腐敗と汚職を八〇年代に一掃し、今や世界有数のクリーンさと評価されている皇家香港警察總部だが、黒社会とのタッグは、人知れず内部で連綿と続いている。そしてこの香港で、黒社会と警察總部の連合に歯向かう者はいない。主要先進国のエージェントたちを除いては。

「あのブルネットの英国人のこと、聞いたよ」薄がいった。

ジャービスのことをいっている。駱や薄と金銭面での交渉をしたのは彼だった。

「不安にさせてしまい申し訳ありません」

「途中で誰かが消えるのは、確かに気持ちのいいものじゃない。わざわざ来てもらったのも、そのことで相談があったからでね。前払い分の経費と、俺たちの手数料の追加を頼みたい」

「理由は？」

「防音型のディーゼル発電機を二台追加する。デカくて運び込めないから、トラックの中に積んで外に置き、ケーブルを引っ張ってくる」

「作業のペースを上げるということですか」

「ああ。何といっても、穴掘りは動力源が勝負だ。見てもらった通り、海水や地下水、雨水の浸透についちゃ、今のところ問題ない。だからこの順調なときに、できるだけ急ぎたいんだよ。発電機の音漏れ対策のほうは、トラックのコンテナ内を防音材で覆う。排熱対策も考えてある。フル稼働させるのは日中だけ、夜間は出力を半分以下に落とす。そうすりゃ交通量の多いこのあたりなら、夜中の車のクラクションのほうがずっとうるさくなる。一番気がかりな交通違反の取り締まりに関しちゃ、そっちの督察（ドウチャ）さんに対策を頼むよ」

　古葉は雷を見た。

「どうにかする」雷がいった。

「そこまで急ぐ理由は？」古葉は薄と駱に訊いた。

「察しの通りだ」

　薄がいった。横で駱もうなずいている。

「あの英国人は撃ち殺された。詳しい事情は知りたくもないが、欲が命を縮めたことは十分にわかる。逆にいえば、この仕事はそれだけ誘惑が多いってことだ」

「とてつもなく危うい誘惑がね」駱が横から口を挟む。

「あんたらと対立している連中が金を積み、俺たちから情報を引き出そうとする可能性が高い。要するに裏切るようそそのかしてくるってことだよ」

　薄は一度大きく煙を吐き、言葉を続けた。

「俺はこれまで一緒にやってきた仲間や駱を信じている。でも、この世に絶対はない。作業が長引けば、誘惑につまずく機会も多くなる。どれだけ隠しておこうとしたって、探り出そうとする奴は蟻のように甘い匂いを探り当て、ほしい情報を持つ人間のいる場所まで這い寄ってくる。情報のほうも鍋から滴り落ちた油のように、知らぬ間に低いほうに流れていっちまう。可能な限り急ぐことで、それを防ぎたい。身内から恥知らずが出る前に、俺たちのやるべきことをきっちり終わらせて、俺たちは香港から消えたいんだよ。話のわかるこのフィンランドのノッポにあとを託して」

　薄がイラリを見た。

「ここの作業にかかわった連中を連れて、モルジブにでも行くよ」

　駱がいった。

「春節は向こうで迎える。そのままモルジブで半年ほど過ごして、香港に残ったあんたたちがどうなるか、高みの見物を決め込むよ。ただし、もし残りの金が振り込まれなかったら、何があってもあんたら全員を見つけ出し、ぶち殺す」

「互いに悪い話じゃないと思うが」薄がいった。

「わかりました。明日までに口座に十二万アメリカドルを振り込みます」古葉はいった。

「気前がいいねえ」

駱が小声でいいながら黒社会で生きる男の色目を一瞬見せた。が、笑ってそれを打ち消す。

「こういうことだ。俺たちみたいな稼業の習性で、金の匂いにはどうしたって反応しちまう。特にあんたらの財力には、義侠に篤い連中も心揺さぶられずにはいられない。俺自身も含め、魔が差して藍的手にぶち殺されないうちに、いい仕事をさせてもらう」

この仕事に藍的手が絡んでいることは、薄も駱ももちろん知っている。

適任者として薄をはじめに古葉に紹介してくれたのは、旺角にある古葉たちの事務所の大家であり、藍的手の顔役のひとりである白老人だった。

薄も、そして駱も、仲介役が白でなければ、素人の日本人が依頼したこんな仕事を絶対に受けることはなかっただろう。それ以前に、接触しようとしただけで殺されていたかもしれない。

薄は偉大挖洞（偉大なる穴掘り）という二つ名を持っている。そんな少し冗談じみた名を贈られるほど、彼の経歴は輝かしいものだった。

七〇年代から八〇年代前半にかけて、香港とマニラで七回の地下掘削強盗を成功させ、八三年の仕事でのミスで指名手配されたが、捕まらず、長らく身を隠していた。薄が十代で結婚し、二年で別れた十七歳上の昔の妻のところに身を寄せていたという。自分とその元妻との間に生まれた実の息子や、別れたあとに他の男との間にできた子に混じり、兄弟のふりをして周囲を欺いていた。

うそのような話だが本当だそうだ。

「金の算段はできたし、仕事に戻るよ」

薄が二本目のタバコをフィルターまで吸い切ると立ち上がった。

「あんたは白大人(バッシンサン)に聞いていた通りだ。思っていたより色男だが、それ以外は本当に普通の素人だな。罪に慣れ切った連中にはない後悔や未練を抱えた顔をしてる。でも、素人なだけに、俺たちのような陰の側にいる連中の道理や仁義にも縛られない。ときに考えられないほど残酷にもなれる」

「あんたらに会うのは、これが最初で最後になるよう祈ってる」

駱もタバコを吸い終わり、立ち上がった。

古葉、雷、ミアはふたりと握手を交わした。そしてイラリとも。

次にイラリと会うのは春節の前日。それまで顔を合わせる必要はもうない。

「死なないでくれ。また会おう」イラリがいった。

「そっちこそ死なないでくれ」古葉もいった。

そして抱き合った。

「だいじょうぶ。僕は何があっても妻と娘のところに帰る。家族三人で楽しく暮らすよ」

古葉の頭の中を同じような言葉がよぎる。

チームの一員だった林彩華も家族とカナダに移住するといっていた。だが、妻と子供たちを残し、車に乗ったまま鉄骨に押し潰(つぶ)されて殺された――

古葉たちは建設途中のビルを離れた。


雨は降り続いている。

油蔴地(ヤウマティ)の細い通り沿いにある古い茶餐廳。三人での最後のミーティングを終えると、雷は古葉に目配せした。

ミアとふたりにするがいいか――の合図。古葉は望んでいない。雷はミアから頼まれたのだろう。

古葉は何もいわずに、一度ゆっくりとまばたきした。

このやり取りには、同じテーブルにいるミアも気づいている。

「何かあれば連絡するが、当日までもう接触する必要がないよう祈ってる」

雷がいった。

「祈ることとなんてあるのか？」古葉は訊いた。

「その日を生き延びられたことを、毎晩感謝しているよ」

「信じている神は？　宗派は？」ミアも訊いた。

「私の中にいる神の名はみだりに口にしない」

雷は店を出ていった。

古葉の前にはコーヒーの、ミアの前には鴛鴦茶(ユンヨンチャー)のカップが置かれている。はじめて彼女に会い、雇うと告げたのもこんな店だった。

「私のことをどう思ってる？」ミアが訊いた。

「どういう意味で？」訊き返した。

「はぐらかしたいの？　馬鹿にしているの？　林やジャービスにしたように、あなたが私の素性を詳しく調べたことは知っている。アニタ・チョウを使って。それで何がわかった？」

「君が日本の資生堂の化粧品を愛用していること。中環の春回堂薬行で配合させた漢方茶を愛飲していること。意外と高級志向だな」

　カップ越しにミアが睨む。

「私の全部を知っているといいたいの？」

「いや、ほんの一部だよ。知っているのは、君が自分の経歴やこの計画に加わった動機について真実を語らなかったことぐらいだ」

　そう、ミアは大きなうそをついている。

「うそだと知っていていわないのはなぜ？　雷やイラリに伝えないのはどうして？　私を脅したい？　操りたいの？」

「そんな気はない」

「もし脅す素振りを少しでも見せたら、今ここで右の鎖骨も折る。右腕も肩から上に上げられなくなる」

「脅しているのは君のほうじゃないか」

「怖がらないのね。少しぐらい動揺すればいいのに。射撃訓練もしたことのない素人のくせに、こんな状況でも生意気な言葉を吐く。そういうところが好きになれない」

「話は終わり？」

「まだよ。私の何を知ったのか、教えなければ本当に殺す」

「俺を殺せば、君も殺されることになる」

古葉は店の外に目を向けた。

何枚ものポスターや品書きが貼られた店の大きなガラス窓の向こう、雨の中、ロシア総領事館のゲンナジー・オルロフが立っている。

「私が信用できなくて、彼に警護を頼んだの？」

「違うよ。このあと彼とのミーティングがあるんだ」

「それで迎えに来させたの。偉くなったのね」

「彼に呼び出されたせいで死にかけたからね」

「私も爆破に巻き込まれたのに。しかも、あの現場であなたを救ったのは私」

「もちろん覚えている。だから君について何を知っても信じようと思った。この前、君はいっただろ、『あなたたちを裏切るようなことはしない。約束する。無理だとわかってはいるけれど、信用してほしい』と。不安も不信も当然あるが、君を必要としている以上、今はあの言葉を信じるしかない。それだけだよ」

「あなたのそういう正直さが私は嫌い。優しさが大嫌い」

「俺も君が大嫌いだよ。雇わなければよかったと後悔している」

百ホンコンドル札をテーブルに置き、古葉は立ち上がった。

店を出る。

外で待っていたオルロフがいった。

「聞いていたんですか」

「この状況で、あんなやり取りをすることに何の意味があるんだ。君たちの幼稚な感情の逡巡を見せられると、不安になるよ」

「盗聴しなくても、あの程度の会話なら表情と口の動きを見ていれば理解できる。出口に近い窓際の席に座るからだ」

「すみません」古葉はいった。

「素直に謝られると、もっと不安になるね」

オルロフが口元を緩め、待たせていたバンに乗り込んでゆく。

「ロシアの役人も人前で笑うんですね」

「日本ではいまだにそんな歪んだ見方がまかり通っているのか。笑うし、感動もするし、人を讃えることも当然する。侮辱されれば憤慨もする」

「勉強になりました」

オルロフの横のシートに座り、古葉も口元を緩めた。

「君はやはりあの爆破の現場で死ぬべきだった。そのあとでベローに殺されてもよかった。助けるんじゃなかったよ。悪運が君を引き留めたせいで、私は面倒な仕事ばかりさせられている」

「私は生き残ったおかげで、意外にもあなたが責任感の強い人だと知ることができました。感謝しています」

「クソガキ(brat)が。君のような男をキーマンに据えたマッシモはやはり策士(schemer)だったな。早々に死んでくれてよかった」

オルロフはいった。

バンは雨の中を走り出した。

15

一九九七年一月十三日　月曜日　午後六時

チャーターした漁船は小雨の降り続く夕刻の埠頭(ふとう)に着岸した。

小型の船が並ぶ光景は、日本の古葉の地元、宮城県の松ヶ浜(まつがはま)や磯崎(いそざき)の漁港を思い出させる。

大嶼島(ランタオ)の東に位置する面積約一平方キロメートルの坪洲島(ペンチャウ)。

英語を喋(しゃべ)れない漁船の持ち主に金を渡して降りると、ブロンドの髪に青い目をした初老の小男に出迎えられた。

マッシモにカポクォーコ（料理長）と呼ばれていた彼の専属料理人、パオロ・マッセリア。マッシモと同じシチリア島出身で、香港に移る以前から四十年近く彼に仕えていた。自殺したマッシモの息子、ロベルト・ジョルジアンニのこともパオロは知っている。

「歩きますか。その肩と足で乗れるのなら自転車も用意できますが」

パオロが訊(き)いた。

坪洲島内での自動車の使用は禁止され、車両自体がない。六千人ほどの島民も夏に訪れる海水浴客たちも、交通手段は徒歩か自転車に頼っている。

杖を持ってこなかったことを後悔しながら、古葉は歩き出した。

閑静というより観光地らしいものが何もない。スーパーマーケットが一軒あるだけで、ファストフードの看板は見当たらず、客を呼び込む店員の声も聞こえない。

「お会いできて光栄です」

横を歩きながらパオロがいった。電話やメールでは何度もやり取りをしてきたが、彼と直接顔を合わせるのははじめてだった。

「犠牲は少なくありませんでしたが、御主人が亡くなられたあとも、あなたのおかげで、どうにかここまで進めることができました」

「そちらは順調なようですね」

「ええ。私が三週間後にベトナムにお迎えに参ります」

「お戻りは？」

「春節後になるでしょう。だからあなたには、ぜひそのときまで生きていていただかないと。ただ私も、生きて戻れると確証を持っていえるわけではありませんが」

「母親も連れてくるのですか」

「いえ、無理でしょう。今のままでは仮出所の可能性はゼロですから」

「どうかお気をつけて」

古葉は気休めの笑みを浮かべ、彼もそれに合わせるように笑った。

「ところで明日の東洋日報に、クラエス・アイマーロがあの襲撃事件を語った記事が載るそうです。御主人の古い御友人が教えてくださいました」

パオロがいった。

「事件に政治性は一切なく、金絡みの殺しだといっているのですか？」

古葉は訊いた。

「そのようです。『シニョール・ジョルジアンニは素晴らしい方だったけれど、経営に関しては完全な独断専行だった』とか、『複数所有する会社のどれもが人事問題や、金銭的揉め事を抱えていた』とか」

「そんなミスリード、今となっては意味がないのに」

「ええ、本当に。完全に死に体となった今も、アメリカの命令に沿って働かされている。惨めなものです。あの女には一刻も早く本当に死体となってほしい。その一方でミスター・コバ、やはりあなたには謝らなければなりません」

パオロが顔にかかった雨を拭い、こちらを見た。

「御主人と同じように、二十五人の中から私もやはりあなたを選んでしまった」

二十五人とはマッシモが編成したチームAからDの全員と、ブライアン雷のような五人の補充要員のことだった。

「私に何かあったときは、ベトナムへのお迎えも含め、あとのことをどうかよろしくお願いします」

「子供の世話なんてしたことがありませんよ。それにあなたより先に俺のほうが死んでしまうかもしれないのに」

「だからシニョール・コバには何があっても生き延びていただきたいのです。ただ、あなたに期待しながらも、一方では重荷を背負わせることになってしまうという罪過の念も、私の中から消えません。卑怯とはわかっていながら、今ここで詫びることで、罪の意識を少しでも薄めたいのです」

パオロは敬虔なカソリックらしい謝罪の念に満ちた目で見ている。

「正直、ミスター・マッシモのことは恨んでいます」

古葉はいった。

「でも、どうしてそこまで強く恨んでいたのか、理由がどんどん曖昧になって、自分でもよくわからなくなってしまいました。あまりに他に考えることや、恐れ怯えることが多すぎたせいです。生き残ることにせいいっぱいで、死んだ者を恨むほどの余裕がなかった。でも、あなたに対しては、失礼ながら恨みより憐れむ気持ちのほうが強い。ある意味、あなたも犠牲者ですから」

「いえ、私は望んで加わった者で、あなたのように巻き込まれた方とは違います」

「追慕の念が今もあなたを動かしていると？」

「それも少し違います。私の中では、まだ御主人は亡くなっていませんから。悲しみに暮れるのは、この復讐がすべて終わったあとです」

「私が仕事を無事にやり遂げないと、あなたは泣くこともできないのですね」

「ええ。ただ今夜だけは、ふたりが生きて会えたことに感謝し、乾杯しましょう」

「誰に感謝するのですか」

「もちろん御主人、シニョール・マッシモにですよ。神にではありません」

パオロ・マッセリアは笑顔を見せた。

＊

暗い部屋。

古葉は少しだけ酔った頭で、カーテンの隙間から外を眺めている。

午後十一時。

しつこく降り続く雨が暗い水面に打ちつけ、黒一色の空と海の境を教えてくれる。そのずっと先、霧の向こうに煌めく香港市街のビル群が見える。

あの街の喧騒に慣れてしまうと、クラクションもエンジン音も、酔って騒ぐ声も聞こえない坪洲島の静けさのほうが逆に落ち着かなくなる。

ここはマッシモ・ジョルジアンニが香港領内に昨年造らせた七つ目のセーフハウス。彼自身は一度も使うことなく、昨年の十二月三十日に殺された。

あの夜、もし彼が古葉との会合を無事終えていたら、その直後に啟徳空港に移動し、チャーター機で香港からパラオに向かう予定になっていた。殺す側にとって、あの海上レストランを訪れた数時間が、最後の機会だった。

マッシモがあのとき殺されなかったら――

「結果に変わりはない」

彼がパラオまで無事に移動し、完全防備の孤島から指揮をすることは絶対になかったと、ゲンナジー・オルロフはいい切った。

アメリカは空港へ向かう路上と空港内にも襲撃部隊を配備し、最悪の場合、チャーター機の撃墜まで視野に入れていたという。これもオルロフに聞かされたが、あの夜の被害者はマッシモと身辺警護役のふたりだけではなかった。レストランの屋上や別の階、周辺の水上でマッシモを秘密裏に警護していた五人のプロたちが消息不明になっていた。

「逃げたのでも寝返ったのでもない。マッシモが極秘に警護させていたのを逆手に取り、全員拉致された」

イタリア人富豪が所有する企業の経済的内紛、解雇された者たちの私恨――殺人の理由をそんな方向に牽引するため、海上レストラン内を大人数の血で汚さぬため、五人は別の場所に移されてから殺された。

「君が殺されなかったのは、ただの偶然。より正確にいうなら、君のような小物以下の存在は、生きていようが死んでいようが、以降にまったく影響がないと思われていたからだ。気にかける必要もなかったんだよ、あの時点では」

その一歩間違えれば殺されていた小物以下の存在が、今、複数の大国を巻き込み、マッシモの遺（のこ）した計画の先頭に立っている。こんなことまったく望んでいなかったのに。

ようやく雨が小降りになってきた。

海の上の霧が薄まり、香港の街がより鮮明に輝き出す。

古葉はついさっきアニタ・チョウと電話で連絡を取り合い、最後にあらためてこう尋ねた。なぜアメリカは後に憂いを残す厄介なものを、恒明（ハンミン）銀行本店地下に保存し続けているのか？

彼女はいった――

「あれは不安と無責任に応（こた）えるための捧（ささ）げ物――供物（くもつ）よ。アメリカの悪事につきあわされた各国首脳たちの猜疑（さいぎ）心を取り除く処方箋（しょほうせん）みたいなもの。もし巨大な悪事が発覚したとしても、決してスケープゴートにはされないという安堵（あんど）を連中に与えるために、誰が中心にいるか客観的に記したものを保存しておかざるをえなかった。これがなければ卑怯な羊たちは、決して邪悪な牧童の命令を聞かなかった」

そんな虚（むな）しい供物を手に入れるため、今、古葉は命と心を削るようにして生きている。

携帯が震えた。

イラリの番号が表示されている。古葉はすぐに出た。

『やられた』

イラリの声。

「どうした？」

『床を崩された、何階分も。粉塵だらけで正確な階数はわからない。外側はそのままで爆音もほとんど聞こえなかったのに』

イラリが動揺しながら話す言葉を、頭の中で必死に整理する。

あの工事中のビルの、すでに完成していたフロアーの床を数階分、まとめて爆破し、落としたということか？

「ビルの外壁は残っているんだな」

『残っている』

「無事なのか？」

『僕？　切り傷程度だ。外のトラックのコンテナで発電機を調整していたから。でも――』

「薄さんや駱は？」

言葉の途中で、訊いても無駄だと自分でも気づいた。数百トン分もの巨大なコンクリート片が、頭上から降ってきたのだから。生き埋めになっている可能性は、ほぼ皆無。地下三階の横穴で作業していた者たちの命は途絶えているだろう。

電話を通してサイレンの音が聞こえてきた。

「イラリ、まずそこを離れろ。周りに十分警戒しながら」

『ああ』

その一言を残し、通話が切れた。

夜間の一般工事禁止区域なので、搬入口と事務所に数人の警備員が残っているだけで、建設作業員は全員引き上げている。建前上、崩落の瞬間にあの現場には誰もいなかったことになっている。

このまま無人の時間帯に起きた事故にされる。誰も死ななかったことになる。

膝が震える。寒気もしてきた。

雷楚雄、ミア・リーダスに今すぐ報告するべきか？

古葉は額を爪先で叩き、迷いながらもサイドテーブルの携帯に手を伸ばした。が、怒りとも怯えともつかない指先の震えのせいで上手く摑めない。

不思議な感覚。これまでの人生の中でも、他人を憎んだり恨んだりしたことは何度もあった。けれど、本気で、しかもこの手で殺したいと思ったことはなかった。

今それをはっきりと感じている。

フランク・ベローを殺す。まだ奴の仕業だと決まったわけではないし、素人がプロのエージェントに対して容易く行えることでも当然ない。子供じみた直情的な考え。だが、そんな合理的思考は吹き飛び、殺意だけが渦巻いている。

ようやく携帯を握ったところで、部屋のドアが開いた。

「動かないで」

背後から男の声。

「今あなたに銃口を向けています。指示に逆らって動いたり、少しでも不審な態度を見せれば、私は引き金を引くことになります。理解したら返事を」

「はい」古葉はいった。

――どちら側の者か？

「さあ、驚くべき旅に出よう」

男がいった。カウンターサイン(合言葉)。一気に安堵に包まれる。

「その旅の中で、誰もが知るべきことを学ぶ」

古葉はいった。まだもうひとつある。男が続ける。

「その本に書かれた言葉から」

「幸福へと導く光が見える。だが、偽りかもしれない」

照合は終わった。

「ありがとうございます。でもまだそのままで。携帯を預からせていただきます」

古葉の手から携帯を抜き取ってゆく。さらに入念なボディーチェックを受けた。

「失礼しました。どうぞご自由に」

ようやく振り向くと、暗色迷彩に身を包み、自動小銃を手にした男がゴーグルを外した。アフリカ系の褐色の肌にブラウンの瞳(ひとみ)。

「不躾(ぶしつけ)な訪問で申し訳ありません。USPACOM(United States Pacific Command)（合衆国太平洋(たいへいよう)軍）のジャスティン・ウィッカード中尉です」

「ミスター・パオロ・マッセリアはご無事ですか」

古葉はまずこの隠れ家の主の安否を訊いた。

「ええ。部下が監視していますが、状況を理解し、静かにお待ちになっています」

「あなたが来て下さったということは、上院議員と副長官に了承していただけたと思ってよろしいのですね」

「SISのケイト・アストレイ次長の提案には、基本的に同意されています」

ケイトとは携帯を通しての会話だけで直接会ったことはない。彼女、そんなに偉かったのか。

「ただ、失礼ながらあなたに関しては、一般的な経歴を知っているだけで、エージェントとして何の活動記録も我々の側になく、実績もどんな人物かも不明です」

「それで中尉が、実働部隊の我々に直接面談に来てくださったのですか」

「端的にいえばそういうことです。ここで最終確認をさせていただきたい」

「ケイトを介してアニタが伝えた通り、移送されるフロッピーディスクと書類の中には、不正な資金と武器の流れだけでなく、『ローズガーデン作戦』に関するものも含まれています。セシウム134とセシウム137含有の小型兵器使用の経緯と、その効果測定・分析についての資料です」

134、137ともにセシウムの放射性同位体で、「ダーティーボム」と呼ばれる放射能爆弾の原料となる。

『ローズガーデン』作戦とは？　アニタからの断片的な情報を元に、古葉はこう想像している――

倫理的、政治的両方の理由によりアメリカ国内での実験が困難な極小放射能爆弾を、サウジアラビア、エジプト、イスラエルからの承認を得た上で、イラク、リビア領内の閉鎖的な山間部に潜む反米武装勢力に超限定的に使用し、その非人道的な兵器の効果データを極秘に採取した。第二次世界大戦後、原子爆弾を投下した広島と長崎に戦略爆撃調査団を派遣し、その人的・物的被害のデータを詳細に採取したように。

――奪おうとしているフロッピーディスクと書類の中には、アメリカを中心とする西側諸国の暗部を暴く記録だけでなく、より危険なものも紛れ込んでいる。

ただし、あくまで個人的な予測でしかない。見解を口に出すつもりはないし、事実を確かめる気もない。そんなことをして、ただでさえ危うい命を、よけい窮地に追い込むことはしたくない。

「その『ローズガーデン』関連のファイルを入手したら、開封も閲覧もすることなく、あなた方にお渡しします。フランク・ベローとその背後にいる共和党（Republican Party）側の人物ではなく、民主党（Democratic Party）側のみなさんにです」

「私は祖国のために任務を実行しています。党派は関係ありません」

「失礼しました。では、あなたに指示を出された方々にお渡しすると言い換えます。私たちがパスワード突破やリッピングなどの作業を行っていないことは、どうぞ好きなだけ調べてください。さらにあなた方との接触について、私たちは一切を忘れ、決して口外しないと誓います。これについては英国政府及びＳＩＳが保証人となってくれます」

「この会話は録音されていますが、よろしいですね」

「もちろん承知しています」

「契約締結の条件通り、まず我々はフランク・ベローが日本国内で行っている情報流布活動を差し止めます」

「ありがとうございます」

　朋農信託株式会社及び、農水省退職者たちのセーフティーネット破壊のために流されているあらゆる情報を、責任を持って遮断するということだ。

　このままでは日本の国会開幕（一月二十日）直後から、朋農疑惑に関する質問が飛び交い、政権与党は手痛い打撃を受けることになる。だが、決定的な証拠が開示されず疑惑でとどまれば、まだ修復も挽回も可能だ。

「回収成功後、合流地点に来るのは？」

　中尉が質問を続ける。

「私です」

「こちらからは私が参ります。変更は不可、必ずあなたがいらしてください」

　中尉はそういったあと、部屋に置かれていた荷物に目を向けた。

「あれは？」

「金庫のダイヤル式ロック部分のカットモデル(断面見本)、他にもいくつかの施錠機構の見本品。それに解錠用器具です」

「金庫破りの練習をしていたわけですか」

「専門家に習ったことを反復していました。必要になるときが来るかもしれないので」

「あなたは元官僚で半月前まで証券会社に勤務されていた」

「今も名目上は、その証券会社の社員です」

「こちらで調べた限りでは前科もなかった。そんな方が解錠のトレーニングですか。実に日本人らしい探究心ですね」

中尉が小さく笑い、右手を差し出した。

「成功をお祈りしています」

「ありがとうございます」

握手した大きな手の温(ぬく)もりも消えぬうちに、彼は素早く引きあげていった。

古葉は大きく息を吐いた。

アメリカ人には二種類いる——それが古葉にとって有利なことだと、はじめに気づかせてくれたのはイラリ・ロンカイネンだった。

彼は妻と娘とともにアメリカ永住権を取得することを望みながら、アメリカの指示で動いているフランク・ベローと対立し、アメリカの秘匿していたデータを奪うことに何の不安も抵抗も抱いていなかった。

「むしろプラスになるよ。今の大統領は民主党員だもの。僕らが奪い取ろうとしているのは大統領が共和党員で、上院の多数派も共和党だった時代の悪事の証拠だ。そんなものを手土産に持っていけば、反対側の勢力の人々は、表向きは眉をひそめながらも裏側では手放しで歓迎してくれる」

その伝統的な権力対立を古葉も利用することにした。

というより他に手がなかった。ＣＩＡの組織内にも、もちろん両派の対立がある。そして朋農信託株式会社という日本の組織を潰すために活動しているＣＩＡを止められる存在は、同じＣＩＡしかない。

廊下から足音がして、パオロ・マッセリアが顔を出した。

「いかがでしたか」彼が訊く。

「とりあえずは合意しました」

「それはよかった」

「でも、ミスター・ジョルジアンニの望んでいた結末とは、少しかたちが変わってしまいそうです」

「だいじょうぶですよ。何より望んでおられたのは、ロベルトさんを追い詰めた連中を確実に裁くこと。社会的、政治的に抹殺することです。世間への公表を控えることでそれが叶うのなら、御主人も納得してくださいます」

パオロは口元を緩め、言葉を続けた。

「それに今はインターネットという便利なものもできました。正体を隠したまま、世界中に真実を発信できるそうじゃないですか。いずれ悪事は露見します。さあ、もう一度祝杯を上げましょう」

「いえ、できません。中環で作業していた仲間たちが殺されました」

「偉大挖洞（偉大なる穴掘り）のグループですか？」

古葉はうなずいた。

「それは残念」

パオロの表情が一気に変わった。

「デカフェのコーヒーでも淹れてきます」

笑顔の消えた彼がキッチンへ歩いてゆく。

古葉の指先はまた震え出していた。それが怯えによるものなのか、ベローに向けた怒りによるものなのか、やはりまだわからない。

雷とミアに連絡しなければ——中尉がベッドの上に置いていった携帯を、震える指で拾い上げた。

16

二〇一八年五月二十七日　日曜日　午後三時三十分

黄さんと私の乗るＳＵＶはビクトリア湾の地下を走る西區海底隧道（ウエスタンハーバークロッシング）を通過してゆく。香港島から九龍（カオルーン）半島へ。

旺角（モンコック）の上海街（シャンハイストリート）を進んでゆくと白い外壁の十二階建てビルが見えてきた。目的の豆腐店がそこにある。

『白豆業　Bai dou ye』と書かれた看板を掲げ、一階は豆腐店、二、三階は豆腐・豆漿（ダウジョン）（豆乳）スイーツを出すカフェになっていた。

「ああ、エイミと黄だね。母から聞いているよ」

少し事情を話しただけで、エプロンをつけ、背が高く、栗色の髪と髭（ひげ）をした店主は笑顔でうなずいた。胸につけたプレートの名前は白（バイ）アレックス博文（ボッマン）。

二階のカフェに通され、RESERVED（予約席）の札が置かれたテーブルに案内された。

店内は白で統一されている。満席で、一階まで上がってくる階段にも地元や観光客の女性たちが入店待ちの列を作っていた。

「これを食べて少し待っていて」

アレックスが豆乳を使ったラテとババロアを運んできた。

「母は今入院していてね。君たちにもそこに来てほしいそうだよ」

会う相手もわからずにいた私たちに彼がいった。

「場所はどちらですか？」黄さんが訊く。

「僕が案内する。店の者にあとを引き継いでくるから、それまで寛いで待っていて。これでも社長なんで仕事は多いんだ」

楽しんで、といいながら彼が去ってゆく。

「あらためてお詫びさせてください」

黄さんが頭を下げる。本当の身分を伏せていたことを謝罪され、そして義父の強奪計画には当時の英国ＳＩＳ、中国外交部国外工作局と国家安全部第四局、ロシアの対外諜報庁も深く関与していたことを教えられた。

会話が途切れる。

そのまま十五分ほど過ぎたころ、エプロンを外したアレックスが戻ってきた。

「用意できたよ。ふたりとも深刻な顔をしているけど、行けるかい？」

私たちは揃ってうなずいた。

「君のことは聞いているよ」

アレックスが私に笑いかける。

「だから無理に話すことはない。でも、暗い顔はよくないと思うな。僕はフェミニストじゃないんで、美人には常に笑顔で美しさを振りまいてもらうことを望んでいる」

「イタリア系の方ですね」

黄さんがいった。

「ああ。父親がイタリア系アメリカ人でね。名前と顔つきでわかったかい？　兄弟三人で僕が一番下なんだけれど、父の血を継いで、三人とも女性にはこんな感じでね。母親は嘆いているよ。でも黄、君も女性の扱いは得意なんだろ？　君の上司がいっていたよ、黄は大学時代、ひとりでベッドで眠る夜がなかったそうだって」

「間違った情報です」

黄さんが渋い顔をして、私は下を向いて笑った。

こんなところで聞いた軽口で、日本でバイト先の更衣室のドアを開いて以来ずっと続いていた緊張が、はじめて少しだけ緩んだ。

「まあ続きは車の中で話そう」

店の斜め前に駐車したSUVに三人で乗り込む。

カーナビにアレックスの告げる住所を黄さんが入力してゆく。

「あなたも藍色のグループの方なのですか？」

黄さんが言葉を選びながら訊いた。

「いや、僕が継いだのは豆腐店だけ。そっちの稼業はやってない。そうだ、エイミに伝えておかなきゃならないことがある。二十一年前、以前そこに建っていた雑居ビルの三階が、コバのせいで銃撃を受けて使い物にならなくなってね。建て直すことになったとき、祖父から豆腐店を引き継ぐ条件で二、三階にカフェを開けることになった。ある意味、コバは僕とこの店の恩人なんだ」

「私の上司のこともご存じのようですね」

「ああ。母と知り合いでね。コバを介してつき合いがはじまったようだけれど。黄の上司、正確には上司の上司か。中国外交部国外工作局のアニタ・チョウ副部長から、君たちのことをくれぐれもよろしくといわれているんだ」

助手席のアレックスが振り返り、後部座席の私にいった。

「まあ、彼はまだ僕を全面的には信用していないようだけれど」

また運転席の黄さんを見る。

「僕は外交部の調査リストや資料に載っていないからね。疑っているんだろ？」

「ええ、まだ全面的には信用していません。これまでミス・コバと一緒に出会ったすべての人たちを疑っていたように、あなたのことも警戒しています。ただ、盗聴不可能な尋問室に呼び出して、副部長が私にだけ話したことを知っているのは、副部長自身が話したか、もしくは誰かが彼女から無理やり聞き出したか――」

「どっちだと思う？」

「まだ答えられません。彼女自身が私たちを陥れようとしている可能性も皆無ではないので」

「順当な考え方だな。でもアニタがいっていたよ。『黄は慎重すぎるところがあって、マニュアルやルールに従ってしまい、最も大事な自分の直感に従うことを忘れる』って」

「私は本来外交官です。副部長のいうような技術は身につけていませんから」

「外交官にも必要な技術だと思うけれどな」

「あなたも豆腐店の店主にしては情報を知りすぎていると思いますが」

「あんな家族の中で育てば、嫌だってこうなってしまうよ。兄ふたりは母の仕事を継いでいるし、寄ってくる人間も自然とアニタのような人たちばかりになってさ。ただ、藍的手の仕事の内容も、二十一年前とはずいぶん変わったようだよ。撃ったり刺したりすることは、もうほとんどない。病死に見せかけた薬殺とか、自殺や事故の偽装とか、アニタや黄たちの下請けのようなことばかりでね。だから僕にはカフェのほうが魅力的な仕事に思えたんだ」

「私は――」

「今はまだかかわっていないだけさ。この先、順調に出世していけば、嫌でもそういう仕事を君自身が発注するようになる」

　そこまで話すと、アレックスは私を見た。

「黄を見ていると、誰かを思い出さないかい？」

私はうなずいた。今のふたりの会話を聞いていて、はっきりと感じた。

――黄さんの口調、義父に似ている。

「任務のために身につけろと命令されたんだよ。その命令をしたのがアニタ・チョウ。彼女もコバと知り合いだった。どんな仲かまでは知らないけれど」

黄さんが運転しながら横目でアレックスを見ている。

「だいじょうぶ。エイミに会ったら話すよう、アニタからいわれたんだ。ここまで来たらもう隠す必要はないし、知ったからってエイミは黄を拒絶したり疑ったりするような人じゃないってさ。僕もそう思う。エイミ、黄の弁護のためにいっておくけれど、模倣する相手がケイタ・コバだったことも、それが君に親近感を抱かせるためだったことも、彼は知らなかった。理由もわからず上司の命令に従っただけだ。あと彼が雷楚雄(ルイチョホン)の息子で、父の真実を知りたがっていることも本当、うそじゃない」

「ええ。疑っていません」私はいった。

そう、黄さんのことはもう何も疑っていない。

「けれど義父は――」

私は独り言のようにいった。

「なぜ彼が日本から香港にまたがるこんな大掛かりな仕掛けをしたのか、その理由かい？　すべては現実だと君にわからせるためじゃないのかな？」

アレックスがいった。

「自分が当事者でないだけに、僕はそう感じるけれどね。自分が藍的手の身内の人間でも、二十一年前にそんな争奪戦があったなんて、ちょっと馬鹿げていて、はじめはとても素直には信じられなかったから」

オルロフ、林夫人、ミセス・アイマーロ、そして次に会うもうひとり――当事者たちに語らせることで、空想でも偽りでもない真実だと、私に段階的にわからせるため？　それほど順を追って少しずつ伝えないと、消化できないほど、真実は重く大きい？

「あなたは今では信じているのですね」

黄さんがアレックスに訊いた。

「拳銃もまともに撃ったことがない日本人が、アメリカのエージェントに本気で立ち向かったっていうのは、ちょっとしたフィクションの世界みたいだけれどね。鑓を持たず甲冑も着けていないドン・キホーテみたいなさ。でも、聞いた限りでは悪くない戦い方だと思ったよ」

アレックスが、古葉慶太たちのチームは何を企て、実際にどうやってフロッピーディスクと書類を強奪しようとしたのか語ってゆく。

「アメリカと対立しておきながら、自分の後ろ盾としてアメリカ国内にあるもう一方の権力を頼った。よくいえば捨て身、悪くいえば節操のない恥知らずなやり方を、いつもなら誇りにかけて無視するプロのエージェントたちまでが支持した。素人の彼のペースに乗せられてしまったんだろう」

「今では通用しないでしょう」黄さんがいった。

「ああ、絶対に通用しない。当時のロシア、中国の発言力・国力が今とは較べものにならないほど低かったからできた芸当だ。ロシアはアメリカの、中国は日本の援助がなければ、国家経済が破綻する可能性さえあったなんて、今の若い人たちには到底信じられないだろうね」

中国で改革開放政策がはじまった一九七九年以降、日本政府は中国に対し、円借款、無償資金協力などのODA（政府開発援助）を三兆六千五百億円も拠出してきた。しかし、日本がこれほど莫大な援助を行ってきたことは、中国の国民にほとんど知られていない。

アレックスとは一時間前に会ったばかりだが、彼の言葉に反発や疑いは抱かなかった。義父・古葉慶太はマッシモ・ジョルジアンニの計略に乗せられ、様々な思惑に翻弄されながらも、どうにか強奪を成功させようともがいた。

――きっとそれしか生き延びる道がなかったから。

そう、私にもわかる。

計画を放棄して逃げても、多くを知りすぎた義父が無事でいられたはずがない。

ただ、それでもまだ私を養女にしたこととは結びつかない。私が誰なのかも不明のままだ。他にも疑問はある。あの義父が死んだ三年前のホテル火災は本当に事故だったのだろうか？　もしかして、古葉慶太は誰かに殺された？

青い空の下、大嶼島(ランタオ)へと続く長い橋をＳＵＶは渡っていった。

＊

香港島の西側、大嶼島内。

高級住宅街ディスカバリー・ベイの外れにある、聖馬力諾醫院(サンマリノいいん)。サナトリウム施設も備えた富裕層向けの総合病院で、広大な敷地は以前マッシモ・ジョルジアンニが所有していたものだという。

病院の正面入り口へ続くゲートの前で、アレックスひとりが車を降りた。

「先にタクシーで帰るよ」

「お母様には？」

「顔を合わせれば、人前だろうと構わず小言をいわれて、僕がまたそれに嫌な顔でいい返す。今日はじめて会った君たちに、そんな恥ずかしいとこを見せたくないからね。また会おう」

「また？」

私が訊くと、彼は笑顔でうなずいた。

「ああ。たぶん僕らの縁は続く。豆漿が飲みたくなったら、またいつでも店に来て」

手を振りながら去ってゆく。

ゲートの警備員は厳しい顔をしていたけれど、私たちの名前を告げると笑顔になった。来訪を知らされていたようだ。

ＳＵＶを駐車場に停め、ホテルのラウンジのような広い面会室に入る。待っていると、大きな窓から射し込む夕陽を背に、白春玉（バッチョンヨ）が看護師に連れられてやって来た。

「わざわざありがとう」

銀髪で細身の白さんがゆっくりとソファーに座りながらいった。

「このところ糖尿病と腎臓（じんぞう）の具合が悪くてね」

七十代半ばくらい。顔は皺（しわ）に覆われているが、目つきは鋭さを帯び、言葉も明瞭（めいりょう）。それでいて薄く化粧をして女らしさも忘れていない。

「いいところですね」

黄さんがいった。

「ええ。お金ばかりかかるけれどね」

白さんが返す。

「ここには以前、ミスター・マッシモ・ジョルジアンニが香港領内に持っていた四つの自宅のうちのひとつが建っていたの。彼が生きていたころ、私の父の供をして一度来たことがある」

窓の外、流れる雲が夕陽を覆い隠してゆく。

「いろいろ話したいけれど、まずはこれを受け取って」

白さんが私に封筒を差し出した。

「コバ・ケイタが私の父に託し、父が亡くなって私が引き継いだもの。次にあなたたちが向かうべき場所もその中に入っている」

開けると、受領証が二枚と私宛ての手紙が一通。

受領証に目を通すと黄さんに渡した。

「こんなところに?」

黄さんが白さんに訊く。

「ええ。いい隠し場所でしょう。雷督察の提案だそうよ」

私は手紙を開く。

『面倒なことをさせて済まない。でも、あと少しだけ俺の身勝手につきあってくれ』

そんな言葉とこの先に待つ出来事の説明に続いて、私たち親子の些細な思い出が綴られている。

西久保町公園のブランコでの怪我。横浜の相鉄ジョイナスでのバニラシェイクを巡るケンカと、それから互いに二週間口をきかなかったこと。私が養女だと知ったとき、ふたりで衝突したり話したりした数多くのこと——

どれも私たちしか知らない、他人が知るはずのない記憶。この文字もそう。見慣れたクセのある日本語が並んでいる。

そのすべてが私にとって、ケイタ・コバと義父・古葉慶太は同一人物だという証拠だった。

「ね、あなたのお父様が書いたものでしょ」

白さんがいった。

「でも、まだ半信半疑です」

「いいのよ。戸惑って当然」

「あの人はどうして――」

「無理に話さなくていいわ。あなたが抱えている精神的な問題は知っているから」

「いいえ、ぜひ聞かせてください。あの人はなぜこんなことをしたんでしょうか」

「それについては、あなたがこの先で出会う人から聞いたほうがいい」

――私にはまだ会うべき人がいる。

「では、白さんが知る古葉慶太はどんな人間だったのですか。どうして皆さんは今も彼との約束を守り、私たちに手を差し伸べてくださるのですか」

「言葉を選ばず話していい？」

私はうなずいた。

「彼は本当に何もできない元官僚の日本人だった。頭は人一倍よかったけれどね。でも、何もできないからこそ、他人を頼り、教えを乞うた。一切の虚勢を張らずに。そして見返りを惜しみなく与えた。だから亡くなった私の父もコバに力を貸すことにしたの。礼を知る男だといってね。あなたたちを助け、行き先を伝えるこの役目を私たちが果たするでしょう？　非道な私たちだからこそ約束は絶対なの。父が引き受けた以上、その中のも、父がコバと約束してしまったから。ただそれだけ。私たちが何者かもう知っていし送りに従うしかない。あなたは知らないでしょうけれど、コバは八年前の父の葬儀にも参列した。それが彼に会った最後になったけれど」

デニケン・ウント・ハンツィカー銀行の何さんが教えてくれた通りだ。

──やっぱりこっそり来ていたんだ。

覚えている。義父はただのシンガポールへの出張だといっていたけれど、いつもと違う様子からうそだとわかった。私の知らない恋人と旅行でもするのだと思って、そのうそを黙って飲み込んだ。

行き先は香港で、葬儀に参列し、何さんに預け物までしていた。

「迷惑な男ですね、古葉って」私はいった。

「ええ、本当に迷惑。彼は愚者だった。タロットのフール。カード番号ゼロの、数を持たない男。知識欲は旺盛。でも金銭欲、物欲とは無縁で、何も所有しようとしなかった。仲間はいたけれど、党派や徒党を組むこともなかった。どこにも属さず、しかも自分の魅力に本当に無自覚だから、逆に人を惹きつける。あなたにとってはどんな父親だった？」

一瞬言葉に詰まり、そして思いついたことをいった。

「私にとっては、どこにでもいる冴えない中年男でした」

「でも、彼を愛していたでしょう?」

恥ずかしさを感じながらうなずいた。

「あなたが血のつながっていない彼を本当の父親だと思えたのは、彼があなたを本当の娘だと思っていたから。見返りを求めず愛してくれたから。そしてコバは愛するあなたを護るため、ありふれた中年男の日常を通して、気づかれぬように、様々なことを教え込んだ。重い運命を背負ったあなたに、生きる術を学ばせた」

白さんが私の目を見た。

「あなたはこの先、書類とフロッピーディスクを手にすることになるけれど、それをどうするつもり?」

「消去します。もう誰の手にも渡らないよう、完全に」

「それがいい」

白さんが黄さんに視線を向ける。

「彼もそうするよう命令を受けている。ただ、林夫人がほしがるかもしれないけれど」

「いえ、夫人は林家の復讐に私たちを巻き込むつもりはない、迷惑をかけないといってくださいました」

「その言葉を信じるのね?」

「はい。人から横取りしたもので復讐を果たすことは、夫・林彩華さんへの彼女の愛と誇りが許さないと思います」

今度は白さんがうなずいた。

「二十一年前、古葉も消去を望んだけれど、できなかった。あなた、黄燕強と彼の母親、強奪に加わった他のメンバーたちの遺された家族、クラエス・アイマーロ――多くの人の命を護り、これ以上死人が出ないようにするため、データを各国の共有財産にし、しかも再度封印して誰も触れられないものにした。二十一年が過ぎて、ようやく封印が解けて、消去する機会が訪れた。あんなものを恐れる者も、ほしがる者も、もういない」

西に傾き、低く射し込んできた陽の光を遮るため、看護師が大きな窓のカーテンを閉めてゆく。

「あなたは自分が誰か、もう気づきはじめているわね？」

白さんがいった。

「それが想像ではなく真実だとわかった瞬間、あなたはコバ・ケイタの娘ではなくなる。でも恐れないで。自分に流れている血の正体を知ることを」

「はい」と私はいった。

「じゃあ次は私の知っている雷督察の話でもしましょうか。彼とも少し付き合いがあった。表向きは清廉潔白に見せながら、裏では悪辣なこともしていたわ」

白さんが微笑みながら黄さんに目を向けた。

17

一九九七年二月六日　木曜日　午後十時三十分

古葉は窓際の席に座り、携帯で話している。

『もう香港島にいるのかい？』相手の男が訊いた。

「ああ」古葉は答えた。

男の名は李だが、どうせ偽名だろう。深圳から観光客を装い香港に入った「専門訓練を受けた中国人四十名」のひとり。彼がその半分を率いている。要するに軍の特殊部隊で、李が分隊長だった。

『君が来るまで待っているよ。でも、あまり遅いと先にはじめさせてもらうぞ』

「わかった。急ぐよ」

通話が切れた。

李の隊はＣＴ２と呼ぶようにいわれている。ＣＴ１はロイ・キーティングが率いるチームを、ＣＴ２が古葉たちをバックアップすることになっている。

まずはこちらの立てた作戦に従い、後方支援に徹してくれるようだが、どこまで本当かはわからない。今宣言したように、古葉たちの到着が遅ければ、自分たちだけで勝手に撃ち合いをはじめる気でいる。

「目的達成のためなら、我々は引き金を引くことをためらわない」

李は断言していた。

路面電車の二階席から見下ろす夜の街は、風車と花で溢れている。

風車は悪い気を遠ざけ、良い気を呼び込むそうだ。花は運気上昇の意味を持つ水仙や、成功の意味を持つ桃花。商売繁盛につながる金桔（金柑）の鉢植えも多い。

古葉は買ったばかりの英字夕刊紙を開いた。

恒明銀行本店に近い中環で起きた交通事故の記事が載っている。塩素酸ソーダを積載したタンクローリーが接触事故を起こし、微量の薬品漏れがあったため、周辺地域は安全確認が取れるまで一時封鎖されていた。

事故はフロッピーディスクと書類を積み込んだ輸送車の経路を変更させるため、ロイ・キーティング率いるチームAが起こしたものだった。

一面にはデモ隊による啟徳空港占拠の記事。

中国政府の反民主化政策のひとつである還元法に反対する市民団体が、国際世論に訴えるため、一年で一番混み合う春節時期の空港占拠を画策しているという。

一時間ほど前に見たテレビのニュース映像では、空港での座り込みはもうはじまっていた。すでに出入国の作業に遅れが出ているという。

　これも本来なら警察がデモ隊排除に動いていたはずだが、アニタが中国政府に、SISのケイト・アストレイが英国香港政庁に働きかけ、デモの動きを一部容認させた。ただし過激化すれば、即座に鎮圧される。

　新聞には、一月十三日に中環で起きた、建設中の高層ビル崩壊事故の続報も小さく載っていた。事故は予想通り、公式にはひとりの死者も怪我人も出ていないことになっている。

　事故という名のあの虐殺で犠牲になった駱、そして偉大挖洞(ウエイダイワドン)の薄と彼の率いていた作業チーム全員の遺族に、古葉は事前に取り決めていた通り見舞金を送った。それを嗅(か)ぎつけた香港中心部を束ねるふたつの黒社会(ホッセイウイ)組織、和勝社(ウォシンセ)と大義安(ダイジンゴン)が、さらに金を搾り取ろうと脅しをかけてきたものの、古葉たちの背後に中国や英国が控えていると気づくと、すぐに手を引いた。非道な連中らしい変わり身の早さでむしろ協力的になり、和勝社と大義安に害を及ぼさず、勢力範囲(シマ)の一般人を極力巻き込まないという条件付きで、街の一部が一時的に無法地帯になっても見逃してくれることになった。

　マッシモに雇われた古葉やロイ・キーティングたち、中国本土から入ってきた李たち四十名、フランク・ベロー率いる工作員、そして輸送車を警護しているロシア人――この四組だけで殺し合うぶんには、黒社会と彼らの息のかかった警察官たちは一切関知しないという意味だ。

血を流す準備は十分に整ってしまった。

坪洲島や大嶼島のセーフハウスに身を潜めていた古葉が、市内に戻ってきたのは一週間前。春節に向けた時期、例年、香港内七箇所の公園や広場に屋台のテントが並び、大規模な花市場が開かれる。その花屋台に模した潜伏拠点を巡りながら今夜を待った。

二月七日午前零時まで、あと一時間半。

混み合う繁華街の通りとは反対に、路面電車の二階席は空いている。古葉の他には、こんな日のこんな時間まで勉強していた塾帰りの中学生の集団だけ。ただ、一階席では尾行してきた連中が待ち伏せている。フランク・ベロー配下の工作員だろう。九龍半島側から地下鉄で香港島に入ったところで気づかれ、張りつかれた。

イラリ、雷、ミアと合流する前に、奴らを引き剝がさないと。

PHSにショート・メッセージが届いた。

『Pick up some eggs（卵を買ってきて）』

イラリ・ロンカイネンからの連絡。

交通事故と空港内での座り込みの影響で、中環にある恒明銀行本店の地下駐車場では、予定より早くフロッピーディスクと書類の輸送車への積み込みがはじまったという。輸送車と護衛車は予想通り複数台用意されていた。経路を複数にし、攪乱するつもりだろう。

銀行内部の状況は、監視カメラや通信回線に干渉したことで八割は覗き見ることができる。パソコンの導入とOA化が進んだおかげで、悪意ある技術者にとって厚いコンクリートの壁もガラス張り同然になった。

ただし、遠くから指を咥（くわ）えて見ているだけで、実際に触れることはできない。

輸送車が路上に出る以前、銀行内に突入する方法も何度もシミュレーションしてみたが、やはり無理だった。チタン合金の金庫をどうにか破れても、脱出時に狭くて堅牢（けんろう）な建物の中での撃ち合いは避けられない。本格的な戦闘では、どうあがいても古葉たちに勝ち目はなかった。ただ、だからといって輸送車が路上に出たあとも、勝率が跳ね上がるわけではない。

窓の外から乾杯の声が聞こえてくる。

「新年快樂（サンニンファイロウ）」と気の早い新年の挨拶（あいさつ）が飛び交い、もう赤い袋に入ったお年玉をもらった少女が、「恭禧發財（グンヘイファアチョイ）」と笑顔で礼をいっている。

ニューイヤーズ・イブとは違った華やかさと温かさが街に満ちている。英国領であっても、やはりここは東洋人の暮らす東洋の街なのだと感じる。

古葉の服装はサイズの大きなパーカーにジーンズ、スニーカー。腕時計を見たあと、膝（ひざ）に載せた大きなショルダーバッグのファスナーを開けた。どこに何を入れたか最後にもう一度確認し、大きく深呼吸する。

銅鑼灣（トンローワン）の富明街（フーミンストリート）停留所を路面電車が出発した直後、古葉は旧式車両の大きな窓を押し下げ、反対車線で信号待ちしていたワゴンの屋根に飛び降りた。

そのまま通りを駆けてゆく。尾行していた連中も路面電車を飛び降り追ってくる。

シャッターが閉まり、高級時計店や宝飾品店のネオンだけが輝き続ける羅素街（ラッセルストリート）を進み、堅拿道（カナルロード）の高架下を通って灣仔道（ワンチャイロード）へ。

道沿いの粥麺専家（チョッミンチュンガー）やジューススタンドはまだ営業していて、人通りも多い。その人の流れに紛れ込もうとするが、追ってくる連中もプロだけあって見失ってはくれない。

小さな食料品店が密集している交加街（クロスストリート）に入った。

どの店も営業は終わっているが、グラスや食べ物を手にした多くの人たちが道に出て、日付が変わって春節になるときを、彼らにとっての本当の新年が来る瞬間を待っている。

古葉の携帯が鳴りはじめた。知らない番号。こんなときに誰だ？

無視して早足で歩き続けた。

眠そうにしている小さな子供たちにお年玉を配る老人が見える。祝いの料理の匂いがあちこちから漂ってくる。気の早い誰かが、どこかで祝いの爆竹を鳴らしはじめ、古葉は背筋を震わせ振り返った。わかっているのに怯（おび）えてしまう。

そう、こんなことが一ヵ月ほど前にもあった。

あのときは隣に林彩華がいた——

追ってくる連中との距離が縮まってきた。華やぐ周囲の人々とは裏腹に、古葉は緊張してゆく。果物屋の角を曲がり、道幅の狭い服飾品街へ。うしろの連中との距離がさらに詰まる。シャッターの下りたベビー用品店の前にグリルを出して焼肉を楽しんでいる集団の間をすり抜け、煙を避け、さらに細く薄暗い脇道に駆け込む。

古葉はそこで即座に身を屈めた。

周囲の爆竹の音に合わせるように間近で銃声が響く。

引き金を引いたのは道の先に立つミア・リーダス。古葉のうしろで複数の人間が倒れる音がした。

が、振り返りはしなかった。

すぐに立ち上がり、ミアのあとについて暗く細い道を進む。

「つまずいて倒れたようにしか見えなかった」

ミアがいった。

「撃たれた連中は？　生きている？」古葉は訊いた。

「さあ？」ミアはそういいながら拳銃をバッグに戻した。

訊いてはみたが、確かにどうでもいいことだった。ただ、まだ誰かの命を奪うことにためらいと怖さを感じてしまう。たとえそれが自分を殺そうとしている敵であっても。

また古葉の携帯が鳴りはじめた。さっきと同じ知らない番号。

「うっとうしいなら出たら？」

ミアにいわれ、通話ボタンを押すと男の声が聞こえた。在香港日本総領事館の副領事だとその男は名乗り、アメリカからの依頼で連絡したのだといった。

「アメリカのどの機関からの依頼ですか？」古葉は訊いた。

男は機関名の明言を避けながらも、今すぐ古葉が行動を停止すれば、日本に何の問題もなく帰国でき、さらに農水省の関連民間機関への復職も可能になると説得した。

――こんな懐柔、今さら何の意味もないのに。

古葉は返答せずに通話を切ると、かかってきた番号を着信拒否にした。

「誰から？」ミアが訊く。

「間違い電話だよ」

古葉はいった。

路上駐車した軽自動車にミアと乗り込む。

ふたりはすぐに出発した。

中環まで進み、一方通行の薄暗い道に軽自動車を停めて十五分――

『はじまったよ』

左耳に入れたレシーバーを通じてイラリがいった。

「ああ、見えてる」

助手席に座る古葉は返した。運転席のミアも同じように、道の先を通り過ぎてゆく輸送車と護衛車の列を目で追っている。恒明銀行本店の地下駐車場を出た車列は、少しだけ干諾道中（コンノートロードセントラル）を進むと、予想通り二手に分かれた。

遠ざかってゆく車列のほうをロイ・キーティングたちチームAとCT1が、もう一方を古葉たちとＣＴ２が追う。

ロイと話し合って役割を分担したんじゃない。マッシモの計画に従っただけだ。

銀行から出てきた車列は、見た限り計五台。セダンの先行車が一台、前後にＳＵＶ型の警護車を従えた輸送車、さらに後方を護（まも）るセダン一台が続く。

ロイたちの追う車列を便宜上「乾（チェン）」、古葉たちのほうを「坤（クウン）」と名づけている。

「乾」の予想ルートは——干諾道中から夏慤道（ハーコートロード）、告士打道（グローセスターロード）を経て海底隧道（クロスハーバートンネル）を抜け九龍半島側へ渡る。１号幹線の康荘道（ホンチヨンロード）、東九龍走廊（イーストカオルーンコリドー）を通って啟徳空港に入ったのち、荷物を貨物チャーター便へ積み替え、空路で香港を出発——

金馬倫道（キャメロンロード）で射殺されたジャービス・マクギリスが探り出したこの情報を、古葉はロイに提供した。化学薬品流出事故による道路封鎖の影響で、若干道を変更しつつも、基本的に乾の車列はこのコースを進んでいる。

ロイたちと連携する気も合同で動くつもりもない。ただ、与えても不利にならないと確信できた相手には、こちらの掴（つか）んだ情報を惜しみなく与える。

ミアには反対されたが、古葉は香港に来てから続けているこのやり方を今回も通した。信用できないとわかっていながら、李率いるＣＴ２部隊にもコースとこちらの強奪作戦の一部を明かした。

ベローを排除しなければ、自分たちが殺される。

だから奴と対立関係にある組織を、可能な限りこちら側に引き込み、利用することにした。たとえその連中に、背後や横から撃たれる可能性がゼロではないとしても。

ベローは林彩華、駱や薄たちを、拉致するのでも撃ち殺すのでもなく、まるで蟻や小虫を踏み潰すように、上からコンクリートと鉄骨を落として殺した。突然かけてきた電話では、傲然とした口調で話し、古葉が会話自体を拒否すると、アズラ・チャクマフやクラエス・アイマーロを使って交渉の席に着くよう強要した。

そして今、朋農信託株式会社を、古葉のように農水省を追われた者たちのセーフティーネットまでをも潰そうと画策している。

ここでベローの脅しに屈し、懐柔に乗ったとしても、この一連の騒動が終われば、林、駱、薄と同じように殺されるだろう。奴が約束を守らなければならない理由は、何ひとつなくなってしまうのだから。

自分を、そして自分と同じように農水省から切り捨てられた人間を救うセーフティーネットを守るために、奴を倒さなければ。

――まるで肉食動物に襲われ、必死で暴れている草食動物だ。たとえどんなに勝機が薄いとしても。

そう思った。とても単純な死への恐怖心と生への渇望が、そして幼稚な怒りが、古葉をこの無茶な戦いに駆り立てている。

――こんなところで、あんな奴らの勝手な都合で殺されたくはない。

今になってよくわかった、俺の背中を押しているのは決意じゃない。とことん追い詰められたものだけが持つ、下らないほど単純で馬鹿げた狂気だ。

まともなままじゃ、こんな無謀な賭(か)けはできない。

古葉たちが狙う「坤」の予想ルートは——徳輔道中(デヴーロードセントラル)から干諾道を経由し、港澳客輪碼頭(ホンコンマカオフェリーターミナル)で輸送車ごとチャーターフェリーに乗船。ビクトリア湾を渡り、葵青貨櫃碼頭(クワイチンコンテナターミナル)で貨物船に積み替えられ、7号埠頭より海路で香港を出発。

化学薬品流出事故の影響で、「坤」の車列も若干の遠回りをした。皇后大道中(クイーンズロードセントラル)を進み、今、文咸東街(ボンハムストランドイースト)に入った。狭く人通りの多い道を「坤」の車列はゆっくりと進み、四台の一般車を間に挟んだ後方を古葉たちの軽自動車は追ってゆく。車列はこの先を右に曲がり、さらに干諾道を左に曲がって大きく迂回(うかい)し、碼頭に入るのだろう。

だが海産乾物屋が並ぶこの文咸東街をもう少し進むと、そこには警察の検問が待っている。近隣で日常的に起きている窃盗事件にかこつけ、雷(ルイ)が手配した。車列を足止めするつもりはない。各車両や、外からは見えにくい貨物室内に何人の警備がいるか、本物の警官に確認させる。ここでの狙いはそれだけだった。

二月七日の午前零時まであと二十分。乾物屋のシャッターは半開きで、通り沿いではやはり缶ビールやグラスを手にした人々が談笑している。

車列が検問で停止した。四台うしろを走っていた古葉たちの軽自動車も検問待ちで停まった。警官と運転手の会話が、雷が警官の制服につけさせたマイクを通して古葉たちにも聞こえてくる。

離れた場所で警官たちの会話を聞いている雷が内容をまとめ、報告する——

先行車のセダンに乗っているのは運転役も含め四名、輸送車を護る二台のＳＵＶに各四名。輸送車の運転席と助手席に二名。荷台の扉を開くことは拒まれたが、小窓を通して中を確認することには同意し、金属製の大型アタッシェケース六個と三人の姿を確認できた。さらに後方のセダンにも四名。全二十一名。目視できた警護役はそれだけだ。銃器などは見つからなかったが、間違いなく隠し持っている。

検問を終えてまた「坤」の車列が走り出す。

そのとき銃声が響いた。

ガンガンと外から殴るような音がミアと古葉の乗る軽自動車の車内に響く。

「伏せて」ミアがいった。

銃声は止まない。外見は軽車両だが、防弾仕様に改造されている。しかし、道の両側の細い脇道から車体が揺れるほどに撃たれ、土砂降りの中にいるように銃弾が外装を叩いている。

――どうする？

古葉が答えを出す前に、別の場所でも銃声が響いた。

軽自動車のすぐうしろに続く三台のワゴンの窓が小さく開き、反撃をはじめた。

ワゴンに乗っているのはＣＴ２の連中。狭い路上での銃撃戦がはじまり、缶ビールやグラスを手にした人々の談笑は一瞬で悲鳴と怒号に変わった。流れ弾を受けた中年男が腕から血を流し、路上にうずくまる。検問に加わっていた若い警官は茫然とこちらを見ている。古葉たちの前の車が逃げるように発進し、ミアもタイヤを軋ませ軽自動車を急発進させた。

遠ざかってゆく「坤」の車列を追って古葉たちも右折し、禧利街へ。

が、速度が一気に落ちた。

「エンジンをやられた」ミアがいった。

『乗り捨てろ』レシーバーを通じて雷がいった。

すぐにミアが軽自動車を路肩に停めた。ドアを開け、ふたりとも道を走り出す。車両に問題が起きたときのために、経路付近の何箇所もの駐車場に代わりを用意してある。

古葉はイラリとの合流地点へ。ミアは二台目の車が置かれている、百メートルほど離れた永安百貨店の搬出入用駐車場へ。営業時間外でも出庫できるよう警備員に話はつけてある。

銃撃してきたのはベローの配下で間違いない。

古葉は走りながらショルダーバッグを探った。が、携帯電話を出そうとしてやめた。李に連絡して「なぜ反撃した」と問いただしたところで、「任務を遂行した」といわれるだけだ。

ベローたち同様にCT2の連中も、住民の安全のことなど端から考えていなかった。

狂気に背中を押されているのは、古葉だけではない。しかも、奴らの狂気は冷静で確信に裏打ちされている。無関係な誰かを巻き込み、殺すことに一切のためらいがない。

――落ち着け。

自分に言い聞かせる。こちらも行動を開始する。俺たちは俺たちのやるべきことをやるだけだ。

『出すよ』イラリがいった。

「やってくれ」古葉は走りながらいった。

「坤」の車列が片側三車線の干諾道中に出る直前、イラリが道上に障害物を置く手筈になっている。

左耳のレシーバーを通してガラガラと音が聞こえる。スパイク式のタイヤストッパーがワイヤーで道に引き出されている。

『だめだ』イラリがすぐにいった。

先行車のセダンのタイヤはパンクせず、後続車も同じようにスパイクを乗り越えていったそうだ。だが次がある。通過すると金属製のネットが飛び出す装置で、四つのネットが前後輪四つのタイヤに絡みつく。

『かかった』イラリがいった。

古葉にも小さく見えた。車が詰まった一方通行の先、「坤」の先行車が停止している。これで先に進めず、うしろに車が詰まっているせいでバックも簡単にはできない。かなり足止めできる。

が、無駄だった。後続の警護車が動けない先行車の斜めうしろから追突し、両方の車体を激しく傷つけながら、先行車を狭い一方通行の歩道に無理やり押し退けた。さらに幅寄せし、輸送車が通過できるよう、先行車を道沿いの銀行の外壁に押しつけてゆく。

二分も経たないうちに先行車のセダンだけを失った「坤」の車列はまた走り出し、片側三車線の干諾道中に入った。

五分ほど先に進んで右に曲がれば、碼頭に直結した海沿いの中港道（チュンコンロード）まではあとわずか。

『先に行くよ』

大きなバックパックを背負ったイラリが大型スクーターで走り出す。

古葉も用意されていたスクーターに跨（また）がった。

そこで携帯が鳴った。ＣＴ２の李から。

『前哨（ぜんしょう）相手なのに、もう息切れかな？』

携帯の向こうで李がいった。

「まだこれからです」

『強がりは不要だ。一言いえば私たちだけで動く。用意はできている』

「こちらも用意はできています」

古葉は通話を切った。

――やはり李たちもこの車列は前哨だと理解している。

本物のプロなのだから当然か。さっきの路上の銃撃に敢（あ）えて応戦したのは、予測を確信に変えるための彼らなりの手順だったのだろう。

だが、李たちが国家に仕える本物のプロだからこそ、「坤」の車列を護る連中とは直接対峙させたくない。あちらも元ロシア軍のプロとはいえ傭兵、命を捨ててまで任務を全うしようとはしないだろう。状況を整えてやれば、素直に投降してくれる。甘いといわれようと、これ以上誰も無駄死にはさせたくなかった。死ぬのは、その咎を負うべき極悪人だけでいい。

古葉はスクーターのエンジンをかけた。

が、次の瞬間、背後でまた銃声が響いた――

うしろから二発撃たれ、跨っていた大型スクーターごと路上に倒れた。背中に激痛が走る。アスファルトに額と肘を打ちつけ、意識がぼやける。それでも目の前の路地に這いながら逃げ込んだ。

狙った連中はさらに発砲しながら早足で近づいてくる。銃口をこちらに向けているのはトレーナーを着た東洋人の男ふたりと、ジャンパー姿の中年女ひとり。地元民に扮したベローの配下だろう。

そこで、銃を構える三人を左右から挟むように新たな銃声が響いた。

止まない銃弾を浴びながら、トレーナーの男たちとジャンパーの女がひれ伏すように倒れてゆく。

三人を撃ったのは李率いるＣＴ２の連中。

ついさっきまで古葉たちの軽自動車を追走していたワゴン三台に分乗していたＣＴ２

の隊員は五名のみ。待ち伏せしていたこちらが本隊だった。

古葉はまた自分を囮に使った。けれど、裏道に誘導しただけのさっきと違い、最新の金属繊維製防弾ベストをつけていても、背中に実弾二発を受けるのは相当にきつい。うしろから金槌で殴られたかのようだ。ようやく鎖骨の骨折が治ったのに。大きく深呼吸したが、もちろんそんなことでは痛みは引かない。

倒れている三人にCT2の連中が駆け寄り、素早く拘束して連れ去ってゆく。CT2は路地にへたり込んでいる古葉には視線さえ向けなかった。

三人とも出血していなかったので、李たちは約束を守ってくれたのだろう。

さっきの文咸東街での銃撃では間違いなく実弾が使われていた。だがここでCT2が使ったのは殺傷能力の低い制圧用のゴム弾。使用は古葉から提案した。却下されると思ったが、李は意外にもあっさり承諾してくれた。殺さずに拘束して尋問し、アメリカの依頼を受けたエージェントだと自白させた上で交渉に使うらしい。

ただしCT2の立場は、何があっても「古葉たちが私的に雇った元人民解放軍の傭兵」と説明するよう、李から強くいわれている。ロシア総領事館のオルロフやその他外国機関から疑念を抱かれても、この馬鹿ばかしいうそで押し通せということだ。

下らない。国家同士の見え透いた化かし合いなんてどうでもいい。

それより急がなければ。でも、こんなに痛い思いをしたのに、拘束できた敵は三人だけ。割が悪い。周辺のビルの陰に潜んでいた残りのベロー配下のエージェントたちも強襲し、拘束してくれると思ったのに。まだこの時点では李たちも、本格的な市街戦に発展するリスクを冒すことはできないのだろう。

ただこれで一時的にではあるがベローたちの追尾から逃れられる。

何発もの銃弾を浴びたスクーターのタンクからガソリンが漏れている。ミアのいっていた通りだ。タンクを撃たれても映画のように爆発はしなかった。

ぼんやり考えながらどうにか立ち上がり、歩道まで出ると、ミアが新しい車で迎えに来た。助手席に乗り込む。

「どう？　賭けに勝った気分は？」

ミアが訊いた。頭を撃たれる可能性もあったことを遠回しにいっている。頭に銃弾が命中していれば、もちろん即死だった。

「まだ賭けは続いているだろ。それにこんなハイリスク・ローリターンじゃ、もうやりたくない」

泣き言のようにいった。

ミアが笑う。

「人ごとだと思って」古葉は返した。

「本気で心配していたのよ。だからあなたが無事で少し安心している」

自分を餌にしたこのトラップを提案したときの、雷とイラリの反応を思い出す。

「頭か心臓に直撃を受けた際の生存率は九パーセント、ほぼ死ぬってことだ。でも、それ以外への被弾なら生存率は九十パーセント。大多数が生き残る。だからまあ君もだいじょうぶだろう」

　雷はいった。

「撃たれたら致命傷になり得る箇所は、人間の体全体の約二十パーセント。残りの八十パーセントは弾を食らってもそれほど重篤にはならないらしいよ。まあ出血の量次第だろうけど。それに撃たれても心臓が動いているうちに搬送されれば、八十五パーセントは生き残るらしい」

　イラリもいった。

　何のデータかは知らないが、冷たい奴らだ。

　死んだ林、ジャービスも含めて、ひどい奴らばかりで、そして悪くないチームだった。成功者や自信に満ちた奴はひとりもいない。自分の失敗と力不足で追い詰められた、文字通りの負け犬（アンダードッグス）チーム。

　だから今でも少し残念だった。うそと偽りだらけの関係であることが。

　こんな状況で出会わなかったら、本当にいい仲間になれたかもしれない。仲間なんてつながりは、中学以来ずっと忘れてしまっていたけれど。

　制限速度ぎりぎりまで車を飛ばし、干諾道西（コンノートロードウエスト）を右折してゆく「坤」の車列に追いついた。

　カーフェリーの着岸している深夜の碼頭まであと少し。

香港島と九龍半島を結ぶ海底トンネルは危険物積載車両の通行が禁止されている。そのため火薬や化学薬品などを載せたトラックを、ビクトリア湾の対岸まで運ぶカーフェリーの需要は今も高い。

『はじめるよ』レシーバーを通してイラリがいった。

「ああ」古葉は答えた。

二つ目の仕掛けを作動させる。

干諾道西から碼頭に直結した湾岸の中港道に出る間には、中景道(チユンコンロード)という短い二車線道路があり、道沿いには海傍警署(海上警察署)が建っている。だが警署は中国への返還後、新たに管区警察署として使用するため全面改装工事中で、夜間は数人の民間警備員しかいない。しかも春節のおかげで、商店街の路地とは逆に、ビジネス街の道路はどこも普段とは較べものにならないほど空いている。

「坤」の車列が走ってゆくその中景道が、何の前触れもなく陥没した。

ガラガラという音とともに路面のアスファルトが割れてゆく。

二十メートルに亘(わた)って沈み、輸送車を含む四台の車を三メートルの深さにある各種配管の通った共同溝に落としてゆく。

これで終わらない。すぐに毎秒トン単位の上下水道の水が共同溝に流入しはじめた。水に浸(つ)かれば車のエンジンは停止する。輸送車が水陸両用だったとしても、外からクレーンかワイヤーを使わなければ、水の溜(た)まった溝からは出られない。

古葉が偉大挖洞の薄たちに依頼したのは、こうした崩壊しやすい共同溝を使ったトラップを香港島内に複数造ることだった。薄は期待に応え、手抜き工事で脆くなっている場所をいくつも見つけ出し、素晴らしい仕事をしてくれた。

建設途中の高層ビルの地下では、最後の仕上げとして恒明銀行本店に通じる予備も含めた数系統の電線、電話線、インターネット専用回線のすべてに切断装置を取りつける作業をしていた。狙いは電線と電話線。香港の街は硬い岩盤の上に建っている。その硬い岩盤を削り、恒明銀行本店まで通じる何十メートルもの人の通れる穴を掘るのは得策ではない。銀行に忍び込むよりも、すべての電気供給をこちらの望むタイミングで断ち切ることを企んでいた。

だがその工作はベローに阻止された。

古葉の目の前でSUVやセダンが水没してゆく。その車内から銃を携えた警護隊が腰まで水に浸かりながら降りてきた。その連中に向け、溝の上から李たちCT2が小銃を構える。

香港も民間人の火器所持使用は厳禁。だがここは工事中の警署の他にこれといった建物のない造成中の湾岸地域だ。しかも春節の前夜。周囲に人の姿は見えない。誰かが陥没に気づき、様子を見に来たころにはすべて終わっている。それに警護隊のロシア人たちも本気で戦闘する気はない。撃ち合いをせずに、輸送車からケースを奪取できる。

ただしこれもすべて、第一幕に過ぎない。

あの輸送車にはフロッピーも書類も積まれてはいない。見せかけただけのフェイクだろう。「坤」の車列が偽装隊であると確信するため、そして下手なごまかしなど通用しないと相手に伝えるため、古葉と李たちCT２はあえて偽の輸送車を溝に落とした。

古葉のＰＨＳが鳴った。

雷からのメッセージ――

『Waiting at that usual（いつもの店で待っている）』

恒明銀行本店からフロッピーディスクと書類を積んだ本当の輸送部隊が出発した。

遠くで爆竹が鳴りはじめた。ばりばり、ばちばちと街のあちこちで数え切れないほど破裂し、高層ビルや古い煉瓦の建物に反射し、共鳴し、古葉の耳まで届いてくる。その音は、歓喜の叫びのようにも、最期の嘆きのようにも聞こえる。

二月七日、午前零時。

英国統治下最後の春節ははじまった。

＊

中環の恒明銀行本店を出発した本物の輸送部隊は三台編成。フロッピーディスクと書類を積んでいると思われる四トントラックの前後を大型のバンが護っている。

先行して輸送部隊の車列を追っている雷がレシーバーを通して報告した。

ダミーだった「乾」の車列のルートをなぞるように、今、春節で空いている夏愨道を進んでいるという。

『どのあたりで追いつく？』

雷が訊いた。

「海底隧道の手前で合流できそう」

ハンドルを握るミアが答える。

『僕もそのあたりになる』イラリもいった。

午前零時十分、春節を祝う爆竹はまだ街じゅうで鳴り響いている。

「次の策は？」ミアが車を飛ばしながら訊いた。

「いえないよ」助手席の古葉は返した。

「は？　ここまで来てまだ秘匿主義を通すの？」

「実働担当の雷とイラリには伝えてある。君はこの時点ではまだ俺の警護専任、事前に打ち合わせた通りのはずだ。失礼をわかった上でいわせてもらうけれど、君は焦りすぎている。アニタ・チョウが介入してきてから、ずっと」

ミアが運転しながら横目で見た。

「あなたを巡る痴話喧嘩(げんか)がマイナス要素を生んでいるとでもいいたいの？」

「もうそういうごまかし、いや、カムフラージュの仕方はやめてくれ。君は中国国家安全部第四局の依頼で、俺たちの情報を中国側にリークしていた。だが、何の断りもなくるようになった。そういう解釈でいいだろ？」

中国外交部国外工作局が横から割り込んできたことで、君はより大きな手柄を強く求めるようになった。そういう解釈でいいだろ？」

　ミアが諦めたように、覚悟していたようにため息をついた。

「私の案件だったのに、事が大きくなり過ぎて、大物のエージェントと中国本国の人員を本格投入してきた」

「だから何か成果を出さないと報酬が減額される？」

「まあそんなところ。教えたのはジャービス？」

「ああ。『自分とアメリカとの関係』を中国にリークしたのは、『あの女だ』と教えてくれた。奴の遺品になった携帯に、その情報と証拠が入っていたよ」

「死んだあとのリークか。迷惑なダイイングメッセージ。でもね、私が摑んだジャービスの正体を、あの時点でアニタたちも摑んでいて、結局成果は相殺されてしまった。今の段階で中国国家安全部第四局が私の行動に関して評価してくれているポイントは、中環の裏路地であなたをクラエス・アイマーロとベローたちから救ったこと、それに長沙灣の爆破現場で、殺される寸前のあなたを助け出したこと」

「中国まで率先して俺を守ってくれるなんてありがたい。でも、どっちも俺が本来君に頼んだ警護の仕事の範疇じゃないか」

　古葉は小さく笑い、ミアも自分を嘲るように口元を緩めた。

「そうなの。だから国家安全部第四局が評価はしてくれていても査定は低い。今からでも頑張らないと、命をかけているのに割の悪い仕事になってしまう。マッシモからの報酬はもう期待できないでしょ？」

「ああ。君には一切支払われない」

マッシモと交わした契約は、複数の雇い主に仕えることを厳禁している。

「わかってはいたけれど、はっきりいわれるとやっぱりへこむ。ねえ、前に、隠し事が多いのは謝るけれど裏切りはしないといったよね？　私はこれまでその通りに行動してきたし、これからも変わらない。この作戦の成否にかかわらずね」

この会話はレシーバーを通して雷とイラリも聞いている。

「四トントラックを止めるために、どんな仕掛けをしたの？　私に教えてくれれば、李たちCT2に伝えて相互作戦が展開できる。逆に伝えなければ、CT2は独自の判断で動き出す」

「そう話せと教えられたのかい？」

「これは私の言葉、もちろん打算込みの。国家安全部第四局はただ雇うだけで、こんな懇願の台詞（せりふ）を教えてくれるほど親切じゃない」

「中国国家安全部にじゃない。君の本当の雇い主にだよ」

ミアは一瞬黙り、それから強い声でいった。

「この状況でいうには、あまりに無神経すぎる冗談だと思うけれど。味方とはいい切れなくても、私は敵じゃない」

「いや敵だよ。本題、というか問題が深刻なのはここからだ。君は中国国家安全部第四局に情報を流す一方で、ロシア総領事館のオルロフとも密かにつながり情報を流していた——ここまでの君の動きは、アニタ・チョウを通じて俺たちも摑んでいた。ただ、それもすべて中国、ロシアの動きを探るための見せかけだったとは、アニタも俺たちも気づかなかった。本来の君はそのどちらの工作員でもない、さらにその裏に君を操っている奴がいるってことだよ」

「複雑なのね。またジャービス？」

「ああ。複雑だからこそ、失礼だけれど彼の表現を使わせてもらう——ミア・リーダスは金のために誰にでも股を開く娼婦に見せかけて、その実、フランク・ベローというヒモにだけ尽くしている女だ」

「クソ野郎。あいつこそアメリカに尻を突き出して媚びた裏切り者のくせに。そんな侮辱するようなことをいって、証拠はあるの？」

「まだ林が生きていて最後に五人でミーティングしたとき、ジャービスがいった言葉を覚えているかい？　途中疲れてだらけ出して、音楽の話になったときだよ。『そいつのソングプレイリストを見れば趣味だけでなく、主義主張や何を伝えたいのかもわかる』って」

「それが？」

「この言葉が、本当の意味であいつのダイイングメッセージになった。だから死んだあと、あいつの持ち物だった携帯と電子手帳を調べたとき、CDやMDも同じように調べた。君もいただろ？　あのとき、ザ・キュアーってバンドのMDの曲目ラベルの中に『Pray for mia（ミアのための祈り）』と『Hooker's sanctuary（娼婦の聖域）』って曲を見つけた」

「タイトルを聞いただけでつまらなそうな曲」

「そう。あのバンドにこんな曲は実際にはない。キュアーが好きな俺とイラリはすぐに気づいた」

「怪しいと感じて、私がいなくなってからふたりでこそこそ聴いたのか」

「ああ。君がベローとつながっている証拠を語るジャービスの声や、具体的な物証の隠し場所が録音されていた」

「でっち上げだといったら？　ジャービスが自分とベローとのつながりから目を背けさせるために、私を陥れようとしたんでしょう。もう忘れた？　何度もいうけれど、あなたが茶餐廳（チーチャンテン）の爆破現場で撃ち殺されかけたとき、助けたのは私よ」

「それもベローの指示によるものだ。正体がばれかけた君を、俺に再度信じ込ませるための演出だったんだろう。演出と呼ぶには、あまりに過激だけれど。俺に銃口を向けた男は、君に殺され、死体で見つかったんだから」

「失礼だし、身勝手な推論」

「もちろん推論だけじゃない。ジャービスが遺（のこ）した証拠の真偽はすべて確かめてある」

「あなた自身が？　そんな時間も余裕もなかったくせに。イラリや雷にもなかった。あなたには他に調査を頼める仲間なんかいない」

「確かに仲間はいないよ。でも友達ならいる、日本にね」

「空想の友達でしょ？」

「まだ農水省に勤務している元同僚がひとり。もうひとりは俺と一緒に農水省を追われた後輩で、今はグールド＆ペレルマン法律事務所日本支社に所属する弁護士だ。彼らを通じてG＆P香港支社に動いてもらい、物証も回収・確認済みだ。中国外交部国外工作局にも検証してもらった」

「なるほど」

　負け惜しみのようにミアがいった。

「個人弁護士では到底無理だけれど、G＆Pの社名と金を惜しまず使えば、君とアメリカのエージェントのつながりを暴き出すこともできる。ふたりとも俺と違って優秀だから仕事も早かった」

「それで私をどうしたいの？　ただし、今ハンドルを握ってるのは誰か忘れないで」

「李たちと次に合流した時点で引き渡す」

「もう話はつけてあるってこと？」

「そう。中国外交部国外工作局が君を拘束する。国家安全部と君との関係にベローはどうやって気づき、どんな条件で寝返りを誘ったのか分析するそうだ」

「中国内部の権力闘争の道具に使われるのか」

「ああ。ただ国外工作局は、詳しく話せば悪いようにはしないと約束してくれた。引き渡すことはむしろ、君の身の安全につながることだと思うけれど」

「そうね」彼女も小さくうなずいた。

ミアがアメリカのために動いていると暴かれてしまった今、ベローは彼女を殺す可能性が高い。重要人物でも何でもなく、しかも情報漏洩につながる恐れのある単なる消耗品でしかない存在を、あえて生かしておく必要はないのだから。

たぶんこの会話も、ミアが隠し持っているマイクを通じてベローに聞かれている。

「だから李たちと合流するまで、余計なことは考えず運転に集中してくれ」

古葉はショルダーバッグからオートマチックの拳銃を出すと、銃口をミアに向けた。

「撃てる？」ミアが訊く。

「撃てると思うよ。会わなかった間に練習したから」

「気味が悪いほど勉強熱心なのは知っているわ。あなたは思想も目標もなく、ただ学習と出世にだけ邁進する日本の元官僚だものね。でも、訊いているのは人を撃てるかってこと」

「自分が生き延びるためには撃てるんじゃないかな。ただ、試そうなんてしないでくれ。君を殺したくない」

「生意気な台詞。素人のくせに」

「素人だから、ちょっとしたことで簡単に引き金を引いてしまうんだ」

「引けば即交通事故。悪くすればあなたも死ぬ。重傷で生き残れても、私の死因を見た警察に殺人容疑で逮捕される」

「だからそうならないよう祈ってる」

「怖いくせに気取らないで」

「気取ってないよ。すごく怖くて、今だって少しでも気を抜けば銃を持つ手が震え出す」

「これで二回目――」

ミアが独り言のようにいった。

「ねえ、どうしてすぐに私を排除しなかったの？　ベローに気づかれていないと思い込ませておくため？　まさかそんな安易な理由じゃないわよね」

「君が決め切れていないように感じたからだよ。ベローではなく、俺たちを選ぶ可能性もあると思った。こちらの側についてくれれば大きな戦力になる」

「だから猶予を与えた？」

「期待して待っていただけで、そんな偉そうな考えはない。よほど俺が嫌いなんだね」

「ええ。あなたのそういう甘さが本当に気持ち悪くて嫌いだった。仕事とはいえ、嫌悪しか抱いていない相手に、思わせぶりな態度を取り続けなきゃならないことにも辟易(へきえき)としてた。勘違いしないで、強がりじゃなく本心よ。生ぬるい考えの負け犬たちの集まりだった、あのチームDってやつも気持ち悪い。素人臭さ丸出しの男たちが、プロ相手にいい気になってるのを見るのも、もううんざりだった」

『まるで自分は負け犬じゃないような言い方だな』

黙って聞いていた雷がレシーバーを通していった。

「ええ。あなたたちとは違う」

『ダッコン（Đặc công：ベトナム人民軍特工隊）の落ちこぼれが？　初の女性入隊組として期待されながら、結果を出せずに除隊して、クアラルンプール、シンガポール、香港と流れてきた君がいうのか？』

「経歴を見ただけで相手をわかった気になってる。自称エリートらしい身勝手な思い違いね」

『素人相手の潜入捜査のはずが、コバに裏をかかれ続けていたくせに。最後まで負け惜しみを重ねる君のほうが、よほど勘違いしている』

雷があえて挑発しているのはわかる。感情的になったミアが口を滑らせるように仕向け、可能な限りベロー側の情報を搾り取ろうとしている。

だが、「もういい」と古葉はいった。

『いや、よくない』

雷が続ける。

『コバは確かに相手に甘くて馬鹿な男だ。ただ、尊敬できる男でもある。でも、君は増長した自意識を抱えた単なるクソ女だよ』

「それで罵(ののし)っているつもり？　督察(ドウチャ)のくせに何もわかっていない。だから皇家香港警察(ロイヤルホンコンポリス)總部(ヘッドクオーター)は生ぬるいって舐(な)められるのよ。コバのような人間が一番の悪人なのに。穏やかで優しい顔をしてみんなを巻き込み、結局みんな死ぬことになる」

告士打道と合流する交差点が見えてきた。

ミアが車の速度を落とし、左折してゆく。空いた道のずっと先に、追う四トントラックの後部と、そのうしろを護るバンが見えた。

直後——

フロントガラスがひび割れ、視界が塞(ふさ)がれた。

銃撃。車が歩道に乗り上げ、雑居ビル一階の閉じたシャッターに突っ込んでゆく。助手席の古葉の前のエアバッグが膨れ、車は停まった。

運転席のエアバッグも膨れている。が、血に染まっている。ミアが撃たれた。

「どうして？」古葉は身を屈めながら訊いた。

この車も防弾仕様のはずなのに。簡単にガラスが撃ち抜かれた。たぶんミア自身の仕業。何の手も加えられていない普通の車体にすり替えたのだろう。

「おまえが撃たれるはずだったのに」

ミアが両目を見開き、荒く息をしながらこちらを見た。

——俺の代わりに、この先の策略を聞き出せず、正体も知られた彼女が処分された。

古葉は止血しようと手を伸ばした。

が、「触るな」とミアはいった。

「Hoodoo（フードゥー）（疫病神）」

小さくくり返しながら失血で震えはじめている。しかし、彼女を気にかけている余裕はなかった。襲撃はこれで終わりじゃない。

――次は俺が狙われる。殺されなかった代わりに拉致される。

フロントが大破した車の中で、古葉は身を屈めながらあらためて拳銃を握りしめた。

すぐ横に車が停まった。来た――と思ったが違う。

車体にクリーニング会社のロゴが入った灰色のワゴン。李たちＣＴ２の隊員が乗る一台だった。俺を護ってくれている？　いや、恩を売られているのだろう。

『生きているか、おい？』レシーバーから雷の声がした。

「ああ、どうにか」古葉はいった。

『だったら早く出てこい。ＣＴ２のワゴンのすぐうしろに着いた』

よかった雷が間に合った。

まだかすかに息のあるミアを残し、古葉はドアを開けて外に這い出た。

「ねえ、撃って。苦しいんだから楽にして」

ミアの声が聞こえる。

「とどめくらい刺せ、臆病（おくびょう）者」

掠（かす）れた声でくり返すが、無視した。

頭を下げ、犬のように手をついて走り、雷が運転席に座るネイビーのミニバンの助手席に乗り込む。それを確認したかのように、CT2の隊員たちの乗る灰色のワゴンが発進した。

掩護(えんご)し、盾になってくれていた――

古葉たちのミニバンもあとを追って走り出す。

「吐き気は？」ハンドルを握る雷が訊いた。

「ない」古葉はいった。

「成長したじゃないか。罪の意識は？」

「ないよ」

「それでいい。敵をひとり排除しただけだ」

スピードを上げながら雷が言葉を続ける。

「君は慈悲も機会も与えた。だが彼女は最後まで背き、対立することをやめなかった」

――その通り。

だが、古葉はうなずけない。

罪の意識はないが、後悔はある。ミアがベローを離れ、こちら側につく可能性は確かにあった。強い言葉で否定し嫌ってみせても、ミア自身も間違いなくチームDに何かを感じていた。うそと偽りの不確かな関係ながらも、ここまで生き延び、そして作戦を進めてきた俺たちのチームに。

「甘さも迷いも今は捨てろ。捨てなきゃ死ぬぞ」

雷がいったところで、古葉の携帯が鳴った。

番号を確かめる。李からだ。さっそく与えた恩を回収する気だろう。

『無事でよかった。私たちがすぐ掩護についたおかげだ』

「ああ、その通り」

『その対価と言っては何だが、次は私たちのやり方で行かせてもらう』

「問題ない」

『物分かりがよくて助かるよ。ところでミス・リーダスは？』

「残してきた。まだ生きていたが、たぶん助からない」

『残念だ』

通話が切れた。

香港島から九龍半島へと渡る海底隧道へ近づいてゆく。だが、車間距離が詰まりはじめ、すぐに前に進まなくなった。

普段より道が空いている春節時期の、しかも深夜零時を過ぎての突然の交通渋滞。トンネル内で「乾」の車列と、それを追尾していたロイ・キーティングたちチームA、さらにはCT1との間に何か起きたのだろう。

「ロイから連絡は？」雷が訊いた。

「まだない」古葉は返す。

目的のものを奪取できたとき、もしくは追っていた輸送車に目的のものが積まれていなかったと確認できたときのみ、ロイとは連絡を取り合うことになっている。

「トンネル内で事故らしいが、はっきりしない」

警察無線を確認しながら雷がいった。

「救急隊と交通班に加えてＰＴＵ（警察機動部隊）にも出動命令が下りた」

交戦か、それに準ずる状況になっているのかもしれない。ただ、ロイには悪いが、おかげで海底隧道を強引に封鎖する手間が省けた。

「発砲事案かどうかはわからないが、緊急事態らしい。夏慤道のほうで、銃撃されたミアと破損した車も見つかったようだ。騒がしくなるぞ」

道のずっと先、古葉たちの追っている輸送部隊の車列が右折し、側道に入った。渋滞の中で襲撃されることを避けるためだ。

李たちの三台のワゴン、古葉たちのミニバンもすぐに右折しあとを追う。

告士打道を走り、香港島内を西へ。

深夜になり、ビクトリア湾を渡るカーフェリーが運航を終えると、車両が香港島から九龍半島に渡る手段は通常、海底隧道と東區海底隧道（イースタンハーバークロッシング）のふたつの自動車トンネルに絞られる。

しかし、輸送部隊はどちらのトンネルも使うつもりはないようだ。

この先、考えられるルートは二種類。

「やはりパターンＦだ」古葉はイラリに伝えた。

『ああ。もう向かっているよ』レシーバーを通してイラリが答える。

ハンドルを握る雷の公務用ＰＨＳが鳴った。

「出るのか？」古葉は訊いた。

「出なきゃ怪しまれる」

雷が通話ボタンを押し、運転しながら話しはじめた。だが、運転中通話で警察に止められることを古葉は気にしている。拳銃を隠し持っている今、所持品検査なんてされたら、事態はさらにややこしくなる。

雷の同僚の声がＰＨＳから漏れてくる。文咸東街での路上発砲事件、中景道の陥没と数台の車両の落下、海底隧道内での緊急事態——と様々な重大案件が起きているのに、所轄警察署にまず対応に当たらせ、皇家香港警察總部は率先して動くなと上層部から指示が出ているらしい。

その状況を同僚は怪しみ、「何か知らないか？」と雷に探りを入れている。

ＳＩＳのケイト・アストレイと中国外交部国外工作局のアニタ・チョウが警察總部を抑えているのだろう。

警察車両数台が対向車線を走ってくる。海底隧道内かミアの銃撃現場へ向かう増援のようだ。何事もなくすれ違っていったように思えたが、そのうちの一台がサイレンを鳴らしＵターンしてきた。

古葉たちのミニバンのうしろにつけ、スピーカーを通して広東語で通告をはじめた。

「停まれだとさ」

雷が舌打ちしながらPHSの通話を切り、車を路肩に寄せた。

白い車体に青と赤のラインの入った警察車両が、古葉たちのミニバンの前を塞ぐように停まった。古葉も雷も当然警戒している。

降りてきたのは、ふたりの制服警官だった。

「本物だ」雷がいった。

だからといって、もちろん気は抜けない。雷は窓もドアも開けず、内側から警察官の身分証を見せ、早口の英語で説明した。

制服警官たちは窓を開けて免許証と身分証を見せろと反論した。所持品の検査もさせろといっている。雷が理由を訊くと、「違反者だからだ」と強い声で返した。

「いくらで雇われた？」雷がいった。

制服警官たちの言葉が一瞬途切れ、ほぼ同時に車の後方で銃声が響いた。

慌てて伏せた警官たちを残し、雷はすぐにミニバンを発進させた。が、銃声も追ってくる。後方の赤いハッチバック車から撃っている。

「停めて降ろせといわれたたな」

雷が速度を上げながらいった。

たぶんその通りだろう。あのふたりの制服警官の驚き方からして、金を摑まされ簡単な指示を受けただけで、まさか発砲するとは思っていなかったようだ。

ハッチバックに加え、灰色のセダンも追ってきた。タイヤを狙って撃っている。空いている夜の幹線道路、走る他の車の陰に入り込むことも難しい。

「一度、脇道に入る」

雷がタイヤを軋ませ、強引にUターンし、さらに右折した。ハッチバックとセダンもクラクションを鳴らし、対向車を蹴散（けち）らしながら追ってくる。

今この場所は？　金鐘（アドミラルティ）の分域街（フェンウィックストリート）のようだ。

「このあと二回角を曲がったところで速度を落とす。飛び降りろ」

雷がいった。自分が囮になるという意味だ。

「受け身の取り方は覚えているな？」

雷に訊かれ、古葉はうなずいた。そして自分もマイクを通してイラリに再度確認した。

「間に合いそうか？」

『ああ。だいじょうぶ。そっちこそだいじょうぶだろうね？』

イラリが訊き返し、雷もこちらを見た。

この先の二択のことだった。

「もしカーフェリーを使われたら、そのときは俺が自分の頭を撃ち抜いて責任を取るよ」

古葉がいい終わらないうちに、『冗談じゃない』「そんなもの何の補塡（ほてん）にもならない」

とイラリと雷が反論した。

なぜか笑いがこみ上げてくる。ふたりも同じ気持ちだったようで、ほんの一瞬だが三人で声を上げて笑った。銃を構えた連中が、すぐうしろまで迫ってきているというのに。

この強奪計画を立案したのは、確かにマッシモ・ジョルジアンニだった。けれど状況が変わり、多くの追加要素が混入したせいで、計画はすでに古葉のものになっている。

「次だぞ」

雷がハンドルを右に切りながら、ブレーキを踏み込む。

古葉は助手席のドアを開け、両手を前に出した。柔道の受け身のように体を丸めて転がりながら道路に落ちてゆく。

背中がアスファルトに着いた瞬間、激しい痛みが走った。防弾ベストの上から実弾で撃たれたのが四十分前。もしかしたら肋骨にひびが入っているのかもしれない。

また老いた犬のように這いつくばりながら、細い路地に駆け込む。

周囲を探した。都合よく型の古いカローラのワゴンが路肩に駐車されている。春節の夜の賑わいは続き、道沿いの建物から窓明りと声は漏れてくるものの、近くに人の姿はない。

古葉はカローラのドアの鍵穴に窃盗用の特殊キーを入れた。

ダイヤルを回し調整してゆく。使い方を嫌というほど練習したおかげで、一分かからずにロックを解除することができた。運転席に座り、ハンドル横の鍵穴にまた特殊キーを入れ、怯えながらエンジンをかける。人生初の車泥棒を成功させ、走り出した。

皇后大道東（クイーンズロードイースト）から金鐘道（クイーンズウェイ）へ。だが、徳輔道中へ入ったところでショルダーバッグの中の携帯が震えた。李からだ。苛立（いらだ）ちながらも路肩に停めてから電話に出た。

『フェリー乗り場は通過した。やはり西營盤（サイインプン）のようだ』

輸送車の列が港澳客輪碼頭へ向かう側道に入らず、直進したという連絡だった。

とりあえずは予想通りに進んでいる。自分の頭を撃ち抜かなくても済みそうだ。

香港島の上環・西營盤から九龍半島の佐敦（ジョーダン）を結ぶ第三の海底自動車トンネル、西區海底隧道（ウエスタンハーバークロッシング）。まだ正式開通前（一九九七年四月三十日、正式運用開始）で、照明設備や標識などは未完成だが、路面の舗装は終わっていた。

このまま使われていない道を使い、輸送車はビクトリア湾を渡り切ろうとしている。トンネル入り口には民間の警備員が待機し、バリケードも設置されているが、武装した集団なら当然突破できる。

『トンネル内に入ったらすぐに仕掛ける。十分に距離を取ってくれ』

李がいった。

安全に配慮してくれているようで、実際はじゃまをするなという警告だろう。わざわざ電話してきたのも、自分たちのやり方に水を差されたくないからだ。全長二キロメートル、三車線の無人の地下空間を、李たちＣＴ２は戦場に変える気でいる。

「無事で」古葉はいった。

『君は君の頭のハエを追っていればいい』

李があっさりと切った直後、また携帯が震えた。

チームAのロイ・キーティングの番号。

『まだ生きているか』

ロイ本人の声だった。

「そっちは？」

『奪取失敗、というより積まれていたのは荷物じゃなくて武装した奴らだった。こっちは中国人たちも含めて半分近くが殺(や)られた。生き残りは、俺以外ほぼ全員が病院送りか警察に拘束されたよ』

「相手は？」

『ほとんどが逃げた。やつら元ロシア軍人なんかじゃない。ニカラグアやコンゴで殺しまくった元アメリカ海兵隊(USMC)や元フランス外人部隊(FFL)の連中だ。はじめからこっちを殲滅(せんめつ)する気で来やがった』

「あなたもすぐに空港に行ったほうがいい。香港を出ないと」

『本物の輸送部隊は西區海底隧道のほうか？』

「ええ。今のところそう動いています」

『やっぱり君の方が正しかったな』

「あなたのミスじゃない。はじめからあなたたちを囮に使うつもりだったマッシモが悪いんです」

『その可能性をわかっていながら、自分たちの分析結果を捨てきれず、乾の車列を追うことに固執した俺たちのミスだよ』

「今はそんな話をしている場合じゃない。負傷はしていませんか？　動けるのなら、今すぐ香港を出てください」

『足と背中に一発ずつ食らった。この状態じゃ、搭乗拒否される』

「だったら、どこかに身を隠してください」

『いや、隠さない。電話したのは頼みがあるからだ。今からそちらに合流するから、もし俺が役に立てたら、報酬額を上げてほしい』

「今の時点でもあなたに報酬は支払われます」

『最初に契約した額だけだ。失敗したから、破格だった成功ボーナスのほうはもらえない。それじゃ足らないんだよ。俺の事情はわかっているだろ？』

この半月ほどで、彼の息子の容態は急激に悪化していた。

『元女房や担当医からまた連絡が来たんだ。憐れ（パセティック）を誘う理由だが頼むよ』

「合流して何ができるんですか？」

『命を張れる』

古葉は黙った。

『イエスといってくれ。モルヒネで何とか持たせているが、本当は話すのも辛（つら）い』

「わかりました」

心の中で大きく舌打ちしながら答えた。

『そういってくれると思ったよ』

通話が切れた。

ため息を一回。古葉は携帯をショルダーバッグに放り込み、アクセルを踏んだ。

18

一九九七年二月七日　金曜日　午前一時

西區海底隧道(ウエスタンハーバークロッシング)の西營盤側(サイインプン)入り口に古葉が到着すると、並んでいるはずの防護柵(さく)が取り除かれていた。警備員詰所の照明は消え、その近くから呻(うめ)き声が聞こえる。拘束された警備員たちだろう。

古葉はワゴン車で緩やかな下り坂を降りてゆくと、暗く大きなトンネルへの入り口直前で停めた。誘導灯や非常口案内パネルは通電されていない。

どこまでも深く暗い穴。ただし、延々と続く闇の奥にいくつかの小さな光が見える。銃の射出発火だ。発砲音もかすかに響いてくる。

その光を見つめ、音を聞きながら古葉は待った。戦闘が終わるのを。

この西區海底隧道以外の経路を進む可能性も、古葉はもちろん考え、それぞれに策を立てていた。ただ、このトンネルで「ほぼ間違いない」とマッシモが予測していた通りになってしまった。

　あの背の低い年寄りの言葉を思い出す——

「トンネルの先に見える射出発火は、君にとって勝利の光になるはずだ」

　自信を持って自分の人生を歩んできたイタリア男らしい台詞だが、古葉にはとてもそうは思えなかった。

　闇に散らばる殺し合いの光は、日本の線香花火のように見える。

　小さく弾け、はかなく消えてゆく——

　ロイは元USMCや元FFLが乾の車列に隠れていたといっていたが、こちらの本物の輸送部隊を護っているのも同じ連中、しかもさらに精鋭の部隊だろう。李たちCT2も善戦するかもしれないが、よくてイーブン。たぶん勝てない。

　闇の中の殺し合いの光が小さくなってきた。

　——そろそろだ。

『こっちはもう配置についたよ』

　レシーバーを通じてイラリがいった。

「わかった」古葉は短く返事をした。

　イラリは今、この西區海底隧道の電気制御室に近い場所にいる。制御室自体はすでにフランク・ベローの配下たちに安全確保のため制圧されていたが、その場にいなくても問題はない。殺されてしまった偉大挖洞こと薄と彼の作業チームは、このトンネルのケーブル設備にも素晴らしい仕掛けをしてくれた。

雷に呼びかけると、彼もまだ生きていた。

『もうすぐ着く。先に行ってくれ』

雷の怒鳴るような声がレシーバーから聞こえてきた。逃げ回っている最中なのだろう。トンネル内でも防災無線を通じて雷、イラリと会話できるように設定してある。ただ、互いの声は聞こえても単独行動であることに変わりはない。

古葉はヘッドライトをつけず、ゆっくりとアクセルを踏み、トンネルへと入っていった。ずっと遠くの射出発火を頼りに進む。

まるで黄泉へと落ちてゆくような感覚。気づかず流れ弾に当たったら、それで終わり。闇は思っていた以上に恐ろしく、黒い布を覆いかぶされたように、体と心にのし掛かってくる。でも、進むしかない。

発火の光の数が少なくなり、発砲音に替わって人の叫ぶ声が聞こえてきた。距離が近づいている。

交戦現場まで目測で百メートル手前まで進み、古葉は車を停めた。端に寄り、壁面に沿って気づかれぬよう歩いてゆく。戦闘はまだ続いているが、もう降伏した相手の捕獲段階に移ったようだ。中国語ではなく英語の会話がトンネル内に響いている。フロッピーディスクと書類の奪取に成功したら、李から必ず連絡が入ることになっていた。が、携帯は震えない。やはり制圧されたのはCT2のほうだ。

闇の中に大きな光が灯った。輸送部隊の四トントラックと大型バンが、消していたへッドライトを一斉に点灯させたのだろう。

現場まであと六十メートル。

古葉は壁沿いにある退避用ドアのパニックバーを探ったが、やはり太い鎖で固定され開かない。春節休暇で工事が止まっている間、外から窃盗団が侵入し照明器具や鉄板を剝がして持ち去られないよう、厳重に封鎖されている。

ショルダーバッグから取り出したワイヤーロープをパニックバーにきつく結び、片方の端を自分の腰のベルトに固定した。強力磁石のついたフックもドアの表面に吸着させ、フックに腕を絡める。

「やってくれ」イラリに合図を送った。

十秒後、トンネルのずっと奥からガタンガタンと響いてきた。九龍半島側のトンネル内防火シャッターが下りてゆく音。下ろしているのはもちろんイラリ。そのすぐあと、さらに大きなモーター音が鳴りはじめた。

輸送部隊は当然のように騒ぎ出し、警戒態勢をとっている。が、もう強い風がトンネルの奥から吹きつけている。それは二十秒もたたないうちに突風へと変わった。

換気システムの大型軸流ファンと天井に無数に取りつけられたジェットファンがフル稼働し、九龍半島側から香港島側の一方向へ激しい気流を作り出す。

計算では最強クラスの台風に近い風速六十メートルの風が吹き、四トントラックも走行不能になり、横転する。

このトンネル自体を巨大な風洞装置に変え、武器を持った連中もすべて吹き飛ばし、一掃する作戦だった。これなら小銃を構えたプロの戦闘員と対峙し、撃ち合う必要もない。

ただし長時間は使えない。最高出力で稼働させているファンのモーターがいつまで持つかわからなかった。毎秒六十メートルの強風を浴び続けている防火シャッターも、すぐに裂けてしまうだろう。

轟々と激しい音が響き、古葉の体もうしろに流される。ドアのパニックバーとフックに必死にしがみついた。古葉のすぐ横の闇の中を、人が何か叫びながら転がり、飛ばされてゆく。ベローの配下なのか、CT2の中国人隊員なのかの区別もつかない。銃器や壊れた車の一部のような金属類も音を立てて飛ばされてゆく。

目も開けていられないほどの、息をするのも苦しいほどの突風が続く。体温を奪われるせいで、ひどく寒い。

古葉は顔を伏せ、待った。不必要なすべてが吹き飛ばされ、消えてしまうのを。

五分、十分、時間が過ぎてゆく。古葉の乗ってきた赤いワゴンが横転し、そのままずるずると路上を滑り、闇の中に消えていった。

古葉は心の中で謝罪していた。

死んでいった仲間たちや、巻き込まれた人への思いじゃない。この西區海底隧道の工事担当者たちに対して。トンネル開通の四月末まで、あと二ヵ月と数週間。今夜の騒ぎで損傷した空調機器類を、たったそれだけの期間で修理復旧させなければならない。銃撃戦で大量に流れ、アスファルトに染みついた血を洗浄するより、はるかに困難な作業だろう。

路上に流れた血の跡なんて、無数のタイヤに踏まれ、すぐに消えてしまう。ここで今夜起きていることも、決して報道されることはない。

残るのは古葉たちの記憶の中にだけ。

『シャッターが壊れた』

レシーバーの向こうでイラリがいった。下ろしていた九龍半島側の防火シャッターが破損し、反対方向へも風が流れはじめた。突風が少しずつ緩やかになってゆく。

もう期待している効果は望めない。

『止めるよ。僕もそっちに向かう』

「わかった」

天井に並ぶジェットファンの回転数が落ち、ひとつずつ停止してゆく。風が止み、トンネル内が静かになった。

古葉は体に巻きつけていたワイヤーを外し、また暗い中を徒歩で進みはじめた。ショルダーバッグから拳銃を取り出す。銃撃とそのあとの嵐でかなりの人数が負傷しているだろう。この場から遠くに吹き飛ばされた者もいる。だが、全員が動けないわけじゃない。反撃される可能性は高い。

ずっとうしろからかすかな息遣いが聞こえ、古葉は慌てて振り返った。

誰も見えない、しかし、レシーバーを通して声がした。

『俺だ』

雷だった。

『もうすぐ追いつく』

「振り切れたのか？」

『ああ。でも、車は途中で乗り捨ててきた』

風が止んだ直後、雷がここまで車で侵入し、奪ったフロッピーディスクと書類を積み込み、走り去ることになっていた。

『十五分待ってくれ。僕も合流する』

ふたりの会話を聞いていたイラリがいった。

敵の車を奪うか、イラリの到着を待つか、それとも強奪したデカいアタッシェケースを抱えながら走って逃げるか——

早足で進んできた雷と合流した。彼も銃を握っている。

「躊躇(ちゅうちょ)せず撃てよ。迷ったら死ぬ」

雷が自分にも言い聞かせるようにいった。

横転している四トントラックが見える。後部ハッチは閉まったまま。それを四台のワゴンと五台の大型バンが取り囲んでいた。ヘッドライトをつけたまま横転したり、衝突し、道を塞ぐように停車したりと様々だが、ワゴンは李たちCT2のものだ。計五台だったはずだが、一台は吹き飛ばされてしまったのだろう。逆に輸送部隊のバンは途中で増援隊と合流したのか、台数が増えていた。

どの車体にも無数の弾痕がある。そして車体の陰に倒れている数人の姿が見える。ただ生きているのか死んでいるのかはわからない。

誰も声を発しないのは、敵を警戒しているから？

ヘッドライトがトンネルの天井や壁を照らしているものの、路上は暗いままだった。その闇の中を、古葉と雷は今度は蛙のように這いつくばって進んだ。

ジェットファンがまだわずかに回転し、その音以外は息遣いも聞こえない。風の流れがなくなったせいで、今度は暑く息苦しくなってきた。

古葉と雷は持っていたプラスチック爆弾を、横転したトラックの後部ハッチに取りつけた。

息を殺しながら離れ、起爆する。

爆音が響き、ロックが外れ、横転した車体の左右開きの重い鉄扉がばうんとアスファルトの路面を叩いた。

それでも誰も声を発しない。自分と雷以外の全員が死んでくれていることを願いながら、古葉はトラックに近づいてゆく。右手に拳銃、左手にピンを抜いた催涙弾を握りしめ、リーダーの役割として暗いコンテナの中を覗き込んだ。

瞬間、複数の銃声がコンテナ内に響いた。

撃たれた。

銃弾を浴びた古葉は仰向けに飛ばされ、アスファルトに叩きつけられた。ぐえっと声が漏れる。フラッシュライト（懐中電灯）の光と銃声が古葉を追う。投げられなかった催涙弾の目と鼻をつく煙が周囲に広がってゆく。古葉は転がりながら、必死で横転したワゴンの陰に逃げ込んだ。そこには撃たれて死んだCT2の中国人隊員が横たわっていた。

起き上がろうとするが、胸に激痛が走り、腹ばいになったまま動けない。銃弾は防弾ベストが受け止めてくれた。けれど、禧利街（ヒリアーストリート）で撃たれたときを遥（はる）かに上回る衝撃だった。拳銃ではなく、自動小銃だったのだろう。息が苦しく、あまりの痛みで視界が歪（ゆが）む。

銃声はまだ続いている。そしてベローの声が聞こえた。

「コバ、どこにいる？」

闇と催涙弾の煙が広がる中、灰色のスーツのベローとその配下三人の姿が見えた。トラックのコンテナから他の二台のバンへと、ライトで照らしながら大きな金属製のアタッシェケース七つを分散し移し替えてゆく。

「薄汚い素人のハイエナが、あとで絶対殺してやる」

ベローは輸送を最優先させる気だ。足止めしないと。けれど、相変わらず息ができない。拳銃を構えようとする手が震える。投げ損なった催涙弾の煙で目も痛い。

『反撃するな』

雷がレシーバーを通して小さくいった。

奴もまだ生きているようだ。よかった。ただ、いわれなくても撃ち返すことなどできなかった。体が思うように動かず、隠れていることでせいいっぱいなのだから。

ベローたちとケースを載せた二台のバンが走り出す。

暗いトンネルの中をヘッドライトの光が遠ざかってゆく。

――逃げられた。

追わなければ。ショルダーバッグからペンライトを出し、倒れたワゴンの車体にしがみつきながら立ち上がる。足元を照らし、踏み出した。が、吐いた。最後に飲んだコーヒーと胃液が混ざり合い、苦い液が喉の奥から溢れ出てくる。

警戒しながら駆け寄ってきた雷が訊いた。

「動けるか？」

「無理にでも動くさ。捕まりたくはない」

古葉は答えた。入り口の警備員は拘束されていたものの、監視カメラを通して警備会社本部が気づき、もう警察に通報されている可能性が高い。

雷が走れそうなワゴンを見つけ、拾った自動小銃二挺とともに運転席に乗り込んだ。古葉も撃たれた胸の痛みで唸りながら助手席に乗り込む。シートには血が飛び散っていたが構わない。着ているオーバーサイズのパーカーは、うしろも前も銃弾を受けて穴が開き、破れていた。

雷から小銃を一挺渡された。

「覚えた通りに使えばだいじょうぶだ。迷うなよ。一瞬でも迷えば、次こそ頭を撃ち抜かれるぞ」

古葉はうなずいた。雷がワゴンを発進させる。

『トンネル内に入った』

イラリがレシーバーを通していった。

『ただ、思っていた以上に残骸(ざんがい)が散らばっていて、あと三、四分かかりそうだ』

「こっちも走り出した。追いつけるかどうかはわからないが」

古葉はいった。

携帯が鳴った。ロイ・キーティングからだ。

『警察無線を聞いたよ。香港島側の入り口にあと五分で到着するそうだ』

やはりもう通報されていた。早くトンネルを出なければ自分たちが逮捕されてしまう。

『今どこだ？』

「まだトンネル内だ」

『前から近づいてくるあのライトか？』

ロイは九龍半島側から侵入してきたようだ。だが、声が震え掠(かす)れている。失血がひどいのだろう。

「違う。それはベローだ。逃げられた」

『じゃあ、俺が止める』

「どうやって」

『決まってるだろ。約束を忘れないでくれ』

通話が切れた七秒後、トンネルの先から激しい衝突音が聞こえてきた。

――ロイが自分の車を衝突させた。

それ以外にない。

すぐに古葉たちの前方に三台の車が見えてきた。

車体の左半分が大破したセダンが一台。ロイはライトを消したまま反対方向から接近し、直前で車体を横滑りさせながら、並行して走ってきたベローたちの二台のバンの正面にぶつけたのだろう。

バンはどちらも正面が潰れ、一台はトンネルの側面に車体を擦り停まっている。もう一台は車内灯がついた状態で横転していた。

雷は走らせていた車のヘッドライトをすぐに消し、追突現場の二十メートル手前で停めた。

転倒したバンの小さな車内灯だけが周囲を照らす薄暗がりの中、古葉は小銃を手にビクつきながら進んでゆく。横転したバンの中では、男がふたり、フロントガラスに頭を打ちつけ、血まみれの状態で動かなくなっていた。車体を擦ったもう一台の近くの路上にも、不恰好に首を曲げた人の姿を見つけたものの、灰色のスーツのベローはいない。

――ロイよりもベローよりも、まずはあのケースだ。

頭ではわかっている。だが、頭を低くし大破したセダンに駆け寄った。

セダンを運転していたロイは車体の横に倒れていた。何で擦ったのか、顔の左半分の

皮膚が削れている。左腕と左脚は昔の角度定規のように、奇妙なかたちに折れ曲がっている。

死んでいた。

「ロイ、ロイ」

それでも身長百九十センチの屈強な彼の上半身を抱き起こした。

その直後、古葉は狙い撃たれた。

続けざまに銃声が響く。防弾ベストを着たロイの体の陰にすぐに隠れた。

が、左脚に銃弾を受けてしまった。

この闇の中どうやって？　暗視スコープでもつけているのか？　銃弾はふくらはぎを貫通したようで、ものすごく痛い。せっかく右足の金属パイプの傷が治ってきたのに、もう片方まで。左足の貫通部分にテープを巻いて止血する。やっぱり痛い、声が漏れそうだ。だが、この程度では死なないという雷とイラリの言葉を信じよう。

雷が銃声の鳴る方向に発炎筒を投げた。赤い炎が暗かった路面を照らす。転倒したバンの裏にベローは隠れているようだ。やつの負傷度合いはわからないが、車体の向こうから銃声が響いてくる。雷も小銃で撃ち返し、応戦している。

古葉も自分のショルダーバッグを漁り、グレネードを取り出した。CT2の中国人隊員の遺体が装備していたもので、勝手に持ち去ってきた。

ピンを抜いて投げる。激しい爆音で耳が遠くなる。だが、同じようにベローも聞こえづらくなったはずだ。ふたつ目のグレネードも投げる。また爆音で耳が遠くなる。ベローに傷を負わせられたかどうかはわからないが、これでいい。

ベローは断続的に撃ってくる。雷も応戦をやめない。

古葉も太めの筋肉質のロイの遺体を盾に使いながら、小銃の引き金を引いた。遺体への冒瀆？　いや、彼は喜んでくれるはずだ。もちろん礼もする。

雷と古葉は撃ち続けた。当たっているかどうか以前に、ベローの周辺に照準が合っているのかさえわからない。いや、ベローに当たらなくったっていい。ともかく雷に当ててしまわなければ。

止まない銃声の中、ベローがふいに転倒したバンの陰から立ち上がった。無防備な頭がわずかに見える。銃声に埋もれた、闇の奥のかすかなエンジン音に気づいたようだ。

だが、もう遅い。

ライトを消したまま走ってきたイラリの運転するSUVが、ベローに突っ込んでゆく。奴にぶつかり、フロントにベローの上半身を乗せ、足をアスファルトに引き摺りながらさらに走り、そのままの状態でトンネルの壁に激突した。

銃声は止んだが、SUVのラジエーターが壊れたのか、ぶしゅーっと音がしている。

雷はすぐにベローと配下が乗っていた二台のバンに積まれている金属製のケースの回収をはじめた。まともに走れそうな車は、もう雷と古葉が乗ってきたワゴン一台だけ。その最後尾のシートを取り払い、無理やりケースを積み込んでゆく。

イラリが正面が大きくへこんだSUVをバックさせた。挟まれていたベローの体がアスファルトに頽(くずお)れてゆく。シャツとスーツが血に染まっていた。背骨が折れ、内臓も潰れたのだろう。ロイと衝突したときに傷ついたのか額が裂け、耳からも血が流れている。

それでもまだかすかに息があり、生きていた。

こちらを睨(にら)み、何か言いたげに口を動かしている。が、言葉は聞こえない。

――このまま放置したい。

痛みにさんざん苦しんだあとで死ねばいいのに。古葉はそう思った。

「時間がない」雷がいった。

「急がないと」

痛そうな顔でSUVの運転席から降りてきたイラリもいった。

――残念だけれど、しょうがない。

古葉は手にしていた小銃でベローを撃った。

頭と胸から血が流れ、痙攣(けいれん)していた奴の体が動きを止める。

生まれてはじめての殺人。なのに古葉は恐怖も吐き気も感じなかった。逆に喜びも達成感もない。罪の意識もない。

死んだベローの体を探り、首にかけた二種類の鍵付きチェーンを血だらけのシャツの下に見つけた。七つのケースを開けるためのマスターキー。

チェーンが頑丈で引きちぎれず、目を見開いたままの頭を持ち上げ、首から外す。

積み込み作業を手伝おうと立ち上がったとき、撃たれた左ふくらはぎが激しく痛み出した。パーカー同様、ジーンズにも穴が開き、止血が十分でなかったせいで流れた血でアディダスの白いスニーカーまで赤黒く染まっている。

雷がワゴンにケース七つの積み込みを終えた。

古葉とイラリも、ロイの重い死体を苦労して後部座席まで運び、膝を曲げて座らせた。

——ロイ・キーティング、あなたの体を最後まで有効に使わせてもらいます。

ワゴンが走り出す。運転席に雷、助手席にはイラリ。

後部座席の古葉はロイの死体の開いたままだった両目を閉じると、まるで彼がまだ生きているかのように顔の傷にタオルを当て、手を握った。

「ひとつだけ——」

雷がいった。

「妙に重いアタッシェケースがあった。予想よりもずっと重い」

古葉の背中を悪寒が駆け抜けてゆく。

すぐにトンネルの出口が見えてきた。上りの傾斜の先に、九龍半島の佐敦に建ち並ぶ高層ビルの夜景、それに一台の警察車両が見えた。まだ到着したばかりのようだ。

制服警官が暗いトンネルから出てきた車に驚きながらも、大きく手を広げ停止指示を出した。警官のうしろには数人の民間警備員もいる。

雷は指示通り停まり、すぐに自分の警察官身分証を見せた。

「負傷者の搬送だ。急いでいる」

強い声でいうと、警備員たちにも叫んだ。

「病院へ行く。そこのバリケードを退(ど)かしてくれ」

戸惑う警備員たちにさらに叫ぶ。

「撃たれた人間がいるんだ。早く」

「あの、無線では不法侵入と聞かされたのですが、何があったのですか?」

警官が自分より階級が遥かに上の雷督察(ドウチャ)に丁寧に訊いた。

「トンネル内で抗争だ」

「は?」

「脈拍が落ちてる」古葉も後部座席から、ロイの死体の手を握りながらいった。

「巻き込まれた一般人を搬送するんだよ」

雷が警察官にまくし立てる。

「他にも負傷者がいる可能性が高い、君達も現場に急いでくれ」

警官の顔は怪しんでいるものの、反論しない。

バリケードが開き、雷はワゴンをすぐに発進させた。
まだ開通前の西九龍快速公路（ウエストカオルーンエクスプレスウエイ）（現西九龍公路（ウエストカオルーンハイウエイ））を少しだけ走り、すぐに貨物船用の荷揚げクレーンが左に並ぶ海沿いの側道に入った。西區海底隧道から中心市街の旧道へのバイパスとして作られた新道で、まだ名前もなく街灯も整備されていない。油蔴地（ヤウマティ）の繁華街までわずかな距離なのに、周辺には商店も民家もなく、左側に深夜の海が見えるだけだった。

「ありがとう」

古葉はロイの死体に小さくいうと、彼の両手を胸の前で組ませ——自分はカソリックだといっていた——大きな体に毛布をかけて、ショルダーバッグから出したシカゴカブスのキャップを深く被（かぶ）らせた。

そして自分のふくらはぎの傷の手当てもせず、後部に載せたケースを解錠していった。

フロッピーディスクと書類が確かに入っている。

「間違いない」古葉は雷とイラリにいった。

ひとつだけ鍵の種類が違う鉛板が貼り込まれた極端に重いケースも解錠する。ただ、これだけは鍵錠の他に、計八桁（けた）分の数字ダイヤル錠もついている。

古葉は耳をつけ、音を聞きながら、そして指先に感じるダイヤルを回したときのかすかな振動の違いに意識を集中しながら、解錠してゆく。

「まだか？」雷が訊いた。

「急かすな。走ってる車の中なんだ」古葉は返した。

「君ならできるだろ。変態的なほどに地道な訓練を続けた成果を見せてくれ」

「黙ってろ」

数字が揃い、ようやく開いた。このケースの中にも目的のものが入っていた。

『ローズガーデン作戦』の経過と、その小型兵器の使用効果を詳細に記録した大量のフロッピーディスク。

だが、それだけではなかった。

——想定よりケースが重かったわけだ。

古葉は思わず口にした。

「ちくしょう」

それを聞いてすぐに振り返ったイラリは「ワォー」と声を上げた。

「何があった？」

ハンドルを握りながら訊く雷にも、バックミラー越しに見せる。

彼は首を横に振りながら深くため息を吐いた。

ケースには実験データだけでなく、作戦で使用されたのと同型のセシウム１３７含有の小型兵器『ローズガーデン型爆弾』の実物が入っていた。ただし、起爆できないよう信管は除去されている。

重さは十二、三キログラム。以前アメリカが開発に成功し、七〇年代初頭まで各地の部隊に配備していたW54型核弾頭（重量五十ポンド、約二十三キログラム）よりさらに軽量化されていた。

アメリカが主導し、西側各国が協力したゲリラへの不正な武器供与と資金提供の記録以上に、この超小型放射能兵器の現物が各国の機関を奔走させる元凶となっていたのか。

こんなものまであるとは、さすがに気づかなかった。

アメリカは西側各国を卑怯な作戦に同調させるため、悪事が発覚すれば自分たちも一蓮托生だという証に、このダーティーボムをフロッピーディスクや書類とともに、香港島にある銀行の地下金庫に保存させていた。

たぶん、そんなところだろう。

ディスクや書類のような客観的証拠だけでなく、アメリカの悪事の象徴である放射能兵器そのものも収蔵し、誰が主導したのかはっきりさせておかなければ、及び腰の他の西側各国を引き込み、巻き込むことができなかった。

「すげえ」イラリがいった。

「嬉しそうだな」雷がいった。

「めったに見れるものじゃないからね」

「見せてやるといわれたって、私はこんなもの絶対に見たくない」

雷が毒づくようにいった。その顔は怯えている。

古葉も同じ気持ちだった。

「それどうするんだい？」イラリが訊く。

「予定通りだよ」

古葉は臆しながらも答えた。

兵器の使用記録と一緒に、この厄介なやつ本体も、USPACOM（United States Pacific Command）（合衆国太平洋軍）のジャスティン・ウィッカード中尉を通じて、アメリカの民主党（Democratic Party）側勢力に差し出す。残りの西側各国政府とゲリラ勢力の癒着の証拠は、誰も触れられないような処置を施し、皇家香港警察總部（ロイヤルホンコンポリスヘッドクオーター）の地下証拠保管庫に封印する。

多大な犠牲と引き換えに、目的のものを手に入れた。

だが、こんな現物まで隠されていたことを、マッシモは知っていたのだろうか？　ロシア総領事館のオルロフは？　そしてアニタ・チョウは？

考えていると、暗い道の後方からまた警察車両が近づいてきた。

「皇家香港警察はこんなに仕事熱心だったか？」

古葉は吐き捨てるようにいった。本当にうんざりだった。

「春節の夜だ。警戒が厳重なのはしかたない」

ハンドルを握る雷が返す。

警察車両が短くサイレンを鳴らし、停車を促す。雷は従い、海沿いの暗い道にワゴンを停めた。雷、イラリ、古葉は服の下やバッグの中の拳銃を確認した。この車には三人だけでなく死体も乗っている。そして放射能兵器まで積んでいる。

制服警官ふたりが運転席の横に立ち、ひとりがペンライトで車内を照らしながら窓を叩いた。

「開けてください。免許証を」

「なぜ？」

「西九龍快速公路から降りてきましたね。あそこはまだ開通前で進入禁止。ご存じのはずです」

警官の口調が厳しくなる。

「公務だ」

雷も身分証を見せながら厳しい口調でいった。

「どんな公務ですか？」

「いえるわけがないだろう。同乗者は仲間だよ」

「信用できません」

「身分証が見えないのか？」

「もちろん見えていますが、ここは香港ですよ。三千ホンコンドル（約四万千五百円）も出せば精巧な偽造品が手に入る」

「だったら認識番号を調べろ」

「くり返しますが、ここは香港です」

「本物の警官も信用できないといいたいのか？」

「ええ。すみませんが車内と所持品を調べさせてください。同乗者の皆さんもです」

――しつこい。

古葉は思った。

――もういい。行こう。

雷も同じことを考えていたに違いない。だがアクセルを踏み込むより一瞬早く、警官が拳銃を抜き、窓越しに撃った。

雷もほぼ同時にバッグから出した拳銃を撃った。

ほんの数秒間に複数の銃声が響き、警官が尻餅(しりもち)をつくように路上に倒れていった。

警官だけじゃない、相討ち――

「雷」古葉は叫んだ。

しかし、もうひとりの警官の抜いた拳銃が古葉自身に向けられていた。

「降りろ。早く」

割れたガラスの向こうに警官の顔と銃口が見える。

撃つときの躊躇のなさも、拳銃を抜く速さも、この男たちが警官でも一般人でもないことを物語っている。素人の古葉にもわかる。

――プロの暗殺者。

「台無しだよ。まったく」

助手席のイラリがつぶやき、銃声が響いた。

拳銃を構えていたニセ警官はイラリに目を向ける間もなく、頭を撃ち抜かれ、さらに胸を二発撃たれた。

もちろん撃ったのはイラリだ。

彼がバックパックから拳銃を取り出す動作が古葉には見えなかった。気づいたときにはニセ警官の頭から血が飛び散っていた。

この速さ――イラリもやはりプロ。

「雷」

古葉は運転席の彼を見た。

左目と喉、胸を撃たれていた。まだかろうじて生きてはいるが、もう声も出せない。右目で虚空を見ながら、かすかに唇を震わせている。

「僕は君が好きだ。だから苦しませないようにするよ」

イラリが雷の頭を撃ち抜いた。

車内に脳漿と血が飛び散る。

イラリは死んだばかりの雷のシートベルトを外すと、ドアを開け、体を押して車外に落とした。

「すまない。でも君が座ったままだとじゃまなんだ、許してくれ」

イラリは運転席に飛び散ったガラス片を払い、フロントガラスや天井についた血と脳漿もバックパックから出したタオルでざっと拭き取り、タオルとともに外に投げ捨てた。

「君が運転して」

古葉に拳銃を向けながらいった。

「狭いけれど、このシートの間を通って前に来てくれるかな。撃たれた左足が痛いのに悪いね。でもAT車だ。右足が動けば運転できるだろ？　君が来たら、僕がうしろに移る。車外には絶対に出ないでくれ。ドアを開けようとしただけでも撃つよ」

「まだ俺を殺せないだろう？」

運転席へ移りながら古葉は強がってみせた。

だが、声が震えているのが自分でもわかる。本当に恐ろしかった。撃たれたふくらはぎもまたひどく痛み出した。

「うん、まだ殺さない。逃げようとしたら、両足を撃って動けなくするだけだよ。ウィッカード中尉は僕とは会ってくれないだろうからね。交渉相手はあくまで君だ」

運転席に座った古葉のジーンズのポケットや防弾ベストの下をイラリが点検する。何もないとわかってから、彼はロイの死体の隣の後部座席に移動した。

「君のショルダーバッグも預からせてもらうね」

古葉は車を発進させ、「どこへ行く？」と訊いた。

「中尉との合流場所へ」

「中尉には何を渡す？　全てかい？」

「口数が多いね」

「君は話好きだろ？　それに運ぶのは俺だ、教えてくれてもいいだろう」

「もうわかっているくせに。中尉には最初の約束通りローズガーデン作戦関連のものだけを渡す。残りのフロッピーディスクと書類は、僕がいったん預かるよ」

そして預かったものを、アメリカの共和党側勢力に返還する。

民主党、共和党、二種類のアメリカ人の両方にいい顔をするつもりだ――イラリの雇い主が何者かよくわかった。

「君のことは――」

イラリが運転席のうしろの席に座らされたロイの死体に話しかける。

「どうしよう？　僕らを救ってくれた功労者でもあるし、このまま座らせておくよ。家族の許(もと)に届けてあげたいし」

「雷は捨てたのに？」

古葉は皮肉を込めていった。

「雷にはちゃんと謝っただろ？　運転席からあの重い体を後部座席に運ぶ手間が惜しかったんだよ。それに彼は警察官で、身元もはっきりしている。皇家香港警察がちゃんと家族の許に届けてくれるさ。殉職扱いになって、二階級は難しくても一階級は昇進できる。マッシモからの報酬も、彼の家族に渡されるんだろ？」

「まるであそこで死んでよかったような言い方だな」

「そうはいってないよ。ただ、臆病(おくびょう)で馬鹿な連中のせいで、僕まで巻き込まれるところだった」

臆病で馬鹿な連中とは彼の雇い主、日本政府のことだ。

「君と雷のことは本当に好きだった。だから殺すときも、なるべく恐怖も痛みも与えず殺そうと思っていたんだよ。なのに、あいつらめ」

左折し、櫻桃(チェリーストリート)街を進んでゆく。午前二時を過ぎても、まだ通りには人が出ていた。祝賀の爆竹の音も、ときおり聞こえてくる。

「ねえ、後学のために教えてくれないかな。いつから僕を疑っていたんだい？」

イラリが訊いた。

「教えたら、俺からの質問にも答えてくれるか？」

「申し訳ないけれど、君は取引できるような立場にないんだ。これ以上痛い思いをしたくなければ、素直に話してくれ」

「怪しいと感じはじめたのは一ヵ月前。君と最初に会った直後だよ。日本の友人たちに、政府内に怪しい動きがないか探ってもらったんだ」

「官僚時代の友人だね？」

「ああ。俺自身は農水省を追い出されたけれど、知り合いは各省庁にまだ数多く残っている。友情では一切動いてくれないが、大金を積めばすぐに働いてくれる連中だ」

「日本の官僚の優秀さと勤勉さには驚くよ。でも反対に日本の機密管理の甘さには呆(あき)れるけれど」

「だけど、君だとは特定できなかったし、もちろん君の本名もわからずにいた。判明したのは内閣情報調査室か外務省が、ものすごく有能で報酬も高額なフリーランスに頼んだってことだけだった。ただ、そこから先はそう難しくはなかったよ。あの時点で俺の近くにいる人間の中で、最も優秀なのは間違いなく君だったから。どんなに凡庸を装っても、言葉からも行動からもわかった。雷も気づいていたよ。君の有能さは隠し切れるものじゃない」

「最高の褒め言葉だな。ここ数年で一番嬉しいよ。でも見抜けたのは君と雷だからだよ。大抵の人間は、僕の語るうそのプロフィールを信じてくれるし、僕のことを少し器用で使い勝手のいいお人好し程度に感じるだけだ」

「いや、俺だけの判断じゃない。フランク・ベローも協力した。最後はあいつの言葉が確信を持たせてくれた」

「何ていったんだい？」

「俺を懐柔したくて『君のチームには三人のスパイが紛れ込んでいる』って。ひとりはアニタの情報からミアとわかっていた。ジャービスも不審な点があったから、君も知っているように警戒していた。あとは消去法だよ。雷は職歴や家族についてほぼうそをついていなかったし、香港在住ですぐ裏付けを取ることもできた。だとしたら残りは君しかいない」

「ベローの馬鹿が。本当に迷惑なやつだな。しかも無能だ。アジア域では自分が一番のエージェントだと思い上がって、香港じゅうを巻き込んだ末に、素人の君にあっさり殺された」

「本物の最高のエージェントである君が秘密裏にバックアップしてくれたからだよ。俺や雷だけじゃ、到底倒せない相手だった」

「そんなに褒められると、君を殺しづらくなるな。でも君も素晴らしかった。素人がここまでやるのかと感心した。ミアだけ消去して、僕、君、雷の三人で各国を顧客にしたチームを本当に結成できないかと、一瞬本気で考えたよ。でもだめだ。君たちを生かしておくためのクライアントへの説明がどうしても思いつかなかったし、それにあの本物の放射能兵器だ。この仕事はヤバすぎる。馬鹿なことを考えずに、ちゃんと依頼を果たすことにするよ」

「君を信用し切れず、あんな無謀な殺し方をする奴らを追加で送り込んできたのに、それでもまだ日本政府のために働くのかい？」

「確かに信用できない相手だね。それは同意するけれど、日本の背後にいるアメリカまで本気で怒らせたくはないから。資料も兵器も日本を通じてちゃんと返還させる。ただし、日本のほうは許さないよ。僕まで殺そうとしたこの契約違反を理由に、報酬を釣り上げる。増額しなければ、秘密を暴露する、おまえたちの家族も殺すと脅すよ。日本人は外国人、特に僕のような肌の白い人種からの恫喝に弱いから」

「何て惨めな国なんだ。聞いていて悲しくなった」

哀れすぎて、こんなときなのに笑いが漏れる。

「あと少しで俺が殺されることは、何があっても変わらないんだね」

古葉は訊いた。

「うん。申し訳ないけど。ウィッカード中尉も助けてはくれないだろう。彼らはそんな何の得にもならない善行を施してくれる連中じゃない」

「確かにそうだ」

信号が赤になり、旺角（モンコック）の新填地街（リクラメーションストリート）と亞皆老街（アーガイルストリート）の交差点で止まった。深夜になり、繁華街でも車の数は少なくなり、通行人もまばらになっている。

「死ぬのか。怖いし、嫌だな」

小さくいったあと、古葉は一瞬手で顔を覆い、それから切腹でもするかのように頭を深く下げ、腰のレザーベルトのバックルを両手の拳（こぶし）で軽く叩いた。

その瞬間、後部座席で爆発が起きた。

爆風と破片がイラリを襲う。古葉はすぐにシートベルトを外し、うしろを向いてイラリの落とした拳銃を捜し、拾うと引き金を引いた。

イラリの顔と胸に命中し、血が吹き飛ぶ。

「待って。何を――」

イラリが声を絞り出す。

が、古葉は躊躇せず撃ち続けた――雷に教えられた通りに。

座席や天井にグレネードの細かな破片が突き刺さり、窓が割れた車内で、イラリは五発の銃弾を受けてようやく死んだ。

割れた窓の向こうに、驚いた顔の通行人が見える。

古葉はすぐにハンドルを握り、車を発進させた。亞皆老街を直進し、細い道を曲がる。とにかくここから離れないと。動揺を必死で抑えながら、そして事故を起こさないよう速度を抑えながら、夜の香港を走り続ける。

爆発させたのは、西區海底隧道で死んだCT2の隊員から勝手に借用したグレネード三個のうち、残り最後のひとつ。安全ピンを抜き、代わりに安い携帯電話のバイブレーション機能用極小モーターを流用して作った無線起爆装置をセットし、ロイの死体の胸、毛布の下の腕に抱かせておいた。

起爆発信機はおもちゃの腕時計型トランシーバーを分解し、発信装置だけを取り出し、ベルトのバックルの裏に仕込んでおいた。

自動車の座席シートや人間の死体が爆発を防ぐ遮蔽物となること。そして自動車内や電車内のような狭い空間でも、爆発エネルギーの逃げ道を一方向に作れば、モンロー効果のように爆風と破片をごく限られた一部に集中できること——このどちらも、そしておもちゃを流用した起爆発信機の作り方も、すべてこの一ヵ月ほどの間に覚えたことだ。

「全部君が教えてくれたことだよ、イラリ。それを組み合わせ、アレンジしてみた」

彼の言葉を思い出す。

一月一日、招待所の客室でのミーティング中、イラリはこう語った――

「絶対的な信頼を示すってことは、『僕は馬鹿です、いつあなたに殺されても仕方ありません』っていってるのと同じようなものじゃないかな」

だから雷もイラリも疑い、この仕掛けをした。

「本当に残念だ」

古葉は呟いたあと、バックミラー越しにロイを見た。

「また君に助けられたよ。ありがとう」

ロイの死体は爆発でさらに皮膚が裂け、焼けただれている。

――生き延びることはできた。

だが、ひとりだけ生き残ってしまった者の義務として、まだやらなければならないことがある。

19

二〇一八年五月二十八日　月曜日

晴れた空。ＳＵＶは龍和道（ロンウォロード）を走っている。

陽光が真夏のように眩（まぶ）しく、ハンドルを握る黄さんがシェードを下げた。

私は考えている――

古葉慶太が昔、移送品の強奪という大掛かりな犯罪を成功させていたとして、その主犯だという事実をなぜ長年隠し続けていられたのだろう？　発覚もせず、逮捕もされず、日本で普通の生活を送り続けるなんて可能なのだろうか？

無理だと思っていたけれど、発想を変えれば可能なのだと気づいた。

この犯罪隠蔽（いんぺい）に本人だけでなく、もっと大規模な組織が加担していたら？

日本の警察や政府自体が意図して見逃していたとすれば？　日本だけでなく、数ヵ国が協力して隠蔽をサポートしていたとしたら？

白春玉（バッチョンヨ）に渡された受領証をもう一度見てみる。保管期限は今月末、五月三十一日。デニケン・ウント・ハンツィカー銀行の貸金庫使用期限と同じ。

この期限に合わせて私は香港に呼ばれた？　いや逆に、私の側の何かの条件が揃ったのかもしれない――

ＳＵＶが香港演藝學院横の分域碼頭街（フェンウイックピアストリート）を進んでゆくと、正面にふたりの目指す香港警察總部（旧　皇家香港警察總部（ロイヤルホンコンポリスヘッドクオーター））が見えてきた。

堅牢（けんろう）な塀に沿って進み、旧庁舎（堅偉大樓（Caine house））の裏に建つ、高層四十七階の新庁舎（警政大樓主樓（Arsenal house））へ。

庁舎の入り口で古葉慶太が遺（のこ）した受領証と、私はパスポート、黄さんは身分証を呈示し、身体検査を受ける。

「はい結構です」

渡された入館証を胸につけ、保管証拠品の返却窓口へ。

地下一階の窓口前には長椅子がふたつ。他に待っている人の姿はなく、私は受付に立つ若い男性警官に書類を提出した。

「返却は二名分ですね」

警官の指示に従い、先に黄さんが中国外交部の身分証を出し、モニターに触れて十指指紋と掌紋の照合をした。

「ミスター黄燕強。返却はブライアン雷總督察（ゾンドウチャ）の所持品と証拠品一式です」

「督察ではなく總督察ですか？」黄さんが訊（き）く。

「ええ。階級はそうなっています」

インスペクターではなくチーフ・インスペクター。ミスター雷は殉職により二階級特進していた。

次に私がパスポートを出し、指紋・掌紋の照合をする。

警官がカウンターの向こうで、モニターと私のパスポートを交互に眺めながら不審そうな表情を浮かべた。

「返却はミスター・コバ・ケイタの提出品及び所持品一式ですが……」

けれど途中で気づき、彼は笑顔で小さくうなずいた。

「失礼しました。確認させていただきます。現在名エイミ・コバ、日本国籍。出生時はアリーチェ・アン・スアン・ジョルジアンニ、二重国籍でイタリアとベトナム。間違いありませんか？」

「はい」私は答えた。

――はじめて聞く、私の本当の名前。

二十一年の保管期間を終え、返却された所持品と証拠品は――

警官がカウンター越しに荷物を渡す。

黄さんには封筒ひとつ。中を確認すると、フロッピーディスク一枚と手紙一通が入っていた。彼が手紙を開く。何が書かれているのかはわからないけれど、読み進める目がかすかに潤んでゆく。

私には、キャリーに載せられた大きなアタッシェケースがふたつ。開けると、びっしりのフロッピーディスク、そして封筒が入っていた。

封筒の中には次の目的地が書かれた手紙、私の出生届と家系図のコピー。私の曾祖父はマッシモ・ジョルジアンニになっている。

返却窓口前にある長椅子に座り、家系図とその解説文を目で追った。

マッシモの息子、そして私の祖父であるロベルトが二十歳の大学生のとき、アガタというフランスと日本の混血の女性と出会い、アガタは妊娠した。

誕生した男の子の名はマルコ。これが私の実の父だった。もちろん会ったことはない。

ロベルトは生まれた子供を認知し、養育費を与え、ジョルジアンニの姓を名乗ることも許した。けれど嫡子とは認めなかった。マッシモが許さなかったそうだ。マッシモは息子ロベルトとアガタの距離を遠ざけるため、オーストラリアの西、エクスマウスビーチに所有していたヴィラ一棟を彼女に与え、移住させた。

祖父ロベルトはその後別の女性と結婚したものの、その妻とともに自殺した。このふたりの間に子供はいない。そして、彼女の死はロベルトによる道連れ殺人――日本語でいう無理心中だった。

アガタに連れられオーストラリアに移った私の父・マルコは二十二歳のとき、日本とベトナムの混血の女性・里依紗を妊娠させ、結婚。これが私の実の母だった。でも、妊娠七ヵ月に入ったころ、父マルコはドラッグ売買に絡む殺人で逮捕・起訴されてしまう。

ひとりになった妊婦の里依紗は、親戚を頼りベトナムのダナンに渡る。この時点で私の祖母アガタがどうしていたのか、その後どうなったのかは一切書かれていない。

里依紗はダナンで私を出産し、アリーチェという名前をつけた。アリーチェとは曾祖父マッシモの母（私の高祖母）の名だったそうだ。

——私にはイタリア、フランス、ベトナム、日本の血が流れているのか。

でも里依紗は、生後二ヵ月の私を大叔父のグエン夫妻に託し、オーストラリアに戻った。その理由も解説には書かれていない。ただこの時点で、私が心臓弁膜症の疾患を抱えて生まれてきたことを母は知っていた。

その母も半年後、売買目的でのコカインとクラックの不法所持で逮捕される。有罪となりオーストラリア国内の刑務所に三年服役したのち、釈放されたものの、自殺した。実の父も私が六歳のときに獄中自殺したそうだ。

両親ともにジャンキーだった。

——ジャンキー。なんて古臭い言葉だろう。

曾祖父マッシモは、マルコと里依紗を助けるためには何もしていない。逆に、生まれたばかりの私の親代わりとなってくれたグエン夫妻には養育費を送り、人を介して生活の手助けもしていた。

——マッシモはずっと私を見ていた。

悲惨な家庭環境。でも、どこか他人事のようで悲しくも苦しくもなかった。自分に記憶がないからだろう。マルコ、里依紗……両親の顔もまったく記憶にない。実の親の名なのに、名前を明日まで覚えている自信がなかった。

きっと今ここで忘れてしまっていい程度の存在なのだろう。

こんな会ったこともない人たちのことより、義父が手紙に遺した言葉のほうが、私にはずっと大切だった。

「そのふたつのアタッシェケースに詰まったものを処分してほしい。俺がやればいいと思うかもしれないが、できないよ。これはすべて瑛美に遺された、瑛美のものだから。データは存在するが、誰のものでもない——そんな不安定な均衡しか、能力不足の俺には作り出せなかった。でも、もう十分な時間が過ぎたはずだ。こんなものを残しておく必要はない。新たな面倒と混乱の引き金となるものだから。

『偽りの善からは、時が経つにつれ、いつか必ず本物の悪が生まれる』

アリストテレスの言葉だ。その本物の悪を生み出す根源を、瑛美の手で絶ってくれ」

——本当に身勝手な頼み。

でも、怒ることも忘れてしまうような説明が手紙の最後に添えられていた。

「出生名、アリーチェ・アン・スアン・ジョルジアンニ——が二〇一八年六月一日まで健常な状態で存命していた場合、豊界（フォンジエ）グループの全資産と経営権はこの相続人に引き継がれる」

——だから私は香港に呼ばれた。

義父・古葉慶太とその他多くの人々の思惑によって。

マッシモ・ジョルジアンニが所有していた各種企業の経営は、一九九六年末の彼の死後、マッシモの側近で構成されていた重役会に引き継がれた。今現在その企業体は豊界グループと呼ばれている。名称こそ変わったものの、中国本土の土地開発を進める不動産会社を中核として、国際的投機、食品の輸出入など、様々な分野で莫大な利益を上げている。

この曾祖父の残した数々の遺産の経営権が、すべて私のものになるらしい。もし相続人がいない場合は、弁護士の指示の下、各企業単位で事業清算の手続きに入る。どれほど業績がよくても解散するという意味だ。重役会にこのマッシモの遺志を覆す権限は認められていない。曾祖父はジョルジアンニ家以外の血筋の者に、グループを託す気は一切なかったのだろう。

中国が私を守ってくれる本当の理由がわかった。

この件の詳細は、グールド&ペレルマン法律事務所日本支所の都築という弁護士に問い合わせるよう書いてある。五月二十四日、日本で逮捕された私を救い出し、香港へ向かえと指示してくれたあの男の人。

古葉慶太を知らないといっていたくせに。やっぱり知り合いだった。そして都築も、この奇妙な香港ツアーを仕組んだひとりだった。

私がなぜあのタイミングで逮捕されたのかもわかった。何があっても私に豊界グループを継がせたくない勢力があるのだろう。

でも、日本では都築さんが助けてくれた。香港に来てからは、黄さんがずっと近くにいてくれた。他にもロシア総領事館や中国外交部国外工作局や藍的手の人々が、知らないうちに私を脅威から遠ざけてくれていたのだろう。

義父が造った見えないシステムに、私はずっと護られていた。

相続か――

どうしよう？　けれどその前に、まずこのアタッシェケースの中身を消し去ってしまわないと。

「だいじょうぶですか？」

黄さんが訊いた。

「はい」

私はうなずき、彼の伸ばした手を握って立ち上がると、逆に訊いた。

「知っていたのですね？」

「ええ。ミスター・コバの娘であることは知りませんでしたが、豊界グループを引き継ぐ人物であることはわかっていました」

黄さんが頭を下げた。

「僕たちは豊界グループがこのまま香港と中国の経済に貢献し続けてくれることを望んでいます。すでに西洋資本の手駒にされ操られている重役や株主たちの対立で、グループが内部崩壊してゆくのをただ静観するつもりはありません。あなたがトップになることで、今のままの体制を護ってもらいたいのです。よくいえばあなたの仲間になることを望んだ。悪くいえば、恩を売って要望に応えてもらおうとしたのです。ただこの主張は、豊界グループの順調な成長を、これまで国家として見守り、手助けしてきた我々の正当な権利だとも思っています」

そこまで話すと黄さんは微笑んだ。

「でも、任務の優先順位は僕にとって二番目。信じてもらえないかもしれないですが」

「わかっています。ありがとう」

「こちらこそ、ありがとうございます。あなたのおかげで望んでいた通り、本当の父に会うことができました。母の話していたような英雄でも善人でもなかった。でも、なかなか面白くて、そして素敵な男だと僕には思えました」

「どんなお父様だったのか、私にも教えてもらえますか」

「もちろんです。でも、今は先にやるべき仕事をかたづけてしまいましょう」

警察總部の前には、あの金髪で太った老人が待っていた。

一九九七年当時の在香港ロシア総領事館政務部部長、ゲンナジー・オルロフ。うしろにはロシア総領事館が手配した警護車両が並んでいる。

「ロシア政府からの依頼で、このフロッピーディスクが消え去るところを見届けるために、わざわざいらしたのですね」

「我が国だけじゃない。英国ＳＩＳのケイト・アストレイという部長からも頼まれている。彼女も二十一年前の騒ぎの関係者だ。で、処分してくれるのだね？」

オルロフに訊かれ、私はうなずいた。

「もし拒否したら、強引にでも処分させるつもりだった。下品にもマスコミに売り込んだりする気だったら、君自身も処分しなければならなかった。そうなれば君を護りたい中国側と我々、英国が衝突して、あの不愉快な一九九七年の再現になるところだったよ」

──選択を間違えていれば、死んでいたかもしれない。

護られるか殺されるかの微妙なバランスの上に私が立っていたからこそ、古葉慶太はこの香港ツアーを仕組み、多くの人たちと出会わせ、正しい方を選択するよう誘導した。

義父の手のひらの上で踊らされていたような気分。でも悪くはなかった。

黄さんは中国外交部員の職務としてＳＵＶの運転席に乗り込み、オルロフもロシア政府から受けた任務を遂行するため、私の隣の後部座席に座った。ロシア人だからというわけじゃないけれど、座席が体のサイズに合わず窮屈そうにしている彼の姿は、大きなクマのぬいぐるみのように見える。

奇妙な取り合わせの三人のドライブ。

目的地は香港島の南、布廠灣（ポチヨンワン）の埠頭（ふとう）。これまで黄さんとふたりきりだったのに、今回はＳＵＶの前後に警護の車列も走っている。

「あなたはＶＩＰですから。もう隠れて護る必要もなくなりましたし」

黄さんがいった。

これからしばらくの間、中国外交部が私の警護を務めてくれるそうだ。

自分がＶＩＰかどうかはわからない。けれど、これまで見えなかったものが見えるようになったのだと思った。それぞれに思惑は違うけれど、私は以前から多くの人たちに護られ生きてきた。

二十分後――

中国外交部からの指示で警察官が一時的に封鎖した布廠灣の防波堤の上に立った。

黄さん、オルロフに見守られながら、フロッピーディスクを積み上げ、ガソリンを少し混ぜた灯油をかけ火をつける。暮れ落ちてゆく陽に照らされ、それはまるで鎮魂の炎のように激しく燃え上がった。平凡な処分のしかただけれど、ディスクの一枚一枚が炙られ、溶け、この世から消えてゆくのをこの目で確かめられる。

係留ロープを巻きつけるボラードに座り、炎を見つめながら、私は黄さんから雷督察の遺した手紙に何が綴られていたのかを聞いた。そして携帯に保存してある二歳の私と義父、義母の画像を彼に見せた。

「優しそうなお父さんですね。お母さんは……僕からは何といっていいのか。素敵な方とはいいづらいな」

黄さんが苦笑した。

そしてこれから、私は最後に待つ人に会いにゆく。

20

一九九七年二月七日　金曜日　午前四時

古葉は遠くに建つ古い時計塔を見つめている。

空は暗いものの、時刻は早朝になっていた。離れたどこかから、かすかに爆竹の音が聞こえてくる。まだ春節（チュンジー）の祝砲は止まないようだ。

右手に持つアタッシェケースが重い。

鉄の上に鉛板が貼られ、内側にはガラスで遮蔽（しゃへい）加工もされている。しかも、中には小型核兵器の現物が入っているのだから重量があって当然だが、肩や腕が痺（しび）れてきた。

車を降りる前にバックミラーで確認したときは、顔にそばかすのような無数の小さな火傷（やけど）ができていた。今、あらためて自分を見たが、パーカーはあちこちに穴が開き、破れ、ジーンズも血で汚れて左足には止血帯を巻いている。どう見ても不審者だが、周囲に人の姿はない。ずっと遠くにホームレスらしい男が寝ているくらいだ。

だが、古葉には見えないだけで、本当は無数の人間に囲まれ、護（まも）られているのだろう。

旺角大球場(モンコックスタジアム)の裏手にある公園。ジャービス、イラリとはじめて会った場所。けれど、ここを指定したのは古葉ではない。

ゴミ箱を覗(のぞ)き、『惠康　wellcome』と店名が書かれたスーパーマーケットのビニール袋を拾い上げ、中からPHSを取り出した。

まるでスパイの接触現場のようだが、とてもそんな恰好(かっこう)いいものではなかった。緊張感ももうない。ただ疲れていた。

PHSが鳴り、通話ボタンを押す。

『春節おめでとうございます』

ジャスティン・ウィッカード中尉の声。見回すと、少し離れた街灯の下にスーツ姿の彼が立っていた。こちらに手を振っている。

『お会いできて嬉(うれ)しいです。無事でよかった』

「とても元気とはいえませんが、何とか生きています」

古葉は事前に決めていたルール通り、近くのベンチの裏に重いケースを置いた。体の右半分からようやく力が抜け、すっと軽くなったように感じる。

そのまま振り返らずに歩き出した。中尉も同じように歩き出す。

『すぐに確認させます。大活躍だったようですね』

「離れた場所から、すべて見ていたのではないんですか?」

『残念ながら、すべてを漏らさず見ることはできませんでした。あなたの巧みな偽装によって。牛頭角（アウタウコック）の高架道路下であなたが乗った車を見失い、次に長沙灣（チョンシャワン）で見つけたときには、もう車内から六つのケースが消え、今運んできたひとつしか残っていなかった。どこに隠したのですか？』

「知人に頼んで運ばせました。もう別の場所に収容されたはずです」

知人とは雷の部下の捜査官のことだった。

マッシモが殺された夜、皇家香港警察總部（ロイヤルホンコンポリスヘッドクオーター）で雷とともに古葉を尋問し、撃たれた死体を思い出して嘔吐（おうと）した姿を見て、馬鹿にしたように笑っていたあの男。

待ち合わせ場所に現れた彼は、薄汚く傷ついている古葉を見て怪しんでいた。それでも尊敬する雷の指示に従い、重いケースを車に積み、警察總部内の重要証拠保管庫まで運んでいった。彼は、ケースの中身がどんなに危険なものかを知らない。そして、雷督察（ドウチャ）がもう死んでしまったことも。

『他の六つのケースに関しても、私たちの上層部が関心を持っているんです』

中尉は政治家や弁護士のような遠回しな物言いをした。

――やっぱり。

懸念していた通りの展開になった。

「そんな関心は持つべきじゃない」

『立場上、そうおっしゃるのはわかりますが、あなた自身にとっても決して――』

中尉の言葉がぶつりと切れた。ケースを回収した連中から測定値を知らされたようだ。

『まったく、何て馬鹿なことを』

一転して強い口調で中尉がいった。

『汚染させるなんて』

「あなた方も予測していたはずです」

古葉は反論した。

中尉が距離を置いた場所からPHSで話しかけ、他のUSPACOM隊員も姿を見せずにいるのは、古葉が持っているかもしれない銃器やナイフ類ではなく、セシウム137を警戒していたからだ。

アメリカ政府関係者のウィッカード中尉も、ベロー同様、ケースの中に兵器本体が入っているとはじめから知っていた。

だが、それを古葉には伝えなかった。そんな真実を明かさぬ信用できない相手への用心として、古葉も少し仕掛けをした。

ローズガーデン型爆弾からセシウム137を取り出し、それを使って、強奪したフロッピーディスクと書類を汚染した。137の半減期は三十年。十年前に製造された爆弾だと仮定すると、この先二十年は、あのフロッピーディスクと書類に進んで触れようとする者は出てこない――と勝手に期待している。

警察總部に運んだ雷の後輩捜査官も、汚染物に多少触れたかもしれないが、まあそれは知ったことじゃない。嫌な奴だったし。漏れ出すことのない密閉された六つの新たなケースに移し替えたので、保管庫の職員たちが汚染被害に遭うことはないだろう。ただ、それも古葉には断言できない。でも悪いのは全部、これを考え出した雷とマッシモだ。その報いを受けたのか、ふたりとも死んでしまった。

そして実行した古葉自身も被曝した。

「目的は他の六つのケースの中身を汚染することだったのですが、あなた方に渡したケースのほうにも多少影響が出てしまったのかもしれません。申し訳ありません」

古葉はいった。

『何をしたかわかっているのですか？』

中尉の声から強い怒りが伝わってくる。

『つい三十分ほど前まで、あなたとは今後もいい関係になれるかもしれないと期待していた。これまで警察にも軍にも政府の専門機関にも所属していなかった一般人だとは信じられないほど、素晴らしい仕事をしてくれた。極東で活躍してくれる新たなエージェントを発見できたと思っていた。でも、君は正気じゃない。素人のふりをしながら、その実、やっていることはテロリストと同じだ。狂っている』

「私にはあなた方のほうがよっぽど異常に思えます。汚れ仕事は、税金から捻出された予算で他人に押しつけ、拉致や殺人が行われても見て見ぬ振り。結果だけを奪ってゆく」

そこで通話を切られた。

――もう少し話したかったのに。

失礼なアメリカ人だ。こっちは何ひとつ約束を破っていない。にもかかわらず、勝手に期待し、裏切られると非難し、最後は勝手に電話を切りやがった。

ＰＨＳを投げ捨て、すぐ近くのベンチに座る。

ずっとパーカーとＴシャツの下に着込んでいた防弾ベストを外した。撃たれた左のふくらはぎだけでなく、体じゅうが痛い。

自分の携帯を取り出し、番号を押す。

「終わったよ」

アニタ・チョウに報告した。

『悪い知らせがある』

彼女がいった。

『ミスター・マッセリアがハノイのノイバイ国際空港で刺された』

病院に搬送されたものの、死亡が確認されたそうだ。

マッシモにカポクォーコ（料理長）と呼ばれていた彼の専属料理人、パオロ・マッセリア。彼はベトナム国内にあるダナンという海岸沿いの街に、マッシモの曾孫（ひまご）を迎えに行っていた。

「子供は？」

『無事、彼が命をかけて護ってくれた。ＳＩＳが保護して、今、ハノイの英国大使館にいる。明日、ケイト・アストレイが事実確認に向かうことになってる』

「殺したのはベローの？」

『ええ。あの男の指示で雇われた連中。四人で襲い、ふたりは空港警察に撃たれて死んだけれど、残りのふたりは逃亡した』

ミスター・マッセリアがいっていた通りになってしまった。曾孫の存在を知ったベローは、その子を必ず狙う。もしフロッピーディスクと書類を奪取された場合の取引条件に利用するために。ベローの誘拐略取に先んじて保護し、安全な場所に隔離するためにミスター・マッセリアはベトナムに向かったのに。

出発直前、彼は「無事に戻れる確率は五十パーセント以下でしょう」とも話していた。

『あとのことはすべてシニョール・コバに託す。それが彼の最後の言葉だったそうよ。子供の法的な後見人としても、書面であなたを指名している。曾祖父（そうそふ）であるマッシモ・ジョルジアンニの委任状も添えてあった』

確かに約束した。彼の身に何か起きた場合、代わってその子どもを護ると。

でも――

パオロ・マッセリアまで殺された。残ったのは俺ひとり。何のつながりもない子どもだが、俺しか護れる人間がいなくなってしまった。

俺が父親役？　冗談だろう。だが、どこかの施設に入れてしまうほど非情にはなれない。これまで育てていた大叔父夫婦のところに戻しても同じだ。誰かが護り、匿（かくま）わなければ、いずれ殺される。

しかも、そのアリーチェという幼女は、生まれつきの心臓疾患を抱えている。

「ベトナムに迎えに行って、治療を受けさせないと」

『他人のことを考える前に、まずあなたが治療を受けなさい。浴びてしまった放射線量も正しく測定しないと。そこに迎えの車が行くよう手配してあるから、ちゃんと治療を受けて。本当に馬鹿な人、あなたのしたことは、献身とも命知らずな行為ともまったく違う』

アニタが悲しんでいるような、叱るような声でいった。

「あんなものが入っているって、君は知っていたんだね？」

『百パーセント確信があったわけじゃない。入っている可能性があると聞かされていただけ』

「急に官僚みたいな話し方になるんだな。確信がなかったから教えてくれなかったのか？　違うだろ？」

『ええ、違うわ。本当のことをいえば、あなたは絶対に手を引いてしまうから』

「ああ。俺がいくら馬鹿でも、本物の小型放射能兵器を強奪するほどの馬鹿にはなれない」

『でもあなたはやった。やり遂げた。その代償も大きかったけれど。もう一度いうわ、必ず迎えの車に乗って。治療を受けるの』

これから自分がどうなってしまうのか、古葉自身にもよくわからない。発ガン率が飛躍的に上がるのだろうか？　どんな治療をされるのだろうか？

「また澳門の病院のベッドに寝るのか」

『いえ、澳門には行かない』

「じゃあどこへ？」

『いえない』

「治療という名の拘束を受けるんだね」

アニタは何も返さない。沈黙でイエスと認めているのだろう。

自由を奪われ、いずれ殺される？　まあその可能性が高いのだろうな。

「また自由に外を歩ける日は来るかな？」

あえて訊いてみた。

『その可能性はとても低いでしょうね』

「正直に答えてくれたのは優しさから？」

『ええ。任務のための見せかけじゃなく、あなたに本当に好意を持っていたという証に』

「今すぐここを離れれば、逃げ切れるかな？」

『無理でしょうね。その体だし、土地勘もない。すぐに見つかるだろうし、それでも逃走しようとすれば銃殺の口実になる』

——そうだろうな。

結局、林、ジャービス、ミア、雷、イラリと同じ終わり方をするのか。

唯一気がかりなのはミスター・マッセリアから託された幼女のことだ。だが、古葉が迎えに行けなくても、SISと中国外交部が保護して大切に育ててくれるだろう。マッシモの遺(のこ)した莫大な遺産と複数の優良企業を受け継ぐことのできる唯一の存在なのだから。

それでも頭から消えない。死人との約束は厄介なものだと、あらためて思った。

――その子を迎えに行かないと。

いつまで自分が生きていられるかわからないのに……でも、そうしなければすべては終わらない。まだ終われない。

相変わらず体じゅうが痛む。風が吹いてきて、少し肌寒い。

顔を上げると、遠くに建ち並ぶ高層ビルの光が暗い空の中で煌(きら)めいている。明日、春節二日目の夜にはビクトリア湾に恒例の花火が打ち上げられるそうだ。

「明日の花火はきれいだろうね」

古葉はいった。

『ええ。とてもきれいよ』

アニタが返す。

三十分の間に、一万五千発以上が夜空で破裂する。見たいけれど、監禁されてしまったら見られないだろうな。

「少しやりすぎたのかな」

独り言のようにいった。

『わかっているならどうして？　何でこんな馬鹿なことを』

アニタの声が強くなる。

『物静かで穏やかな人だと思ったのに。狂ってる』

ウィッカード中尉だけでなく彼女にまでいわれた――

古葉はそこで通話を切った。もうこれ以上、誰かに憐れまれるのも、責められるのも嫌だった。誰の言葉も聞きたくなかった。

――じゃあ、他に。

周りに誰もいないベンチでつぶやく。

――どうしろっていうんだ？　どうしたらよかったんだ？

後悔はない。ただそんな言葉が口からこぼれ落ちた。

最後になるかもしれない外の風を浴びながらぼんやりと考える。

俺は今も負け犬のままなのか？　それとも負け犬以外のものになったのか？

簡単に答えは出そうにない。でも、もう少し時間はある。

考えよう、アニタの手配した迎えの車が来るまで。

21

二〇一八年五月二十八日　月曜日　午後八時

香港仔を出発した小型の送迎ボートは夜景を映す海を進み、十分ほどで海上レストランに着いた。

派手なネオンが輝く『漁利泰海鮮舫』。

エレベーターで五階へ上がり、黄さんを残し、廊下を進んでゆく。

突き当たりに装飾された黒檀の大きなドアが見えた。この先の部屋がどんな場所か、もう黄さんから教わっている。二十一年前、一九九六年十二月三十日。曾祖父マッシモ・ジョルジアンニはここで、アメリカの指示を受けた工作員たちに殺された。

ドアを開けると、円卓の向こうに東洋人の中年女性が立っていた。結い上げた黒髪と大きな瞳、黒いジャケットにスカート。

「きれいになったわね」

その人は満面の笑みでいった。

「覚えていてくれた？」

――とても幼いころに聞いたことのある声。

私はうなずいた。

彼女の名はアニタ・チョウ。中国外交部国外工作局副部長、そして昔の私の画像の中に、私の義母として写っている人だ。

「こんなかたちだけれど、会えて嬉しい」

「あなたが私の義理の母になったのはいつからですか？」

「もう質問？　再会を楽しむ時間はないの？」

「はい。私は訊くためにここに来たので」

話せるかどうか心配したけれど、言葉が自然と出てくる。不躾だというのもわかっている。

――たぶん私、怒っているんだ。

アニタが話し出す。

「私が義母役になったのは、あなたが一歳四ヵ月のとき。コバとふたりでベトナムのあなたの大叔父のグエン夫妻のところまで迎えに行った。そしてベトナムを出国するとき、あなたは書類上病死したことになった。機内でコバと交互にあなたを抱きながらロンドンまで旅をしたの。そして六ヵ月後、あなたは心臓弁膜症の手術を受けた。ケイト・アストレイのことは聞いた？　手術のあともしばらくは、彼女の用意したサリー州ウォーキングの家で暮らしていた。ＳＩＳに守られながらね。ナニー（専門知識を持った乳母）のエルザのことも覚えている？」

名前を聞いて思い出した。難病だった彼女の息子のことも。

エルザは何者か、アニタが話してゆく。

「エルザ・スタンフィールド。息子さんのラリーは残念ながら亡くなった。小児骨肉腫で。ラリーの父でエルザの元夫だったロイ・キーティングという男も、コバの知り合いだった。チームは違うけれど、マッシモ・ジョルジアンニに雇われたひとり」

「強奪は成功したんですね？」

「ええ。私たちが期待していたのとは違ったかたちではあったけれど」

「成功はしたけれど、生き残ったのは古葉慶太だけだった」

「ええ。そしてコバは命を狙われるようになった。あなたも生きているとわかれば、命を狙われるのは間違いなかった。当時のＣＩＡ東アジア部にはフロッピーディスクと書類の移送を潰した、コバとマッシモ・ジョルジアンニの唯一の血縁者であるあなたへの報復を望む声が強かったから」

「何のために？」

「威信のため」

「馬鹿ばかしい。まるでマフィア」

「ええ。マフィアも私たちもそれほど変わらない。違いは国家という後ろ盾があるかないかだけ。しかも先進国はどこも、その威信っていうものに支えられたハリボテなの。だからコバと私は、あなたを護るため娘として育てた。瑛美という名をつけたのは彼」

「義父はそのころ整形したのですね」

「ええ。気弱そうだけれど、いい男だったのに。別の顔になってしまって少し残念だったわ。でも、あなたと自分を護るために、彼は昔の顔を捨てた」

「では、私が三歳のときに、あなたが事故を装って消えたのは？　任務が終わったからですか？」

「そう。私はもっと一緒にいるつもりだったけれど、コバがもう必要ないといった。それに英国、ロシア、中国、さらにフランスとドイツと日本も巻き込んだ、あなたとコバの保護協定が予想よりも早く締結されたから。はじめ日本は加わるのを拒んでいたけれど、他の国からの圧力で結局加わることになった。例の強奪の際には、日本政府はアメリカに加担してコバを殺そうとしたの。でも撤回した。コバが二十一年前に手に入れ、あなたがついさっき焼いて処分したフロッピーディスクの効力で、コバを陥れ利用しようとした議員や官僚も失脚した。表向きは引退や退職というかたちだったけれど。そして私たち諸国連合とアメリカとの交渉も合意し、コバとあなたの命の危険は一度はなくなった」

「でも二十年近くが過ぎたころに、また危険な状況が迫り、それで古葉慶太は――」

「少し待って。私にも訊かせて」

「でも――」

「じゃ、せめて座らない？　ずっと立ったままよ」

私は髪をかき上げながら円卓に座った。

アニタは中国式の茶を自分で淹れはじめた。この部屋に他の誰も入れたくないのだろう。私も今は誰にも来てほしくない。

「これからどうするの？」アニタが訊いた。

「豊界（フォンジエ）グループのことですか？」

彼女がうなずく。

「日本から担当弁護士に来てもらい、グループを引き継ぐ手続きをします」

「黄もいっていたでしょうけれど、私たちはとても嬉しい。ＳＩＳのケイト・アストレイや、ロシアから来たオルロフもね。でもあなたは大変になるわね」

「まるで想像がつかないので、大変かどうかも今はわかりません。ただ五年以内に、私は名前だけのオーナーになり、グループを分割しないことを条件に、中国政府と香港人の両方が納得するプロの経営者に経営権を譲るつもりです。それなら亡くなったマッシモ・ジョルジアンニも許してくれるでしょう」

「そんな経営者が見つかる？」

「見つからなければグループを解体するだけです。マッシモの遺志に従って」

「まるで以前から知っていて、覚悟ができていたみたいな言い方ね」

「覚悟なんてありません。ただ、今の私にできる仕事はこれしかないみたいですから。日本でのバイトも逮捕でクビになっただろうし。こんな症状を抱えていたら、香港でも雇ってもらうのは難しそうだし」

「トップの仕事を一度くらいは経験するのも悪くないかもしれない。誰でもできることではないし。パーティーや商談は部下に任せればどうにかなる。必要なら優秀なスタッフを紹介するわ。これからも時々はあなたに会いに行ってもいい？」

「会いに来て、母親ぶるつもりですか？」

「半分はそう。親の真似事をしたいのよ、独り身でこの歳になってしまって寂しいしね。残りの半分はあなたの行動を監視したい、任務として」

「一度食事に連れて行ってください。そのとき次第で今後のことは考えます」

　アニタがこちらを見た。

「嫌ですか？」私は訊いた。

「いえ、あっさり断られると思っていたから。嬉しい」

「住む場所も仕事も変わるし。今までしたことのないことを、少しはしてみようと思って。初対面同然でこれだけしゃべれたのなら、一度くらいは食事に行けそうだから」

「きっと楽しい夜になるわ。ぐずるあなたに何度も乳首を吸わせたことがあるんだから、母乳は出なかったけれど。そんなふたりの気が合わないはずがない」

　彼女が普洱茶（プーアル）を淹れ、茶盤ごと私の前に運んできた。

「義父はなぜ私を助け、育ててくれたんですか。誰かに頼まれたから？」

「マッシモに仕えていたパオロ・マッセリアという男が、はじめにあなたを迎えにベトナムに行ったけれど、空港で殺されてしまった。コバはそのパオロから、あなたを頼むというメッセージと相当な額の養育費を託された。でもそれが一番じゃないと思う。私とコバがベトナムに行き、はじめてベビーベッドに寝ているあなたを見たとき、あなたは驚いたようにコバを見つめて、左手を伸ばした。コバは戸惑いながらも右手の小指を差し出した。あなたはその小指を摑んで、いつまでも離さず微笑んでいた」

　立ち上ってくる茶の香りの中、アニタは言葉を続ける。

「詩的じゃない私も、まるで未来を摑んでいるみたいだって思ったわ。あなたはコバに自分を託しているみたいだった。私だけじゃない、あなたの大叔父と大叔母も感じていた。それまでグエン夫妻はあなたを預けることを渋っていたのに、あの光景を見て承諾してくれた。あなたに摑まれたコバは、一番強く何かを感じたんだと思う」

「それで？」

「ええ、それで」

「詩的というか、単純ですね」

「ええ、単純。私も単純だけれど、コバはもっとそう。裏表がないから、こちらが勝手に深読みしすぎてしまう」

　私は笑い、彼女も笑った。

「義父はどうしてマニラで焼け死んだのですか？」

「ＣＩＡには通称トラック＆トレースと呼ばれているセクションがあって、過去の未達成の作戦や消息不明のままの対象者を数十年単位で調査している。そのメンバーのひとりに一九九七年の香港の春節(チュンジー)の出来事を忘れていなかった年寄りがいて、独断専行し、またコバとあなたを捜しはじめた。日本国内のエージェント、あの当時のことでコバに恨みを持つフランク・ベロー配下の生き残りたち、それにニッシム・デーヴィーというインド人を使ってね。だからあなたを護るため、彼ひとりが日本を離れた」

――最後の出張に出かけるとき、そんな素振りなんて少しも見せていなかったのに。

「トラック＆トレースの年寄りのほうは、私とケイト・アストレイでどうにか押さえ込んだ。手短にいうと殺したってこと。ＣＩＡもそんな昔のことで大騒ぎしたくないと、事実を公表しないことを条件に、事態の処理をすべて私たちに任せてくれた。かなりの犠牲を払ったけれど、もう一九九七年の亡霊は追ってこないし、蘇(よみがえ)ることもない。コバもあなたを護ることには成功したものの、残念ながらベローの元部下たちとニッシムを道連れに、焼け死んでしまった」

アニタが視線を落とし、小さな茶碗(ちゃわん)を持つ私の手を見つめた。

あの三年前の火災では、義父以外にも男性四人が犠牲になった。安置所でも、検視を終えたその四人が雑に梱包(こんぽう)され、義父の遺体の少し離れたところに横たわっていた。

そう、私は安置所で上半身が焼け焦げた義父の体を確認した。ＤＮＡも照合し、あれは間違いなく義父だった。

　でも——あの人に騙されたのかもしれない。

「今どこにいるんですか？」

　私は訊いた。

「えっ？」

　アニタが視線を上げる。

「二十一年前に強奪を成功させ、今も私にこんな香港ツアーをさせる男です。死の偽装ぐらい簡単にできるでしょう？　あなた方も協力を惜しまなかったでしょうし」

　彼女は少し黙り、小さく首を横に振った。

「コバが生きていると、この先、あなたがまた危険に晒されるかもしれない。生きていてほしい気持ちはわかるけど——」

「豊界グループの会長になれば、どこにいたって安全な場所なんてありません。それに、これから先はみなさんが全力で私を護ってくださるんですよね」

「取引する気？」

「はい。私の義母の真似事をしたいのなら、あなたも私の願いごとを聞いてください」

「あなたって本当にマッシモの曾孫で、そしてコバの娘ね」

　意味がわからずにいる私を見て、アニタは呆れたように笑った。

「あのふたりに、どうしようもなく似てるってこと」

22

二〇一八年七月十五日　日曜日

「ここでお待ちしています。ミス・ジョルジアンニ」

英語を話せるベトナム人の運転手がいった。窮屈だけれど、香港だけでなく世界中どこでも防弾ガラス仕様の自動車での移動が義務づけられている。

陽射しが眩しく、とても暑い。香港の蒸し暑さと違い、太陽が肌を刺すようだ。

「エイミ、サングラスを」

隣を歩く黄さんがいった。

アリーチェやジョルジアンニより、エイミと呼ばれるほうがやっぱり落ちつく。でも、サングラスにはいつまでたっても慣れない。素顔では出歩かず必ず眼鏡や帽子を身に着けるよう、顧問弁護士や会社から指示されている。いわれた通りにしているけれど、私自身はなぜそうしなければいけないのか、あまりよくわかっていない。

ベトナム中部の都市、ダナン。人口百万以上で高層ビルの建設が進み、海沿いには世界的に有名なホテルチェーンのビーチリゾートが並んでいる。

「グアムみたいですね」

黄さんがいった。

素敵な場所と褒めているのではなく、逆の意味だろう。

けれど裏路地に入ると雰囲気が一変した。日本製のスクーターが走り回り、露店が並び、編笠(あみがさ)をつけた老人たちが煙突のようにタバコを吹かしている。

私はこの街で生まれた。

でも、記憶はない。育ててくれたというグエン・ダム大叔父(おおおじ)とグエン・ホア大叔母(おおおば)の顔も、申し訳ないけれど憶えていないし、ふたりとももう亡くなってしまった。

塀から椰子(やし)の木の突き出た家々が続く先、ベトナム語とともに、英語で『Swordfish Café Station』と書かれた看板が見えてきた。

午前十一時。店の前には何台かのスクーターが並び、客たちが氷を浮かべたビールや、練乳の溶けたアイスコーヒーを飲んでいる。

私たちに気づいた店員が、少し気怠(けだる)げにメニュー片手に寄ってきた。客じゃないといって薄暗い店内を見回す。

そして、奥のカウンターでタバコを吹かしている店主を見つけた。

いつの間にタバコなんて吸うようになったんだろう？　ボサボサと伸びた髪、焼けた肌、突き出たお腹に冴(さ)えない顔。私の知っているあの男とはまるで違う。

でも――

考え事をしているのか、目を細め、うつむきながら、タバコを持つ手と反対の指の爪先で、コツコツとしつこいくらいに自分の額を叩いている。

――間違いない。

古葉慶太、私の父がいる。

父は一瞬他人の振りをしようとしたけれど、すぐに諦めて、照れ臭そうに、気まずそうに、そして申し訳なさそうにこちらを見ながら立ち上がった。

私も近づいてゆく。気づかないうちに足が速くなる。

怒りたかった。怒鳴りたかった。でも、ただ嬉しくて声が出ない。

私は似合わないTシャツを着た父の姿に笑いながら、涙を流していた。

解説

千街晶之（ミステリ評論家）

血と銃弾の雨が降る中、大国の諜報機関を命がけで出し抜きながら、重要な国家機密を奪い取る——そんな物語の主人公といえば、どのような職業の人物を思い浮かべるだろうか。諜報員、傭兵、公安警察官、裏社会の人間など、荒事の場数を踏んでいる人物を想像するのが普通だろう。

しかし、長浦京『アンダードッグス』（《小説 野性時代》二〇一九年二月号〜二〇二〇年一月号に連載された「ルーザーズ1997」を改題・改稿、二〇二〇年八月にKADOKAWAから刊行）の主人公は元官僚である。しかも、治安を預かる警察庁や、外国との駆け引きを専門とする外務省などではなく、農林水産省だ。国際アクション小説の主人公として、これほど似つかわしくない職業設定も珍しい。同じ著者の小説の主人公でも、腕利きの諜報員だった『リボルバー・リリー』（二〇一六年）の小曾根百合や、殺人経験を持つ『マーダーズ』（二〇一九年）の阿久津清春らとは正反対の存在と言える。

もちろん、主人公をそのように設定したことには、何らかの著者の意図があるに違いない。では、その意図とは何だろうか。

あらすじの紹介に入る前に、物語の背景となる「香港返還」について少々説明が必要かも知れない（もはや四半世紀以上前の出来事なので）。一八四二年の南京条約（第一次アヘン戦争の講和条約）によって清朝からイギリスに割譲された香港島にイギリスが香港政庁を設置し、一八九八年には香港島と九龍半島を除く新界が九十九年の期限で租借地となった。その後、情勢の変化に基づくイギリス・中華人民共和国両政府間の交渉により、九十九年目にあたる一九九七年に香港の全地域がイギリスから中国に返還され、中国の特別行政区となることが決定したのである。

その返還を目前に控えた一九九六年の十二月二十四日からこの物語はスタートする。主人公の古葉慶太は証券会社勤務だが、もとは農林水産省の官僚だった。しかし、国益のための正しい行為だと信じ込まされて従事した裏金作りの責任を負わされ、起訴は免れたものの省を去らざるを得なくなったのだ。

そんな負け犬である古葉が、香港在住のイタリア人大富豪マッシモ・ジョルジアンニから呼び出される。仕事の話と思いきや、マッシモの用件は驚くべきものだった。翌年七月一日の香港返還を控え、香港のメガバンクから世界の主要国の要人たちの機密情報を記録したフロッピーディスクと書類が運び出されることになっているが、それらを奪い取ってほしいというのだ。息子を自殺に追いやったアメリカ政財界への復讐に燃えるマッシモは、古葉以外にも四人の男に同じ使命を与えており、八十五万アメリカドルの軍資金も提供するが、従わなければ厳しいペナルティを科すという。当然、古葉は躊躇するが、裏金作りで失脚した農水省時代の上司が一家心中を遂げ、しかも古葉自身も裏金作りをマスコミにリークした犯人に仕立て上げられていることを知り、マッシモの計画に乗ることを決意する。十二月三十日、香港に渡った古葉は、マッシモとの待ち合わせ場所であるレストランを訪れる。ところが、そこで彼は予想もしない事態に遭遇する……。

間もなく年が明ける十二月三十一日の夜、古葉はマッシモが雇った他の四人と顔を合わせることになったが、一人は待ち合わせの場に現れず、しかもまだ何もしていないうちから正体不明の男たちに銃で狙撃される。ここからはひたすら逃避行の連続となるが、古葉以外の三人――イギリス人の元銀行員ジャービス・マクギリス、フィンランド人の元IT技術者イラリ・ロンカイネン、香港政府の公務員の林彩華（ラムチョイワ）――と、彼らの警護役として雇われたオーストラリア人のミア・リーダスは、みなそれぞれ秘密を抱えている。更に、マッシモの復讐の対象であるアメリカをはじめ、イギリスやロシアといった大国の諜報機関や香港警察などが介入してきて、生命の重さなど紙切れに等しい凄絶（せいぜつ）な殺し合いが展開される。誰も信用できない状況で、古葉はいかにして生き残り、使命を果たすのか。展開はまさにジェットコースター並みであり、敵味方の構図は目まぐるしく反転を繰り返し、つるべ打ちに襲ってくる危機の前では考える時間すら与えられない。咄嗟（とっさ）の判断を誤れば、そのまま死に直結してしまうのである。

《オール讀物》二〇二一年一月号掲載のインタヴューによると、「編集者と話して『最近コンゲームの味わいがある暴力小説がないよね』と盛りあがり、ジェフリー・アーチャーの『百万ドルを取り返せ！』をもう少しハードにしたような冒険ものを書いてみようと思いついたんです」というのが本書の着想の源だったようだ。主人公の古葉を元農水官僚に設定したことについては、「一番それっぽくない人を活躍させるのが面白いと思って、農水官僚を主人公にしました。ドメスティックに日本の農業問題を考えていて、国際的な謀略になんて絶対かかわりたくないと思ってる人が、むりやり海外に連れて行かれる展開が楽しいかなと（笑）」と述べている。

もちろん、主人公が官僚であることにはそれだけではない理由がある。マッシモは奪取計画を明かした際、古葉の人間性を「弱い者だからこそ、死に物狂いで知恵を出し、時には途方もない力を見せる。考えてみてくれ。君はある意味で私と似ている。高い先見性と計画性、決断力を持ち、しかも復讐心に裏打ちされた強い動機も兼ね備えている。ぼんやり今を生きているようで、自分を陥れた政治家や官僚に対する怒りも憤りも完全には消えていない。君は確かに一度失敗した。でも、その失敗は、君をより強く慎重に、そして狡猾（こうかつ）にしているはずだ」と喝破している。また、それに加えて、古葉には人並外れた観察力と、官僚時代に鍛えられた記憶力がある。どう考えても実戦向きではない彼が諜報機関相手の戦いで生き残り続けられたのは、それらの資質の賜物である。

古葉を含め、この物語の主要登場人物は負け犬である。しかし、彼らには彼らなりに、ささやかながらも矜持（きょうじ）がある。「あんなところで膝（ひざ）を抱えていても事態は好転しない。

同じ失敗をするにしても、俺は悪あがきした末の失敗だったと感じたい」、「馬鹿にされたままで終わりたくない、もう二度と。絶対に犬死にはしない」といった古葉の意地が、彼の行動を支える強靱な軸となっている。また、お互いを信用せず、馴れ合いなど一切考えられない間柄にもかかわらず、「不安だからこそ、裏切りへの対策を練りながらも、それでも君たちを信じようとしている。猜疑心ばかりが募れば、最後には身動きが取れなくなるだけだ。諦め、期待、どちらの言い方でもいいけれど、結局はどこかで他人に委ねなければ、作戦は遂行できないんだから」という誠実さを最後まで失わないところも古葉というキャラクターの魅力である。

古葉慶太の戦いは一九九六年の年末に始まり、一九九七年の春節である二月七日に終わるが、それと並行して、二〇一八年を背景とするパートが進行する。こちらの主人公は古葉瑛美という女性だが、彼女を待ち受ける運命も、本書を印象深いものとしている。

著者の長浦京は一九六七年、埼玉県生まれ。二〇一一年に『赤刃』で第六回小説現代長編新人賞を受賞してデビューし、続く『リボルバー・リリー』で第十九回大藪春彦賞を受賞した。本書は四冊目の著書であり、第百六十四回直木賞および第七十四回日本推理作家協会賞の候補作となった。その後も、時代背景や舞台を変えながらもアクション満載の小説を執筆し続けており、二〇二三年八月には『リボルバー・リリー』の映画が公開された。日本のアクション・ハードボイルド小説の最前線を担う作家として、今後の活躍がますます期待される。

本書は、二〇二〇年八月に小社より刊行された
単行本を加筆修正のうえ、文庫化したものです。

この作品はフィクションであり、実在の人物、
団体、事件とは一切関係ありません。

アンダードッグス

長浦 京

令和5年 9月25日　初版発行

発行者●山下直久

発行●株式会社KADOKAWA
〒102-8177　東京都千代田区富士見2-13-3
電話　0570-002-301（ナビダイヤル）

角川文庫 23811

印刷所●株式会社暁印刷
製本所●本間製本株式会社

表紙画●和田三造

●お問い合わせ
https://www.kadokawa.co.jp/（「お問い合わせ」へお進みください）
※内容によっては、お答えできない場合があります。
※サポートは日本国内のみとさせていただきます。
※Japanese text only

ISBN 978-4-04-113672-0　C0193

◇◇◇

角川文庫発刊に際して

角 川 源 義

第二次世界大戦の敗北は、軍事力の敗北であった以上に、私たちの若い文化力の敗退であった。私たちの文化が戦争に対して如何に無力であり、単なるあだ花に過ぎなかったかを、私たちは身を以て体験し痛感した。西洋近代文化の摂取にとって、明治以後八十年の歳月は決して短かすぎたとは言えない。にもかかわらず、近代文化の伝統を確立し、自由な批判と柔軟な良識に富む文化層として自らを形成することに私たちは失敗して来た。そしてこれは、各層への文化の普及滲透を任務とする出版人の責任でもあった。

一九四五年以来、私たちは再び振出しに戻り、第一歩から踏み出すことを余儀なくされた。これは大きな不幸ではあるが、反面、これまでの混沌・未熟・歪曲の中にあった我が国の文化に秩序と確たる基礎を齎らすためには絶好の機会でもある。角川書店は、このような祖国の文化的危機にあたり、微力をも顧みず再建の礎石たるべき抱負と決意とをもって出発したが、ここに創立以来の念願を果すべく角川文庫を発刊する。これまで刊行されたあらゆる全集叢書文庫類の長所と短所とを検討し、古今東西の不朽の典籍を、良心的編集のもとに、廉価に、そして書架にふさわしい美本として、多くのひとびとに提供しようとする。しかし私たちは徒らに百科全書的な知識のジレッタントを作ることを目的とせず、あくまで祖国の文化に秩序と再建への道を示し、この文庫を角川書店の栄ある事業として、今後永久に継続発展せしめ、学芸と教養との殿堂として大成せんことを期したい。多くの読書子の愛情ある忠言と支持とによって、この希望と抱負とを完遂せしめられんことを願う。

一九四九年五月三日

角川文庫ベストセラー

ブラックチェンバー　大沢在昌

生贄のマチ　特殊捜査班カルテット　大沢在昌

標的はひとり　新装版　大沢在昌

眠たい奴ら　新装版　大沢在昌

冬の保安官　新装版　大沢在昌

警視庁の河合は〈ブラックチェンバー〉と名乗る組織にスカウトされた。この組織は国際犯罪を取り締まり奪ったブラックマネーを資金源にしている。その河合たちの前に、人類を崩壊に導く犯罪計画が姿を現す。

家族を何者かに惨殺された過去を持つタケルは、クチナワと名乗る車椅子の警視正からある極秘のチームに誘われ、組織の謀略渦巻くイベントに潜入する。孤独な潜入捜査班の葛藤と成長を描く、エンタメ巨編！

かつて極秘機関に所属し、国家の指令で標的を消していた男、加瀬。心に傷を抱え組織を離脱した加瀬に来た〝最後〟の依頼は、一級のテロリスト・成毛を殺す事だった。緊張感溢れるハードボイルド・サスペンス。

破門寸前の経済やくざ高見は逃げ込んだ温泉街で警察嫌いの刑事月岡と出会う。同じ女に惚れた2人は、政治家、観光業者を巻き込む巨大宗教団体の跡目争いの渦中へ……はぐれ者コンビによる一気読みサスペンス。

ある過去を持ち、今は別荘地の保安管理人をする男。冬の静かな別荘で出会ったのは、拳銃を持った少女だった（表題作）。大沢人気シリーズの登場人物達が夢の共演を果たす「再会の街角」を含む極上の短編集。

角川文庫ベストセラー

らんぼう　新装版　大沢在昌

巨漢のウラと、小柄のイケの刑事コンビは、腕は立つがキレやすく素行不良、やくざのみならず署内でも恐れられている。だが、その傍若無人な捜査が、時に誰かを幸せに……？　笑いと涙の痛快刑事小説！

ジャングルの儀式　新装版　大沢在昌

ハワイから日本へ来た青年・桐生傀の目的は一つ、父を殺した花木達治への復讐。赤いジャガーを操る美女に導かれ花木を見つけた傀は、権力に守られた真の敵を知り、戦いという名のジャングルに身を投じる！

夏からの長い旅　新装版　大沢在昌

充実した仕事、付き合いたての恋人・久邇子との甘い逢瀬……工業デザイナー・木島の平和な日々は、放火事件を皮切りに、何者かによって壊され始めた。一体誰が、なぜ？　全ての鍵は、1枚の写真にあった。

ニッポン泥棒（上）（下）　大沢在昌

失業して妻にも去られた64歳の尾津。ある日訪れた見知らぬ青年から、自分が恐るべき機能を秘めた未来予測ソフトウェアの解錠鍵だと告げられる。陰謀に巻き込まれた尾津は交渉術を駆使して対抗するが――。

魔物（上）（下）　新装版　大沢在昌

麻薬取締官の大塚はロシアマフィアの取引の現場をおさえるが、運び屋のロシア人は重傷を負いながらも警官2名を素手で殺害、逃走する。あり得ない現実に戸惑う大塚。やがてその力の源泉を突き止めるが――。

角川文庫ベストセラー

軌跡　今野敏

目黒の商店街付近で起きた難解な殺人事件に、大島刑事と湯島刑事、そして心理調査官の島崎が挑む。（「老婆心」より）警察小説からアクション小説まで、文庫未収録作を厳選したオリジナル短編集。

熱波　今野敏

内閣情報調査室の磯貝竜一は、米軍基地の全面撤去を前提にした都市計画が進む沖縄を訪れた。だがある日、磯貝は台湾マフィアに拉致されそうになる。政府と米軍をも巻き込む事態の行く末は？　長篇小説。

鬼龍　今野敏

鬼道衆の末裔として、秘密裏に依頼された「亡者祓い」を請け負う鬼龍浩一。企業で起きた不可解な事件の解決に乗り出すが……恐るべき敵の正体は？　長篇エンターテインメント。

陰陽　鬼龍光一シリーズ　今野敏

若い女性が都内各所で襲われ惨殺される事件が連続して発生。警視庁生活安全部の富野は、殺害現場で謎の男・鬼龍光一と出会う。祓師だという鬼龍に不審を抱く富野。だが、事件は常識では測れないものだった。

憑物　鬼龍光一シリーズ　今野敏

渋谷のクラブで、15人の男女が互いに殺し合う異常な事件が起きた。さらに、同様の事件が続発するが、その現場には必ず六芒星のマークが残されていた……警視庁の富野と祓師の鬼龍が再び事件に挑む。

角川文庫ベストセラー

天国の罠　堂場瞬一

ジャーナリストの広瀬隆二は、代議士の今井から娘の香奈の行方を捜してほしいと依頼される。彼女の足跡を追ううちに明らかになる男たちの影と、隠された真実とは。警察小説の旗手が描く、社会派サスペンス！

黒い紙　堂場瞬一

大手総合商社に届いた、謎の脅迫状。犯人の要求は現金10億円。巨大企業の命運はたった1枚の紙に委ねられた。警察小説の旗手が放つ、企業謀略ミステリ！

十字の記憶　堂場瞬一

新聞社の支局長として20年ぶりに地元に戻ってきた記者の福良孝嗣は、着任早々、殺人事件を取材することになる。だが、その事件は福良の同級生2人との辛い過去をあぶり出すことになる——。

約束の河　堂場瞬一

幼馴染で作家となった今川が謎の死を遂げた。法律事務所所長の北見貴秋は、薬物による記憶障害に苦しみながら、真相を確かめようとする。一方、刑事の藤代は、親友の息子である北見の動向を探っていた——。

砂の家　堂場瞬一

「お父さんが出所しました」大手企業で働く健人に、弁護士から突然の電話が。20年前、母と妹を刺し殺して逮捕された父。「殺人犯の子」として絶望的な日々を送ってきた健人の前に、現れた父は——。

角川文庫ベストセラー

古惑仔　馳　星周

5年前、中国から同じ船でやってきた阿扁たち15人。だが、毎年仲間は減り続け、残るは9人……。歌舞伎町の暗黒の淵で藻掻く若者たちの苛烈な生きざまを描く傑作ノワール、全6編。

弥勒世（上）（下）　馳　星周

沖縄返還直前、タカ派御用達の英字新聞記者・伊波尚友は、CIAと見られる二人の米国人から反戦運動家たちへのスパイ活動を迫られる。グリーンカードの発給を条件に承諾した彼は、地元ゴザへと戻るが――。

走ろうぜ、マージ　馳　星周

11年間を共に過ごしてきた愛犬マージの胸にしこりが見つかった。悪性組織球症。一部の大型犬に好発する癌だ。治療法はなく、余命は3ヶ月。マージにとって最後の夏を、馳星周は軽井沢で過ごすことに決めた。

殉狂者（上）（下）　馳　星周

1971年、日本赤軍メンバー吉岡良輝は武装訓練を受けるためにバスクに降りたった。過激派組織〈バスク祖国と自由〉の切り札となった吉岡は首相暗殺テロに身を投じる――。『エウスカディ』改題。

暗手　馳　星周

台湾で殺しを重ね、絶望の淵に落ちた加倉昭彦。過去を抹殺した男が逃れ着いたのはサッカーの国イタリアだった。裏社会が牛耳るサッカー賭博、巻き込まれたGK、愛した女に似たひと……緊迫長編ノワール！

角川文庫ベストセラー

さまよう刃　東野圭吾

長峰重樹の娘、絵摩の死体が荒川の下流で発見される。犯人を告げる一本の密告電話が長峰の元に入った。それを聞いた長峰は半信半疑のまま、娘の復讐に動き出す――。遺族の復讐と少年犯罪をテーマにした問題作。

使命と魂のリミット　東野圭吾

あの日なくしたものを取り戻すため、私は命を賭ける――。心臓外科医を目指す夕紀は、誰にも言えないある目的を胸に秘めていた。それを果たすべき日に、手術室を前代未聞の危機が襲う。大傑作長編サスペンス。

ナミヤ雑貨店の奇蹟　東野圭吾

あらゆる悩み相談に乗る不思議な雑貨店。そこに集う、人生最大の岐路に立った人たち。過去と現在を超えて温かな手紙交換がはじまる……張り巡らされた伏線が奇蹟のように繋がり合う、心ふるわす物語。

ラプラスの魔女　東野圭吾

遠く離れた2つの温泉地で硫化水素中毒による死亡事故が起きた。調査に赴いた地球化学研究者・青江は、双方の現場で謎の娘を目撃する――。東野圭吾が小説の常識をくつがえして挑んだ、空想科学ミステリ！

魔力の胎動　東野圭吾

彼女には、物理現象を見事に言い当てる、不思議な〝力〟があった。彼女によって、悩める人たちが救われていく……東野圭吾が小説の常識を覆した衝撃のミステリ『ラプラスの魔女』につながる希望の物語。